AU BONHEUR DU MATIN

DU MÊME AUTEUR
CHEZ LE MÊME ÉDITEUR

La Poussière des corons
Le Vent de la haine (épuisé)
Le Pain rouge (épuisé)
La Courée
— La Courée, tome 1
— Louise, tome 2
— Benoît, tome 3
La Maîtresse d'école
La Cense aux alouettes
Nouvelles du Nord
L'Enfance perdue
Un bouquet de dentelle

DANS LA COLLECTION OMNIBUS
en un volume

La Poussière des corons
Le Vent de la haine
Le Pain rouge

Marie-Paul Armand

AU BONHEUR DU MATIN

Roman

Production Jeannine Balland
Romans Terres de France

PRESSES DE LA CITÉ

ISBN 2-258-05967-4

Prologue

Ma mère m'a toujours dit qu'elle m'avait donné le prénom d'Aimé parce que, même avant ma naissance, elle m'aimait déjà. Je garde des années de ma petite enfance un souvenir ébloui de bonheur, de tendresse et d'amour. Ma mère avait un caractère gai, enjoué, et elle illuminait de sa présence notre modeste demeure. Elle m'appelait « mon Aimé à moi », « mon Aimé plus qu'aimé », « mon adoré », tout en me berçant et en me serrant contre elle. Parfois, mon père s'agaçait de ces paroles souvent répétées, mais elle ne cessait pas pour autant, comme si elle avait deviné qu'elle aurait peu de temps pour le faire. Simplement, elle secouait la tête et protestait :

— Allons, Sigismond, tu ne vas quand même pas être jaloux de ton propre fils ?

En riant, elle lui posait sur la joue un baiser léger, et il se déridait.

Nous étions heureux et, dans mon esprit d'enfant, je pensais que ce bonheur familial, dans lequel j'étais confortablement installé, durerait toujours.

Mais il cessa brutalement, un matin de printemps, l'année de mes six ans. Je ne compris pas pourquoi ma mère, subitement, ne fut plus là. L'une de nos voisines, plus compréhensive que les autres, accepta de répondre à mes questions. Elle m'expliqua que ma mère était allée bien loin, bien loin, me chercher une petite sœur. Mais elle n'était pas revenue ; je n'aurais pas de petite sœur, et je n'avais plus de maman.

Je me mis à pleurer. La petite sœur m'indifférait totalement, mais je voulais ma mère. Il me paraissait impossible qu'elle parte et me laisse ainsi, en m'aimant comme elle m'aimait.

Je ne cherchai pas à me rapprocher de mon père. Contrairement à ma mère, il me donnait très peu de marques de tendresse. Il ne m'embrassait jamais. Parfois, il m'appelait « fiston » en posant une main sur le dessus de ma tête, ce qui pouvait passer pour une caresse amicale. Mais c'était tout.

Nous n'étions plus que deux, et la maison devint beaucoup trop calme et trop silencieuse. Il y manquait le pas léger de ma mère, son rire perlé et musical, sa gaieté, et surtout sa voix douce, cette voix qui me murmurait des mots de tendresse et qui m'appelait son Aimé bien-aimé. Plus personne, maintenant, ne m'appelait ainsi.

J'étais malheureux. Mélanie, la voisine compatissante, s'occupait de moi pendant que mon père était au travail. Mais, prise par ses nombreux enfants, elle n'avait pas le temps de se pencher sur mes états d'âme. Et, lorsque je me retrouvais seul avec mon père, il me parlait à peine. Je dus apprendre à me laver et à m'habiller seul, ce que je n'avais jamais fait lorsque ma mère était là. Je devins un petit garçon triste et esseulé. Je n'avais pas d'amis ; je n'aimais pas les jeux brutaux des garçons de mon âge, et je demeurais volontairement à l'écart.

Une autre de nos voisines, dont la chienne avait mis bas, me sauva de cet état de solitude en m'offrant un chiot.

— C'est le plus fort de la portée, me dit-elle. Regarde comme il est beau.

Elle me mit dans les mains un petit animal dont je vis immédiatement les yeux doux et bons. Je le caressai, et d'une langue rose et râpeuse il se mit à me lécher la main. Cette petite marque de tendresse, qui remplaçait un peu les baisers maternels dont j'étais sevré, me fit venir les larmes aux yeux. Je serrai le chiot contre mon cœur, et nous devînmes tout de suite de grands amis.

Je l'appelai Médor. Mon père s'y intéressa à peine. Ce fut moi qui fus chargé de le nourrir, de le rendre propre, de lui apprendre à obéir. Je le fis avec joie, et ce petit chien m'apporta l'affection qui manquait dans ma vie. La nuit, il dormait au pied de mon lit, sur un tapis. Dans la journée, il était là pour m'attendre lorsque je rentrais de l'école, il m'accueillait avec des jappements de plaisir, il frétillait autour de moi. Je le prenais dans mes bras, je le caressais, je l'embrassais. Grâce à lui, je n'étais plus seul au monde. Il était un compagnon de jeux incomparable. Dans le petit jardin que nous possédions, je lui appris à rapporter le bâton que je lui lançais, à jouer à la balle et même à cache-cache. Parfois, je le prenais sur mes genoux et, tout en le caressant, je lui parlais. Il m'observait de ses yeux attentifs et bons, et une grande compréhension nous unissait. Je lui répétais qu'il était mon Médor, mon chien, mon ami, et l'expression de son regard me disait en retour, sans aucun doute possible, que j'étais son Aimé bien-aimé.

Cette situation dura un an, jusqu'au jour où mon père décida de se remarier. Lorsque je vis la femme qu'il avait choisie pour remplacer ma mère, je la détestai. Elle aussi me détesta dès le premier regard ; notre antipathie fut immédiate et réciproque. Elle était tout le contraire de ma mère, qui mettait tant de soleil dans la maison. Rigide, le visage sévère, le regard implacable, cette femme donnait l'impression de refroidir l'atmosphère. Avec un frisson d'appréhension, je la vis s'approcher de moi.

— Je serai bientôt la maîtresse de cette maison, m'annonça-t-elle. A partir de ce moment, il faudra m'obéir en tout. Tu as bien compris ?

Son air menaçant m'obligea à répondre oui. Elle ajouta que tout se passerait bien si je ne causais pas de difficultés. Au cours de cet entretien, mon père n'avait pas prononcé une seule parole.

Dès qu'elle vint vivre avec nous, elle se mit à tout régenter. Elle me déclara froidement que, puisqu'elle n'était pas ma mère, je ne devais pas l'appeler « maman », mais simplement Marguerite, qui était son prénom. Puis elle se tourna vers mon père :

— Cet enfant a été trop gâté, à mon avis, puis trop laissé à lui-même. Il a besoin d'être pris en main.

Elle exigea de moi une obéissance immédiate au moindre de ses ordres. De plus, elle décréta qu'elle ne voulait pas d'un chien dans la maison, et elle relégua Médor dans le petit cabanon du jardin. Très vite, elle se rendit compte combien j'aimais mon chien, et elle le détesta aussi.

Nous ne nous retrouvions, Médor et moi, pour jouer ensemble, que le jeudi et le dimanche, lorsque Marguerite m'en donnait la permission. Car il lui arrivait parfois, pour me punir de n'avoir pas obéi assez vite à l'un de ses ordres, de m'empêcher d'aller retrouver mon ami.

Ces moments où nous étions ensemble nous devenaient encore plus précieux. Nous jouions dans le jardin, et j'appréhendais l'ordre qui arrivait toujours beaucoup trop tôt à mon goût :

— Aimé ! Va enfermer Médor dans le cabanon et rentre à la maison !

Je savais qu'il fallait obéir immédiatement, pour ne pas être puni. Je poussais un long soupir, je disais tristement :

— Viens, Médor.

Et je le conduisais jusqu'au cabanon. Il y entrait docilement, mais l'expression de ses yeux, lorsque je refermais la porte, me déchirait le cœur. Elle contenait à la fois de l'incompréhension, de la tristesse, et un espoir toujours déçu, celui de venir avec moi, comme avant.

Un jeudi de juin, la pluie qui tombait depuis le matin m'empêcha de jouer dans le jardin ; je demeurai donc avec Médor dans le cabanon. Avec lui, je ne m'ennuyais jamais. Je lui parlais, je lui racontais que je n'aimais pas Marguerite, qui était méchante et autoritaire. Il me léchait la main pour me consoler, il me disait à sa façon que, lui non plus, il ne l'aimait pas. Ainsi, j'avais l'impression d'être soutenu, et je me sentais moins malheureux.

Ce jeudi-là, après avoir parlé longuement, nous nous mîmes à jouer à la balle à l'intérieur du cabanon. Je lançais la balle à Médor, qui devait l'attraper au vol. Lorsqu'il n'y parvenait pas, il aboyait en guise de protestation. Ce furent ses aboiements qui m'empêchèrent d'entendre l'appel de Marguerite, qui m'ordonnait de rentrer à la maison.

La porte s'ouvrit brutalement, et Marguerite apparut, le visage furieux et courroucé. Elle tenait à la main le martinet avec lequel elle me corrigeait lorsque j'avais désobéi.

— Aimé ! cria-t-elle. Ça fait plusieurs fois que je t'appelle ! Viens ici tout de suite, vilain garnement !

Elle m'attrapa par l'épaule, et les lanières du martinet cinglèrent brutalement mes jambes nues. Je poussai un cri de douleur. C'était la première fois qu'elle me frappait devant Médor, et celui-ci réagit aussitôt. Avec un grondement mécontent, il se précipita sur Marguerite et lui mordit la cheville.

Ce fut à son tour de crier. Elle donna un coup de pied au chien, et se mit à le flageller sur la tête avec le martinet, de toutes ses forces.

— Espèce de sale bête !

Elle y mettait une telle violence que mon pauvre chien, fermant les yeux, se recroquevilla sur lui-même en gémissant. A la fin, essoufflée et toujours aussi furieuse, Marguerite se releva, m'attrapa de nouveau par l'épaule :

— Allez, viens, toi ! A la maison, et plus vite que ça !

Elle me punit en m'enfermant dans ma chambre et en me privant de souper[1]. Le lendemain, lorsque je me levai, je remarquai que sa cheville était bandée. Elle m'obligea, selon son habitude, à lui demander pardon d'avoir désobéi, et à promettre de ne pas recommencer. Je le fis sans lui montrer la colère et l'inquiétude que je ressentais. Je savais qu'elle n'aimait pas Médor, et j'appréhendais sa vengeance.

Je fus fixé le soir même, dès mon retour de l'école. Mon ami n'était pas dans le cabanon. Je l'appelai, croyant qu'il se trouvait peut-être dans le jardin. Il ne me répondit pas. Affolé, je courus jusqu'à la maison :

— Marguerite ! criai-je. Où est Médor ?

Elle me regarda avant de répondre, et je vis la satisfaction mauvaise qu'exprimait son visage :

— Il n'est plus ici. C'est un chien dangereux. Il m'a mordue.

Je demeurai un instant hébété. Je bégayai :

— Mais... mais... il est où ?

— Il n'est plus là, c'est tout. Tu ne le reverras plus.

Je suffoquai d'indignation. Je me mis à pleurer, à trépigner, à réclamer mon chien. Marguerite m'ordonna de me taire, et comme je ne lui obéissais pas, elle prit le martinet et me frappa. Puis elle m'enferma de nouveau dans ma chambre, où je m'écroulai sur mon lit, en larmes et désespéré.

Je ne revis jamais mon seul ami, et je ne sus pas ce qu'il était devenu.

---

1. Le souper est, dans le Nord, le repas du soir.

Depuis que Marguerite vivait chez nous, mon père et moi nous étions encore éloignés l'un de l'autre. Nous ne nous parlions presque jamais, mais, cette fois, j'osai l'interroger. Profitant d'une absence de Marguerite, je demandai :

— Père... Où est Médor ?

Le visage de mon père s'assombrit. Comme il ne répondait pas, j'insistai :

— Il va revenir ?

— Non, dit mon père d'un ton définitif. Il ne reviendra pas. Un chien qui mord est dangereux, et il faut s'en séparer.

Je protestai avec désespoir :

— C'est parce qu'il a voulu me défendre, père. Marguerite me frappait avec le martinet.

— Si elle te frappait, c'est que tu l'avais mérité. Commence par devenir raisonnable, ça ira beaucoup mieux.

Accablé, je compris qu'il était inutile d'insister. Je retins mes larmes, et j'adressai un adieu silencieux à mon petit chien perdu.

Privé de Médor, je redevins esseulé et malheureux. En même temps, mon cœur d'enfant s'emplit de rancune et de détestation. Marguerite m'avait enlevé mon seul et unique ami, et je me mis à la haïr. Un désir de vengeance s'empara de moi, féroce, impossible à dominer.

Je cherchais des grenouilles dans le jardin, et je les cachais dans ses vêtements. Elle poussait des hurlements affolés. Elle me punissait, mais je recommençais, car chaque punition intensifiait mon désir de me venger. Une fois, je parvins à capturer une souris et la lâchai dans la maison. Je n'ai jamais compris pourquoi ces petits rongeurs inoffensifs la terrorisaient. Elle devint hystérique, exigeant de mon père qu'il retrouvât la souris au plus vite. Elle prit le martinet et me battit jusqu'à ce que, essoufflée et le bras douloureux, elle dût s'arrêter. Ma peau demeura rouge et boursouflée pendant plusieurs jours, mais je serrai les dents et je ne versai pas une seule larme.

— Cet enfant est un véritable diable ! répétait-elle.

Et mon père la croyait.

La situation se détériora encore plus après la naissance de mon petit frère. J'avais un peu plus de huit ans lorsque Marguerite mit au monde un fils qu'elle prénomma Désiré. J'étais trop jeune pour comprendre le choix de ce prénom, mais je me dis par la suite qu'il était une autre façon de me repousser, en me montrant qu'elle n'avait voulu que son fils.

Elle se mit à le dorloter, à le gâter, à le couver. En grandissant, il devint un petit garçon docile, de caractère faible, sans volonté. Elle le menait à sa guise, et elle ne se privait pas de me le citer en exemple :

— Regarde Désiré, il ne désobéit jamais.

— Prends modèle sur Désiré, il ne salit jamais ses vêtements.

Lui seul avait droit aux sucres d'orge et aux bonbons que Marguerite achetait à l'épicerie, mais, derrière le dos de sa mère, il partageait volontiers avec moi. Dès qu'il fut assez grand pour se rendre compte de l'injustice dont j'étais victime, il essaya de réparer à sa façon. Il y eut plusieurs fois où il s'accusa, à ma place, d'une bêtise que j'avais faite, afin de m'éviter des représailles. Lui, il n'était jamais puni. Bien qu'il fût le fils d'une femme que je haïssais, sa nature bonne et son caractère incapable de méchanceté faisaient que je parvenais à l'aimer. Poussé par Marguerite, mon père ne s'occupait que de Désiré et me délaissait de plus en plus. A l'école, j'étais un bon élève et, lorsque j'obtins mon certificat d'études, je ne reçus aucune parole de félicitations. De Marguerite, je n'en attendais pas ; mais le silence de mon père me blessa et me peina.

Ce fut ce jour-là que je me fis un serment : dès que je le pourrais, je quitterais cette maison où j'étais malheureux. Je m'en irais loin de cette femme que je détestais et qui, depuis son entrée chez nous, avait fait de moi Aimé le mal-aimé.

Première partie

Une enfance en Pévèle

1

Jusqu'à l'âge de six ans, ma vie fut celle d'une petite fille heureuse et insouciante. Je vivais avec ma mère et ma grand-tante Augustine, que j'appelais ma *matante* Gustine. J'étais alors trop jeune pour me rendre compte de l'absence d'un père dans ma vie. Aucun homme ne partageait notre existence, et je ne m'en étonnais pas. Ma *matante* Gustine m'avait montré, une fois, dans sa chambre, une photographie encadrée qui la représentait le jour de son mariage, auprès d'un homme en costume sombre, aux yeux clairs et à la moustache conquérante. A mes questions, elle avait répondu, avec un tremblement dans la voix, qu'il s'agissait de mon *mononc'* Gustave, et qu'il n'était plus là parce qu'il s'en était allé au ciel. L'idée ne m'effleura pas que ma mère eût pu avoir, elle aussi, un mari. Dans la chambre que je partageais avec elle ne trônait aucune photographie. Mais je ne devais en prendre conscience que bien plus tard.

Nous habitions à Orchies, dans la petite maison de ma grand-tante. Elle comprenait, outre les deux chambres de l'étage, deux pièces au rez-de-chaussée : celle de devant, faite pour recevoir, avec ses beaux meubles, où l'on n'allait jamais ; puis la cuisine où, par contre, nous passions toutes nos journées. Il y avait encore une arrière-cuisine et une petite pièce sombre appelée *trou-à-charbon* où je répugnais à entrer, à cause de l'obscurité qui me faisait peur.

Tous les souvenirs de ma petite enfance sont emplis de tendresse et de joie. Le plus agréable que j'ai gardé est celui du jour aux « petits pains » ; ceux-ci nous étaient livrés à domicile une fois par semaine, tôt le matin, encore tout chauds. Ma mère avait pris l'habitude de venir me réveiller en m'apportant un petit pain odorant, doré et croustillant, que je mangeais dans mon lit avant de me lever. Je le dégustais lentement, et je ramassais les miettes que j'avais pu laisser tomber. C'était si délicieux que je ne voulais rien perdre.

Ma mère exerçait le métier de *bueuse* : elle allait faire la *buée*[1] chez les gens, à domicile, et elle était souvent absente. Pendant ces moments-là, c'était ma grand-tante qui s'occupait de moi. Elle préparait les repas et me demandait de l'aider, car elle se déplaçait difficilement ; elle était très âgée et se plaignait de rhumatismes et de douleurs dans les genoux. C'était ma mère qui faisait le ménage et les *commissions*[2] lorsqu'elle n'était pas prise par son travail. Je l'aidais avec beaucoup de bonne volonté. Je possédais un petit balai avec lequel je balayais la maison. Deux fois

1. Lessive.
2. Courses.

par semaine, le mercredi et le samedi, je guettais la cloche qui, du haut du beffroi, annonçait aux ménagères qu'il était l'heure de nettoyer le devant de leur maison. Je me précipitais alors sur mon *ramon*[1] et je suivais ma mère dans la rue. Il fallait balayer non seulement le *ruisseau*, mais aussi notre *rang*, c'est-à-dire les pavés de la moitié de la chaussée située de notre côté, l'autre côté étant pris en charge par la voisine d'en face. Toutes nos voisines, elles aussi, s'activaient. Elles s'amusaient de mon ardeur au travail et de mon désir de faire aussi bien qu'elles.

— *C'est plaisir* de voir votre fille frotter aussi fort ! disaient-elles à ma mère. Au moins, elle a du cœur à l'ouvrage !

Ces approbations me rendaient fière. Lorsque, enfin, tout était propre, j'allais ranger mon balai, et je ressentais une grande satisfaction.

J'aimais aussi faire les commissions avec ma mère. Certains commerçants nous livraient à domicile ; c'était le cas pour le pain et le lait. Le garçon boulanger qui passait dans notre rue me connaissait bien. C'était à moi qu'il tendait le pain, et je le serrais contre ma poitrine avec importance tandis qu'il faisait une entaille sur son bâton de marquage, afin de noter le nombre de pains vendus. Au bout d'un certain nombre d'entailles, que je ne savais pas compter, ma mère payait ce qu'elle devait, et le garçon effaçait les

1. Balai.

marques d'un coup de rabot. Cette façon de faire me fascinait.

Quant au lait, il nous était livré par une fermière qui l'apportait dans un tonneau monté sur deux roues. Elle nous en versait une pinte dans la casserole que je tenais à deux mains, là aussi consciente de l'importance de mon rôle. Je marchais ensuite à petits pas jusqu'à la cuisine, surveillée par ma mère, et je tendais avec fierté la casserole à ma grand-tante, qui la prenait en me félicitant et qui la posait sur le feu. Lorsque le lait était bouillant, nous prenions toutes les trois notre petit déjeuner. Ma mère et ma *matante* buvaient ensuite une tasse de café, que la société « Au Planteur de Caïffa » nous apportait également à domicile. A cause de mon jeune âge, je n'avais pas droit au café. Pour me consoler, ma grand-tante me disait :

— Attends, on va *faire trempette* !

Elle prenait un sucre qu'elle trempait dans sa tasse et qu'elle me mettait aussitôt dans la bouche. Là, il fondait, et je savourais le goût du café que je trouvais délicieux, en espérant grandir très vite et ainsi avoir droit, moi aussi, à ce breuvage qui semblait si apprécié par toutes les femmes que je connaissais.

Je savais la façon de le préparer. C'était moi qui, souvent, tournais le petit moulin dans lequel ma grand-tante avait placé les grains. Elle ôtait ensuite le petit tiroir et elle versait le café moulu dans l'*alambique*[1] ; elle ne manquait jamais d'y ajouter une dose

1. Cafetière.

de chicorée « A l'écolière ». J'aimais bien l'image qui illustrait le paquet de chicorée, et qui représentait une petite fille vue de trois quarts, avec une grosse natte nouée d'un ruban bleu dans le dos. Vêtue d'une blouse noire garnie d'une collerette blanche, d'une jupe rouge et de bottines, ses livres et ses cahiers d'école sous le bras, elle buvait, debout, une tasse de chicorée. Sur la table, devant elle, on pouvait voir un paquet de cette même chicorée, et un cahier sur lequel était écrite une phrase que ma mère m'avait lue : « La chicorée Leroux est la meilleure. »

Elle m'avait dit :

— Tu seras bientôt comme cette petite fille, toi aussi tu iras à l'école. Tu sauras lire et écrire.

Je détaillais longuement cette image, et j'enviais cette écolière qui semblait si énergique et si décidée. L'idée de lui ressembler bientôt me séduisait tout à fait.

J'aimais aider ma mère, mais ce que je préférais par-dessus tout, c'était l'accompagner au marché. Dès que la cloche du beffroi en annonçait l'ouverture, je trépignais d'impatience. Il y avait, sur la grand-place, le marché du lundi, où se vendaient linge et vêtements. Pour cette raison, on l'appelait « le marché à loques ». Ma mère s'arrêtait aux étals, palpait les tissus, tout en bavardant avec les marchands, qu'à la longue elle connaissait. Parfois, elle achetait un ruban pour nouer mes cheveux, et j'étais enchantée. Ce jour-là également se tenait, place Gambetta, le marché au blé. J'aimais bien regarder les sacs qui, posés par terre et grands ouverts, offraient du blé, de l'avoine, du seigle. J'observais avec curiosité les acheteurs qui prenaient une poignée de grain dans la main, le faisaient rouler afin de tester sa fermeté, et le humaient pour vérifier qu'il ne sentait pas le moisi.

Mais je préférais le marché du vendredi. Il était destiné plus spécialement au beurre, aux œufs et aux légumes. Sur chacun des étals, les fermières installaient une livre de beurre non emballée, afin que les clientes puissent goûter. Je connaissais la méthode et je l'appliquais avec gourmandise : au moyen de l'ongle du pouce, je grattais le dessus de cette petite motte et j'en prélevais la valeur d'une noisette, que je m'empressais de lécher. Ma mère faisait de même, ainsi que toutes les ménagères. Quelques-unes, à la place de leur ongle, utilisaient une pièce d'argent. D'un étal à l'autre, nous comparions la qualité du beurre, et à chaque fois nous en goûtions un échantillon. Cela représentait pour moi une friandise que j'appréciais beaucoup. Pour finir, ma mère achetait toujours la livre de beurre habituelle à la même marchande, qui nous connaissait bien car nous faisions partie de ses *pratiques*, ses fidèles clientes. Ma mère prenait aussi des œufs, quelques légumes, et, tandis qu'elle payait et bavardait quelques instants avec la fermière, j'observais les poules et les lapins qui, dans de grands paniers ronds que nous appelions *ravaches*, posés sur le sol devant l'étal, attendaient les acheteurs. Ils étaient vivants et j'aurais bien aimé les caresser.

Pour revenir ensuite à la maison, nous évitions soigneusement l'arracheur de dents qui se tenait toujours à la même place ; il me terrorisait depuis le jour où j'avais entendu crier un homme qui avait requis ses services. Par contre, nous aimions écouter les boniments de certains vendeurs qui vantaient leurs remèdes miracles, et auxquels ma mère n'achetait rien, disant qu'ils étaient des charlatans.

Il y avait aussi, chaque premier lundi du mois, dans la rue de Nomain, le marché aux bestiaux. Nous n'y allions pas, mais je me rendais parfois dans cette rue, qui n'était pas très éloignée de la nôtre, afin de jouer avec mon amie Martine, la fille d'une de nos voisines.

Une particularité nous y attirait : il y avait, retenues par de hautes bornes de pierre, des chaînes qui servaient à attacher les animaux les jours de marché. Le reste du temps, elles étaient inutilisées, et beaucoup d'enfants venaient y jouer à la balançoire. C'était un jeu que nous aimions beaucoup ; mais il me fut l'occasion de rencontrer la méchanceté, pour la première fois de ma vie.

Ce jour-là, avec Martine et deux autres filles qui habitaient dans la rue, nous nous balancions en chantant des comptines. Nous tournions le dos aux maisons, et je ne vis pas le garçon qui passait sur le trottoir, derrière nous, et qui s'approchait de moi. Soudain, il me poussa brutalement et je basculai vers l'avant. Je tombai sur les pavés de la rue, m'écorchai les genoux et les mains, et me mis à pleurer.

J'aperçus alors le garçon qui s'éloignait en me regardant et en ricanant, content de lui. Un étonnement et une révolte vinrent chasser la douleur que je ressentais. Je compris que cet enfant, un peu plus âgé que moi, avait fait exprès de me faire tomber, et qu'il s'en réjouissait. Toujours en pleurant, je me relevai, cherchant une raison à cet acte et n'en trouvant pas. Je venais de découvrir que la méchanceté gratuite existait, et que certains êtres trouvaient une grande satisfaction dans le simple fait de nuire aux autres.

Je rentrai à la maison, où ma *matante* Gustine sécha mes larmes, me consola et me pansa. Puis elle me prit sur ses genoux — son *écour*, disait-elle — et me berça comme le petit enfant que j'étais encore. Blottie contre sa poitrine rassurante, en suçant le sucre d'orge qu'elle venait de me donner, je finis par me calmer. Sa présence me disait que, si la méchanceté existait, l'amour et la tendresse existaient aussi, et je me sentis réconfortée.

Ma *matante* Gustine était bonne et détestait le mal sous toutes ses formes. Profondément croyante, elle allait régulièrement à la messe ; elle possédait un chapelet qu'elle récitait, et je regardais, intriguée, les petites boules de bois, en me demandant à quoi elles pouvaient servir.

— Je t'apprendrai, me promettait ma grand-tante. Bientôt. Quand tu seras plus grande.

Elle disait que les prières nous protégeaient contre le diable. Elle affirmait que c'était à cause de lui si certaines personnes aimaient faire le mal.

Certains soirs d'hiver, lorsque le vent soufflait, la porte de l'arrière-cuisine, qui donnait sur le jardin et qui ne fermait pas bien, s'ouvrait parfois, poussée par une bourrasque.

— Entrez, monsieur le vent, plaisantait ma mère.

— Tais-toi, ne dis pas ça, ordonnait ma *matante.*

Et elle allait refermer la porte en se signant.

Une fois, je lui demandai pourquoi il ne fallait pas dire ces paroles qui, pourtant, me paraissaient bien innocentes. Elle m'expliqua alors que, en prononçant cette phrase, on pouvait faire entrer le diable, et elle me raconta la légende de Merlin, le chien du seigneur de Templeuve, le village où elle avait vécu dans son enfance. J'adorais les histoires, et j'écoutai avec intérêt.

— C'était un grand chien noir, très grand, avec des yeux rouges. Mais aussi très méchant. Il accompagnait son maître partout, et les habitants en avaient peur. Un dimanche, dans l'église, pendant la messe, voilà que ce chien s'en va dans le chœur et lève la patte contre l'autel. Le curé, alors, se met en colère et le chasse en lui donnant un coup de pied.

Je m'affolai :

— Le chien ne l'a pas mordu ?

— Non, il s'est sauvé en *criant caïk*[1], parce que le curé avait prononcé la formule « *Vade retro, Satana* ». Ce sont des mots latins qui font fuir le diable.

— Le seigneur était dans l'église ? Il n'a rien dit ?

— Non. Mais, quelques jours plus tard, on a retrouvé le curé mort, et il était couvert de morsures. Tous les gens ont pensé que c'était Merlin qui l'avait déchiqueté. D'autant plus qu'on ne l'a jamais revu. Il paraît qu'il s'est noyé, avec son maître, un vendredi saint, dans le Grand Marais. Mais il rôde encore

1. *Crier caïk* : pousser des cris de douleur (pour un chien).

pendant la nuit, et quand le vent se met à souffler on entend ses gémissements. C'est pour ça qu'il ne faut jamais dire « Entrez monsieur le vent » quand une porte s'ouvre, car Merlin pourrait rentrer. Ça s'est passé il y a très longtemps, mais le diable existe toujours.

Cette histoire m'impressionna. Par la suite, je n'étais rassurée, la nuit venue, que si les portes de la maison étaient bien fermées. Je me mis à craindre l'obscurité qui régnait dehors, et j'imaginais un grand chien noir se promenant silencieusement et guettant une porte ouverte afin de pouvoir entrer.

Je devins très peureuse. Je n'osai plus aller dans le *trou-à-charbon* qui, même en plein jour, était toujours sombre. Peut-être Merlin s'y cachait-il, attendant le moment de sauter sur moi si je m'approchais ? Je trouvais ma mère et ma tante bien courageuses, qui y entraient sans crainte. A chaque fois, je poussais un soupir de soulagement quand je les voyais réapparaître saines et sauves.

Lorsque nous nous promenions dans la ville, et qu'il nous arrivait de passer à proximité de la Tour du diable — que nous appelions *Tour à diables* — je regardais avec appréhension cette haute construction que je trouvais noire et sinistre. Elle était un vestige des remparts qui, autrefois, entouraient la ville. Je serrais davantage la main de ma mère, et je pressais le pas. Je me disais que, si on appelait cette tour ainsi, c'était certainement parce qu'elle servait de repaire au diable, et qu'il valait mieux en demeurer éloigné.

Dans mon petit cocon familial, je menais la vie d'une enfant heureuse. Il y avait les fêtes que j'accueillais toujours avec plaisir : à la Sainte-Catherine, le 25 novembre, comme toutes les petites filles je recevais un cadeau ; à Noël, je trouvais le matin, dans mes chaussures du dimanche, un petit jésus en sucre ; le jour de Pâques, lorsque les cloches revenaient de Rome, elles semaient des œufs dans le jardin. Je courais les chercher, ravie de découvrir, au cœur des touffes de jonquilles ou de muguet bleu, des œufs cuits durs et colorés, ou, encore mieux, d'autres en chocolat, que je dégusterais au fur et à mesure des jours suivants.

J'aimais aussi le moment du Carnaval. Tout le monde se masquait. Il y avait un cortège avec des déguisements de toutes sortes, et j'admirais les jolis costumes. Un jeu se pratiquait dans les rues : des hommes, portant un masque, levaient et agitaient une canne à pêche au bout de laquelle était fixé un *sauret*[1]. Des garçons, autour d'eux, sautaient pour attraper le poisson avec les dents. C'était le but du jeu, et le vainqueur recevait un sou. J'aurais bien aimé, moi aussi, essayer ; mais je n'osais pas, parce que je n'étais pas un garçon.

En hiver, lorsqu'il gelait, nous allions nous promener jusqu'au Galatas. Nous appelions ainsi une grande mare bordée de saules, qui faisait office de

1. Hareng saur.

patinoire. Il y avait aussi le Bas-Pré, une pâture recouverte d'eau qui offrait également son étendue glacée. Je regardais les gens glisser, certains avec précaution, d'autres — des jeunes garçons surtout — beaucoup plus rapidement. Les chutes n'étaient pas rares. Des enfants jouaient au *car à glace*, une sorte de traîneau qu'ils faisaient avancer en prenant appui sur la glace à l'aide de deux longues piques. Ils organisaient des courses de vitesse, et je les observais avec envie.

J'aurais bien aimé, moi aussi, essayer d'aller glisser, mais ma mère opposait à mes demandes un refus inébranlable :

— C'est trop dangereux, Rosa, et tu es trop petite. Lorsque tu seras plus grande, peut-être...

Je devais me contenter de cette demi-promesse.

La ducasse était aussi une réjouissance que j'appréciais beaucoup. J'aimais les tours de manège, et je savais que ma mère m'achèterait du pain d'épices et des nougats. Par contre, je craignais les explosions des *campes*, sortes de gros pétards qui étaient tirés le matin du 14 juillet : ils faisaient trop de bruit.

Et, tout au long de l'année, au moment des fêtes religieuses, il y avait les processions. Ma mère y participait souvent.

L'année de mes cinq ans, je fus assez grande pour jouer un rôle, moi aussi, lors de la procession de la Fête-Dieu. Pour l'occasion, ma mère m'avait confectionné une jolie robe rose ornée de rubans. Elle me coiffa avec soin, noua un ruban identique dans mes cheveux. Puis nous partîmes toutes les deux ; ma grand-tante, à cause de la difficulté qu'elle éprouvait à marcher, était restée à la maison.

Il faisait un temps radieux. Il n'y avait pas un souffle de vent, le soleil brillait, l'air était doux. Nous allâmes jusqu'à l'église. Le cortège commençait à se former, et une femme me plaça à un endroit précis, où d'autres petites filles attendaient déjà. Je n'en connaissais aucune, et je me sentis un peu perdue. La femme nous rangea deux par deux ; lorsque le cortège se mit en route, subitement je m'aperçus que ma mère n'était plus auprès de moi.

Je la cherchai, tournai la tête dans tous les sens, mais je ne la vis nulle part. J'eus l'impression d'être perdue dans une foule inconnue ; je ressentis un affolement que je ne parvins pas à surmonter et qui devint bientôt une sorte de panique. Je me mis alors à pleurer et à appeler ma mère.

La femme qui s'était occupée de moi et qui marchait à nos côtés, sur la chaussée, s'approcha de moi :

— Eh bien, que se passe-t-il ? Pourquoi pleures-tu ?

— Où est maman ? Je veux maman !

— Elle n'est pas loin, ta maman. Tu la reverras tout à l'heure. Allons, calme-toi.

— Je veux aller avec elle !

La femme tenta de me raisonner, sans y parvenir. Voyant que je continuais de pleurer, elle capitula :

— Allons, viens.

Elle m'emmena un peu plus loin dans la procession, et, soudain, je me sentis rassurée. Je venais d'apercevoir ma mère. Avec d'autres femmes, elle suivait le dais sous lequel se tenait monsieur le curé, et elle chantait : « Loué soit à tout instant, Jésus au saint-sacrement ». La femme me mena jusqu'à elle.

Sans cesser de chanter, ma mère me prit la main et continua à avancer. Je fus surprise parce que, bien qu'elle ait vu mes larmes, elle les ignora et ne me consola pas. Mais, comme j'étais satisfaite de l'avoir retrouvée, j'arrêtai de pleurer, et je ne lâchai plus sa main.

Lorsque nous fûmes de retour à la maison, je me fis gronder. Ma mère me dit que, puisque je n'avais pas été capable de rester à ma place, je ne participerais plus à d'autres processions. Je tentai maladroitement d'expliquer l'effroi qui m'avait saisie lorsque je m'étais retrouvée seule dans une foule que je ne connaissais pas. Ma *matante* Gustine prit ma défense :

— Cette enfant s'est trouvée perdue loin de toi, Hortense. Tu ne peux pas lui en vouloir. A mon avis, cela vient du fait qu'elle est trop souvent dans tes jupes.

Ma grand-tante avait son franc-parler, et disait sans détour ce qu'elle pensait. Ma mère y était habituée, mais, cette fois, elle se mordit les lèvres :

— C'est un reproche, ma tante ?

— Non, ce n'est pas un reproche. C'est plutôt une constatation. Cette petite n'a pas un équilibre familial suffisant. Il lui faudrait un père, et à toi, il te faudrait un mari. Penses-y, Hortense.

Ma mère ne répondit pas. Ma grand-tante insista :

— Cet Alphonse qui tourne autour de toi... Il a l'air d'un brave homme. Tu devrais l'encourager, au lieu de le tenir à distance.

Ma mère fit la moue :

— Il est plus âgé que moi. Il a au moins quarante ans.

— Et alors ? Quelle importance ? Ce qui compte, c'est qu'il soit bon, et qu'il t'aime sincèrement.

Il y eut un instant de silence. Ma mère semblait réfléchir. Elle ne pensait plus à me gronder et, même si je ne comprenais pas grand-chose à cette conversation, je me sentais soulagée.

La vie continua, semblable à elle-même en apparence, mais, bientôt, je remarquai une nouvelle personne dans notre cercle de connaissances.

J'étais habituée depuis toujours aux voisines, à leur mari, à leurs enfants. Pourtant, maintenant, lorsque nous allions dans la ville, un homme s'approchait de ma mère. A la sortie de la messe, il la saluait respectueusement, échangeait quelques mots avec elle. Lorsque nous revenions du marché, soudain il apparaissait près de nous, l'aidait à porter son panier et nous reconduisait jusqu'à la maison. Un jour où il faisait chaud, ma mère l'invita à boire un verre de bière, et il entra chez nous. Je compris bientôt qu'il s'agissait de cet Alphonse dont avait parlé ma grand-tante, et je l'observai avec circonspection.

Il parvint rapidement à me mettre en confiance. Il m'offrit les bonbons que je préférais, et un jour, au marché, il m'acheta un petit moulin à vent aux ailes colorées qui fit mon ravissement. Je sortais le faire tourner dehors dès que le vent se levait ; dans la maison, je soufflais moi-même dessus. Lorsqu'il venait nous voir, Alphonse prenait une longue inspiration et lançait sur le moulin un souffle si puissant que les ailes se mettaient à tourner à toute vitesse ;

elles disparaissaient dans une sorte de spirale tourbillonnante où se fondaient toutes les couleurs. Je battais des mains, ravie. Je criais :

— Encore ! Encore !

Et, avec patience et gentillesse, sans se lasser, il recommençait autant de fois que je le désirais.

Bientôt, il vint régulièrement chez nous, et les voisines hochèrent la tête avec un air entendu :

— Hortense *fréquente*, disaient-elles. Il s'appelle Alphonse. Il a l'air bien brave.

Elles questionnèrent ma mère sur son soupirant, voulant tout savoir, son nom, son adresse, son métier. Il habitait un autre quartier d'Orchies, travaillait à la fabrique de chicorée Leroux. Leur curiosité satisfaite, elles eurent un nouveau hochement de tête approbateur.

J'entendis un jour ma grand-tante dire à ma mère :

— Quand tu es arrivée ici, nous t'avons fait passer pour veuve, dans le but d'éviter les critiques. Mais, à Alphonse, tu devras avouer la vérité.

— Oui, répondit ma mère. Je ne veux pas le tromper.

Lorsqu'il venait, Alphonse se rendait utile. Dans le jardin, il enlevait les ronces et les mauvaises herbes. Dans la maison, il effectuait les petits travaux nécessaires. Ainsi, la porte qui donnait sur le jardin fut réparée, et elle ne s'ouvrit plus sous les assauts du vent. Je n'eus plus à craindre l'intrusion de Merlin, le chien noir qui représentait le diable, et je fus soulagée.

Alphonse avait une jeune sœur, Colette, dont le mari travaillait lui aussi à la manufacture de chicorée.

Il y eut tout de suite, entre cette jeune femme et moi, une grande amitié. Elle m'appelait « ma petite Rosa », « ma petite Rose », elle me couvrait de baisers. Elle était couturière et, avec des chutes de tissu, elle fabriquait des vêtements pour ma poupée. Lorsqu'elle venait chez nous, elle me prenait sur ses genoux et me racontait des contes de fées. Grâce à elle, je connus Cendrillon, la Belle au bois dormant, le Chat botté, Blanche-Neige et les sept nains, le Petit Chaperon rouge. Tous ces personnages me fascinaient. J'avais très peur du loup qui mangeait la grand-mère, mais j'aimais beaucoup les petits nains dont j'avais appris les noms par cœur.

Ma mère et Alphonse parlaient de leur mariage, et ils en fixèrent la date au mois d'août. Comme Alphonse vivait seul dans une chambre meublée, au dessus d'un cabaret, ma mère et ma grand-tante décidèrent qu'il viendrait habiter chez nous. Je n'y vis aucun inconvénient, jusqu'au jour où Alphonse lui-même m'annonça que je ne dormirais plus dans la chambre de ma mère.

Ma lèvre trembla. Je me sentis prête à pleurer.

— Pourquoi ? demandai-je.

— Parce que c'est moi qui dormirai avec ta maman. C'est ce que font les gens mariés. Et toi, à six ans, tu es assez grande pour avoir une chambre à toi toute seule. Viens avec moi.

Il m'emmena, au premier étage, dans une petite pièce exiguë et mansardée, qui donnait sur l'arrière de la maison et qui, jusque-là, avait servi de débarras.

— Regarde, nous allons enlever toutes ces vieilleries. Je vais tout repeindre, mettre un joli papier fleuri que tu choisiras toi-même. Nous y placerons ton petit lit, et tu seras ici comme une vraie princesse. Ça te plaira, tu verras.

— Nous laisserons cette commode, ajouta ma mère. Elle sera à toi. Dans les tiroirs, tu mettras tes affaires. Et je ferai des jolis rideaux, ainsi qu'un nouveau couvre-lit rose. Si tu veux, tu choisiras le tissu avec moi lorsque nous irons au marché.

J'eus envie de protester contre ce changement qui, au départ, me désorientait, mais le sentiment d'importance que j'éprouvais m'en empêcha. Une chambre rien que pour moi, avec ma commode personnelle... De plus, la perspective de choisir moi-même le couvre-lit et le papier peint me rendait très fière.

— C'est très bien, approuva Colette. Tu n'es plus un bébé maintenant. A la rentrée, tu iras à l'école, apprendre à lire et à écrire. Tu deviens une grande fille !

Ainsi, malgré un petit regret que je n'avouai pas — depuis ma naissance, j'avais toujours dormi près de ma mère, dans la même chambre —, je me tournai résolument vers l'avenir et j'acceptai de bon cœur ce changement. Il me resta néanmoins la crainte d'avoir peur, toute seule, dans le noir, et, un jour où nous étions seules toutes les deux, j'osai en parler à ma *matante* Gustine.

— Ta nouvelle chambre sera juste en face de la mienne, me dit-elle. Si tu veux, nous laisserons chacune notre porte entrouverte. Et, si jamais tu as peur pour une raison ou pour une autre, tu viendras me retrouver. Mon lit est bien grand, il y aura de la place pour toi !

Ainsi rassurée, je me sentis heureuse et enthousiaste. Ma mère, de son côté, était toujours gaie. Elle me paraissait plus vivante ; elle chantonnait en travaillant. Je suivis d'un œil intéressé et admiratif la transformation du réduit qui allait devenir ma petite chambre. Il fut décidé que mon lit y serait transporté la veille du mariage et que, jusque-là, je dormirais encore auprès de ma mère. Je me surprenais à ressentir une sorte d'impatience : j'avais hâte d'occuper cette jolie chambre toute neuve qui m'attendait.

Quelques jours plus tard, Alphonse me dit :

— Lorsque je serai marié avec ta maman, il faudra m'appeler « papa ».

Je hochai la tête sans répondre. « Papa » ? Je ne savais pas ce que cela pouvait signifier. Ma grand-tante s'aperçut de mon incertitude :

— Ce mot ne veut rien dire pour elle, expliqua-t-elle. Elle ne le connaît pas.

— Eh bien, je lui apprendrai à le connaître, répondit Alphonse avec conviction. Nous avons toute la vie pour ça.

Mais, subitement, la guerre éclata et vint tout bouleverser.

2

C'était le jour des vacances scolaires. Cet après-midi-là, je jouais dans le jardin avec mon amie Martine lorsque les cloches du beffroi se mirent à sonner. Ce n'était pas la sonnerie qui indiquait l'ouverture du marché, ni celle qui nous prévenait de nettoyer les rues ; c'était une autre, différente, que je ne connaissais pas. Martine s'arrêta de sauter sur un pied et leva la tête, intriguée :

— Qu'est-ce que c'est ?

— Je ne sais pas. Allons demander à maman.

Je courus dans la maison, suivie par mon amie. Je trouvai ma mère debout, l'air affolé, tandis que ma grand-tante disait :

— C'est la guerre, comme en 70.

C'était un mot que je ne connaissais pas non plus, mais je l'avais entendu fréquemment, au cours des jours précédents, prononcé par Alphonse. Ma mère secoua la tête :

— Ce n'est peut-être qu'un incendie. Je vais aller voir.

L'air toujours aussi affolé, elle se précipita hors de la maison. Je l'appelai, mais elle ne me répondit pas. Alors je sortis à mon tour et courus derrière elle. Elle se dirigeait vers la place, et je ne parvins à la rattraper qu'au moment où elle arrivait devant le beffroi. Il y avait beaucoup de monde, les gens poussaient des exclamations, discutaient, parlaient tous en même temps. Je me rapprochai de ma mère, lui pris la main, me serrai contre elle. Elle baissa les yeux vers moi :

— Rosalinde… Que fais-tu là ?

Une femme, près de nous, cria :

— C'est une affiche de mobilisation. Regardez ! Nos hommes vont devoir partir !

— C'est la guerre ! s'exclama une autre d'une voix stridente. Mon Dieu, c'est la guerre !

Elle se mit à pleurer. Effrayée, je me serrai davantage contre ma mère, la regardai. Je vis qu'elle se mordait les lèvres et que ses yeux étaient remplis de larmes. Elle s'écarta de la foule qui nous entourait et m'entraîna :

— Viens. Rentrons à la maison.

Chez nous, mon amie Martine n'était plus là. Ma grand-tante nous attendait, inquiète :

— Alors ? interrogea-t-elle.

Ma mère se laissa tomber sur une chaise :

— Vous avez raison, souffla-t-elle. C'est la guerre. Les hommes sont mobilisés. Alphonse va devoir partir.

Elle se cacha le visage dans les mains et se mit à pleurer. Bouleversée, je m'accrochai à elle :

— Maman ! appelai-je. Maman !

— Voyons, Hortense, reprends-toi, dit ma grand-tante, volontairement bourrue. N'affole pas la petite ; elle va se mettre à pleurer aussi. Sois courageuse. Ça ne durera peut-être pas longtemps. En 70, les Boches ne sont pas venus jusqu'ici. Nos soldats sauront bien les arrêter.

— Mais justement ! Alphonse va être parmi eux ! Il peut être blessé, ou tué !

Ma grand-tante palpa les grains du chapelet qu'elle portait toujours à la ceinture :

— Il faut prier, affirma-t-elle gravement. Il faut prier pour qu'il revienne sain et sauf.

Avec un effort, ma mère sécha ses larmes et parvint à se calmer. Mais ses yeux rougis et ses lèvres tremblantes m'impressionnaient, et je lui lançais des regards inquiets. C'était la première fois que je la voyais pleurer, et je me sentais perdue.

Je commençai à comprendre ce qui se passait lorsque Alphonse, dans la soirée, vint nous faire ses adieux. Ma mère, pour ne pas l'attrister, ravala ses larmes et s'efforça de se montrer courageuse. Ce fut moi, cette fois, qui éclatai en sanglots au moment où Alphonse s'accroupit et me serra contre lui, me disant d'être bien sage pendant son absence. Je réalisai subitement qu'il allait partir, et je m'accrochai à lui sans pouvoir m'arrêter de pleurer. Malheureux, il me tapota le dos :

— Allons, allons, calme-toi. Je ne m'en vais pas pour longtemps. Si tu es bien sage, je te rapporterai quelque chose.

Cette promesse parvint à me consoler. Il nous embrassa toutes les trois, et ma mère le reconduisit jusqu'à la porte d'entrée. Demeurée seule avec ma grand-tante, je me tournai vers elle. Assise sur sa chaise habituelle, près de la fenêtre, elle égrenait son chapelet et priait silencieusement.

Le lendemain, Colette vint nous voir, effondrée. Son mari, comme Alphonse, était parti, et elle se retrouvait seule.

— Venez ici autant que vous le désirerez, proposa ma mère. Nous nous remonterons le moral mutuellement. C'est que nous allons en avoir besoin !

— Je ne demande pas mieux, merci. Je ne vis plus depuis qu'ils sont partis tous les deux, mon mari et mon frère... C'est dur, quand même.

Au cours des jours suivants, nous entendîmes un bruit sourd, auquel nous allions malheureusement nous habituer.

— C'est le canon, m'expliqua ma grand-tante. Ça veut dire que nos hommes se battent pour gagner la guerre et revenir près de nous.

Malgré ses articulations douloureuses et les difficultés qu'elle éprouvait pour marcher, elle tint à aller à l'église afin de mettre des cierges et de prier. Et notre vie continua, semblable en apparence, mais différente, parce que nous ne voyions plus Alphonse. Il me manquait. Sa bonne humeur, sa jovialité, son entrain, donnaient de la vie à notre maison. Maintenant, à cause de l'inquiétude où elle se trouvait, ma mère ne chantonnait plus. Je la surprenais souvent en train de s'essuyer furtivement les yeux, et je devinais qu'elle cachait ses larmes. Je la comprenais. Moi aussi, l'absence d'Alphonse me rendait malheureuse.

Il y eut la procession du 15 août et, cette fois-ci, je jouai mon rôle sans me mettre à pleurer comme je l'avais fait l'année précédente. Ma mère me félicita, et je me sentis fière. J'avais l'impression d'être devenue plus raisonnable.

Colette venait nous voir tous les jours et nous rapportait les nouvelles qu'elle entendait ici et là. Ma mère, elle aussi, en allant faire les *buées* chez ses clientes, récoltait des informations. Vers la fin du mois, elle rentra un jour, vers midi, le front soucieux :

— Il paraît que des patrouilles de uhlans ont franchi la frontière belge et viennent par ici. Ils ont été vus près de Cysoing.

Ma grand-tante ne répondit pas, mais son visage se figea brusquement. Sans un mot, elle fit un signe de croix, prit son chapelet, et se mit à prier.

Lorsqu'elle eut terminé, je posai ma poupée avec laquelle je jouais silencieusement, et je m'approchai d'elle pour demander la signification de ce mot que j'avais retenu et dont j'ignorais le sens :

— Ma tante... Qu'est-ce que c'est, des uhlans ?

Elle soupira puis, les sourcils froncés, répondit :

— Ce sont des soldats allemands. Ils viennent de leur pays pour faire la guerre et se battre avec les soldats d'ici comme Alphonse. Il ne faut pas sortir s'ils sont là. Ils sont dangereux et peuvent tuer des gens.

Ces mots m'effrayèrent et je ne demandai plus rien. Ma mère, qui était allée se changer, revint et, tout en préparant le repas, continua de donner les nouvelles qu'elle avait entendues :

— On dit que nos soldats ont dû battre en retraite à Tournai. Il paraît qu'il y a eu des tués et des blessés. Et si Alphonse était parmi eux ?

— Ne t'inquiète pas inutilement, conseilla ma grand-tante. De toute façon, nous ne pouvons rien faire d'autre qu'attendre.

Alors que nous venions de terminer notre repas, un bruit insolite nous parvint de la rue. Ma mère courut à la fenêtre de la pièce de devant et revint aussitôt, affolée :

— Ce sont nos soldats. Où vont-ils ? Il faut que j'aille voir.

— Attention, Hortense ! cria ma grand-tante. Ne sors pas !

Ma mère, qui était déjà dans le couloir, répondit sans s'arrêter :

— Ce sont les nôtres ! Il n'y a rien à craindre !

Ma grand-tante m'attira et me maintint près d'elle. J'entendais, venant de la rue, des bruits de voix. En même temps, je ressentais une peur confuse, et je voyais bien que ma grand-tante était inquiète. Enfin, après un moment qui me parut bien long, ma mère revint :

— Ils se replient sur Douai, annonça-t-elle. S'ils s'en vont, les Allemands ne vont pas tarder.

Elles échangèrent un regard effrayé. De nouveau, ma grand-tante se signa.

— Il faut que je m'occupe, dit ma mère. Si je reste sans rien faire, je vais devenir folle. Viens, Rosalinde, nous allons installer les rideaux dans ta petite chambre.

J'accueillis cette diversion avec joie. Débarrassé de tout ce qui l'encombrait, nettoyé, peint et remis à neuf, le réduit mansardé était devenu une jolie chambrette tapissée d'un papier fleuri que j'avais moi-même choisi et qu'Alphonse avait posé. Les rideaux étaient cousus et prêts à être installés. J'aidai ma mère à enfiler les crochets, pendant qu'elle soupirait :

— Je ne sais pas quand tu l'occuperas, ta petite chambre... Il faudrait déjà qu'Alphonse revienne...

J'avais hâte, moi aussi, de l'occuper, mais, d'un autre côté, dormir encore dans la chambre de ma mère ne me dérangeait pas. Au moment où nous faisions glisser le léger rideau sur la barre, des bruits répétés de pétards nous parvinrent du dehors, aussi bruyants que les *campes* qui, le 14 juillet, me faisaient si peur. Un autre bruit, plus fort, nous fit sursauter. Ma mère porta les mains à sa poitrine :

— Mon Dieu ! s'exclama-t-elle. Ce sont des soldats qui tirent ! Que se passe-t-il ? Va vite près de tante Gustine.

Effrayée, je courus me réfugier auprès de ma grand-tante, qui avait déjà saisi son chapelet. Ma mère se rendit dans sa chambre, qui donnait sur la rue, et se mit à la fenêtre afin de voir ce qui se passait. Près de ma grand-tante, je ne bougeais pas, regardant ses doigts égrener le chapelet et ses lèvres remuer silencieusement. De la rue nous parvenaient maintenant un piétinement continu ainsi que des cris.

Ma mère revint, le visage tendu par la peur :

— Ce sont les Allemands. Ça y est, ils sont dans la ville. Et ils ont fait de nombreux prisonniers français. Ils ont l'air bien victorieux !

— Ferme la porte à clef, recommanda ma grand-tante. Ne sors sous aucun prétexte. Et que Dieu nous préserve !

Elle nous conseilla également de rester dans la cuisine, qui donnait sur le jardin. Mais ma mère, dès qu'elle entendait du bruit dans la rue, se précipitait dans la pièce de devant. Pour ma part, je demeurais près de ma grand-tante, sur le qui-vive. Je ne comprenais rien à ces événements qui bouleversaient mon univers d'enfant, mais j'avais peur. Lorsqu'il fut l'heure d'aller se coucher, je demandai à ma mère si je pouvais dormir dans son lit. Elle accepta et, soulagée, je me blottis contre elle. Dans la douce sécurité de ses bras qui m'entouraient, je m'endormis.

Les Allemands étaient dans notre ville, et je n'eus plus le droit de sortir. Il me fut expliqué — et répété — qu'ils étaient dangereux, toujours prêts à tirer et à tuer. Je me mis à les craindre sans les avoir jamais vus. Ma mère allait faire les commissions nécessaires et revenait aussitôt. Je n'allais plus jouer à la balançoire sur les chaînes de la rue de Nomain, et je ne voyais plus mon amie Martine qui, comme moi, n'avait pas le droit de sortir.

Je tournais en rond dans la maison et je m'ennuyais. Ma *matante* Gustine, plus que jamais, récitait son chapelet. Pour m'occuper, je rangeais l'intérieur du cartable que ma mère m'avait acheté pour la rentrée des classes. Je changeais l'ordre des crayons dans le plumier en bois décoré d'une jolie fleur. J'avais hâte d'utiliser ces nouvelles choses. Mais, un jour, ma mère avait dit que la rentrée n'aurait peut-être pas lieu, parce que les écoles étaient occupées par les troupes allemandes qui ne cessaient de passer dans notre ville. Alors j'étais inquiète.

Ma mère et Colette, ainsi que toutes les femmes dont les hommes étaient partis, vivaient dans l'angoisse d'apprendre une mauvaise nouvelle. Parfois, nous entendions des coups sourds ébranler la maison, faisant trembler les vitres. Je me serrais contre ma grand-tante, qui tentait de me rassurer :

— N'aie pas peur, mon enfant. Tu ne crains rien. C'est le canon, et il est loin d'ici.

Mais je l'avais entendue dire que ce canon tuait des hommes et, comme ma mère, je pensais à Alphonse. Je ne voulais pas qu'il fût tué car, dans ce cas, il ne reviendrait pas. Et moi, je voulais qu'il revînt.

Un matin, vers la fin du mois de septembre, des bruits qui ressemblaient à des *campes* explosant à toute vitesse se firent entendre. Ma grand-tante se signa une fois de plus :

— Ce sont des mitrailleuses, dit-elle. Nos soldats se battent tout près. Que se passe-t-il donc ?

Cela dura de nombreuses heures et puis, dans l'après-midi, tout cessa. Nous vîmes arriver Colette, complètement affolée :

— Savez-vous ce qui est arrivé ? annonça-t-elle, essoufflée d'avoir couru.

— Non, dit ma mère. Nous n'avons pas osé sortir.

— Il y a eu des batailles. Nos soldats ont réussi à arrêter des Allemands qui, avec des torches et des grenades incendiaires, étaient prêts à mettre le feu à la ville. C'est un ordre qu'ils avaient reçu. Ils avaient déjà commencé. Il paraît que le moulin Hoël a été brûlé.

Ma mère joignit les mains :

— Mon Dieu ! souffla-t-elle.

— Notre maire nous conseille de quitter la ville, continua Colette, au cas où ils recommenceraient. La situation est grave.

— Quitter la ville ? répéta ma grand-tante. Pour aller où ?

— La route vers Lille est encore libre. Tout le monde se prépare à partir. J'ai l'intention d'aller chez mon beau-père. Il habite Pont-à-Marcq. J'y serai en sécurité.

Ma grand-tante secoua la tête :

— Eh bien, moi, je resterai ici. D'abord, je n'ai nulle part où aller. Et puis, je suis incapable de marcher longtemps. Sans compter que le danger est maintenant écarté, puisque les Allemands qui allaient mettre le feu ont été arrêtés.

— Mais d'autres peuvent arriver et recommencer. Faute de renforts, nos soldats ont reçu l'ordre de se replier sur Douai. Le maire est formel. Il vaut mieux quitter la ville. Et il conseille de le faire sans tarder.

— Eh bien, partez, répliqua ma grand-tante, catégorique. Vous, Colette, allez chez votre beau-père. Et toi, Hortense, emmène ta fille chez ton père, et restez-y toutes les deux.

Ma mère sursauta :

— Comment pouvez-vous dire ça ? Je ne vous laisserai jamais seule ! Et je ne veux pas aller chez mon père. Il m'a chassée, vous le savez bien, et si vous ne m'aviez pas accueillie, à l'époque, je me serais retrouvée à la rue. Pour rien au monde je ne retournerais chez lui ! Il serait capable de me fermer sa porte et de me laisser dehors avec mon enfant.

Ma grand-tante essaya de protester :

— Les circonstances sont différentes, maintenant. C'est la guerre. Il ne peut pas refuser de t'aider.

Ma mère croisa les bras, inébranlable :

— Inutile d'insister, ma tante. Je n'irai pas.

— Je ne vous conseille pas de rester, intervint Colette. Ce n'est vraiment pas prudent.

— Pour ma part, je ne quitterai pas ma maison, répéta ma grand-tante. Mais il est vrai qu'Hortense doit emmener Rosalinde à l'abri.

— Et moi, je refuse de vous quitter, s'entêta ma mère.

— Pense à ta fille. Tu n'as pas le droit de lui faire courir un risque pareil.

Blottie contre ma *matante*, avec ma poupée dans les bras, j'écoutais sans parvenir à tout comprendre. Ma mère me regarda, réfléchit un instant, et je vis ses yeux se remplir de larmes.

— C'est vrai, admit-elle. Mais je ne vous laisserai jamais seule, ma tante. Il y a peut-être une solution…

Elle se tourna vers Colette :

— Accepteriez-vous d'emmener Rosalinde avec vous ? Chez votre beau-père, elle sera en sécurité. Vous me la ramènerez lorsque tout danger sera écarté.

— Bien sûr, approuva immédiatement Colette. Cela ne pose aucun problème. Mais... vous deux ?

— Je crois, comme ma tante, qu'il n'y a plus rien à craindre, puisque les soldats incendiaires ont été arrêtés.

— Je ne suis pas d'accord avec vous. Le major qui avait donné l'ordre de mettre le feu à la ville va en envoyer d'autres. Si le maire nous conseille de quitter Orchies, c'est qu'il y a un danger.

Sans répondre directement, ma mère interrogea :

— Quand pensez-vous partir ?

— Ce soir, ou demain matin. Mais je crois que le plus tôt sera le mieux. Je vais préparer un sac avec quelques affaires, et dans une heure je peux être prête.

— Vous emmenez Rosalinde ?

Colette me regarda et sourit :

— Bien sûr, répéta-t-elle. Tu vas venir avec moi, hein, Rosa ? Prépare tes affaires. Je viendrai te chercher dans une heure. D'accord ?

La conversation qui venait de se dérouler me poussa à demander quelques précisions :

— Maman vient aussi ? Et ma *matante* Gustine ?

Les trois femmes échangèrent un coup d'œil, et ma mère se pencha vers moi, convaincante :

— Tu vas d'abord partir avec Colette, et nous te rejoindrons peut-être plus tard.

Ce que j'avais entendu était contraire à cette affirmation, et j'eus un doute. Prête à pleurer, je protestai :

— Si vous ne venez pas, je ne veux pas y aller non plus !

Colette intervint de nouveau :

— Tu seras avec moi, et je te raconterai les histoires que tu aimes bien. Et puis Achille, mon beau-père, a des lapins. Tu pourras les caresser et leur donner à manger. Il a aussi des poules. Je t'apprendrai à leur lancer du grain pour les nourrir. Et nous irons ramasser leurs œufs. Tu verras, ça te plaira.

Ces perspectives éveillèrent mon intérêt. Prête à capituler, je demandai :

— Et je pourrai emmener ma poupée ? Et mon moulin ?

Le petit moulin aux ailes colorées que m'avait offert Alphonse était, avec ma poupée, mon jouet préféré.

— Oui. Tu n'as qu'à dire à ta maman de les mettre dans ton bagage.

Je courus les chercher. Colette partit en promettant de revenir une heure plus tard, et ma mère prépara un sac avec du linge de rechange, une robe, en y ajoutant finalement mes deux jouets.

— Je peux prendre mon cartable aussi ?

— Non, ce n'est pas la peine. Tu seras revenue pour la rentrée. Si toutefois elle a lieu.

Ma *matante* me tendit les bras :

— Viens, ma petite enfant. Viens me dire au revoir.

Je me précipitai sur son *écour*, et elle m'embrassa à plusieurs reprises :

— A bientôt, mon enfant. Sois bien sage.

Je fis un signe d'assentiment, impatiente maintenant de partir. Ces derniers jours, je m'étais tellement ennuyée que ce changement me paraissait bienvenu.

A la pensée de m'occuper des poules et des lapins, je me sentais excitée.

Ma mère me serra très fort contre elle :

— A bientôt, ma petite fille chérie. Obéis toujours à Colette. Dans quelques jours, elle pourra te ramener. Ce ne sera pas très long.

Elle m'embrassa, elle aussi, avec toute sa tendresse. Puis Colette revint, portant un sac de voyage. Ma mère lui tendit le mien.

— Il reste un peu de place dans mon sac, remarqua Colette. Je vais y mettre les affaires de Rosalinde. En n'ayant qu'un bagage à porter, je pourrai lui tenir la main.

Ma mère hocha la tête :

— Reste toujours près de Colette, tu entends, Rosalinde ? Ne la quitte jamais.

— Ne craignez rien, Hortense. Je veillerai sur elle comme si elle était ma propre enfant. Je vous le promets.

Ma mère prit Colette aux épaules :

— Merci, dit-elle simplement.

— Vous ne voulez vraiment pas venir ?

— Non, nous restons ici.

— Je persiste à croire que vous avez tort.

Il y eut un silence, puis ma mère reprit :

— Au cas où... il nous arriverait quelque chose, à tante Gustine et à moi... Conduisez Rosalinde chez mon père.

— Chez votre père ? s'exclama Colette, surprise. Mais vous disiez...

— J'ai dit que je ne voulais plus le voir, et c'est vrai. Mais si Rosalinde se retrouve seule, elle n'aura plus que lui. Je sais bien qu'il m'a chassée de sa maison, mais sa colère ne concerne pas mon enfant, du moins je l'espère. C'est à moi qu'il en veut, pas à elle. Elle est sa petite-fille, et il prendra soin d'elle, ne serait-ce que par devoir. Dites, vous me le promettez ?

— Oui, c'est promis. Mais nous n'en arriverons pas là.

— Je le souhaite. C'est simplement que... il faut tout prévoir. Tenez, je vous ai noté son nom et son adresse sur un bout de papier.

Colette prit le papier, regarda ce qui était écrit, le plia et le mit dans la poche de sa veste :

— C'est bien. Si jamais je le perds, je saurai retenir l'adresse. J'ai une très bonne mémoire.

Elles se regardèrent, graves, tendues :

— Au revoir, Hortense.

— Au revoir. Prenez bien soin de ma petite.

— N'ayez aucune crainte à ce sujet.

Elles s'embrassèrent avec affection, puis ma mère et ma grand-tante me serrèrent de nouveau contre elles. Colette prit son sac d'une main, me tendit l'autre main :

— Allez, viens, ma petite Rose. On y va.

Nous sortîmes. Sur le pas de la porte, ma mère et ma *matante* nous regardaient partir. Ma mère nous fit un signe d'adieu en s'efforçant de sourire courageusement, mais ses yeux étaient pleins de larmes. Quant à ma grand-tante, elle prit son mouchoir et le porta à son visage pour cacher qu'elle pleurait.

— Elles sont tristes parce que nous allons être séparées quelque temps, m'expliqua Colette. Mais nous reviendrons bientôt, et tu pourras leur raconter tout ce que tu as fait. Nous leur rapporterons même des œufs, que tu auras ramassés toi-même.

Ces paroles chassèrent la tristesse qui me gagnait et firent revenir mon optimisme. Ma main dans celle de Colette, je me mis à avancer sans plus regarder en arrière.

3

Nous n'étions pas les seules à partir. Les rues étaient encombrées de gens qui, comme nous, quittaient la ville. Tout le monde prenait la même direction, la seule route encore praticable, celle de Lille.

Colette avait retrouvé dans la foule une voisine, qui ne cessait de bavarder :

— Nous avons intérêt à aller vite. Et si les Allemands nous rattrapaient ? Tout a été prévu pour que les habitants s'en aillent. Il y a même un train qui va emmener à Lille les vieillards de l'hospice et les malades de l'hôpital… Moi, je vais chez ma sœur, à Seclin. Et vous ?

— Chez mon beau-père, à Pont-à-Marcq.

— Nous avons de la chance que ces villages soient situés sur la route de Lille. Sinon, qu'aurions-nous fait ?

— Ceux qui ne peuvent pas aller dans leur famille vont aller jusqu'à Lille. Ils y seront accueillis et logés dans les écoles.

Elles continuèrent à bavarder jusqu'à ce que, essoufflées, elles se turent et économisèrent leur souffle en vue de la longue marche qui nous attendait. Nous étions sortis de la ville, et nous formions un défilé ininterrompu. Il n'y avait que des femmes, des enfants et des vieillards. L'un d'eux, devant nous, trébucha soudain, faillit tomber, et refusa d'aller plus loin. La femme qui était avec lui tenta de l'encourager :

— Voyons, père, vous ne pouvez pas rester là. Faites un effort.

— Laisse moi, Noémie. Pars seule et ne t'occupe pas de moi. Je ne peux plus marcher. Je t'avais dit que je voulais rester. Je ne suis pas capable de faire une route aussi longue à pied.

— Mais...

Au milieu de la route, ils gênaient le passage. Des gens qui, derrière nous, poussaient une carriole encombrée de bagages, proposèrent leur aide :

— Montez là-dessus. On ne va pas vous laisser ici avec les Allemands qui risquent d'arriver.

A grand peine, ils juchèrent le vieil homme sur la carriole. Celui-ci protestait et se lamentait, répétant qu'il était trop âgé pour ce genre d'expédition et qu'il aurait mieux fait de rester chez lui. Je pensai à ma *matante* Gustine qui n'avait pas voulu quitter sa maison. Moi-même, je commençais à avoir mal aux pieds. Je levai les yeux vers Colette :

— On est bientôt arrivées ?

— Encore un peu de courage, ma petite Rosa. Ça ne va plus être très long.

Mais nous marchions, nous marchions, et cela semblait ne devoir jamais finir. Parfois, des personnes posaient leurs bagages sur le bas-côté et soufflaient quelques instants avant de repartir à nouveau. Des enfants, fatigués, pleuraient. Je demandai :

— C'est encore loin ?

— Non, pas très.

De temps en temps, nous nous arrêtions, nous aussi. Colette changeait de main pour porter son bagage, puis nous reprenions la route. Bientôt, le soir se mit à tomber. Autour de nous, les avis étaient partagés.

— On est bientôt à Templeuve, dit une femme. Nous allons y demander l'hospitalité pour la nuit.

— Moi, je préfère continuer jusqu'à Lille, assura une autre. Il vaut mieux mettre le plus possible de kilomètres entre les Allemands et nous.

— Je suis trop fatiguée, objecta la première, et mes enfants sont trop petits pour marcher aussi longtemps. Sans compter qu'il va bientôt faire noir.

Colette serra ma main dans la sienne :

— On y est bientôt.

Malgré cette affirmation, il fallut encore marcher un temps qui me parut interminable. Je regardais avec envie les gens qui s'arrêtaient pour la nuit. Je n'avais plus le courage de demander si ce serait encore long. Je me laissais entraîner par Colette, bâillant et frottant mes yeux qui brûlaient de fatigue.

Enfin, Colette s'arrêta devant une maison :

— C'est ici, Rosa. Nous sommes arrivées.

Elle frappa à la porte, entra. A l'intérieur, un vieil homme aux cheveux blancs nous accueillit sans surprise :

— Colette ! Je me doutais bien que tu viendrais ici. Je t'attendais. J'ai préparé la chambre de Pierre. Et j'ai gardé quelques pommes de terre au chaud. Il y a aussi du pain, du fromage et des pommes. Tu dois avoir faim.

— Je suis surtout éreintée, dit Colette en posant son bagage. Et j'ai pris la liberté d'amener avec moi cette enfant. Je vous expliquerai. Pour le moment, le plus urgent serait de la coucher. Regardez-la, elle dort debout.

Il était vrai que j'avais l'impression de vaciller, et je me retenais à la main de Colette pour ne pas tomber.

— Viens, me dit-elle.

Luttant pour garder mes yeux ouverts, j'eus vaguement conscience qu'elle m'emmenait dans une chambre. Elle me déshabilla, me fit faire une toilette sommaire, me mit ma blouse de nuit et me coucha dans le grand lit. Elle se pencha, m'embrassa sur le front :

— Dors bien, ma petite Rosa. A demain.

Je ne la vis même pas sortir de la chambre. Mes yeux se fermèrent, et je sombrai dans le sommeil.

A un moment, vers le milieu de la nuit, Colette vint me rejoindre. Je remuai.

— C'est moi, chuchota-t-elle. Tout va bien. Dors.

Je me rapprochai d'elle et, réconfortée par sa présence, me rendormis aussitôt.

Lorsque j'ouvris les yeux, le lendemain matin, il faisait grand jour. Pendant un instant, je me demandai où je me trouvais. Puis je me souvins. Je détaillai la chambre que j'avais à peine vue la veille.

En plus du lit, elle possédait une armoire, une sellette servant de table de nuit, deux chaises, ainsi qu'une commode au dessus de marbre sur laquelle étaient posés un broc et une cuvette. Le chant d'un coq retentit au dehors, et je tournai mes yeux vers la fenêtre. Des doubles rideaux occultaient la lumière, mais je devinai les rayons du soleil. Je repensai soudain aux poules et aux lapins. Impatiente de me lever, j'appelai :

— Colette !

Il y eut un bruit de pas, la porte s'ouvrit, et Colette apparut, souriante :

— Tu es réveillée, ma petite Rosa ? Tu as dormi comme un loir !

— On va aller voir les poules et les lapins ?

Elle se mit à rire :

— Attends un peu. Habille-toi d'abord, et viens déjeuner. Nous irons après.

Elle s'approcha de moi, m'embrassa. Je mis mes bras autour de son cou et l'embrassai à mon tour. Elle me fit lever, faire ma toilette, m'habilla et me coiffa. Puis elle m'emmena dans la cuisine :

— Viens dire bonjour à Achille.

Le vieil homme, assis à la table, se tourna vers moi et me tendit les bras. Il avait un visage souriant et bon, et je me sentis tout de suite en confiance avec lui. Je l'embrassai volontiers et, tandis que je prenais place et que Colette me versait une pleine jatte de lait bouillant, accompagnée de tartines beurrées, Achille me fit un clin d'œil :

— Colette m'a tout expliqué. Je sais que tu veux voir mes poules et mes lapins. Nous irons dès que tu auras déjeuné. Tu pourras m'aider à leur donner à manger. Et puis, je te montrerai comment faire pour ramasser les œufs. Chaque poule a un endroit qu'elle a choisi pour pondre. Il faudra bien faire attention à ne pas les casser !

Je mangeai avec appétit mes tartines, bus mon bol de lait, puis me levai aussitôt. Achille, amusé lui aussi par mon impatience, se leva à son tour :

— Allons, viens !

Par une porte de derrière, nous sortîmes dans le jardin. Il était beaucoup plus grand que le nôtre, et je vis des carottes, des pommes de terre, des salades. Dans le fond, près d'un verger comprenant plusieurs arbres fruitiers, se trouvait un enclos grillagé dans lequel j'aperçus plusieurs poules. Achille s'en approcha :

— Nous irons leur donner du grain tout à l'heure. En attendant, viens les voir. Et regarde le coq : il s'appelle Arsène.

Plus grand que les poules, les plumes de la queue en panache et la tête haute, Arsène nous observait.

— Moi, il me connaît, dit Achille, mais il se demande qui tu es. C'est la première fois qu'il te voit. Parle-lui, pour lui expliquer que tu viens en ami.

Je tendis la main et appelai :

— Arsène ! Bonjour, Arsène !

Le coq pencha sa tête d'un côté, puis de l'autre, en vrillant sur moi un œil si méfiant que je ne pus m'empêcher de rire.

— Il s'habituera à toi, ne t'inquiète pas, reprit Achille. C'est qu'il est responsable de la basse-cour, et il veut qu'on sache que c'est lui le chef ! Viens, maintenant, allons voir les lapins.

Achille m'emmena vers l'une des dépendances, dont il ouvrit la porte. A l'intérieur, plusieurs petites cabanes alignées et superposées abritaient chacune un lapin. Avec un cri de joie, je m'approchai d'elles. Je me trouvai nez à nez avec l'un des pensionnaires, qui dressa ses oreilles et me regarda.

— C'est une lapine, expliqua Achille. Elle s'appelle Moumoune. Elle est douce et gentille. Et vois comme elle est grosse ! C'est une gourmande. Tiens, donne-lui ça. Ce sont des fanes de carotte. Elle en raffole.

Il prit, dans un cageot situé derrière nous, quelques tiges feuillues qu'il me tendit. A travers les barreaux de la cage, j'en présentai une à la lapine. Elle fronça son petit nez rose et se mit à l'engloutir avec voracité. Je me tournai vers Achille, ravie :

— Elle a tout mangé !

— Je t'ai dit qu'elle était gourmande. Maintenant, je vais te présenter les autres.

Il me les montra un à un, me citant leur nom, et je m'efforçai de les retenir.

— Nous reviendrons les voir cet après-midi. Si tu veux, tu pourras m'accompagner lorsque j'irai chercher de l'herbe. Ensuite, je changerai leur *camuche*[1] et tu leur donneras à manger.

— Oh oui, je veux bien !

Enchantés tous les deux, nous revînmes à la cuisine, où Colette nous attendait. La nouveauté de

1. Cabane à lapins.

l'endroit et la gentillesse d'Achille me faisaient oublier, pour un instant, que j'étais séparée de ma mère et de ma grand-tante. Colette me permit de l'aider à préparer le dîner[1], et, en mangeant le fricot de pommes de terre et de navets que j'avais surveillé et mélangé, Achille déclara avec sérieux :

— On voit que ce fricot a été touillé comme il le fallait. Je n'ai jamais rien mangé d'aussi bon.

Je le crus, et ma sympathie pour lui augmenta.

L'après-midi, il me fit entrer dans l'enclos des poules pour les nourrir. Au début, je fus effrayée par la façon dont elles se pressèrent autour de nos jambes. Mais Achille me rassura :

— C'est parce qu'elles ont faim. Elles ne vont pas te faire de mal. Tiens, fais comme moi.

Il prit une poignée de maïs dans le sac de toile qu'il tenait et lança les grains autour de lui. Les poules, aussitôt, se baissèrent pour picorer. Je l'imitai, timidement au début, puis avec de plus en plus d'assurance. Je finis par trouver cela très amusant, et j'aurais volontiers continué, mais Achille déclara :

— C'est assez pour aujourd'hui. Nous reviendrons demain.

Il alla ranger le sac, en prit un autre, vide celui-là, et me le tendit :

— Tiens, prends ça. Nous allons aller couper de l'herbe. Moi, je porterai la faucille. N'y touche jamais, elle est très coupante.

A la grille du jardin, il cria à Colette :

1. Dans le Nord, le dîner est le repas de midi.

— Je m'en vais chercher de l'herbe pour *raffourer*[1] mes lapins. J'emmène la petite. A tout à l'heure.

Colette apparut à la porte de la cuisine :

— N'allez pas trop loin, père. Et si vous voyez l'ombre d'un Allemand, revenez tout de suite.

— Ne t'inquiète pas. Je ne m'éloignerai pas du village. Et nous ne prendrons pas la route. Nous irons directement dans les champs.

La main dans la main, Achille et moi sortîmes du village. Des gens nous croisaient ou nous regardaient passer — des femmes ou des hommes âgés. Ils saluaient Achille, ajoutaient un commentaire à mon intention. Ils n'étaient pas surpris de me voir car, depuis la veille, de nombreux Orchésiens avaient fui leur ville et quelques-uns s'étaient arrêtés à Pont-à-Marcq. Achille, à tous, répondait qu'avec moi il « avait de l'assistance » et qu'il était bien content.

A la sortie du village, il prit un chemin de terre et s'arrêta le long d'un fossé :

— Ici, l'herbe est belle. Tiens le sac grand ouvert.

Il se mit à couper les herbes qui recouvraient le talus, et j'admirai l'habileté avec laquelle il maniait la faucille. Au-dessus de nous, dans le ciel bleu, les dernières hirondelles passaient en trissant, et autour de nous s'étendait la campagne ensoleillée. Il régnait une telle paix que je ne pensais plus du tout à notre fuite de la veille ni aux Allemands qui faisaient si peur à tout le monde. Consciente de mon importance, je présentais à Achille le sac qu'il remplissait peu à peu

1. Nourrir (en parlant d'animaux) avec du fourrage.

d'herbe. Lorsqu'il fut plein aux trois quarts, Achille se releva :

— C'est bien, petite. Donne-le-moi, maintenant. Je vais le porter. Il est trop lourd pour toi.

Je demandai la permission de cueillir quelques fleurs des champs, et j'en fis un bouquet avec lequel je revins, enchantée de cette petite expédition. A la maison, j'offris les fleurs à Colette qui, touchée de mon attention, m'embrassa avec tendresse. Puis je suivis Achille dans la remise aux lapins.

— Nous allons faire les litières en remplaçant la paille souillée par de la paille fraîche. Tu vas m'aider.

Je l'observai tandis qu'il nettoyait chaque clapier, m'amusant de l'attitude des lapins qui dressaient les oreilles et remuaient leur petit nez rose. Dès qu'Achille me le demandait, je lui présentais de la paille fraîche, et il me permettait même d'en disposer au bord de la cage. Ensuite, lorsque le nettoyage fut terminé, Achille leur donna une grosse poignée d'herbe, et il compléta cette nourriture par quelques épluchures de pommes de terre, de carottes, et des feuilles de salade que je présentai moi-même. Achille riait de mes exclamations et m'expliquait que Moumoune était gourmande, ce que je savais déjà, mais que Gris-Gris était paresseux et préférait dormir. Je l'écoutais, essayant de retenir toutes ces informations.

— A la longue, tu les connaîtras mieux, et tu sauras leur nom par cœur.

Lorsque la porte du dernier clapier fut refermée, je levai les yeux vers mon vieil ami, et nous échangeâmes un sourire ravi. Je trouvais que la vie avec lui était beaucoup plus passionnante que celle que j'avais menée auparavant, et j'en étais très satisfaite.

La journée du lendemain se déroula de la même façon, celle du surlendemain également. Je m'habituais à la maison d'Achille, à ses lapins que je commençais à appeler par leur nom. Il me montra comment ramasser les œufs sans les casser ; puis je l'aidai à cueillir des prunes, et nous remplîmes une *mindelette* — un panier en osier que nous rapportâmes fièrement à la cuisine. Colette en profita pour faire une tarte aux prunes, qui constitua un dessert délicieux.

Des voisins ou des voisines d'Achille venaient parfois, dans la journée, parlaient de la guerre et des Allemands qui arrivaient dans la région, logeant quelquefois dans les villages, exigeant de la nourriture pour eux et pour leurs chevaux, repartant le lendemain pour aller plus loin. Près d'Achille et de Colette, je me sentais protégée. Le troisième jour, en me montrant Moumoune, Achille m'expliqua :

— Bientôt, elle va avoir des bébés. Si tu veux, je t'en donnerai un. Il sera à toi. Ça te plairait ?

Je sautai d'excitation :

— Oh oui ! Oh oui ! Merci, Achille.

Ce soir-là, je m'endormis le sourire aux lèvres.

Mais, le lendemain, lorsque Colette vint m'aider à me lever, je remarquai tout de suite qu'elle avait le visage tiré et les yeux rouges. Dans la cuisine, Achille répondit d'une façon distraite à mon bonjour et se tourna vers elle en fronçant les sourcils :

— On ne peut pas être sûr. C'est peut-être un bruit qui court. Et même si c'est vrai, les dégâts ne sont peut-être pas aussi importants qu'on le dit.

— Vous avez entendu Juliette comme moi. Ils ont pratiquement brûlé toute la ville, même l'église et le beffroi. Cette grande lueur que l'on apercevait, c'était ça.

— Juliette est une bavarde qui exagère toujours. Je la connais depuis longtemps et j'ai appris à ne pas croire tout ce qu'elle raconte.

— Il n'empêche que je suis inquiète pour Hortense et Augustine.

— Elles ont certainement pu fuir à temps.

Je vis Colette secouer la tête, l'air préoccupé :

— Je me le demande, justement. Augustine ne peut pas marcher vite, ni longtemps. Et Juliette dit qu'il y a eu des victimes, des gens qui étaient restés chez eux et qui ont été brûlés vifs. Quelle horreur !

— Rien ne dit qu'elles font partie des victimes. Tu t'inquiètes peut-être inutilement.

— Je vais y aller. Il faut que je sache... Et chez moi, que vais-je retrouver ? Si ma maison a brûlé, je n'aurai plus rien...

— Ne t'affole pas comme ça. Même si c'est le cas, tu vivras ici en attendant que Pierre revienne. Et je ne te conseille pas d'aller à Orchies en ce moment. C'est dangereux. Si ce qu'on raconte est vrai, il vaut mieux ne pas se rendre sur place.

— Il faut que j'y aille, répéta Colette sur un ton catégorique. Je veux savoir.

Tout en mangeant mes tartines de pain beurré et en buvant mon bol de lait, j'avais écouté cette conversation sans bien en comprendre le sens. Je retins néanmoins que Colette allait se rendre à Orchies, et je demandai :

— Je peux y aller aussi ?

— Non, Rosa. Tu vas rester ici avec Achille. Je reviendrai très vite.

— Avec maman ?

— Je ne sais pas encore. Nous verrons bien.

L'idée que ma mère puisse revenir avec Colette me plut. Je m'imaginai en train de lui montrer les lapins et de lui expliquer que, bientôt, j'en aurais un, rien que pour moi, comme Achille me l'avait promis. De son côté, Colette, sans écouter les protestations et les conseils de prudence de son beau-père, se prépara pour partir. Au moment de quitter la maison, elle m'embrassa tendrement :

— Sois bien sage avec Achille, mon enfant. Et vous, père, veillez sur elle jusqu'à mon retour. Je vous la confie.

— Ne crains rien. Mais toi, fais attention. Et reviens vite.

— C'est promis. A tout à l'heure.

Elle sortit, et je me retrouvai seule avec Achille. Il prit le panier qui servait à la récolte des fruits :

— Viens. Allons chercher des prunes. Il y en a encore. Et aussi des pommes.

Il m'occupa ainsi toute la matinée : cueillir des fruits, ramasser les œufs, nettoyer le poulailler, nourrir les poules... Je ne vis pas le temps passer. Vers midi, Colette n'étant pas encore rentrée, il prépara lui-même le repas, confectionna une omelette, assaisonna une salade, et me proposa comme dessert quelques-unes des prunes que nous avions cueillies. Elles étaient gonflées à souhait, juteuses, sucrées, encore chaudes de soleil, et je me régalai. En léchant mes doigts, je dis mon approbation :

— Hmmm... C'est bon !

Achille sourit en me regardant :

— Je ne t'ai pas laissée mourir de faim, hein ? Avec mon jardin, il y a toujours de quoi manger. Et puis, je sais faire la cuisine et préparer les repas. Il le faut bien, puisque je vis seul.

— Mais maintenant, vous n'êtes plus tout seul, avec Colette et puis moi.

— C'est vrai. Et je suis bien content. Ça me fait de la compagnie.

Il débarrassa la table, fit la vaisselle. Je l'aidai en essuyant les couverts et en les rangeant dans le tiroir de la table. Nous venions de terminer lorsque la grille du jardin grinça, et Colette apparut.

Echevelée, livide, elle se laissa tomber sur une chaise et demeura un moment sans parler, regardant fixement droit devant elle. Puis elle ôta son chapeau et sa veste, tout en conservant son air hagard.

— Eh bien, qu'y a-t-il ? interrogea Achille, inquiet.

Elle se tourna vers lui et gémit, d'une voix enrouée :

— Ma maison... Entièrement brûlée... Il ne reste que des pans de murs noircis, des morceaux de poutres, c'est tout. Et partout, c'est la même chose... Ils ont incendié aussi l'église et le beffroi. Il y a quand même quelques maisons qui n'ont pas trop souffert, mais la rue de Valenciennes, dans laquelle j'habite, est entièrement détruite.

Elle regarda son beau-père avec désespoir :

— Je n'ai plus rien. Tout ce que je possédais a brûlé.

Achille devint pâle à son tour :

— C'est affreux, murmura-t-il d'une voix sourde. Mais tu sais bien que ma maison est aussi la tienne, ajouta-t-il dans une tentative de consolation.

Elle hocha la tête :

— Oui, je sais, murmura-t-elle faiblement. Merci, père.

Je ne disais rien mais, soudain, je n'y tins plus. J'avais retenu que ma mère reviendrait peut-être avec Colette, mais je ne la voyais pas et je me sentais déçue. Je m'approchai de Colette :

— Et maman ? demandai-je. Où est-elle ?

Les yeux de la jeune femme se remplirent de larmes, ses lèvres tremblèrent. En évitant mon regard, elle dit :

— Je ne l'ai pas vue. Votre maison a brûlé. Elle a dû aller ailleurs avec ta *matante*.

Je n'étais pas loin de pleurer à mon tour. S'en apercevant, Achille prit la *mindelette* qu'il utilisait pour la cueillette des fruits et me la tendit :

— Tiens. Je te donne un travail important, que tu vas faire toute seule, comme une grande. Va ramasser les pommes qui sont tombées dans l'herbe. Colette fera de la compote.

Je pris le panier et, oubliant mon chagrin, sortis de la maison. Dehors, je me dirigeai vers le fond du jardin, là où se trouvait le verger. Je cherchai, sous les pommiers, les fruits qui étaient tombés et je les ramassai. Dans l'enclos grillagé réservé aux poules,

Arsène, le coq, m'observait. J'allai lui présenter une pomme, mais il se contenta de pencher la tête sur le côté et de vriller sur moi un œil mécontent. Je le trouvai bien peu aimable, haussai les épaules et retournai à mon panier. Je vérifiai que j'avais bien ramassé toutes les pommes, puis revins vers la maison.

Alors que je m'approchais de la cuisine, dont la porte était restée ouverte, j'entendis Colette qui disait :

— Heureusement, presque tous les habitants étaient partis, et il n'y a pas beaucoup de victimes. Ce sont surtout des personnes âgées, qui n'ont pas voulu ou qui n'ont pas pu quitter leur maison. Si seulement j'avais pu décider Augustine... Je lui ai répété qu'il n'était pas prudent de rester, mais elle ne m'a pas écoutée. J'aurais dû insister davantage... Je me le reprocherai toujours. Comment annoncer à Rosalinde qu'elles font partie des victimes ? C'est impossible. Comprendra-t-elle seulement ?

En entendant mon nom, je m'arrêtai pour écouter. La voix d'Achille me parvint :

— Ne lui dis rien pour le moment. Elle est heureuse ici avec nous. Nous verrons par la suite ce qu'il convient de faire.

— Et Alphonse qui ne sait rien ! se lamenta Colette. Sans la guerre, ils seraient mariés maintenant. Et il va falloir que je lui écrive cette horrible nouvelle ! Je ne le pourrai jamais !

J'entendis un bruit de sanglots, et je compris qu'elle pleurait. Je me précipitai dans la maison, lâchai mon panier, courus jusqu'à elle :

— Colette ! Qu'est-ce qu'il y a ?

En me voyant, elle fit un effort pour se reprendre, sécha ses larmes, tenta de me sourire et expliqua maladroitement :

— Je pleure parce que je n'ai plus de maison. Elle a été brûlée par les Allemands.

— Ça ne fait rien, intervint Achille à mon intention. Colette va simplement changer de maison. Maintenant, elle restera ici.

Sans hésiter, j'affirmai :

— C'est beaucoup mieux, ici, avec le grand jardin, les poules et les lapins.

— La vérité sort de la bouche des enfants, approuva Achille. Restez ici, toutes les deux, aussi longtemps que vous le désirerez.

L'incendie d'Orchies souleva une forte indignation. Dans le village, c'était l'unique sujet de conversation ; les voisins et les amis d'Achille venaient en discuter avec lui. De ce fait, le vieil homme avait moins de temps pour s'occuper de moi, et j'en étais désolée. Les commentaires étaient toujours à peu près les mêmes :

— Quelle honte ! Des vrais barbares ! Mettre ainsi le feu à toute une ville !

— D'autant plus qu'il n'y avait aucune raison...

— C'est en guise de représailles, ont-ils dit, après une attaque de francs-tireurs.

— Le major von Mehring, qui a ordonné l'incendie, a fait placarder des affiches. J'en ai vu une. Il affirme que des soldats allemands blessés ont été achevés, et que des membres du personnel médical ont été mutilés. D'après lui, leurs yeux ont été arrachés, leurs oreilles coupées. Et cela se serait passé à Orchies. Ce qui explique, selon lui, la destruction de la ville.

Cette supposition déclenchait à chaque fois de vives protestations :

— Allons donc ! Encore un mensonge ! A qui fera-t-il croire une chose pareille ? Nous ne sommes pas des barbares, nous !

— Ils nous mettent sur le dos les atrocités qu'ils commettent eux-mêmes. J'ai entendu des réfugiés belges, quand ils sont passés par ici. Ils m'ont raconté que les uhlans coupaient les mains des enfants.

Ces conversations avaient souvent lieu devant moi et, lorsque j'entendais cette terrible phrase, je cachais mes mains derrière mon dos. J'avais de plus en plus peur des Allemands, et je retenais que notre maison avait brûlé, comme celle de Colette. Je l'interrogeais, demandais où étaient ma mère et ma grand-tante. A chaque fois, elle détournait la tête et me donnait la même réponse :

— Je ne sais pas. Elles ont dû aller ailleurs, dans une autre maison.

— Elles vont venir ici ?

— Je ne sais pas. Peut-être.

Plusieurs jours passèrent ainsi. Les quelques Orchésiens qui avaient trouvé refuge dans le village, et dont la maison n'avait pas trop souffert, retournèrent chez eux. Les voisins d'Achille venaient moins souvent, et le vieil homme s'occupait de nouveau de moi. Il m'affirmait que Moumoune allait bientôt avoir ses bébés, et me répétait que, parmi eux, je pourrais en choisir un, qui ne serait qu'à moi. J'étais de plus en plus excitée et impatiente.

Un soir, alors que j'étais couchée dans le grand lit où Colette, ensuite, viendrait me rejoindre, j'entendis une conversation qui me concernait. Dans la cuisine, Colette et Achille discutaient. La porte de la chambre restée entrouverte me permettait de comprendre les paroles. Le nom de ma mère me parvint, et je tendis l'oreille.

— Je l'ai promis à Hortense, disait Colette, lorsque nous nous sommes quittées.

— Tu as le temps, protestait Achille. Pour le moment, la petite est bien, ici, avec nous. Elle peut rester, elle ne me dérange pas, au contraire.

— Si j'attends, je n'aurai plus le courage de me séparer d'elle. Et puis, qui sait ce qui peut arriver ? Ces Allemands qui ne font que passer pourraient bien un jour s'arrêter et s'installer. Non, je dois tenir ma promesse pendant qu'il en est encore temps.

Achille protesta de nouveau, mais Colette demeura inébranlable :

— Je la conduirai chez son grand-père demain dans l'après-midi. J'ai gardé l'adresse que m'a confiée Hortense. Ce n'est pas loin d'ici.

Achille poussa un long soupir :

— Si c'est vraiment ce que tu veux... Mais elle me manquera. Je me suis attaché à elle.

— Moi aussi, père, je l'aime bien. Mais je dois respecter la volonté d'Hortense.

Je m'interrogeai sur le sens de cette conversation, ne parvins pas à trouver une explication, et finis par m'endormir.

La journée du lendemain se déroula comme les précédentes. Je savais maintenant nourrir les poules, ramasser les œufs sans les casser, aider à faire la litière des lapins et à les *raffourer*. Je m'enhardissais à les caresser entre les oreilles ; quant aux poules, certaines d'entre elles s'accroupissaient — « se mettaient à *crou-crou* », disait Achille — pour me permettre de passer sur leur dos une main amicale.

Dans l'après-midi, après avoir été chercher de l'herbe et nourri les lapins, nous revînmes, Achille et moi, dans la maison. Colette me donna à goûter puis, avec une gaieté forcée, elle m'annonça :

— Aujourd'hui, nous allons faire un petit voyage. Nous allons prendre toutes tes affaires, et nous rendre chez ton grand-père.

Ce mot me rappela ce que j'avais entendu la veille et que j'avais oublié. Intriguée, je demandai :

— Mon grand-père ? Qui est-ce ?

— C'est le papa de ta maman. Tu ne le connais pas parce que... eh bien... justement, il est temps que tu fasses sa connaissance. Viens, je vais faire ta toilette, te recoiffer, t'habiller, et ensuite nous partirons.

— Achille vient aussi ?

— Non, Achille va rester ici.

Je ne protestai pas parce que, sur le moment, je ne compris pas ce que cela impliquait pour moi. Je crus qu'il s'agissait d'une simple visite et que nous reviendrions ensuite. Colette, volontairement ou non, ne me détrompa pas. Je supposai que ce grand-père que je n'avais jamais vu était, comme Achille, un vieil homme doux et bon. Je demandai :

— Est-ce qu'il a des poules ? Et des lapins ?

— On ne sait pas, répondit Colette. On le verra lorsqu'on sera chez lui.

Partagée entre l'attrait de la nouveauté et une certaine méfiance devant l'inconnu qui se présentait à moi, je ne disais plus rien. Colette m'habilla pour sortir, fit un paquet de mes affaires, mit sa veste et son chapeau :

— Allons-y. Dis au revoir à Achille, ma petite Rosa.

Le vieil homme me tendit les bras, et sa moustache me piqua la joue lorsqu'il m'embrassa :

— Au revoir, ma petite fille.

— Au revoir, Achille, dis-je en l'embrassant à mon tour.

Je l'entendis renifler, et il toussa pour dissimuler son émotion :

— Sois prudente, conseilla-t-il à Colette. Fais attention aux Allemands, et surtout évite-les.

— Ne craignez rien, nous n'en rencontrerons pas. Nous n'y allons pas par la route. Nous allons prendre les *piedsentes*[1] à travers champs.

— Eh bien, alors, à bientôt. Au revoir, ma petite fille, répéta-t-il.

Colette me prit la main, et nous nous mîmes en route. Après quelques instants, je me retournai. Achille, debout à la grille de son jardin, nous regardait partir. Il me fit un signe d'adieu auquel je répondis, sans me douter que je le voyais pour la dernière fois.

1. Chemins de terre.

4

Mon grand-père habitait un village distant de quelques kilomètres et, en chemin, Colette m'expliqua qu'elle viendrait me voir souvent. J'avais remarqué qu'elle avait mis dans mes affaires ma poupée et mon petit moulin aux ailes colorées. Je compris subitement tout ce que cela signifiait : Colette me menait chez mon grand-père, et elle allait m'y laisser.

Un affolement me prit. Prête à pleurer, je protestai :

— Je ne veux pas y aller. Je préfère rester chez Achille.

— C'est ta maman qui m'a dit de te conduire chez ton grand-père, ma petite Rosa. Tu dois obéir à sa volonté.

Avec un espoir soudain, je demandai :

— Maman sera là ?

— Heu… je ne crois pas. Nous verrons bien.

Nous marchions dans les chemins à travers champs, et nous étions seules. Je me sentais inquiète ; de plus, le temps gris et maussade s'accordait à mon humeur sombre.

— Et le bébé de Moumoune ? Il est pour moi. Achille me l'a dit.

— Tu en auras d'autres chez ton grand-père. Et peut-être qu'il t'en donnera plusieurs.

— Il voudra bien ?

— Certainement, si tu es sage et que tu le demandes gentiment.

Un peu rassurée, j'envisageai l'avenir d'un œil plus optimiste. Au loin, un clocher et des maisons apparurent.

— Nous y sommes bientôt, déclara Colette. Ton grand-père habite à l'entrée du village. Ce n'est plus très loin.

J'avais retenu que ma mère, peut-être, serait là, et maintenant j'avais hâte d'arriver. Le chemin déboucha sur une rue, et Colette regarda autour d'elle.

— Voyons... le numéro 15. C'est par ici.

Elle m'entraîna. La rue était étroite et pavée. En cette fin d'après-midi, elle était déserte, à l'exception d'une femme habillée de noir qui nous croisa et nous dévisagea avec curiosité. Devant une petite maison basse, Colette s'arrêta :

— C'est ici.

C'était une vieille maison, recouverte de *pannes*[1], au mur de torchis blanchi à la chaux, avec un soubassement peint en noir. Un fossé la séparait du trottoir, et nous dûmes franchir un petit pont de bois. Devant la porte, Colette fit halte de nouveau, et frappa plusieurs coups.

1. Tuiles.

— Entrez, cria une voix à l'intérieur.

— Regarde, dit Colette en tirant sur la ficelle qui actionnait l'ouverture de la porte. C'est comme dans le conte du Petit Chaperon rouge. Ici, ce n'est pas une bobinette : c'est la *clinche*[1] qui se soulève.

Elle poussa la porte, et nous pénétrâmes dans une pièce au sol de terre battue. Je vis tout de suite, assis à la table, un homme âgé au visage sévère et aux cheveux gris. Une vieille femme lui faisait face ; elle avait une expression avenante qui me plut. Deux tasses vides indiquaient qu'ils venaient de boire du café.

— Encore des réfugiés ! protesta l'homme en guise d'accueil. Je n'ai pas de place pour vous loger.

Désorientée, Colette balbutia :

— Heu... C'est à dire... Bonjour, madame, reprit-elle avec un peu d'assurance. Bonjour, monsieur. Je viens de la part de votre fille Hortense. Elle m'a demandé...

— Hortense ! tonna le vieil homme avec colère. Qu'a-t-elle encore fait ? Je l'ai chassée, et j'ai dit que je ne voulais plus entendre parler d'elle. Comment ose-t-elle braver ma volonté ?

— C'est que... les circonstances sont très graves. Permettez-moi de vous expliquer...

La femme qui était présente se leva. Elle avait des cheveux blancs, coiffés en chignon, qui adoucissaient son visage, et je l'identifiai à la mère-grand

1. Loquet.

du Petit Chaperon rouge. Elle avança une chaise à Colette, avec un sourire de bienvenue :

— Asseyez-vous, madame. Vous serez mieux pour parler. Et toi, Sosthène, ajouta-t-elle en se tournant vers le vieil homme, n'en oublie pas pour autant d'être poli. Offre à cette jeune femme un peu de café, et à cette petite fille un verre d'eau. Elles ont peut-être fait un long chemin pour venir ici.

— Merci, madame, dit Colette en s'asseyant. Nous venons de Pont-à-Marcq. Avant, nous étions à Orchies. Je suppose que vous savez, pour l'incendie...

— Ah, quelle misère ! s'exclama la femme. Oui, nous l'avons appris, comme tout le monde dans la région. Quelle misère ! répéta-t-elle.

Debout près de Colette, serrée contre elle, je ne bougeais pas. Le vieil homme nous observait en fronçant les sourcils, et sous son regard pénétrant et peu amène, je me sentais mal à l'aise.

La femme posa sur la table une troisième tasse, ainsi qu'un verre à mon intention. Puis elle tâta du plat de la main la cafetière qui chuintait doucement sur le feu :

— Il est bien chaud. Il en reste assez dans l'*alambique* pour que nous en ayons chacun une tasse. Je venais justement d'en faire. Quand Sosthène rentre de son travail, je viens souvent lui préparer du café, et nous buvons ensemble *eun'tiote tasse.* C'est une habitude qui date de loin. J'habite juste à côté, et je connais Sosthène depuis toujours. Je l'ai vu naître ; j'avais dix ans à l'époque. Malgré son mauvais caractère, il est brave, et je l'aime bien. Ne vous laissez pas impressionner par son accueil un peu rude.

Sa conversation et ses paroles aimables détendirent l'atmosphère. Elle versa le café, me tendit un verre d'eau fraîche, m'offrit un sucre que je croquai sans oser *faire trempette* dans la tasse de Colette.

— Merci, madame, dit celle-ci après avoir bu son café. Il est excellent. Maintenant, monsieur, permettez-moi de vous expliquer ce qui s'est passé.

Elle s'éclaircit la voix et tenta de résumer la situation :

— Je suis une amie d'Hortense. Lorsque nous avons dû partir d'Orchies, sa tante n'a pas voulu quitter sa maison, et Hortense n'a pu se résoudre à la laisser seule. Alors, elle m'a confié sa petite fille, que voici. Elle s'appelle Rosalinde, c'est une gentille enfant. Je l'ai emmenée chez mon beau-père, à Pont-à-Marcq. Mais, après l'incendie, je suis retournée à Orchies. Ma maison a brûlé, celle de Gustine également, avec de nombreuses autres. Il y a eu des victimes, et j'ai appris qu'Hortense et Gustine en faisaient partie.

Elle se tut, les larmes aux yeux. Le vieil homme ne dit pas un mot, mais son visage s'était creusé. Par contre, la femme poussa un cri d'horreur :

— Oh, mon Dieu, ce n'est pas possible ! En êtes-vous certaine ?

— Oui, madame. Il n'y a aucun doute.

Elle se signa, me rappelant par ce geste ma *matante* Gustine.

— Pauvre Hortense, murmura-t-elle. Pauvre, pauvre petite…

Le vieil homme s'agita :

— Si elle ne s'était pas conduite comme elle l'a fait, elle n'en serait pas arrivée là.

La femme le regarda, interloquée :

— Mais, Sosthène, c'est ta fille !

— Elle n'est plus ma fille. Je le lui ai dit lorsque je l'ai chassée de ma maison. Elle a trompé ma confiance, elle a apporté le déshonneur sur mon nom.

Colette toussota :

— Si vous le permettez, je vais terminer mon récit. Lorsque j'ai quitté Hortense, elle m'a dit ceci : « Au cas où il m'arriverait quelque chose, conduisez ma petite chez son grand-père. Elle n'aura plus que lui. C'est un homme de devoir, et je sais qu'il prendra soin d'elle. » C'est pourquoi je suis ici : pour tenir la promesse que je lui ai faite.

Il y eut un silence. Puis, la première, la vieille femme réagit. Elle se pencha vers moi avec un doux sourire :

— Ainsi, dit-elle à Colette, c'est la fille d'Hortense ? J'ai cru, lorsque vous êtes entrées, que c'était la vôtre. Mais c'est vrai qu'elle lui ressemble. Elle a ses yeux... J'ai bien connu ta maman, continua-t-elle en s'adressant à moi. Elle a été un peu comme ma fille, à partir du moment où Sosthène s'est retrouvé seul. Je l'aimais beaucoup.

Elle se tourna vers le vieil homme, qui demeurait muet :

— Eh bien ! C'est tout ce que tu trouves à dire ? Ta fille t'envoie son enfant. C'est un geste de confiance et d'amour. En même temps, c'est une demande de pardon. Ouvre-lui ton cœur, Sosthène.

Il secoua la tête d'un air abasourdi :

— Si je m'attendais à ça ! Ah ben, ça alors ! Ça alors !

— Puis-je vous la laisser, monsieur ? s'inquiéta Colette. Comme je l'ai dit, c'est une gentille enfant. Je l'aime moi-même énormément. S'il n'y avait pas la promesse faite à Hortense, je l'aurais volontiers gardée avec moi.

— N'ayez aucune crainte, coupa péremptoirement la femme. Nous nous occuperons comme il faut de cette petite. N'est-ce pas, Sosthène ?

Il fit un signe d'assentiment en fixant sur moi ses yeux clairs. Nos regards se croisèrent, et je fus soulagée de ne plus y voir de colère. J'y lus plutôt un mélange de désarroi, de contrariété et de méfiance. Cette attitude était tellement différente de celle d'Achille que je me serrai de nouveau contre Colette.

La femme posa des questions, cherchant à savoir ce qu'avait fait ma mère à partir du moment où elle avait quitté la maison de son père. Colette expliqua tout, parla du métier de *bueuse* qu'elle exerçait, de sa tante Gustine qui l'avait recueillie, et même d'Alphonse qui, sans la guerre, serait devenu son mari. La femme interrompait ce récit par de nombreuses exclamations et, lorsque Colette se tut, elle me tendit les bras :

— Ainsi, te voilà toute seule, *min tiot mioche* ! Viens que je t'embrasse, va ! Si tu veux, je serai une nouvelle *matante*. Moi, je m'appelle Césarine.

Elle déposa sur mes joues deux baisers affectueux. Elle sentait la poudre de riz et le savon, et, pour la première fois depuis mon arrivée, je lui adressai un sourire timide.

— Mon Dieu ! s'écria-t-elle. Quand tu souris, c'est tout Hortense ! Tiens, va embrasser ton grand-père aussi.

J'avançai avec réticence vers cet homme qui, lui, ne me tendait pas les bras. Lorsque j'arrivai près de lui, il se pencha et, maladroitement, me donna un petit baiser sec sur le front. Il sentait le tabac, et je trouvai cette odeur beaucoup moins agréable que celle de Césarine. Je retournai me réfugier auprès de Colette, qui poussa un long soupir :

— J'ai rempli ma mission. Je vous confie Rosalinde. Prenez bien soin d'elle, surtout. C'est ce qu'Hortense aurait souhaité.

— Ne craignez rien, répéta Césarine avec son bon sourire. Je l'aime déjà, moi, cette enfant.

Mon grand-père hocha la tête, mais il ne dit pas un mot.

Colette se leva :

— Merci. Je m'en vais maintenant, car je veux être rentrée avant qu'il fasse noir. Si vous le permettez, je reviendrai voir si tout se passe bien. Mais, à mon avis, il n'y aura pas de problème. Rosalinde est une enfant facile ; elle est sage et obéissante.

Elle prit son sac, et je compris qu'elle allait partir et me laisser. Affolée, je m'accrochai à elle. Elle se dégagea doucement, se pencha vers moi, me regarda bien en face :

— Sois une grande fille, maintenant, ma Rosa. Tu vas rester ici, comme ta maman l'a voulu. Moi, je vais repartir chez Achille, mais je reviendrai te voir. Je compte sur toi pour être raisonnable, d'accord ?

Prête à pleurer, je serrai mes lèvres pour les empêcher de trembler. Incapable de parler à cause de la grosse boule qui se nouait dans ma gorge, je fis un signe de tête affirmatif. Colette se releva, satisfaite :

— C'est bien. Au revoir, ma petite Rosa. Sois bien sage. A bientôt.

Elle serra la main de mon grand-père et de Césarine et, lorsqu'elle se dirigea vers la porte, je vis que ses yeux étaient pleins de larmes. Malheureuse, retenant difficilement mes sanglots, je ne bougeai pas et la laissai sortir, alors que je n'avais qu'une envie : courir derrière elle et la supplier de m'emmener.

Après son départ, il y eut un instant de silence. Mon grand-père semblait dépassé par la situation et, assis sur sa chaise, il ne bougeait pas. Ce fut Césarine qui prit les choses en main :

— Allons, Sosthène, remue-toi. On ne va pas rester à se regarder comme ça toute la soirée. Il faut s'occuper de cette enfant. Regarde, pauvre petite, elle a l'air complètement perdu. Ça ne doit pas être facile pour elle, tous ces bouleversements.

Elle vint vers moi, souleva le sac de toile contenant mes affaires :

— Viens, nous allons mettre ça dans ta chambre. C'est celle où ta maman dormait lorsqu'elle avait ton âge. Ensuite tu souperas et tu iras te coucher.

Elle se tourna vers mon grand-père, toujours muet :

— Qu'as-tu prévu pour souper, Sosthène ?

Il fit un geste vague :

— Oh, rien d'extraordinaire. Du pain, du fromage et un verre de vin.

— Tu ne peux pas nourrir cette enfant avec ça. Je vais voir s'il reste un peu de soupe aux poireaux. Je t'en ai apporté une pleine casserole ce matin. Mais d'abord, allons t'installer, reprit-elle à mon intention.

Elle me prit la main et, tenant mon ballot de linge, m'emmena dans la pièce voisine. C'était une chambre au sol recouvert de carreaux rouges. Un grand lit de bois en occupait le centre. Sur le côté, une imposante armoire sculptée faisait face à une autre porte. Je vis, sur le mur, à la tête du lit, un grand christ de cuivre.

Césarine ouvrit la seconde porte. Elle donnait sur une petite pièce toute simple, aux murs blanchis à la chaux. C'était plutôt un petit réduit, qui ne contenait qu'un lit d'une personne, une table de nuit et une chaise. Il n'y avait pas de place pour y mettre un meuble supplémentaire. Un vasistas, placé très haut, dispensait une clarté parcimonieuse. Dans le soir qui tombait, cette chambre ne me parut pas attirante. Où étaient le joli papier fleuri et les rideaux de mousseline de la chambre qui devait être la mienne ? Césarine s'aperçut de mon manque d'enthousiasme :

— Attends, nous allons refaire le lit. Tu y seras bien, tu verras. Je vais mettre des draps propres. Mais d'abord, donne-moi ton manteau.

Elle me l'ôta, l'accrocha à un portemanteau en bois, puis elle retourna dans l'autre chambre, ouvrit la porte de la grosse armoire, qui grinça. Elle revint avec une pile de draps et une couverture, et se mit en devoir de refaire le lit. En même temps, elle me parlait :

— Je l'ai fait bien souvent pour ta maman, ce lit. C'est moi qui me suis toujours occupée d'elle, parce que Sosthène s'est retrouvé veuf alors qu'elle était toute petite. Moi, je n'avais pas d'enfant, alors elle a été comme ma petite fille. Tu comprends ?

Elle se releva, lissa la courtepointe :

— Voilà, c'est terminé. Tu vas bien dormir.

Elle ouvrit mon bagage, sortit ma blouse de nuit, ainsi que ma poupée et mon petit moulin.

— Oh, les beaux jouets ! Je mets la poupée dans le lit, elle dormira près de toi. Et le moulin ici.

Elle le posa sur la table de nuit mais, auparavant, souffla vigoureusement dessus. Les ailes tournoyèrent. Je revis Alphonse, ma mère, ma *matante* Gustine. Les larmes me vinrent aux yeux.

— Viens, retournons dans la cuisine.

Pendant notre absence, mon grand-père avait mis, sur le feu, une casserole de soupe qui chauffait doucement. La table était dressée pour le repas : je vis du pain, du beurre, ainsi que trois assiettes décorées de fleurs bleues.

— J'ai pensé que, pour cette fois, tu souperais ici, Césarine. Comme tu t'occupes de la petite...

La vieille femme approuva, satisfaite :

— Tu as bien fait. Nous allons manger, et je partirai après avoir couché ce pauvre *tiot mioche*. Viens te laver les mains, Rosa.

Elle m'emmena dans l'arrière-cuisine, où un trépied en fer supportait un bassin émaillé rempli d'eau. Elle me tendit un morceau de savon, puis un essuie-mains à carreaux bleus.

— C'est bien, me dit-elle lorsque j'eus terminé. Viens maintenant.

Dans la cuisine, elle m'installa à la table, puis versa la soupe dans les assiettes. Mon grand-père coupa des tranches de pain ; Césarine en beurra une et me la donna. Ils se mirent à manger, et je les imitai. La soupe était délicieuse, et je mangeai de bon appétit. Ensuite, Césarine me prépara une autre tartine, sur laquelle elle étala du fromage blanc. Puis elle apporta un plat contenant des poires :

— Elles viennent de mon jardin. Elles sont très bonnes, tu verras. Attends, je vais t'en éplucher une.

La poire, fondante et juteuse, me sembla un véritable délice. Lorsque j'eus terminé, j'adressai à Césarine un sourire et, sans transition, me surpris à bâiller.

— Tu es fatiguée, constata-t-elle avec gentillesse. Je vois tes yeux qui *papillotent.* Ce n'est pas étonnant, après toutes ces émotions... En tout cas, tu ne sembles pas fort bavarde ! J'espère que tu n'as pas perdu ta langue, ajouta-t-elle malicieusement, et qu'elle reviendra lorsque tu te seras habituée à nous !

Elle se tourna vers mon grand-père, qui était occupé à débarrasser la table :

— Je vais aller la coucher, Sosthène. Qu'en penses-tu ? Elle dort debout.

Mon grand-père fit un signe de tête. Césarine me poussa vers lui :

— Allons, va lui dire bonne nuit.

Indécise, je m'approchai du vieil homme, levai les yeux et demeurai immobile, ne sachant que faire, attendant un signe d'encouragement qui ne vint pas.

— Eh bien, dis-lui : « Bonne nuit, grand-père. A demain », suggéra Césarine.

Docilement, je répétai :

— Bonne nuit, grand-père. A demain.

Il se pencha et me donna le même baiser sec sur le front, en ajoutant d'une voix impersonnelle :

— Bonne nuit. Dors bien.

— Viens maintenant, dit Césarine.

Elle m'emmena de nouveau dans ma chambre. Là, elle me déshabilla, me passa ma blouse de nuit. Puis elle me montra, près du lit de mon grand-père, le pot de chambre, en m'expliquant :

— Maintenant, il fait noir, et tu peux utiliser le pot pour ce soir. Mais demain, je te montrerai où se trouvent les *commodités* dans le jardin.

Il n'y avait pas de lumière, et seule la lampe à pétrole, dans la cuisine, nous éclairait par la porte restée entrouverte. Je grimpai sur le lit et me couchai. Le matelas de paille crissa. Ma poupée m'attendait, et je la pris contre moi. Césarine se pencha, me caressa les cheveux et m'embrassa :

— Bonne nuit, petite Rosa. Dors bien dans le lit de ta maman. A demain.

Dans la pénombre, je vis sa silhouette quitter la pièce. Pour la première fois de ma vie, je me trouvais seule dans une chambre. Depuis ma naissance, j'avais toujours dormi dans celle de ma mère. Puis, ces derniers jours, j'avais partagé le lit de Colette. Je me sentis subitement malheureuse et perdue. Je serrai ma poupée contre mon cœur, écoutant les voix de Césarine et de mon grand-père qui me parvenaient de la cuisine. Puis mes paupières se fermèrent, lourdes de fatigue, et je m'endormis.

Au cours de la nuit, à un moment, je me réveillai. Les yeux ouverts dans l'obscurité, je demeurai immobile, me rappelant que je me trouvais chez mon grand-père. Par la porte toujours entrouverte, je l'entendais ronfler. Ce bruit paisible et régulier, assorti au tic-tac d'une grosse horloge, finit par me rassurer, et je fermai les yeux, laissant le sommeil me gagner de nouveau.

Je dormis longtemps, et m'éveillai alors qu'il faisait grand jour. Par le vasistas, les rayons du soleil pénétraient joyeusement dans ma chambre. Je demeurai indécise : que fallait-il faire ? Jusqu'alors, dès mon réveil, j'appelais ma mère, et, plus récemment, Colette. Dans cette maison inconnue, je n'osai pas appeler mon grand-père. Etait-il là seulement ? Je n'entendais rien.

Je pris la décision de me lever et de m'habiller. Je ne l'avais jamais fait seule, et, si je réussis à enfiler ma robe de coton — une robe qu'avait confectionnée ma mère —, je ne parvins pas à fermer les boutons qui se trouvaient dans le dos. Je ne sus pas comment me laver, ni me coiffer, et je repoussai mes cheveux en arrière. Puis je mis mes bas et mes chaussures, dont je nouai les lacets tant bien que mal, et me dirigeai vers la cuisine.

Mon grand-père s'y trouvait. Habillé d'un pantalon et d'une veste de velours à grosses côtes, il s'apprêtait visiblement à sortir. En m'apercevant, son visage sévère s'adoucit un peu :

— Ah, te voilà ! Je me demandais si tu allais dormir toute la journée. Je m'en vais travailler. Césarine m'a dit de l'appeler dès que tu serais réveillée. Elle va venir s'occuper de toi.

Il prit, dans le bac à charbon, près du feu, le tisonnier et sortit dans le jardin. Par la porte ouverte, je le vis se diriger vers le mur de la maison voisine, dans lequel il donna plusieurs coups. Puis il revint, remit le tisonnier en place en disant :

— Tu vois, c'est comme ça que je l'appelle, quand j'ai besoin d'elle. Je l'ai fait bien souvent pour Hortense...

En prononçant le nom de ma mère, il fronça les sourcils, et son visage s'assombrit. Puis il m'observa et eut un semblant de sourire :

— Tu as les yeux encore tout gonflés de sommeil. Allons, n'aie pas peur de moi. Viens me dire bonjour.

Je m'approchai timidement :

— Bonjour, grand-père.

— Bonjour, dit-il en posant le même baiser sec sur mon front. Alors, à partir de maintenant, nous allons vivre ensemble ? Je ne m'attendais pas à ça, je l'avoue, mais s'il le faut... Que tout soit bien clair entre nous dès aujourd'hui : il faudra toujours m'obéir. Tu as bien compris ?

Ses yeux clairs me fixèrent, attendant une réponse. Je m'empressai d'acquiescer :

— Oui, grand-père.

Il eut un hochement de tête satisfait :

— C'est bien. Nous pourrons peut-être nous entendre.

La porte s'ouvrit, et Césarine entra. Mon grand-père prit sa casquette, accrochée à un gros clou planté dans le mur, et se couvrit la tête :

— Bonjour, Césarine. Je m'en vais, je suis déjà en retard. Merci de t'occuper de la petite. A tout à l'heure.

Il sortit, et la brave femme vint vers moi. Avec gentillesse, elle m'embrassa, repoussa les cheveux qui me tombaient dans les yeux :

— Mon pauvre *tiot mioche* tout *déloqueté*[1] ! s'écria-t-elle. Viens ici, Césarine va prendre soin de toi.

Dans l'arrière-cuisine, elle me lava le visage et les mains, finit de boutonner ma robe, me coiffa et tressa mes cheveux. Puis elle m'installa à la table, me beurra une grande et épaisse tartine et me servit une jatte de lait. Tandis que je mangeais, elle mit de l'ordre dans la pièce, balaya le sol, tout en m'expliquant :

— Pendant que Sosthène est à son travail, tu viendras chez moi. Il est *carreton-brasseux*[2], et il est absent toute la journée. J'ai l'impression d'être reportée en arrière, ajouta-t-elle en souriant. Ta maman venait chez moi, elle aussi, quand elle était petite.

Les mots partirent tout seuls, exprimant mon désir inconscient :

— Elle est où ? Je veux retourner avec elle.

1. Débraillé, mal habillé.
2. Livreur pour la brasserie.

Césarine soupira longuement :

— Elle est restée avec ta *matante* Gustine. Et maintenant, à cause de la guerre et des Allemands qui arrivent, ce n'est pas facile d'aller la rejoindre.

Je me contentai de cette explication et terminai de boire mon bol de lait. Césarine m'emmena ensuite dans le jardin, me montra les *commodités*, et je regardai autour de moi. A ma grande déception, je ne vis que des légumes, et je n'aperçus ni poules ni lapins. Je posai néanmoins la question :

— Où sont les poules ? Et les lapins ? Chez Achille, il y en avait.

— Sosthène n'en a pas. Il n'en a jamais eu, d'ailleurs.

Je pensai au bébé de Moumoune que je n'aurais pas, et je faillis me mettre à pleurer. Pour me consoler, Césarine reprit :

— Mais moi, j'ai un *canarien*[1]. Allons chez moi, je vais te le montrer. Il chante très bien, tu verras.

La haie qui séparait les deux jardins offrait quelques trouées, et Césarine me fit passer par l'une d'elles. Des arbres fruitiers me rappelèrent ceux d'Achille. La maison, à peu près semblable à celle de mon grand-père, me parut plus accueillante à cause de la vigne vierge qui en tapissait le pignon. Césarine ouvrit la porte :

— Allez, entre.

La cuisine, comme chez mon grand-père, était meublée d'une table, de plusieurs chaises et d'un

1. Un canari, un serin.

buffet en chêne. Mais celui-ci était orné de ferrures de cuivre et, sur le dessus, je vis des plats aux couleurs vives, posés contre le mur. L'un était décoré de fleurs, l'autre représentait un coq altier à la crête rouge qui, immédiatement, me fit penser à Arsène.

— Ah, tu regardes mes *plats de mère*, constata Césarine. Ils ne servent pas souvent ; ils sont plutôt là pour garnir. Lève un peu plus les yeux et vois ce qu'il y a au-dessus.

J'obéis et aperçus, dans une cage fixée au mur, un petit oiseau jaune qui, immobile, nous observait.

— Il s'appelle Cui-Cui, annonça Césarine. Dès que je prononce son nom, il se met à chanter. Tu vas voir. Cui-Cui ! Cui-Cui !

J'attendais, impatiente et ravie à l'avance. Mais le canari se mit à sauter frénétiquement d'un perchoir à l'autre, avant de s'immobiliser et de nous observer à nouveau, en penchant la tête à la manière d'Arsène.

— C'est parce qu'il ne te connaît pas, expliqua Césarine. Il ne t'a jamais vue et il se demande qui tu es. Dis-lui bonjour, en l'appelant par son nom.

Je fis un pas en avant, le visage levé vers la cage :

— Bonjour, Cui-Cui, dis-je doucement.

Son petit œil noir fixé sur moi, le serin pencha la tête d'un côté, puis de l'autre, sauta jusqu'à l'autre perchoir, et émit un « cui » interrogatif. Je l'encourageai :

— Chante, Cui-Cui !

— Elle s'appelle Rosalinde, ajouta Césarine, et elle sera ton amie, Cui-Cui !

Alors le petit oiseau leva la tête. Sa gorge se gonfla, et il se mit à chanter. Les trilles étaient aigus, joyeux, ininterrompus. Charmée, je me tournai vers Césarine avec un grand sourire.

— Brave petite bête, murmura-t-elle, émue. Il t'a adoptée. Il te souhaite la bienvenue.

5

Ainsi l'habitude fut prise, et les jours se déroulèrent tous de la même façon. Chaque matin, Césarine venait m'habiller, me coiffer, me faire déjeuner. Elle balayait la maison, remettait tout en ordre, retapait les lits. Puis elle m'emmenait chez elle, où je passais la journée. Mon grand-père venait manger avec nous le midi. Le soir, lorsqu'il rentrait, j'allais le retrouver. Césarine avait préparé une soupe au lard ou aux choux à réchauffer, ou bien mon grand-père faisait cuire lui-même des pommes de terre au four que nous mangions avec du beurre.

Je demeurais toujours circonspecte en sa présence, car il n'avait pas avec moi la gentillesse d'Achille. Il se montrait toujours d'un abord froid, ne me parlait que pour me donner des ordres, auxquels je ne songeais pas à désobéir. Chaque soir, dès que nous avions terminé notre souper, il m'envoyait au lit. Son ami Théophile — qu'il appelait Théo —, veuf comme lui, venait lui tenir compagnie. Ils discutaient en fumant la pipe — une longue pipe rouge en terre cuite —, et je les entendais de ma chambre où, toute seule, je m'étais déshabillée et couchée. Je m'endormais au son de leur voix, ma poupée toujours serrée contre moi.

Ma mère me manquait, ainsi que Colette et ma *matante*. Achille, lui aussi, me manquait, et je regrettais la complicité amicale qui, tout de suite, avait existé entre nous. Rien de semblable ne me liait à mon grand-père, et je me demandais parfois s'il m'aimait.

Heureusement, il y avait Césarine. Sa présence m'aida à accepter le changement brutal qui s'était imposé dans ma vie. Elle m'aima tout de suite, m'apportant la tendresse dont j'avais besoin, et, spontanément, je lui donnai mon affection.

Elle était très croyante et me rappelait ma grand-tante. Elle aussi connaissait la légende de Merlin. Elle affirmait que, depuis ce temps-là, il y avait eu des sorcières dans les environs, à Templeuve, à Bouvinies, à Cysoing.

— Bien sûr, c'était il y a longtemps, mais il y en a peut-être encore. Le diable a la vie dure, et il y a toujours des mauvaises femmes qui ne cherchent qu'à faire du tort aux braves gens. L'une d'elles avait jeté un sort à ma mère, et elle a failli la faire mourir. Je n'étais qu'une enfant à l'époque, mais je m'en souviens.

Elle craignait beaucoup ces « mauvaises femmes », comme elle disait, et, pour s'en protéger, elle jetait du sel sur le petit pont en bois qui, devant sa maison, surplombait le fossé. Elle en versait également sur le seuil de sa cuisine, et elle ne sortait jamais sans en mettre une pincée dans sa poche.

— Le sel les éloignera, disait-elle. Ainsi, elles ne viendront pas chez moi. Pour faire du mal à une personne, elles ont besoin de quelque chose lui appartenant. Une pièce de vêtement ou un simple mouchoir suffit, quelques cheveux, et je ne sais quoi encore. Sosthène n'y croit pas, et répète que tout ça, c'est de la superstition. Mais moi, j'ai bien vu ce qui s'est passé avec ma mère, et je suis sûre de ce que je dis.

Elle finit par me faire partager ses craintes et, moi aussi, par la suite, lorsque je fus assez grande pour m'occuper du ménage de mon grand-père, je pris l'habitude de jeter, chaque matin en balayant la cuisine, quelques pincées de sel devant la porte.

Dans la journée, pendant que je me trouvais chez Césarine, des voisines venaient quelquefois. Mon arrivée subite dans le village attirait les plus curieuses, qui me posaient des questions auxquelles Césarine répondait à mots couverts ; elle expliquait que ma mère avait été victime de l'incendie d'Orchies. J'étais trop jeune pour comprendre l'ampleur de ce drame, et personne n'osait me dévoiler la cruelle vérité. Dans mon esprit, ma mère et ma grand-tante étaient ailleurs, à cause de la guerre, et je les retrouverais plus tard.

J'entendais mon grand-père, son ami Théo, Césarine et ses voisines parler des Allemands. Notre maison était située à l'écart, dans une ruelle qui menait aux champs, et je n'allais jamais dans la rue principale. Césarine m'en empêchait. Elle disait :

— Tu dois rester ici. Il y a parfois des Allemands qui traversent le village.

Théo, quant à lui, travaillait à la mairie, et il affirmait que ces troupes qui se succédaient — jamais les mêmes —, obligeaient le maire du village à les loger et à les nourrir.

— Ce sont à chaque fois des nouveaux qui arrivent, grommelait-il. On se demande quand ça va s'arrêter. Quelquefois, ils emmènent des chevaux parmi ceux qui n'ont pas été réquisitionnés. Ils disent qu'ils s'en vont jusqu'à Calais et Dunkerque.

Grâce à Théo, j'appris qu'ils n'étaient pas tous menaçants, et ma peur s'estompa un peu. Je l'entendis un soir raconter à mon grand-père :

— Aujourd'hui, il y avait parmi eux des Alsaciens. Ils m'ont appris que les soldats français occupent l'Alsace, qui a été reprise à l'Allemagne. J'avoue que ça m'a fait plaisir.

Malgré le bouleversement qu'occasionnait le passage de ces troupes, nous essayions de mener une vie normale. Ce fut Césarine qui souleva le problème de l'école. La rentrée des classes eut lieu quelques jours après mon arrivée, mais je n'étais pas inscrite. Césarine, qui connaissait bien la directrice, alla la trouver et lui expliqua mon cas. Elle revint, satisfaite :

— Tout est arrangé. Tu vas être dans la classe de madame Flore. Je t'y conduirai demain.

J'eus un instant de panique. A Orchies, je m'étais réjouie d'aller à l'école avec mon amie Martine, mais, ici, je venais d'arriver et je ne connaissais personne. Et puis, je n'avais pas emmené le joli cartable, le plumier et les crayons que ma mère m'avait achetés. Césarine réfuta mes objections :

— Tu feras la connaissance d'autres filles et tu te trouveras une nouvelle amie. Et puis, tu prendras le cartable qu'utilisait ta maman. Sosthène l'a certainement gardé.

Lorsque je le vis, je fus déçue. Il était vieux, usé, et je regrettai encore plus le mien, si neuf et si beau. Césarine retrouva également, dans les anciens vêtements de ma mère, un tablier qu'elle raccourcit et qu'elle remit à ma taille. Elle le lava, le repassa soigneusement, me le fit revêtir le lendemain matin. Elle noua chacune de mes nattes d'un ruban, me tendit le cartable et, me tenant fermement par la main, me conduisit jusqu'à l'école.

Tout le long du chemin, raidie d'appréhension, je ne parlai pas. Césarine, pour me rassurer, affirmait que madame Flore était très gentille, qu'elle allait m'apprendre à lire, à écrire et à compter, et qu'ainsi je ne serais plus une ignorante. Mais j'avais toujours aussi peur.

A la grille de l'école, je me sentais au bord des larmes. Dans la cour plantée de marronniers, des filles se promenaient, parlaient, jouaient. Deux institutrices les surveillaient. L'une d'elles nous aperçut et vint vers nous.

— C'est madame Flore, m'indiqua Césarine. C'est elle qui va être ta maîtresse.

Je levai les yeux vers la petite femme aux rondeurs rassurantes, au visage agréable et aux yeux pleins de douceur, qui me sourit :

— Césarine m'a parlé de toi. Je sais que tu es nouvelle parmi nous. Je connais bien Sosthène, ton grand-père. Viens avec moi.

Césarine lâcha ma main, me poussa vers l'avant :

— A tout à l'heure, Rosalinde.

Je suivis ma maîtresse. Maintenant que Césarine n'était plus là, l'appréhension me serrait davantage la gorge. Les élèves s'étaient mises en rang, et madame Flore me guida jusqu'à sa classe. Elle me plaça auprès d'une fille blonde aux yeux bleus, qui m'adressa un grand sourire. La gentillesse qu'exprimait son visage mutin allégea l'oppression qui m'empêchait de respirer, et je répondis timidement à son sourire. Avec une spontanéité qui contribua à me mettre à l'aise, elle me prit la main :

— Je m'appelle Camille. Et toi ?

— Rosalinde.

Elle ouvrit de grands yeux et souffla avec admiration :

— Rosalinde ? Quel joli nom ! On dirait celui d'une princesse.

Ainsi débuta notre amitié. J'appris bientôt qu'elle était, comme moi, une réfugiée dans le village. Ce statut fit de nous, tout de suite, des étrangères, malgré les efforts de madame Flore pour nous intégrer à la classe. Toutes les autres filles se connaissaient, et nous considéraient avec un mélange de curiosité, de commisération, et, pour les plus sottes, de dédain. Cette similitude de situation nous rapprocha davantage, Camille et moi, et scella plus étroitement notre amitié.

Grâce à elle, j'oubliai mes permières appréhensions, et je fus contente d'aller à l'école. En classe, nous étions assises côte à côte, et, à la récréation, nous jouions ensemble. Je lui parlai de ma mère et de ma *matante*, de Colette, de mon grand-père et de Césarine. De son côté, elle m'expliqua que son père était à la guerre, et qu'elle était venue vivre, avec sa mère, chez sa *mémère* Edwige. Elle ne me posa pas de questions sur mon propre père. Elle supposa qu'il était, lui aussi, à la guerre, comme le sien et celui des autres filles de la classe, et je ne la détrompai pas.

Quelques jours plus tard, dans l'après-midi, j'eus la surprise et la joie de voir arriver Colette. Je revenais de l'école et j'avais quitté mon amie Camille au coin de notre rue. Alors que je me dirigeais vers la maison de Césarine, j'aperçus Colette qui, indécise, revenait de chez mon grand-père et traversait le petit pont qui surplombait le fossé. Dans la rue, elle s'arrêta, considéra un instant la maison, puis regarda autour d'elle.

Je l'appelai :

— Colette ! Colette !

Je me mis à courir, heureuse de la retrouver. Avec un grand sourire, elle vint vers moi, me tendit les bras, m'embrassa chaleureusement :

— Ma petite Rosa ! Que je suis contente de te voir ! J'allais repartir. Chez ton grand-père, il n'y a personne.

— Non, il n'est pas là dans la journée. Il travaille à la brasserie. En attendant qu'il rentre, je vais chez Césarine.

Elle me suivit chez notre voisine, qui l'accueillit avec amabilité, la fit asseoir, lui proposa « *eune tiote tasse* ». Colette lui offrit les œufs qu'elle avait apportés — des « tout frais » qu'Achille avait ramassés exprès pour nous. Sur certains d'entre eux, quelques brins de paille étaient encore collés. Pendant qu'elle buvait son café, Césarine m'ôta ma blouse noire, me fit revêtir mon tablier, me donna mon goûter : deux tartines recouvertes de confiture faite avec les groseilles de son jardin.

Je demandai des nouvelles d'Achille, je voulus savoir pourquoi ma mère n'était pas venue me voir. Colette me fit la réponse que je connaissais déjà :

— C'est à cause de la guerre. Il faut attendre. Quant à Achille, il t'embrasse bien fort. Les bébés de Moumoune sont nés, et ils sont très mignons.

Je me souvins qu'il y en avait un pour moi, et je demandai si je pouvais l'avoir. Colette hésita un instant :

— Eh bien, je ne sais pas... Je pourrais te l'apporter, bien sûr, mais il faudra demander à ton grand-père... Est-ce qu'il a une *camuche* où le loger ?

Je supposai que mon grand-père refuserait, et je me sentis désolée. Mais Césarine intervint :

— On le mettra ici, dans la cabane du jardin. On lui trouvera bien une caisse, et on le nourrira avec des épluchures de légumes.

J'eus un élan vers elle, m'écriai avec gratitude :

— Oh, merci, Césarine !

Elle échangea avec Colette un regard entendu :

— S'il n'y a que ça pour lui apporter un peu de joie, pauvre petite...

Rassurée, je pris mon cartable, sortis mon cahier et montrai à Colette les lettres de l'alphabet que je devais recopier pour le lendemain. Je fis mes devoirs sous son regard approbateur, tandis qu'elle bavardait avec Césarine. Je m'appliquai, et lorsque je leur présentai ma page d'écriture, elles me félicitèrent.

Puis Colette se leva, disant qu'il était temps pour elle de partir.

— N'avez-vous pas rencontré d'Allemands ? s'inquiéta Césarine.

— Non. J'ai pris les *piedsentes*, à travers champs, comme l'autre jour. Ils ne passent pas par là, heureusement.

Lorsqu'elle m'embrassa pour me dire au revoir, je mis mes bras autour de son cou, et j'éprouvai le désir de repartir avec elle. Je posai la question, pleine d'espoir :

— Est-ce que je peux venir avec vous ?

Colette se releva, échangea de nouveau un regard avec Césarine :

— Non, tu dois rester chez ton grand-père. C'est ta maman qui l'a dit. Mais ne t'inquiète pas, je viendrai encore te voir. Et la prochaine fois, si tu es sage et si tu travailles bien à l'école, je t'apporterai le bébé de Moumoune qui est à toi.

Cette perspective me séduisit et je battis des mains avec excitation :

— Oh oui ! Je suis sage, n'est-ce pas, Césarine ? Et puis, je travaille bien à l'école. Hier, j'ai eu un bon point.

— C'est bien, sourit Colette. Continue comme ça. A bientôt, ma petite Rose.

A la porte, elle se tourna vers Césarine :

— Merci de vous occuper si bien de Rosa. Cela me rassure de savoir que vous êtes là.

— Cette petite, je l'aime bien. J'ai pratiquement élevé sa mère. Je recommence avec elle, voilà tout. Nous nous entendons bien, toutes les deux. Sosthène n'est pas méchant, mais la vie a été dure avec lui. Il a perdu sa femme peu après la naissance de leur fille, et puis, ensuite, il a été profondément déçu lorsque Hortense... enfin...

Il y eut un silence.

— Merci à vous, répéta Colette. Et au revoir. N'oublie pas ce que je t'ai dit, Rosa.

J'allai jusqu'au petit pont pour la regarder partir, et je lui fis longtemps des signes d'adieu. Je savais que j'allais attendre avec impatience sa prochaine venue, car alors elle apporterait un bébé lapin qui m'appartiendrait. L'idée de le montrer à Camille me remplissait à l'avance de fierté et de joie, et ce fut en sautillant, le sourire aux lèvres, que je revins à la maison.

Je racontai cette visite à mon amie dès le lendemain. Chaque jeudi après-midi, j'avais la permission d'aller jouer chez elle, ou bien c'était elle qui venait chez Césarine. J'avais fait la connaissance de Clarisse, sa mère, et d'Edwige, sa grand-mère. Celle-ci ne possédait ni poules, ni lapins, ni *canarien*. Aussi, la venue prochaine d'un bébé lapin excita Camille autant que moi.

Chaque jour, j'attendais la visite de Colette, mais mon espoir était déçu. Césarine tentait de me consoler :

— Elle ne peut pas venir en ce moment, *min tiot*[1]. Dans tous les villages, il y a des Allemands qui s'installent.

Il était vrai que, après avoir vu le passage de nombreuses troupes qui s'arrêtaient souvent pour une nuit et repartaient le lendemain, notre village était maintenant occupé. Une *Kommandantur* fit connaître ses exigences sans tarder. Il fallut mettre les pendules à l'heure allemande, et je vis Césarine et mon grand-père bouger les aiguilles de leur grande horloge, tout en fulminant. Les rassemblements dans les rues furent interdits ; interdit également de sortir le soir après le couvre-feu. Il fut bientôt impossible de circuler d'un village à un autre sans un laissez-passer délivré par la *Kommandantur.* Une sentinelle, placée à chaque sortie de notre village, contrôlait sévèrement les déplacements. Et toute correspondance fut défendue ; plus de lettres, plus de journaux. Chaque village fut isolé des autres. Je n'eus plus de nouvelles de Colette, et je ne la revis pas. Mon bébé lapin ne resta qu'une promesse, et j'éprouvai une violente rancune envers la guerre qui, après m'avoir séparée de ma mère, me privait maintenant d'un plaisir bien innocent.

Je me rabattis sur le *canarien* de Césarine. C'était un oiseau vif et intelligent, qui me connaissait très

1. Mon petit.

bien. Chaque fois que je revenais de l'école, il m'étourdissait de ses joyeux trilles.

— Il est content de te voir, commentait Césarine en souriant.

Elle me permettait de lui donner à manger, et je grimpais sur une chaise pour glisser entre les barreaux de sa cage quelques miettes de pain ou un morceau de pomme qu'il picorait avec gourmandise. Pour me remercier, il lançait deux ou trois cui-cui, et j'étais ravie.

La première fois qu'il avait vu mon amie Camille, il avait penché la tête à droite, puis à gauche, l'observant de son petit œil noir et méfiant. Sur mon conseil, elle lui avait parlé, et il l'avait adoptée. Il était devenu notre ami à toutes les deux.

Césarine choisissait le jeudi après-midi, jour sans école, pour lui donner son bain. Elle posait la cage sur la table de la cuisine, en ouvrait la porte et installait à l'intérieur un petit récipient rempli d'eau qu'elle avait fait tiédir. Camille était présente et assistait à cette grande opération. Nous regardions le petit volatile s'approcher de sa baignoire, et, après quelques hésitations et quelques hochements de tête, se décider à y entrer. Il plongeait son bec dans l'eau, il s'aspergeait, s'ébrouait, tout en gonflant ses plumes. Son visible plaisir nous amusait. Ensuite, dans sa cage toute propre que Césarine avait nettoyée, il exprimait sa satisfaction en chantant.

— J'aimerais bien, moi aussi, avoir un petit animal, disait Camille avec une pointe d'envie.

En quittant sa maison pour venir se réfugier chez sa grand-mère, elle n'avait pas emmené les quelques jouets qu'elle possédait. Je lui prêtais ma poupée, et nous jouions ensemble avec mon petit moulin à vent, qui faisait son admiration. En soufflant de toutes nos forces, à tour de rôle, nous faisions tourner les ailes, essayant de rivaliser de vitesse.

Ces petites joies rendaient ma vie supportable, voire agréable. Je n'osais plus réclamer ma mère ; je devinais que la réponse serait toujours la même. Malgré mon jeune âge, je comprenais que la guerre continuait, et, en me rendant chaque jour à l'école, j'apercevais les soldats allemands qui occupaient le village. A mon grand soulagement, ils ne s'intéressaient pas à moi. Camille, elle aussi, avait entendu dire qu'ils coupaient les mains des enfants, et nous les regardions de loin avec crainte et circonspection. Mais ils ne montraient aucune velléité de ce genre, et nous étions un peu rassurées.

A cause du couvre-feu qui avait été instauré, Théo, l'ami de mon grand-père, ne venait plus passer la soirée avec lui. Lorsque nous avions terminé notre *souper*, mon grand-père m'envoyait coucher et, peu de temps après, je l'entendais gagner son lit.

— Autant aller dormir, grommelait-il, puisque je ne peux même plus recevoir Théo.

Il se comportait toujours envers moi avec froideur, déposait matin et soir sur mon front le même petit baiser sec. Il vérifiait mon travail scolaire, ainsi que mes devoirs, que j'avais faits chez Césarine. Il observait mes lignes d'écriture et les appréciations de madame Flore, sans jamais prononcer un seul mot. Habituée aux félicitations de Césarine, je trouvais son silence décourageant. Parfois, lorsque j'avais obtenu une récompense, j'annonçais avec fierté :

— J'ai eu un bon point aujourd'hui.

Il jetait un coup d'œil sur le petit morceau de carton que je lui montrais, et disait d'une voix brève :

— C'est bien.

Je devais me contenter de ces deux mots, prononcés sans chaleur, presque sèchement. Alors je baissais la tête et je ne disais plus rien.

Si j'avais eu une nature plus exubérante, j'aurais peut-être réussi à forcer cette espèce de barrage qu'il maintenait entre nous deux, sans que j'en comprisse la raison. Mais j'étais trop réservée et timide pour franchir la distance qui nous séparait.

Un jour, en sortant de l'école, je l'aperçus devant le Café de la Place. Avec Marceau, son collègue de la brasserie, il déchargeait du *haquet*[1] plusieurs tonneaux de bière. Sa casquette sur la tête, vêtu de son long tablier à bavette, il ne m'aperçut pas. Ils avaient sur l'épaule le *tinet*, la barre en bois qu'ils utilisaient pour porter les *rondelles*[2] à l'aide des chaînettes qui y étaient fixées. L'un derrière l'autre, séparés par le tonneau suspendu à ses chaînes, ils entrèrent dans le café. Je me tournai vers Camille :

— C'est grand-père, dis-je.

Elle l'avait reconnu et hocha la tête. Je m'aperçus alors que j'avais eu envie de l'appeler, mais que je n'avais pas osé le faire. Je me rendis compte, ce soir-là, que sa froideur m'impressionnait et m'ôtait toute

1. Chariot à bière.
2. Tonneaux.

spontanéité. En conséquence, je me rapprochai encore plus de Césarine et de mon amie Camille, auprès desquelles je trouvais tendresse et affection. Et je me résignai à vivre avec mon grand-père comme si nous étions des étrangers.

Les ordres de la *Kommandantur* étaient affichés à la mairie, et tout le monde devait obéir. Sinon, une amende était prévue, et même, dans les cas les plus graves, quelques jours de prison.

L'une des exigences des Allemands était que chaque habitant balaie, le matin à huit heures, la chaussée devant chez lui, afin que les rues du village soient parfaitement propres. Il fallait même, par temps sec, arroser les trottoirs et les rues matin et soir, sous peine d'amende. Mon grand-père, Césarine, ainsi que nos autres voisins, se soumettaient à cette obligation en maugréant. Je me souvenais de mon petit balai et du plaisir que j'éprouvais à aider ma mère lorsque la cloche du beffroi nous appelait à cette tâche. Nous nous affairions alors joyeusement, et je voyais bien que la situation, maintenant, était différente. Les visages étaient renfrognés et mécontents, et les gens, à mi-voix, grommelaient contre ces *Boches* à qui il fallait obéir.

Ceux qui possédaient des armes reçurent l'ordre de les remettre à la *Kommandantur*. Même chose pour les pigeons, sous peine d'arrestation et de condamnation pour espionnage. Théo, l'ami de mon grand-père, dut ainsi se séparer de ses *coulons*, qu'il ne revit jamais. Il en éprouva une grande peine, s'en plaignit longtemps, et ne pardonna pas aux Allemands de l'avoir privé de ses bêtes si *amiteuses*.

Ils réquisitionnèrent les écoles pour loger leurs troupes et, ensuite, les blessés qui arrivaient du front. Il fallut trouver d'autres locaux pour pouvoir continuer à faire la classe. Quelques particuliers offrirent une pièce de leur maison, et les estaminets proposèrent leur arrière-salle. Avec madame Flore, nous nous retrouvâmes dans celle du Café de la Place. C'était beaucoup moins agréable que notre classe habituelle. Je regrettai les hautes fenêtres par lesquelles, auparavant, on apercevait le ciel, ainsi que la cour de récréation où nous pouvions courir et jouer. Maintenant, nous étions à l'étroit, et les tables étaient si serrées que nous pouvions tout juste passer entre elles.

Ainsi, peu à peu, la situation se dégrada. Faute de farine, le pain blanc vint à manquer. Nous eûmes du pain de seigle, que je trouvais beaucoup moins bon, et Césarine, en me préparant mon petit déjeuner, agitait la boîte métallique à l'effigie de la maison Leroux.

— Bientôt, il n'y aura plus de chicorée. Et plus de café non plus. Ah, quelle misère ! Il serait temps que cette guerre se termine.

Je mangeais mes tartines sans me plaindre, mais je songeais aux petits pains d'Orchies, frais, tendres, croustillants, que ma mère achetait au livreur et dont je me régalais.

— Les Allemands prennent la farine de froment pour eux, continuait Césarine, et ils surveillent les meuniers. Ils se méfient des signaux que les ailes de moulins peuvent transmettre par leur position. Ils voient des espions partout.

Elle protesta également lorsque, en décembre, ils interdirent de sonner les cloches pour la messe. Les sonneries seraient dorénavant réservées à leur seul usage, notamment pour célébrer les victoires qu'ils remporteraient.

Parfois, nous entendions le canon tonner. Clarisse, la mère de mon amie Camille, se signait à la manière de ma grand-tante, en murmurant :

— Ils se battent contre les nôtres, et je n'ai aucune nouvelle de Gustave. Comme c'est dur !

Les filles de ma classe étaient toutes dans le même cas : leur père était à la guerre. Je pensai un jour à Alphonse qui, lui aussi, était allé se battre contre les Allemands. J'avais pleuré le jour de son départ, mais il m'avait promis qu'il reviendrait. Je me souvins également d'une chose qu'il m'avait dite, juste avant de partir : il allait être mon papa. J'en déduisis que ma situation était identique à celle des autres filles et, en toute sincérité, j'affirmai que mon papa, lui aussi, était à la guerre.

Nous n'avions plus de journaux, sauf *La Gazette des Ardennes*, sous contrôle allemand. Mon grand-père fulminait :

— Il n'y a que des *mintiries*[1] dans ce journal. A les entendre, les Boches ne remportent que des victoires !

— Comment savoir où est la vérité ? soupirait Césarine. A cause d'eux, nous sommes coupés du reste du monde.

1. Mensonges.

Noël approchait. Je me rappelais que, les années précédentes, le père Noël m'avait apporté un petit jésus en sucre. Alors, ma mère et ma grand-tante étaient près de moi. Le désir de retrouver leur présence me poussa à interroger Césarine :

— Maman va venir pour Noël ?

Elle eut cette même expression, à la fois douloureuse et déchirée, et elle secoua la tête :

— Non, mon enfant. A cause des Allemands, on ne peut aller nulle part. C'est d'ailleurs pour ça que Colette ne vient plus.

Je poussai un profond soupir. Néanmoins, je fis ce que j'avais toujours fait et, la veille de Noël, avant d'aller me coucher, je déposai près de la cheminée mes petites bottines.

— C'est pour le père Noël, expliquai-je à mon grand-père qui me regardait en silence. Est-ce qu'il pourra venir, malgré les Allemands, et aller dans toutes les maisons porter un cadeau aux enfants sages ? Je suis sage, n'est-ce pas, grand-père ? Césarine dit que le père Noël vient du Ciel, qu'il passe par les cheminées, et que les Allemands ne pourront pas l'arrêter. C'est vrai ?

Je me tus, étonnée moi-même d'avoir tant parlé. Habituellement, avec mon grand-père, j'étais loin d'être aussi bavarde. Son visage s'adoucit un peu, et il ôta sa pipe de sa bouche pour me répondre :

— Oui, certainement. Mets toujours tes chaussures. Tu verras bien demain matin.

Cette nuit-là, je me réveillai plusieurs fois, et j'écoutai attentivement, guettant des bruits qui indiqueraient une présence venant de la cheminée. Mais je n'entendis que les soldats allemands fêtant Noël, des bruits de voix, de chants et de rires.

Le lendemain, lorsque je me réveillai, je sautai aussitôt de mon lit et courus à la cuisine. Mon grand-père tisonnait le feu. Impatiente, je me précipitai vers mes chaussures, me penchai. Pas de jésus en sucre, pas de jouet, rien. Incompréhensive, je relevai la tête, regardai autour de moi. Le père Noël aurait-il déposé le cadeau ailleurs ? Je croisai le regard de mon grand-père, vis son sourire complice.

— Regarde mieux. Au fond de la bottine.

J'obéis. J'aperçus, dans une des chaussures, quelque chose de brillant. Je plongeai la main, ressortis une pièce d'argent, tellement astiquée qu'elle en paraissait neuve. C'était la première fois que je recevais un tel cadeau, et je demeurai un moment indécise.

— C'est une pièce de deux francs, dit mon grand-père.

— Mais... objectai-je, encore désorientée. Ce n'est pas un jouet, ni un bonbon...

— Avec ça, tu achèteras toi-même le jouet ou les bonbons que tu désires. Ou bien, tu garderas l'argent. C'est à toi de choisir. Le père Noël te considère comme une grande fille, et il te fait confiance pour la façon dont tu utiliseras cette pièce.

Je la regardai mieux. Une femme y était gravée ; elle marchait dans un champ et elle semait autour d'elle, d'un ample geste du bras. Je me sentis soudain importante, et j'eus l'impression d'être devenue riche. Je levai vers mon grand-père des yeux ravis. Il me sourit, ce qui arrivait rarement.

— Alors, tu es contente ? Et qu'est-ce qu'on dit à son grand-père ?

Avec confusion, je me rendis compte que je ne lui avais pas souhaité le bonjour, ce que je faisais chaque matin. Rougissante, j'allai à lui, l'embrassai sur la joue :

— Joyeux Noël, grand-père.

Pour la première fois, il ne me donna pas son habituel baiser sec et froid. Il me caressa les cheveux avec une sorte de tendresse :

— Merci, petite. Joyeux Noël à toi aussi.

La pièce d'argent dans la main, je retournai dans ma chambre. J'ouvris la petite table de nuit au dessus de marbre, située près de mon lit. Là se trouvaient les deux seuls trésors que je possédais : ma poupée et mon moulin à vent. Avec précaution, je déposai près d'eux ma pièce d'argent.

6

Il y eut la nouvelle année, et les échanges de vœux. Cette fois, en plus d'une bonne santé, les gens souhaitaient tous la fin de la guerre. De leur côté, les soldats allemands fêtèrent la Saint-Sylvestre et le Nouvel An par des réjouissances et, à minuit, je fus réveillée par de nombreux coups de feu qui me rappelèrent les *campes* dont j'avais si peur. Si j'avais été avec ma mère, ma grand-tante, ou même Colette, j'aurais couru jusqu'à leur lit pour m'y réfugier. Mais je n'osai pas agir de cette façon avec mon grand-père, et je demeurai solitaire, crispée, sursautant à chaque nouvelle salve.

Il y eut d'autres fêtes, allemandes celles-là. La semaine suivante, la mairie fut décorée de drapeaux bavarois — bleu et blanc — en l'honneur de l'anniversaire du roi de Bavière. Puis, vers la fin du mois, il y eut l'anniversaire de l'empereur Guillaume. Alors que nous nous rendions au Café de la Place, où nous avions toujours classe dans l'arrière-salle, Camille et moi aperçûmes des soldats en train de décorer l'école — notre école —, dont ils nous avaient expulsées pour en faire leur logement. Ils installaient des guirlandes de sapin autour des grilles, et ils paraissaient joyeux. Quelques-uns sifflotaient. Le soir, je racontai la scène à Césarine. Elle pinça les lèvres :

— Ils ont obligé les gens à déclarer leurs bouteilles de vin. Un de ces jours, ils les confisqueront. Ils ont encore retiré hier aux cultivateurs des vaches et des génisses. S'ils continuent comme ça, on n'aura plus de lait.

Comme nous passions devant la mairie pour nous rendre en classe, Camille et moi remarquions presque chaque jour de nouvelles affiches. La plupart commençaient par le mot *Befehl*, et faisaient part d'une exigence supplémentaire des occupants. Notre garde champêtre, muni de son tambour, passait dans les rues et s'arrêtait quelques instants pour annoncer, oralement, par un « avis à la population », le contenu de ces affiches. D'autres proclamaient une victoire allemande et, à cette occasion, les cloches de l'église, muettes le reste du temps, sonnaient joyeusement.

— Si c'est pas malheureux ! soupirait Césarine. Devoir entendre ça et ne rien pouvoir faire !

D'autres affiches, encore, firent savoir que l'Angleterre avait pris la décision d'empêcher toute importation à l'Allemagne, afin de la forcer à la paix par la faim. A ce sujet, les personnes qui désiraient se rendre en France non occupée étaient invitées à s'inscrire. Les volontaires furent très rares. J'entendis Césarine en discuter avec l'une de ses voisines.

— Bien sûr qu'on ne va pas s'en aller. Qui sait où on se retrouverait ? On ne peut faire aucune confiance aux Boches. Et puis, dès qu'on aurait le dos tourné, ils occuperaient notre maison, et ils nous prendraient tout.

Chaque soir, je regardais avant de me coucher mes petits trésors, et je pensais qu'ils pouvaient me prendre ma pièce d'argent. Je finis par la dissimuler entre la chemise et la robe de ma poupée, et je me sentis un peu rassurée.

Le printemps arriva et, dans le jardin de Césarine, les arbres fruitiers fleurirent. Elle les regardait avec satisfaction :

— Nous aurons des fruits. Enfin... corrigea-t-elle, à condition que les Boches ne nous les prennent pas.

Une nouvelle affiche obligea les gens qui possédaient un jardin à semer des légumes et à planter des pommes de terre, et les Allemands fournirent eux-mêmes les graines — à un prix élevé. Mon grand-père, comme les autres, dut obéir, et je l'entendis maugréer une fois de plus :

— Je parie que je me donne du travail pour rien. Ça servira à nourrir les Allemands, parce qu'ils vont tout réquisitionner.

Je commençais à connaître le mot « réquisition ». A cause du blocus décidé par l'Angleterre, l'Allemagne commençait à manquer de tout. Les autorités décidèrent donc de se servir parmi les habitants des territoires occupés.

Après avoir réquisitionné le bétail et le blé chez les agriculteurs, ils obligèrent ceux qui possédaient une bicyclette à la porter à la *Kommandantur*. Théo, qui en possédait une, confia à voix basse à mon grand-père qu'il l'avait démontée et qu'il en avait enterré les différentes pièces dans son jardin.

— Je ne sais pas comment je la retrouverai, conclut-il. Peut-être sera-t-elle rouillée et hors d'usage. Mais, en tout cas, ils ne l'auront pas.

Ils visitèrent les maisons et prirent du linge, des ustensiles de cuisine, parfois même des meubles. Un jour, je rentrai de l'école et trouvai Césarine à la fois effondrée et furieuse :

— Ils m'ont pris mes draps ! Mes beaux draps brodés ! Et on n'a même pas le droit de protester !

Chez mon grand-père aussi, ils avaient emporté plusieurs choses, dont la grande glace qui ornait le dessus de la cheminée, dans sa chambre. Je courus jusqu'à la petite table de nuit, l'ouvris. Mes deux jouets n'avaient pas bougé. Je pris ma poupée, la palpai avec des doigts rendus fébriles par l'anxiété. Je poussai un soupir de soulagement : sous le tissu, ma pièce d'argent était toujours là.

Le pain devenait de plus en plus mauvais. Noir et gluant, il avait un goût infect. Grâce aux confitures de Césarine, qui en étalait une couche sur chaque tartine, je parvenais à le manger, mais je devais me forcer pour l'avaler. De plus, il était difficile à digérer, et mon grand-père se plaignait de maux d'estomac. Césarine n'osait plus en donner à Cui-Cui. Elle disait que, s'il essayait de le picorer, il demeurerait collé sur son bec.

A l'épicerie du village, les denrées de première nécessité manquaient, comme le sucre, le café, la chicorée, l'huile, le sel. Césarine devait économiser ce dernier et ne lançait plus sur le seuil de sa maison qu'une infime pincée pour se protéger des sorcières. Notre situation commençait à devenir critique lorsque nous apprîmes qu'un Comité américain enverrait dorénavant de la nourriture pour les civils. Il fournirait également aux boulangers de la farine, que les Allemands, cette fois, n'auraient pas le droit le prendre.

Le pain redevint mangeable. Il y eut des distributions de vivres chaque mois, et nous recevions, selon le cas, du riz, des lentilles, du sucre, de la Torréaline, qui était un succédané de café, et du « lard d'Amérique », censé remplacer la viande qui était devenue rarissime. C'étaient d'épaisses tranches de gras, entre lesquelles on trouvait parfois une mince couche de viande maigre et rance. Quelques personnes téméraires allaient, la nuit, jusqu'en Belgique chercher ce qui leur manquait — au péril de leur vie, car les Allemands n'hésitaient pas à tirer s'ils apercevaient quelqu'un en dehors des heures permises.

De son côté, *La Gazette des Ardennes* commença à publier la liste des soldats français prisonniers en Allemagne. Nous fûmes ainsi avertis qu'il y en avait plus de 250 000. Je pris l'habitude de voir Clarisse, la mère de mon amie Camille, penchée sur les listes, recherchant le nom de son mari. Elle ne le trouvait pas, recommençait, soupirait :

— Non, il n'y est pas cette fois-ci. Ça me soulagerait de savoir qu'il est prisonnier. Au moins, il ne risquerait plus d'être tué au combat.

Nous nous acheminions vers les vacances scolaires. Je savais maintenant lire et écrire, et j'en étais très fière. Clarisse avait retrouvé, au fond d'une armoire, un livre de contes qui lui avait appartenu dans son enfance ; elle le donna à Camille. Cette dernière, après l'avoir lu, me le prêta. J'y retrouvai avec ravissement les histoires que m'avait racontées Colette, et je pris un grand plaisir à regarder les illustrations. Je me souvins que Colette avait promis de m'en offrir un, lorsque je saurais lire. Mais, à cause de la guerre, je compris qu'il valait mieux oublier cette promesse.

Un jour du mois de juillet, mon grand-père revint de son travail et annonça à Césarine, l'air sombre :

— La brasserie va fermer. Il n'y a plus de malt.

Elle le regarda, ne fit aucun commentaire. Il continua, contrarié :

— Je vais perdre mon travail. Qu'est-ce que je vais devenir ?

La réponse lui fut donnée par les Allemands. Ils le « réquisitionnèrent », comme ils le faisaient pour les hommes du village qui, encore valides, n'étaient pas à la guerre. Sous la surveillance de *Feldgendarmes*, munis d'un brassard, ils étaient enrôlés pour les travaux des champs, pour couper du bois, ou même pour aller, dans les environs, aménager des fortifications ou des aérodromes. Mon grand-père devint bougon, répétant sans cesse combien il était désagréable de « travailler pour eux ».

Cela ne contribua pas à nous rapprocher. A vrai dire, le peu de tendresse qu'il m'avait montré le jour de Noël ne s'était pas renouvelé. Il demeurait toujours froid et distant, et, de mon côté, je donnais toute mon affection à Césarine, qui se comportait envers moi comme si j'avais été sa petite-fille.

Le 14 juillet, il fut interdit de porter les couleurs nationales. Peu de temps après, les Allemands instaurèrent une taxe sur les chiens. Beaucoup se séparèrent de leur fidèle compagnon pour n'avoir pas à la payer. D'autres se plièrent à ce nouvel ordre, en se demandant ce que serait le prochain. Puis une affiche obligea les habitants masculins, en signe de respect envers l'armée allemande, à saluer les officiers et les sous-officiers dans la rue.

— Ça me ferait mal d'ôter ma casquette pour saluer un de ces Boches, commenta mon grand-père, de plus en plus bougon. Dorénavant, je ne la mettrai plus.

Beaucoup d'hommes l'imitèrent. Ou bien, s'ils apercevaient un Allemand dans la rue, ils s'arrangeaient pour traverser ou pour faire demi-tour afin d'échapper à cette nouvelle exigence.

Il y eut la période des foins, puis celle de la moisson. Outre les ouvriers agricoles, tous les hommes valides durent y participer, et mon grand-père fut de nouveau enrôlé. Ensuite, les Allemands réquisitionnèrent les récoltes pour eux, ne laissant rien aux cultivateurs. Ils vérifiaient tout, allant jusqu'à perquisitionner dans les maisons lorsqu'ils avaient un doute. En ce qui concernait les jardins, c'était la même chose. Les habitants étaient tenus de déclarer les légumes qu'ils récoltaient, et les Allemands s'en emparaient. Les propriétaires n'avaient même pas le droit de cueillir les fruits de leurs arbres.

Mon grand-père se rendait dans son jardin la nuit, enlevait quelques pommes de terre et quelques carottes, avec lesquelles Césarine faisait un *fricot*, agrémenté du lard d'Amérique, ou de la soupe s'il y avait des poireaux. Mon grand-père disait avec amertume :

— Quelle misère, quand même ! Etre obligé de me cacher pour aller voler mes propres légumes ! Quand donc tout cela finira-t-il ?

Avec les groseilles de son jardin et le sucre fourni par le Comité américain, Césarine parvint à faire quelques pots de confiture, qu'elle dissimula soigneusement dans le fond de son armoire.

Je grandissais. Mes chaussures devenaient trop petites, ma robe trop courte. Mon grand-père, qui avait gardé tous les effets ayant appartenu à ma mère, retrouva une paire de bottines. Elles étaient usagées, mais je fus heureuse de penser que ma mère les avait portées, et je les mis avec plaisir. Césarine ajouta au bas de ma robe une bande de tissu. Personne ne songea à se moquer de moi. Nous étions tous dans le même cas, et les autres filles, elles aussi, portaient des vêtements ainsi « rallongés ».

La rentrée scolaire arriva. J'eus une nouvelle maîtresse, plus jeune que madame Flore, qui me plut tout de suite beaucoup. Elle nous faisait la classe dans une salle du presbytère, qui était plus vaste et mieux éclairée que l'arrière-salle du Café de la Place. Nous pouvions y travailler dans de meilleures conditions.

De plus, j'étais toujours assise auprès de mon amie Camille, et j'en étais très satisfaite.

Les Allemands étaient nombreux dans notre village, et certains — surtout les officiers et les sous-officiers — logeaient chez l'habitant. Si une ou plusieurs chambres s'étaient trouvées vacantes à la suite du départ à la guerre d'un mari, d'un fils ou d'un frère, elles avaient été tout de suite occupées par un Allemand. Mon grand-père et Césarine avaient échappé à cette désagréable exigence, grâce à leur maison qui, trop petite, ne possédait pas de chambre disponible. Mais, un peu plus loin dans notre rue, une femme nommée Aglaé, dont le mari avait été mobilisé, s'était vue dans l'obligation de loger un sous-officier.

Un bruit se mit bientôt à courir, selon lequel Aglaé se conduisait mal avec ce Hans, qu'elle appelait d'ailleurs par son prénom. Emilie, la plus bavarde de nos voisines, venait chez Césarine, et elles en parlaient toutes les deux à mi-voix. Occupée à faire mes devoirs, penchée sur ma page d'écriture, j'entendais le prénom d'Aglaé revenir souvent dans la conversation, mais je ne comprenais pas la raison de leurs exclamations indignées, et, à vrai dire, cela n'intéressait pas mon esprit d'enfant.

Le jeudi suivant, alors que j'accompagnais Césarine jusqu'au cimetière, où elle voulait fleurir la tombe de son mari avec les dernières roses de son jardin, nous croisâmes Aglaé. Comme toutes les personnes de la rue, je la connaissais, et je la saluais toujours lorsque je la rencontrais. Elle nous souhaita le bonjour, et je dis poliment :

— Bonjour, Aglaé.

Mais Césarine détourna la tête sans répondre. J'en fus surprise, car elle était exigeante en ce qui concernait la politesse. Après avoir marché quelques instants en silence, elle m'ordonna :

— Ne dis plus bonjour à Aglaé. Ne lui parle plus.

Surprise, je levai les yeux vers Césarine. Elle fronçait les sourcils, et son visage habituellement avenant arborait une expression désapprobatrice et contrariée. Je demandai :

— Mais... pourquoi ? Ça serait *malhonnête* !

Ce mot, dans notre langage habituel, signifiait « impoli », et Césarine comprit mon objection. Elle hocha la tête et répondit :

— Non, ce ne sera pas malhonnête. Elle ne mérite plus qu'on lui dise bonjour. Elle se conduit mal, et toutes les femmes ont décidé de ne plus lui adresser la parole.

Ces mots m'intriguèrent sans apporter de réponse à ma question. J'insistai.

— Qu'est-ce qu'elle a fait ?

— Il y a un Allemand qui loge chez elle, et elle ne se conduit pas bien avec lui. Voilà ce qu'il y a.

Ces phrases, dites d'un ton sans réplique, étaient censées m'imposer le silence. Je ne dis plus rien, mais je cherchai ce que pouvait signifier l'expression « elle ne se conduit pas bien avec lui ». Refusait-elle de lui obéir ? de lui parler ? Mais, dans ce cas, Césarine aurait au contraire approuvé cette attitude. Je ne trouvai pas, et ma curiosité demeura insatisfaite.

Le lendemain matin, alors que je me rendais à l'école avec Camille, nous croisâmes de nouveau Aglaé en traversant la place. Me rappelant les paroles de Césarine, je détournai la tête comme elle l'avait fait la veille. Du coin de l'œil, je vis qu'Aglaé nous regardait, avant de passer sans nous adresser la parole. Je fus rassurée. Ainsi, je n'aurais pas à lui répondre. Je m'aperçus alors que Camille, elle non plus, n'avait pas dit bonjour. Elle avait baissé la tête, et elle marchait en regardant ses pieds. Je supposai qu'elle avait reçu les mêmes recommandations, et je l'interrogeai :

— Est-ce que tu sais pourquoi on ne doit plus parler à Aglaé ?

Elle haussa les épaules en signe d'ignorance et avoua :

— Je n'ai pas bien compris. J'ai entendu mère qui en discutait avec *mémère* Edwige, et elles disaient que c'est une honte, une femme française qui couche avec un Allemand pendant que son mari est au front.

Je ne mesurai pas en quoi cela constituait une faute et, dès mon retour de l'école, je racontai cette conversation à Césarine. Elle déclara d'abord que ce n'était pas un sujet pour les enfants, mais, sur mon insistance, elle admit que ce que m'avait rapporté Camille était vrai.

J'avais compris qu'ils dormaient ensemble dans le même lit, et je me souvins que, chez Achille, j'avais dormi avec Colette. Je demandai naïvement :

— C'est mal ?

Césarine eut un hoquet d'indignation :

— Bien sûr que c'est mal ! Il ne faut rien faire avec les Allemands, même pas leur parler. Ce sont des ennemis. Ils sont venus en France pour se battre contre nos hommes, comme le père de Camille, par exemple, et peut-être les tuer.

— Ou comme Alphonse ?

Je lui avais parlé du frère de Colette, qui sans la guerre serait devenu mon papa. Césarine hocha affirmativement la tête :

— Oui, comme Alphonse. Et comme tant d'autres.

Je ne posai plus de question et, par la suite, lorsqu'il m'arriva de rencontrer Aglaé, je ne la saluai plus. Je remarquai toutefois qu'elle avait pris l'habitude de regarder droit devant elle, choisissant d'ignorer les personnes qu'elle croisait.

Avec l'hiver, un autre problème vint se poser pour l'éclairage. Il n'y avait plus de pétrole, et nous ne pouvions plus nous servir de nos *quinquets* habituels. Césarine soulevait la *platine* — le grand couvercle circulaire — de son feu, afin de s'éclairer à la lueur mouvante des flammes. Mon grand-père alla rechercher son *crachet*, la petite lampe à huile dont il se servait autrefois. Mais, comme il n'y avait plus d'huile non plus, il en faisait tremper la mèche dans le saindoux fourni avec le lard d'Amérique.

Il manquait également de tabac, ce qui n'améliorait pas son caractère. Un neveu de Théo, qui allait de temps en temps en Belgique chercher du ravitaillement, rapportait parfois quelques paquets de ce *toubaque* devenu si rare. Théo en faisait profiter mon grand-père et, dans ces cas-là, son humeur s'améliorait un peu.

En plus de la carte que la *Kommandantur* leur avait remise, sur laquelle il était spécifié qu'ils travaillaient dans l'intérêt de l'armée allemande, les hommes du village, à partir de quatorze ans, furent obligés de porter constamment sur eux une carte d'identité. Une fois de plus, ils obéirent en protestant.

Ainsi, les jours passèrent, et la vie devint de plus en plus difficile. Les Allemands étaient insatiables, et les réquisitions se succédaient : bouteilles de vin pour les fêtes de Noël et de Nouvel An, puis les bouteilles d'alcool, puis les appareils photographiques, puis les articles de ménage, les objets en métal — cuivre et étain. Une affiche ordonna de porter ces derniers à la *Kommandantur*. Mon grand-père enveloppa ceux qu'il possédait dans de la toile, et les enterra dans son jardin. La plupart des habitants ayant agi de la même façon, les Allemands reçurent bien peu de choses. Ils décidèrent alors de perquisitionner directement dans les maisons. Je rentrai un soir de l'école et m'aperçus que, chez Césarine comme chez mon grand-père, ils avaient pris le chaudron à lessive, la bouilloire, la bassine à confiture, les casseroles, les boutons de porte, les tringles des rideaux, les poids et les plateaux des balances. Mon grand-père nous rapporta qu'ils avaient démonté les chaudières en cuivre de la brasserie.

— Tout, ils vont tout nous prendre, commenta Césarine, effondrée. Si seulement ils pouvaient partir avant de nous piller complètement !

Elle affirmait qu'elle priait en ce sens, et elle assistait à toutes les messes. J'entendais parfois mon grand-père lui dire :

— Tes prières ne font pas beaucoup d'effet, ma pauvre Césarine. A croire que ton Dieu est sourd.

Elle se signait, protestait :

— Ne blasphème pas, Sosthène. Au lieu de *toudis bertonner*[1], tu ferais mieux de prier, toi aussi.

Mon grand-père haussait les épaules et ne prenait pas la peine de répondre. A part moi, je constatais qu'il n'avait pas tort. La guerre ne semblait pas vouloir s'arrêter, les combats continuaient, et le canon tonnait sans cesse. Quant à mon grand-père, toujours sous surveillance allemande, il s'en allait, avec d'autres hommes, consolider des fortifications dans les environs ou aménager des terrains d'aviation pour les avions allemands. Ils installaient des « saucisses », des ballons captifs de forme oblongue pour surveiller la ligne du front. Il rentrait chaque jour gelé et épuisé.

— Je suis *réhu*[2], constatait-il amèrement. Je ne suis plus d'un âge à faire tout ça. Mais avec eux, pas moyen de leur faire comprendre. C'est « Marche ou crève » ! Et puis, comment travailler correctement quand on est aussi mal nourri ?

Il y avait sans cesse de nouvelles réquisitions sur le ravitaillement. Ainsi, chaque semaine, les fermiers furent tenus de fournir un kilogramme de beurre par

1. Toujours rouspéter.
2. Epuisé, harassé.

vache, et les propriétaires de poules reçurent l'ordre de porter à la *Kommandantur* trois œufs par pondeuse. Comme il restait très peu de vaches dans le village — ils en avaient emmené la plupart — nous n'eûmes plus de beurre. Et les œufs que Césarine parvenait à acheter devinrent rarissimes.

Un nouveau succédané de café était apparu, fourni par le Comité américain : la « mokaline », à base de maïs. Césarine affirmait qu'il était pratiquement inbuvable. Pour mon petit déjeuner, je n'avais plus le lait mousseux de la ferme qui, lorsque Césarine le versait dans mon bol, formait à la surface une légère pellicule, que j'appelais « peau » et que je récupérais avec ma cuillère. Dorénavant, je ne connaissais plus que le lait condensé du Comité américain, qui me paraissait beaucoup moins bon.

Néanmoins, je parvenais à m'adapter à tous ces inconvénients. L'insouciance de mon jeune âge m'aidait beaucoup. A l'école, Camille et moi avions fini par nous intégrer, et nous avions des compagnes de jeux, avec lesquelles nous jouions à la marelle, à la balle, à la corde. Nous étions toutes dans la même situation : des enfants sans père.

Mais cette insouciance fut perturbée par un événement qui me toucha particulièrement. Il y eut, un jour, une nouvelle affiche : les personnes qui possédaient un canari devaient le déclarer à la *Kommandantur*.

Césarine s'affola :

— Vont-ils s'emparer également des *canariens* ? Mon Dieu ! Pourvu qu'ils ne me prennent pas mon Cui-Cui !

Elle pensa bien à le cacher, mais lors des perquisitions ils allaient partout, même dans les dépendances, et ils finiraient par le trouver. Par crainte des représailles — amende ou prison —, elle obéit à cette injonction, et demeura sans cesse inquiète.

Quelque temps après, au début de l'été, deux Allemands arrivèrent chez elle alors que, dans sa cuisine, je faisais mes devoirs. Pendant que l'un demeurait dehors, l'autre entra. Paralysée de peur, je me figeai. Il tendit un papier et ordonna :

— Réquisition pour l'armée allemande. Vous devez nous donner votre canari.

Césarine poussa un cri et porta ses mains à sa bouche. Effarée et suppliante, elle fixa l'Allemand, qui demeura impassible.

— Obéissez. C'est un ordre.

Je vis les yeux de la pauvre femme se remplir de larmes. Sous le regard imperturbable de l'Allemand, elle grimpa sur une chaise et, les mains tremblantes, décrocha la cage de Cui-Cui. Le petit oiseau, affolé par cette présence inconnue dans la pièce, s'agitait et sautait d'un perchoir à l'autre. Le *Feldwebel* tendit le bras :

— Allons. Donnez-moi ça.

Dans un sursaut de protestation, Césarine osa demander :

— Mais… pourquoi ?

Avec un geste agacé, l'homme daigna expliquer :

— Nous avons besoin de ces oiseaux pour déceler les gaz au fond des sapes. Consolez-vous en pensant qu'il va servir l'armée allemande.

Il prit la cage, claqua des talons, sortit. Tout s'était passé si vite que nous restâmes interdites. Césarine, hagarde, murmura, dans une plainte :

— Mon *canarien*...

Ses larmes se mirent à couler et, affolée de la voir pleurer, je me précipitai vers elle. Elle tenta de se reprendre, renifla, prit son mouchoir, essuya ses joues :

— C'était ma petite compagnie... Il m'a aidée à me sentir moins seule, lorsque mon Raoul est mort... Je l'aimais bien, et ils me l'ont pris...

A mon tour, je me mis à pleurer. Cui-Cui était aussi mon ami. Chaque jour, lorsque je rentrais de l'école, il m'accueillait par son chant joyeux. Je partageais la peine de Césarine, et, le soir, alors que nous finissions de souper, je pleurai de nouveau. Mon grand-père me rabroua :

— Ne *brais*[1] pas pour une petite bête comme celle-là alors que nos hommes meurent à la guerre. Quand les Boches seront partis, Césarine en achètera un autre, de *canarien* !

Je ne répondis pas. Un autre ne serait pas notre Cui-Cui. Et puis, je m'étais attachée à lui, et je savais qu'il allait me manquer.

Le lendemain, la première chose que je racontai à Camille fut l'enlèvement du serin. Elle fut consternée. Elle aussi, elle l'aimait bien, et le bain du petit oiseau constituait toujours pour nous un moment agréable et amusant. A partir de ce jour,

1. Pleure.

j'éprouvai une rancune tenace envers les Allemands, et j'étais soulagée de ne pas avoir à les saluer lorsque je les croisais. Heureusement, cet ordre ne concernait pas les petites filles comme Camille et moi.

7

En avril 1917, après l'entrée des Etats-Unis dans le conflit, le Comité américain fut remplacé par un Comité hollandais. Ce fut une période, jusqu'à la fin de la guerre, où je connus la faim. Nous eûmes moins de ravitaillement ; les rations de pain diminuèrent. Césarine rêvait tout haut à une bonne tasse de café. Quant à moi, je me souvenais du beurre frais présenté sur les étals du marché, à Orchies, et du plaisir que j'éprouvais à le goûter après en avoir prélevé un peu avec l'ongle de mon pouce. Quant à mon grand-père, c'était la privation de *toubaque* qui le rendait amer et frustré.

En dépit de l'affiche interdisant le braconnage, Théo prenait le risque d'aller poser des collets afin d'attraper un lièvre, qui fournirait un peu de viande. Lorsqu'il y parvenait, il nous en apportait un morceau, heureux et fier d'avoir pu « rouler les Boches sous leur nez ». Mon grand-père essayait de le raisonner :

— C'est dangereux de mettre des *laches*[1], Théo. Un de ces jours, tu te feras prendre. Sur l'affiche, il était écrit qu'ils n'hésiteraient pas à tirer.

---

1. Lacets.

Mais Théo refusait de l'écouter :

— N'y pense plus et régale-toi avec ça. Regarde ta petite. Elle a les yeux qui lui mangent la figure. *C'est pitié* de la voir aussi *maiguerlotte*[1]. Pense à elle, aussi.

Mon grand-père ne disait plus rien, et Césarine nous cuisinait un plat qui ressemblait à un repas de fête.

En plus de la faim, nous souffrions du froid. L'hiver s'éternisait. Des bourrasques de neige, de grêle et de pluie glacée nous assaillaient, Camille et moi, à la sortie de l'école, et nous revenions chez nous complètement trempées. De plus, le charbon était rare, et il fallait l'économiser. Les Allemands ayant pris également la laine des couvertures et des matelas, ainsi que les briques réfractaires avec lesquelles nous chauffions notre lit, nous nous recroquevillions la nuit en grelottant.

Les objets de première nécessité manquaient. Nous n'avions plus rien. Je fis un jour un accroc à ma jupe, et, faute de fil et d'aiguille, Césarine ne put recoudre la déchirure. Je dus aller à l'école avec le tissu qui pendait, car nous n'avions même plus une épingle pour le retenir.

Au début de l'été, les Allemands obligèrent les enfants des écoles à aller cueillir les chardons et les orties dans les champs, sous la surveillance de leurs maîtres et de sentinelles allemandes, afin de récupérer les fibres des tiges. Ce furent surtout les garçons qui

1. Maigre.

furent concernés, à partir de dix ans. Camille et moi n'en avions que neuf, et nous fûmes soulagées de ne pas être enrôlées pour une telle corvée. Je craignais beaucoup les piqûres d'orties, et je m'en éloignais autant que je le pouvais.

Comme si les cartes d'identité ne suffisaient pas, les habitants durent appliquer, sur le devant de leur maison, une pancarte indiquant le nombre de personnes qui y vivaient, ainsi que leur âge.

Bientôt, les Allemands s'emparèrent des arbres, principalement les noyers dont le bois servait à fabriquer des fusils. Théo en possédait un, dans le fond de son jardin. Ils vinrent le scier et ils l'emmenèrent. Le brave homme répéta à mon grand-père, outré et malheureux :

— Mon *gauquier*[1] ! Ils m'ont pris mon *gauquier* !

Césarine, qui était présente, commenta sans surprise, comme une évidence :

— Quand je vous dis qu'ils vont tout nous prendre !

Ils réquisitionnèrent de nouveau les métaux, prenant ceux qu'ils avaient laissés la fois précédente, comme les boutons de sonnette en cuivre ou les boîtes aux lettres, ainsi que les grilles en fer des jardins et les gouttières en zinc. Ensuite, à l'automne, ils décidèrent d'enlever les réverbères et les deux cloches de l'église afin de les emmener en Allemagne pour les refondre. L'opposition de monsieur le curé et l'indignation des habitants demeurèrent bien entendu inutiles.

1. Noyer.

— Nos cloches transformées en canons pour tuer nos propres soldats ! tempêta Césarine. Si ce n'est pas malheureux, quand même ! Et on ne peut rien faire pour empêcher ça !

— Au moins, répliqua mon grand-père avec philosophie, on ne les entendra plus sonner pour annoncer les victoires allemandes. Elles ne servaient plus qu'à ça.

Nous n'avions toujours pas de nouvelles des mobilisés, toute correspondance restant strictement interdite avec la France libre. Seules étaient autorisées les cartes destinées aux soldats prisonniers en Allemagne, qui écrivaient à leur famille. N'ayant jamais reçu de nouvelles de son mari, et n'ayant jamais vu son nom dans les listes publiées par *La Gazette des Ardennes*, Clarisse supposait qu'il était toujours au combat, en priant pour qu'il ne fût pas tué.

— Le plus dur, disait-elle souvent, c'est quand j'entends le canon tonner, et que je ne sais pas si Gustave est mort ou vivant.

De mon côté, je grandissais, et le manque de nourriture me donnait parfois une impression de faiblesse et de fatigue. J'éprouvais moins de goût à la lecture, à l'étude, et même aux jeux que je partageais avec Camille et mes compagnes d'école. Quand arriva l'hiver, j'eus un gros rhume et j'attrapai une toux qui me déchirait la gorge. Césarine, inquiète, me soigna comme elle le put, sans sirop, sans cataplasmes, sans rien. Elle mit dans une chaussette les quelques cendres qu'elle pouvait récupérer lorsqu'elle faisait du feu, et m'en entoura le cou. Après plusieurs jours, la brûlure de ma gorge s'atténua, et je pus avaler sans douleur. Mais la toux demeura et m'accompagna tout au long de l'hiver.

A cause de nos organismes affaiblis, nous ne pouvions pas nous défendre correctement contre les agressions du froid. Les gens craignaient la tuberculose, ce fléau qui faisait tant de mal. Des vieilles personnes mouraient, ainsi que de jeunes enfants. Comme le constatait avec tristesse Césarine, c'étaient les plus faibles qui étaient les premières victimes.

A la faim, au froid, vint s'ajouter la peur. Bientôt, les attaques aériennes se firent fréquentes, surtout lorsque la nuit était claire. Çà et là, dans le village, les Allemands s'étaient approprié des pâtures dans lesquelles ils avaient construit des baraquements pour installer leurs troupes. Ceux-ci étaient particulièrement visés et, plus d'une fois, je fus réveillée par le bruit des avions et le tir des canons aériens. Mon grand-père m'appelait :

— *Habile, habile*[1], Rosa ! A la cave !

En tremblant, je sortais de mon lit. Mon grand-père m'attrapait vivement par la main et, dans l'obscurité, il m'entraînait à la cave. Sur le sol humide, il avait installé une vieille couverture pliée en quatre, sur laquelle il me faisait asseoir. Lui-même demeurait debout, près de moi, et dans le noir ma frayeur aug-

1. Vite, vite.

mentait. J'aurais voulu que mon grand-père me prît contre lui, ou, au moins, me rassurât. Mais il demeurait immobile, silencieux, et ne s'occupait pas de moi.

Une fois, des obus éclatèrent, si près que le sol trembla. Je plaquai mes mains sur mes oreilles, me mordant les lèvres et essayant de surmonter la panique qui me donnait envie de hurler. Lorsque je pus parler, je gémis :

— Grand-père… J'ai peur !

La voix de mon grand-père me parvint, proche et pourtant terriblement lointaine :

— La peur n'évite pas le danger.

Ces paroles, prononcées avec sévérité, ne me rassurèrent pas ; au contraire, je me sentis humiliée. Le lendemain, alors que j'étais seule avec Césarine, je lui racontai la scène. Elle soupira et me regarda avec commisération :

— *Min pauv'tiot mioche* ! Sosthène pourrait comprendre, quand même ! Qu'est-ce qu'il croit ? Moi aussi, j'ai peur dans des cas pareils. Pour ne pas entendre les bruits, je prie tout haut, mais je les entends quand même. Comment faire autrement ? Si seulement tu étais avec moi, *min tiot mioche* !

Je savais que, contrairement à mon grand-père, elle me prendrait dans ses bras et tenterait de me rassurer. Une idée me vint. Comme je passais mes journées chez elle, je lui demandai si je pouvais également y passer la nuit. Je dormirais avec elle, et, lors des attaques aériennes, elle serait près de moi.

Elle soupira avec regret :

— Je le voudrais bien, ma petite fille. Mais tu sais bien qu'avec les Allemands ce n'est pas possible.

Je compris ce qu'elle voulait dire. Depuis que les occupants avaient obligé les habitants à afficher le nombre de personnes vivant dans leur maison, ils avaient également interdit à ceux-ci de passer la nuit ailleurs que chez eux. J'entendais trop souvent parler des amendes ou des jours de prison infligés à ceux qui contrevenaient aux ordres pour oser, moi aussi, désobéir. Je poussai également un profond soupir, et je continuai de vivre avec ma peur.

Cet été-là, j'eus dix ans. J'étais trop maigre et trop petite pour mon âge, et Césarine accusait la guerre :

— Ça fait quatre ans qu'elle dure, répétait-elle avec humeur, et on n'en voit pas la fin !

Son caractère naturellement aimable et chaleureux changeait. Elle se plaignait sans cesse, et elle ne manquait pas de raisons. Elle n'avait plus, pour faire la cuisine, qu'une seule et unique casserole ; les Allemands lui avaient pris toutes les autres. Elle se laissait influencer par sa voisine Emilie, qui critiquait tout le monde. Lorsqu'elle répétait ses médisances à mon grand-père, celui-ci la mettait en garde :

— N'écoute pas ce qu'Emilie raconte. C'est une mauvaise langue, tu le sais bien.

Mais Césarine la défendait.

— En tout cas, répliqua-t-elle un jour, elle n'a pas inventé ce qui est arrivé à Aglaé.

Peu de temps auparavant, Aglaé était décédée, et toutes les autres femmes avaient décidé, d'un commun accord, de ne pas assister à son enterrement. J'avais cru qu'elle était morte, comme d'autres personnes dans le village, d'une maladie causée par les restrictions, le manque de nourriture et de vitamines. Mais je surpris une conversation entre Césarine et Emilie, et je crus comprendre qu'Aglaé était allée voir une « faiseuse d'anges » pour supprimer son bébé. Je n'y compris pas grand-chose, et, une nouvelle fois, ma curiosité me poussa à interroger Césarine. Comme je m'y attendais, elle me répondit que cela ne concernait pas les enfants, et elle conclut par ces mots :

— Aglaé a mal agi, et le bon Dieu l'a punie. Retiens bien ça, Rosa, et conduis-toi toujours bien.

C'était aussi ce que nous disait monsieur le curé, au catéchisme. Il fallait suivre les commandements de Dieu et ne pas commettre de péché. Ma nature sage et docile admettait cet avis, et je m'efforçais de le suivre. Ainsi, je me rassurais en me disant que je ne serais pas punie, puisque je me conduisais bien.

— Le bruit du canon se rapproche, disait mon grand-père. Les Alliés avancent.

Nous étions en octobre, et les bombardements étaient de plus en plus fréquents. Grâce à ceux qui continuaient à se rendre en Belgique au péril de leur vie, nous savions que les Allemands se repliaient. Ils obligeaient parfois les civils à évacuer leur village et à les suivre dans leur retraite.

Chez nous, ils se contentèrent d'emmener plusieurs hommes, dont l'âge variait de dix-sept à cinquante ans, qui leur serviraient d'otages. Un soir, mon grand-père annonça :

— Ils sont partis. La *Kommandantur* est déserte. Mais méfions-nous quand même. On entend des coups de feu autour du village.

Césarine renifla avec suspicion :

— Partis ? Je n'ose y croire. Ce serait trop beau !

Le lendemain, en sortant de l'école, nous vîmes des soldats qui arrivaient dans la rue, et leur uniforme n'était pas celui des Allemands.

— Ce sont des Anglais, nous dit notre institutrice, les larmes aux yeux. S'ils sont là, c'est que les Allemands sont définitivement partis. Mes enfants, la guerre est finie, enfin !

Les gens étaient sortis des maisons et allaient vers ces militaires qui venaient nous libérer. Des femmes pleuraient et les embrassaient.

— Viens ! s'exclama Camille. Allons les voir !

Elle m'entraîna. Les jeunes soldats acceptaient volontiers les effusions, en riant de cet accueil délirant. Ils offraient à la foule des friandises, des cigarettes, et c'étaient des cris de joie et de remerciement. A un moment, ils se trouvèrent face à nous. L'un d'eux, un jeune homme aux yeux bleus, nous tendit, à Camille et à moi, du pain et du chocolat. Eberluées, nous prîmes ce cadeau, sans même songer à remercier. Lorsque je voulus le faire, le soldat était déjà passé. Je regardai mon amie ; comme moi, elle paraissait éblouie.

— Du pain blanc, murmura-t-elle. Regarde, Rosa ! Et du chocolat !

Il y avait si longtemps que nous n'avions pas eu ces bonnes choses, et nous avions si faim, qu'il nous fut impossible de résister. Nous mangeâmes aussitôt ces denrées dont nous avions oublié le goût et qui furent un véritable délice. Je revins chez Césarine en me léchant les doigts. Je lui racontai tout, et la brave femme hocha la tête avec un sourire complice :

— Je suis allée les voir, moi aussi. Et j'ai eu aussi un cadeau.

Elle me montra le pain et le chocolat qu'elle avait soigneusement gardés. Je battis des mains : ainsi, j'allais pouvoir me régaler à nouveau !

Mon grand-père rentra peu de temps après, sans cacher sa satisfaction : il rapportait du tabac. Il prit sa pipe et se mit à fumer avec volupté.

— Les braves gars ! répétait-il. Ça fait plaisir de les avoir dans le village !

Les Allemands avaient pris les cloches de l'église, et il fut impossible de les faire sonner pour annoncer notre délivrance. Mais les soldats anglais défilèrent en musique ; les gens se mirent à chanter *La Marseillaise* et, bientôt, un autre refrain souvent repris par nos libérateurs : *Tipperary*. Mon grand-père, ainsi que les autres habitants, alla rechercher le drapeau tricolore qu'il possédait et qu'il avait soigneusement enroulé et dissimulé ; il l'accrocha en bonne place au dessus de la porte.

— Voilà ! commenta-t-il avec satisfaction. Nous sommes redevenus français !

Les soldats anglais restèrent plusieurs semaines. Nous avions compris tout de suite, Camille et moi, qu'ils étaient nos amis, contrairement aux Allemands.

A eux, nous avions le droit de parler. Ils nous donnaient du chocolat, des biscuits, des caramels qu'ils appelaient *toffees* et dont nous raffolions. A notre satisfaction venait s'ajouter un nouvel espoir : puisque la guerre était terminée, tous ceux qui avaient été séparés seraient enfin réunis. Camille attendait le retour de son père ; quant à moi, je me disais que ma mère allait venir me rechercher et que nous allions pouvoir vivre de nouveau ensemble.

Mais, depuis quelque temps, une épidémie de grippe sévissait dans la région. Des gens du village, déjà, en étaient atteints. Elle était particulièrement meurtrière, car les organismes affaiblis par les privations n'avaient pas suffisamment d'énergie pour lui résister. Edwige, la grand-mère de Camille, l'attrapa. Le surlendemain, ce fut au tour de mon amie. J'allai la voir. Couchée dans son lit, brûlante de fièvre, elle ne me reconnut pas. Clarisse les soignait toutes les deux du mieux qu'elle le pouvait. Inquiète, elle me conseilla de ne pas revenir, à cause de la contagion. Mais je secouai la tête :

— J'apporterai les devoirs à faire pour l'école. Et puis, je viendrai demander des nouvelles tous les jours. Camille... je l'aime beaucoup.

Emue, Clarisse me caressa les cheveux :

— Merci, Rosa. Tu es une bonne petite.

Pour la première fois depuis que j'étais arrivée chez mon grand-père, je dus aller seule à l'école. Camille, toujours, avait été là. D'autres filles étaient malades et manquaient, elles aussi, mais leur absence ne me touchait pas comme celle de Camille. Toutes les deux, nous étions si proches que, séparée d'elle, je me sentais perdue.

De plus, depuis la rentrée, il y avait dans ma classe deux filles plus âgées qui doublaient et qui se comportaient envers moi avec une animosité que je ne comprenais pas, puisque je ne leur avais rien fait. Cela avait commencé dès le premier jour, lorsque la maîtresse nous avait fait lever, l'une après l'autre, pour nous présenter. Lorsque ce fut mon tour, au moment où je dis mon nom, ces deux filles me regardèrent et se mirent à ricaner. Puis, à la récréation, elles tournèrent autour de moi en répétant sans cesse, avec le même ricanement ironique :

— Rosalinde est une dinde ! Rosalinde est une dinde !

Ce jour-là, Camille était avec moi. Elle me défendit et se mit à crier :

— Et vous, vous êtes méchantes et bêtes ! Si vous continuez, je vais prévenir la maîtresse !

La menace parvint à les calmer. Elles me laissèrent provisoirement tranquille. Mais, lorsque Camille fut malade, elles profitèrent de son absence pour recommencer d'une manière plus insidieuse. S'il m'arrivait de les croiser ou de m'approcher d'elles, elles se donnaient des coups de coude avec un air entendu, et elles chuchotaient assez fort pour que je les entende :

— Regarde ! Voilà la dinde !

Elles s'arrangeaient pour ne jamais faire ce genre de réflexion devant les autres, et je m'efforçais de les ignorer. Mais j'avais peur d'elles. Sans Camille auprès de moi, je me sentais beaucoup plus vulnérable.

En classe, elles s'attiraient souvent les reproches de la maîtresse. Paresseuses et inattentives, elles n'écoutaient pas, ou bavardaient entre elles à voix basse. L'institutrice les rappelait à l'ordre en donnant un coup de règle sur son bureau :

— Lucie et Ginette ! Taisez-vous, ou je vous donne une punition !

Un jour, pendant la récréation, je les vis s'approcher alors que mes compagnes habituelles et moi, nous jouions *à cul païelle*. Le principe en était le suivant : deux filles se tenaient les mains et, en les entrecroisant, formaient une sorte de siège sur lequel s'asseyait une troisième fille, qu'elles balançaient en chantant : « A cul païelle/Tout au long du ciel/Tout au long du paradis/Où nous s'rons tous réunis/Saute petite souris ». A ce moment-là, la fille devait sauter sur le sol, et le jeu recommençait, en changeant les rôles.

Du coin de l'œil, je vis Lucie et Ginette s'approcher du groupe que nous formions. A mon habitude, je les ignorai, mais elles demandèrent :

— On peut jouer avec vous ?

Mes compagnes acceptèrent, et je n'osai pas donner un avis contraire. Pourtant, je me méfiais. Il me semblait qu'elles étaient venues dans une intention bien précise, comme l'indiquaient les coups d'œil entendus et les sourires qu'elles échangeaient toutes les deux.

Le jeu continua, et, au début, il ne se passa rien. Lorsque mon tour arriva, Ginette et Lucie s'arrangèrent pour être les deux filles qui devaient me porter. J'eus un instant d'hésitation, mais je ne voulus pas leur montrer la crainte qu'elles m'inspiraient. Si je refusais de m'asseoir sur leurs mains, elles se moqueraient inévitablement de moi. Avec appréhension, je m'installai, et elles commencèrent à me balancer.

Soudain, au beau milieu du refrain, elles désunirent leurs mains et s'écartèrent brusquement. Déstabilisée, je lâchai leur cou auquel je m'accrochais, et je tombai sur le sol. Je me fis mal, mais je retins mes larmes. Ginette et Lucie éclatèrent de rire et se moquèrent de moi :

— Quelle dinde, alors !

Je me relevai. Comme il avait plu, ma blouse était sale et trempée. Alberte, l'une de nos meilleures compagnes, à Camille et à moi, prit ma défense :

— C'est votre faute ! Vous vous êtes écartées pour la faire tomber. Je l'ai vu !

Une autre approuva :

— Moi aussi, je l'ai vu !

Lucie et Ginette prirent un air faussement offusqué :

— Bien sûr que non, on ne l'a pas fait exprès ! C'est elle qui ne sait pas jouer. Elle n'est qu'une dinde !

Elles me lancèrent un regard de mépris et s'éloignèrent. Alberte et les autres m'aidèrent à essuyer ma blouse. La cloche sonna la fin de la récréation ; nous revînmes en classe, et je surpris l'expression à la fois ironique et victorieuse des deux filles, ainsi que le coup de coude qu'elles se donnèrent en chuchotant :

— Une dinde mouillée, c'est ce qu'elle est maintenant !

A la sortie, je m'arrangeai pour les éviter. Heureusement, elles habitaient à l'autre extrémité du village et allaient dans une direction opposée à la mienne. Je rentrai directement chez Césarine. Mon grand-père était à la brasserie, où, avec d'autres hommes, il essayait de remettre les lieux en état après les dégâts causés par les Allemands. Césarine vit ma blouse tachée et encore humide :

— Que s'est-il passé ? Tu es tombée ?

Je lui racontai la scène et, pour la première fois, parlai des deux filles qui m'ennuyaient. La brave femme fronça les sourcils :

— Je connais leurs parents, moi ! Si elles t'embêtent encore, dis-le-moi. J'irai les trouver.

Un peu plus tard, pendant que je faisais mes devoirs, notre voisine Emilie vint passer quelques instants, comme elle le faisait souvent. Césarine, qui avait nettoyé ma blouse et qui la faisait sécher, rapporta ce qui m'était arrivé. Emilie baissa la voix :

— Ça ne m'étonne pas d'elles. De la mauvaise graine, voilà ce qu'elles sont ! Quand on pense que Ginette a pour grand-mère Godélie...

Elles échangèrent un regard lourd de sous-entendus. Malgré mon jeune âge, je savais, comme tout le monde dans le village, que Godélie avait une réputation de sorcière. C'était elle qu'allaient trouver les femmes qui voulaient se débarrasser d'un enfant non désiré. Mon grand-père affirmait qu'elle avait bien travaillé pendant la guerre, et qu'elle avait supprimé plus d'Allemands que le meilleur soldat français.

— Il faut se méfier, avec ce genre de mauvaise femme, conclut Césarine. — Elle se tourna vers moi. — Demain, je mettrai dans la poche de ta blouse un peu de sel. Ça te protégera.

Elle avait un air si assuré que je me sentis plus confiante et que je parvins à chasser l'appréhension que je ressentais.

Les victimes de la grippe étaient encore nombreuses. Chaque jour, j'allais voir Camille. La fièvre l'avait quittée, et elle semblait hors de danger. Sa grand-mère, par contre, succomba à la maladie. Un après-midi, en revenant de l'école, je trouvai Clarisse en larmes.

— Elle est morte tout à l'heure... Le médecin a dit qu'elle n'avait plus assez de forces pour se battre... Elle savait que Camille était malade, et elle m'avait dit : « Si l'une de nous deux doit partir, il est logique que ce soit moi. Ne regrette rien, Clarisse. » Mais c'est si dur... N'en parle pas à Camille, Rosa. Pour l'instant, je préfère qu'elle ne sache rien. Elle aimait beaucoup sa grand-mère, et elle est encore trop faible pour surmonter le choc.

Il était vrai que ma pauvre amie semblait épuisée. Elle s'intéressait à peine aux nouvelles que je lui donnais de l'école et, bien vite, elle cessait d'écouter ; elle pâlissait, son visage se couvrait de sueur.

— Soutenir une conversation est encore trop difficile pour elle, remarquait tristement sa mère. Elle se fatigue très vite.

Je n'insistais pas, je disais :

— A demain, Camille.

Elle esquissait un faible sourire à mon intention, et je m'en allais, malheureuse de la voir dans cet état et impatiente de la retrouver guérie.

— Elle va un peu mieux chaque jour, mais la convalescence est longue, constatait Clarisse. C'est que je ne peux pas encore la nourrir comme je le voudrais. Les Allemands ont emmené avec eux les vaches qui restaient ; il n'y a plus de lait. Heureusement, je parviens à me procurer des œufs... — Elle soupirait. — Nous en avions assez avec la guerre, nous n'avions pas besoin de cette maladie en plus !

Le 11 novembre, l'armistice fut signé. La guerre était définitivement terminée. Il y eut des salves d'artillerie, et le village fut pavoisé aux couleurs françaises et anglaises. A la joie et au soulagement que nous ressentions tous, se mêlait l'espoir de voir bientôt revenir ceux qui étaient partis se battre et dont nous n'avions aucune nouvelle depuis quatre ans.

Pourtant, il y eut encore bien des larmes. Le ministère des Armées envoya à chaque village la liste des hommes tués au combat. Clarisse apprit ainsi que son mari avait été tué en octobre 1915 à La Croix-en-Champagne, dans la Marne. Elle m'accueillait maintenant toute vêtue de noir, le visage ravagé de chagrin :

— Pendant toutes ces années, je priais pour qu'il revienne vivant, et il était déjà mort ! C'est trop de douleur : cette guerre m'a pris à la fois ma mère et mon mari. Il ne me reste que ma fille.

Nous apprîmes qu'il y avait eu des victimes civiles : dans des villages voisins, plusieurs personnes, ayant transmis des renseignements à l'aide de pigeons voyageurs, avaient été fusillées.

De mon côté, je pensai à Alphonse, qui m'avait promis d'être mon papa lorsqu'il reviendrait. J'espérais qu'il n'avait pas été tué. Comment le savoir ? Ma mère, certainement, me le dirait. Un jour, je posai la question à Césarine.

— Maintenant que la guerre est finie, maman va revenir me chercher ?

— Pourquoi ? dit-elle abruptement. Tu n'es pas bien, ici ? Tu trouves que je ne m'occupe pas assez bien de toi ?

Elle paraissait en colère, et, saisie, je balbutiai :

— Si, je suis bien, mais...

... Mais je voulais retrouver ma mère, et Alphonse, et ma *matante* Gustine. Je pensai que ma question avait vexé Césarine, et je n'insistai pas. Je n'osai pas non plus interroger mon grand-père, et je demeurai dans l'ignorance. Quelques jours plus tard, j'entendis Emilie dire à Césarine, alors qu'elle s'en allait :

Vous ne pourrez pas toujours lui cacher la vérité.

— Elle l'apprendra bien assez tôt, fut la réponse. Je ne m'en sens pas le courage.

Elles avaient chuchoté, et je n'avais pas tout compris. Dans ma naïveté, je me demandai de qui elles parlaient. Emilie avait toujours une bonne raison de cancaner sur l'une ou l'autre de nos voisines. Bientôt, je n'y pensai plus et continuai à attendre, persuadée que Colette ou ma mère allait venir me rechercher.

8

Camille allait de mieux en mieux, et le moment approchait où elle pourrait enfin reprendre l'école. Quant à Lucie et Ginette, depuis le jour où elles m'avaient fait tomber, elles me laissaient relativement tranquille. Mais elles continuaient à ricaner sur mon passage et à répéter « Rosalinde est une dinde ». Malgré le pincement d'appréhension que j'éprouvais à chaque fois, je ne les regardais pas et j'ignorais leurs remarques.

La situation en était là lorsque, un jour, un incident se produisit, qui fit voler en éclats la bienheureuse ignorance dans laquelle je me trouvais.

C'était à la récréation de l'après-midi. Nous étions tout un groupe de filles, et l'une d'entre nous avait annoncé fièrement que son père, prisonnier en Allemagne, reviendrait bientôt.

— C'est pareil pour moi, affirma une autre. Mère dit qu'il sera là pour passer Noël avec nous.

Et puis, chacune des filles exposa son cas : un père prisonnier, ou bien blessé, ou malheureusement tué au combat. L'une d'elles déclara, avec une fierté qui essayait de masquer son chagrin :

— Ceux qui sont morts pour la patrie sont des héros. Ils ont donné leur vie pour leur pays.

J'avais remarqué que Lucie et Ginette étaient venues s'intégrer à notre groupe et participaient à la conversation. Lorsque tout le monde eut parlé, Ginette se tourna vers moi, qui étais demeurée silencieuse :

— Toi, bien sûr, tu ne peux pas dire où il est, ton père, pour la bonne raison que tu n'en as pas.

Elle avait parlé avec un mépris insultant, et je réagis aussitôt :

— Si, j'en ai un ! Il s'appelle Alphonse. Je n'ai pas encore eu de ses nouvelles, mais ma mère...

Elle me coupa, m'empêchant de continuer :

— Tais-toi donc ! Tout le monde sait que tu n'es qu'une sale bâtarde ! Et ta mère, elle a été brûlée dans l'incendie d'Orchies.

Ce fut par ces paroles, assénées méchamment, que j'appris la cruelle vérité. Sur le moment, je ne voulus pas les croire. Je criai :

— Ce n'est pas vrai !

Ginette haussa les épaules avec le même dédain :

— Eh bien, demande à ton grand-père, tu verras bien ce qu'il te répondra.

Ebranlée, je me tournai vers Alberte, dont je connaissais la franchise :

— C'est vrai, ce qu'elle a dit ?

Alberte fit un signe d'ignorance :

— Je ne sais pas, Rosalinde.

Je ne pus déterminer si elle était sincère ou si elle voulait me cacher une réalité qu'elle connaissait déjà. Si Camille avait été là, je l'aurais interrogée, mais elle était encore convalescente, et je me retrouvais seule face à cette angoissante question.

Je n'écoutai rien de la leçon qui suivit. Je n'attendais que l'heure de la sortie, qui semblait ne jamais vouloir arriver. Lorsque, enfin, la cloche sonna, je courus comme une flèche jusque chez Césarine. Je franchis le petit pont, ouvris la porte d'entrée, et, luttant contre l'essoufflement, je bégayai :

— C'est vrai que... Mère... à Orchies, dans l'incendie ?...

Césarine, qui s'apprêtait à prendre son *alambique* sur la cuisinière, suspendit son mouvement. Elle se retourna, me regarda, le visage subitement tiré, les yeux pleins de compassion. Emilie, assise à la table, énonça comme une évidence :

— Je vous avais prévenue qu'elle finirait par le savoir. Il aurait mieux valu le lui dire vous-même.

J'avais espéré un démenti, je pensais que Césarine se récrierait d'horreur et d'indignation en me conseillant de ne pas écouter de telles sottises. Mais son attitude, ainsi que les paroles d'Emilie, me fit comprendre que Ginette n'avait pas menti. Je chancelai légèrement :

— Alors, c'est vrai ? Maman... et ma *matante* aussi ?...

Les yeux pleins de larmes de Césarine me répondirent. Avec un gémissement, je me précipitai dans ses bras, et elle me serra contre elle. A travers mes sanglots, j'entendais ses mots de réconfort :

— Je suis là, *min tiot mioche*, je suis là... Tu es ma petite-fille, et je t'aime... Je ne voulais pas te l'apprendre, tu comprends... Elle a été brûlée dans l'incendie, oui, avec Gustine... Mais elle t'a sauvé la vie en te confiant à Colette, qui t'a ensuite amenée chez Sosthène. Elle ne reviendra pas, mais elle souhaitait que tu vives ici. Sans doute se souvenait-elle de moi... Je l'ai élevée, et on s'aimait beaucoup, toutes les deux...

Elle m'écarta, sécha mes larmes, lissa mes cheveux, ôta ma pélerine :

— Essaie de ne pas pleurer, mon enfant. Lave-toi les mains et assieds-toi, je vais te donner ton goûter.

Ramenée à des occupations prosaïques, je m'efforçai de refouler mon chagrin. D'une voix où, parfois, perçait encore un sanglot, je racontai la scène qui s'était produite à l'école. La mort de ma mère avait occulté l'autre vérité, selon laquelle je n'avais pas de père. Je n'étais qu'une bâtarde, avait dit Ginette. Qu'est-ce que cela signifiait ?

Je demeurai toute la soirée au bord des larmes. Lorsque mon grand-père vint me chercher, il s'aperçut tout de suite de mes yeux rouges et gonflés, et Césarine lui raconta tout. Il se raidit et déclara froidement :

— Que l'on ne me parle plus d'elle. Je l'avais chassée de ma vie. Elle n'était plus ma fille. Pour moi, elle n'existait plus.

Césarine fronça les sourcils :

— Allons, Sosthène ! gronda-t-elle. Ne te fais pas plus méchant que tu n'es. Et pense au chagrin de la petite. Quoi qu'Hortense ait pu faire, pour elle, c'était sa mère, et elle l'aimait. Tu peux bien comprendre ça, non ?

Mon grand-père m'observa un instant et hocha la tête. Sans répondre directement, il m'ordonna :

— Prends tes affaires, Rosa. On s'en va.

Je rangeai mon cartable, mis ma pélerine. Mon grand-père ouvrit la porte :

— A demain, Césarine. Bonne nuit.

A la maison, je mis la table et nous prîmes en silence notre repas, composé de pain et d'une pomme. Malgré le départ des Allemands, le ravitaillement se faisait encore difficilement. Mon grand-père mangeait, le visage sombre. Je lui lançais des regards craintifs, n'osant pas l'interroger. Il me donnait si rarement des marques de tendresse que je me demandais toujours s'il m'aimait. Et, lorsque ces moments arrivaient, il semblait les regretter aussitôt.

Malgré tout, avant d'aller me coucher, alors qu'il déposait son habituel baiser sec sur mon front, je me décidai à questionner, d'une voix tremblante :

— Grand-père... Ginette m'a traitée de bâtarde. Qu'est-ce que ça veut dire ?

Il grommela plusieurs mots parmi lesquels je crus comprendre « sale gosse ». Cette épithète s'adressait-elle à Ginette, ou à moi ? Je ne savais plus où j'en étais. Je fus néanmoins fixée car il répéta tout haut :

— Cette sale gosse ferait mieux de s'occuper de ce qui la regarde. N'y pense plus, Rosa.

Je n'insistai pas, mais il prit conscience de mon regard interrogateur et suppliant. Il fit un geste d'impatience :

— Je ne peux rien te dire. Tu es trop jeune pour comprendre. Si ta mère s'était conduite correctement, on n'en serait pas là. Va te coucher, il est l'heure. Demain, il y a l'école.

Il se détourna pour prendre sa pipe et, ainsi congédiée, je m'en allai dans ma chambre. Je me blottis dans mon lit, serrant contre moi ma poupée, et essayant d'accepter le fait que je ne reverrais jamais ma mère. Elle ne viendrait pas me rechercher, comme je l'avais tant espéré. Je continuerais à vivre chez mon grand-père, toujours froid et indifférent. Le chagrin me submergea de nouveau, et j'arrosai ma poupée de mes larmes. Je songeai qu'elle était le seul cadeau de ma mère que j'avais pu emmener, et je me promis de la garder toujours, en souvenir d'elle.

Le premier lundi de décembre, nous pûmes réintégrer notre école, à la grande satisfaction des institutrices et des élèves. De plus, ce jour-là, Camille, enfin guérie, était à mes côtés. Outre la joie de partager tous mes moments avec elle, je me sentais rassurée par sa présence. Je savais qu'elle était moins timide que moi, et qu'elle n'hésiterait pas à me défendre si Lucie et Ginette m'ennuyaient.

Je ne me trompais pas. Dans la cour, alors que je passais devant elles, Ginette donna un coup de coude à Lucie, et prononça la phrase habituelle :

— Rosalinde est une dinde !

Je ne répondis pas, mais Camille répliqua du tac au tac :

— Et Ginette, elle est bête !

Cette dernière, prise de court, demeura immobile, la bouche ouverte et les yeux ronds. Camille m'entraîna rapidement, bouillant d'indignation :

— Elles continuent à t'embêter, Rosa ? Pourquoi ne me l'as-tu pas dit ?

Je haussai les épaules :

— Je n'y fais pas attention. Je ne leur parle jamais.

— Et moi, je dis qu'il ne faut pas te laisser faire. Si je les entends encore une fois dire leurs stupidités, j'irai prévenir la maîtresse.

Cela ne me semblait pas être la bonne solution, car, à mon avis, elles se vengeraient d'une autre façon. Mais je ne protestai pas. Il m'était doux d'être défendue par mon amie, et je lui souris avec gratitude.

Le jeudi suivant, en début d'après-midi, alors que je me trouvais chez Césarine, on frappa à la porte. Celle-ci s'ouvrit, et une jeune femme entra. Après quelques secondes, je la reconnus. Je criai :

— Colette !

Je me précipitai dans ses bras. Elle posa son sac, me serra contre elle en murmurant :

— Ma petite Rose ! Comme tu as grandi ! Que je suis contente de te revoir !

Mes bras toujours noués autour de son cou, je déposai deux baisers affectueux sur ses joues rosies par le froid. Les larmes aux yeux, elle reprit :

— Comme tu m'as manqué ! Je voulais avoir de tes nouvelles, je n'y tenais plus... Je me suis dit : il faut que j'aille la voir.

Elle se redressa et, confuse, regarda Césarine :

— J'en oublie de vous dire bonjour... Pardonnez-moi de me montrer impolie, mais c'est l'émotion... Revoir ma petite Rose...

Césarine lui avança une chaise :

— Asseyez-vous, mettez-vous à l'aise. Je vais vous faire *eune tiote tasse* pour vous réchauffer. Nous avons réussi à avoir du café cette semaine. Pas beaucoup, mais c'est toujours ça.

Tout en ôtant son chapeau, Colette acquiesça :

— Oui, c'est vrai. Nous n'avions plus rien. Mon beau-père n'a même plus de lapins ; les Allemands les lui ont pris. Par contre, ils lui ont laissé des poules, car il devait leur donner un certain nombre d'œufs toutes les semaines. Il y a eu une fois où elles n'ont pas pondu suffisamment, et il manquait deux œufs. Ils lui ont fait payer dix marks d'amende. Inutile de dire qu'il était furieux.

Elle ouvrit son sac, en tira plusieurs œufs soigneusement enveloppés dans du papier journal, les posa sur la table :

— Ils sont tout frais. Achille les a ramassés ce matin. Il m'a dit : « La petite, elle va se régaler. Elle les mangera en pensant à moi. »

Je revis le vieil homme chaleureux avec lequel je m'entendais si bien. Bien qu'il fût un étranger pour moi, j'avais eu l'impression, près de lui, d'être aimée plus que ne le ferait jamais mon grand-père.

— Il te prie le bonjour, Rosa. Il ne t'oublie pas, tu sais.

Elle me sourit, constata :

— En grandissant, tu ressembles à Hortense. Elle serait si contente de...

Elle s'interrompit, se mordit les lèvres. Elle se tourna vers Césarine, occupée à disposer sur la table les tasses et le sucrier :

— Vous lui avez appris ?... interrogea-t-elle.

Césarine soupira :

— Je n'en ai pas eu le courage. Mais certaines filles, à l'école, se sont chargées de le faire.

Je sentis mes yeux se remplir de larmes. Colette m'attira à elle :

— C'est pour ça que je t'ai amenée chez ton grand-père. Hortense voulait que tu sois chez lui, au cas où...

J'eus envie de lui avouer que je n'y étais pas heureuse, et de lui demander de m'emmener avec elle lorsqu'elle repartirait. Puis je pensai à Césarine, que j'aimais, et à mon amie Camille, que je ne voulais pas quitter. Alors je ne dis rien.

Tout en buvant leur café, elles bavardèrent. Césarine expliqua que les Allemands avaient tout pris :

— Même mon *canarien* ! Vous vous rendez compte ? Ils sont allés jusqu'à me prendre mon *canarien* !

Le regard de Colette se posa sur le mur, à l'endroit où se tenait auparavant la cage de Cui-Cui :

— C'est vrai, je me souviens... Vous aviez un serin... Cela a été la même chose partout. Ils ont pris tout ce qu'ils pouvaient prendre.

Elles parlèrent aussi des hommes qui allaient revenir, et de ceux qui ne reviendraient jamais.

— Mon frère Alphonse a été fait prisonnier au début de la guerre, à Ferrière-la-Petite, près de Maubeuge. Dans un sens, il a eu de la chance, ça lui a sans doute évité d'être tué. Il devrait rentrer bientôt. Quant à Pierre, mon mari, il a été blessé, en juillet dernier, à Soissons, et il a failli être amputé de la jambe gauche. Il m'a écrit de l'hôpital où il se trouve encore. Il boitera toute sa vie, maintenant, mais quelle importance cela peut-il avoir ? Je suis si heureuse à l'idée qu'il sera de nouveau près de moi, après toutes ces années de cauchemar !...

Je compris qu'Alphonse allait revenir, et je n'avais pas oublié ce qu'il m'avait promis. Avec un espoir joyeux, je demandai :

— Quand Alphonse sera là, il sera mon papa ?

Colette regarda Césarine, se mordit de nouveau les lèvres, embarrassée, et ne répondit pas tout de suite. J'insistai, sûre de moi :

— Il me l'a dit avant de partir à la guerre.

Colette se racla la gorge, posa sur moi des yeux graves et tristes :

— Oui, c'est vrai, il te l'a dit, et il l'aurait fait. C'est en se mariant avec ta maman qu'il serait devenu ton papa. Mais maintenant il ne le peut plus, tu comprends ?

La situation, de nouveau, se retournait contre moi. La mort de ma mère m'ôtait toute chance de retrouver un jour un foyer normal. Je réalisai que je resterais définitivement chez mon grand-père, et je ravalai mes larmes.

— Oui, dis-je. Je comprends.

Pour me distraire, Colette m'interrogea sur l'école. Je parlai avec animation de mon amie Camille, et mon chagrin s'éloigna. Césarine précisa que je rapportais des bons points et des images. Colette eut un hochement de tête approbateur :

— C'est bien, ma petite Rose. Continue à bien travailler, et à être toujours sage et obéissante. Je reviendrai te voir dès que je le pourrai. Peut-être pas tout de suite, parce que si Pierre revient, il aura sans doute encore besoin de soins... Mais sache que je ne t'oublie pas, et que je pense toujours à toi.

Je fis un signe d'assentiment. Elle se leva, mit sa veste, son chapeau, reprit son sac :

— Eh bien, au revoir, ma petite Rose. Je suis bien contente de t'avoir revue.

Elle me serra affectueusement contre elle, m'embrassa avec tendresse, remercia Césarine de s'occuper si bien de moi. Puis elle sortit et, en la regardant s'en aller, j'eus l'impression de dire adieu à une partie de ma vie définitivement révolue.

Noël vint. Depuis deux ans, je ne mettais plus mes chaussures près de la cheminée. Mes compagnes, à l'école, m'avaient appris que le père Noël n'existait pas, et j'avais été extrêmement déçue. Depuis, c'était le jour de l'An que mon grand-père me donnait la pièce d'argent qu'auparavant il plaçait dans mes bottines. Cette année-là, lorsque je lui souhaitai le traditionnel « Bonne Année, Bonne Santé », il m'offrit, en plus de la pièce de deux francs, un petit porte-monnaie de cuir, à plusieurs soufflets, muni d'un rabat et d'une pression. Il semblait un peu usagé, mais il me plut tout de suite.

— Merci, grand-père, dis-je, sincèrement ravie.

— Il appartenait à ta mère, précisa-t-il. Prends-en bien soin.

J'allai chercher, dans ma chambre, toutes les pièces d'argent que je possédais. Maintenant que les Allemands étaient partis, je n'étais plus obligée de les cacher dans les vêtements de ma poupée. Je les plaçai dans les soufflets du porte-monnaie, et, lorsque je le refermai, il n'était plus plat mais, au contraire, assez rembourré. Je me sentis riche, et je le rangeai avec satisfaction.

Je savais qu'il me fallait vivre chez mon grand-père, et je me résignai. La guerre avait pris à Camille son père et sa grand-mère, et, à moi, ma mère et ma *matante*. Ce fut une raison de plus de nous rapprocher, et notre amitié se fit plus forte, plus solide. Et puis, grâce à Césarine, je ne me sentais pas orpheline. C'était elle qui m'élevait, et elle me donnait l'amour maternel qui aurait pu me manquer.

Chaque jour, elle m'attendait lorsque je rentrais de l'école. S'il faisait très froid, elle avançait une chaise devant le feu :

— *Min pauv tiot mioche tout ingélé*[1] ! Viens vite te réchauffer près de l'*étufe*[2] !

Je m'asseyais, j'ôtais mes chaussures et je posais mes pieds sur le *tambour* — la barre qui entourait le bac à cendres. Malgré mes grosses chaussettes de laine, ils étaient glacés. Je sentais avec délice la chaleur chasser le froid, et je me laissais dorloter par

1. Gelé.
2. Poêle.

Césarine. Elle enlevait ma pèlerine, elle me frictionnait le dos, elle me versait un bol de lait bouillant. Il était encore difficile d'en obtenir, et lorsqu'elle parvenait à s'en procurer, elle le réservait à mon intention. Ensuite, dans sa cuisine bien close où le feu chantait, je faisais mon travail scolaire. J'aurais aimé demeurer chez elle tout le temps, mais, toujours trop tôt à mon gré, mon grand-père rentrait de la brasserie et venait me chercher. Comme les jours étaient courts, il m'envoyait au lit tout de suite après le souper. Son ami Théo avait repris l'habitude de venir passer la soirée avec lui. C'était une sorte d'*écrine*[1] qui ne concernait qu'eux. Alors que d'autres voisins se réunissaient à plusieurs, Théo et mon grand-père restaient toujours seuls. Ils discutaient en fumant leur pipe, ou bien ils jouaient aux cartes.

Je constatais que mon grand-père était bourru et peu sociable. A part Césarine et Théo, il ne recevait pratiquement personne. Pendant les années de guerre, j'avais cru que la présence des Allemands en était la cause, avec leurs interdictions et leur couvre-feu. Mais je me rendais compte que là n'était pas la vraie raison. Je posai un jour la question à Césarine, qui me répondit avec un soupir :

— Il est devenu une sorte d'ours après le départ d'Hortense. Elle s'était conduite... euh... d'une façon qui a été très critiquée, et Sosthène s'est cru déshonoré. Il ne voulait plus voir personne. Et

1. Veillée.

depuis, il est resté très méfiant. Il n'y a qu'à Théo et à moi qu'il veut bien faire confiance. Théo, c'est son ami d'enfance. Et moi, il me connaît depuis toujours.

A travers les quelques explications de Césarine, j'avais fini par comprendre que ma mère, avant ma naissance, avait mal agi, et que mon grand-père, dans un mouvement de colère, l'avait chassée. Mais j'ignorais ce qu'elle avait fait. Il me semblait impossible que mon adorable maman, dont je gardais un si charmant souvenir, ait pu mal se conduire. Lorsque j'interrogeais Césarine, elle me répondait invariablement :

— Je ne peux rien te dire maintenant, Rosa. Tu es trop petite pour comprendre. Plus tard, quand tu seras plus grande...

J'avais questionné Camille, et même Clarisse, mais elles ne savaient rien. Elles étaient arrivées dans le village au début de la guerre, et elles ignoraient ce qui s'était passé des années auparavant. Edwige, peut-être, aurait pu me renseigner, mais la grippe espagnole l'avait emportée. Alors je demeurais seule avec mes suppositions. J'en arrivais à la conclusion que c'était plutôt mon grand-père qui s'était montré trop sévère, ce qui correspondait tout à fait à son caractère. Personnellement, je m'appliquais à toujours lui obéir, afin de ne pas lui donner de sujet de mécontentement. Ainsi, pensais-je, il n'aurait jamais à me punir.

Mais je m'aperçus bientôt que ce raisonnement était erroné.

9

C'était la semaine sainte. Après les rigueurs de la guerre, nous nous apprêtions à fêter Pâques le mieux possible. Césarine avait entrepris un grand nettoyage de printemps, chez elle et chez mon grand-père. Je l'aidais. Il fallait tout terminer pour le dimanche, en faisant attention à ne pas laver ni pendre de linge le Vendredi saint, jour de la mort de Jésus. Césarine affirmait que cela portait malheur, et elle en paraissait si convaincue que je la croyais.

Des enfants de chœur passaient dans les rues, en agitant une *écalette*[1], afin d'annoncer leur arrivée. Les habitants leur donnaient quelques pièces de monnaie, les fermiers quelques œufs. Césarine avait prévu de faire un repas de fête le jour de Pâques, avec, comme dessert, une tarte à l'*emplinmure* — à la compote de pommes. Elle m'avait dit :

— Tu es assez grande pour commencer à apprendre, maintenant, Rosa. Je t'expliquerai comment il faut faire.

1. Crécelle.

Elle m'avait promis de tout préparer pour que le samedi, à mon retour de l'école, nous puissions nous y mettre tout de suite.

Cet après-midi-là, j'attendis avec impatience la fin des cours. Depuis la veille, Camille était absente. Elle était restée fragile depuis la grippe qu'elle avait eue à l'automne, et elle avait attrapé un gros rhume. Comme elle était fiévreuse, sa mère avait préféré la garder au chaud.

Lorsque la cloche sonna, je n'avais plus qu'une idée : courir à toute vitesse jusqu'à la maison de Césarine. Mais, à la grille, Lucie et Ginette me barrèrent le passage :

— Attends, Rosalinde la dinde ! me dit la première. Nous avons quelque chose à te montrer.

— Ça concerne ta mère, ajouta la seconde, et ça t'intéressera sûrement.

J'avais fait un écart pour les éviter, mais les dernières paroles m'arrêtèrent. Quelque chose au sujet de ma mère ? Qu'était-ce donc ? Malgré ma méfiance, je ne pouvais m'empêcher d'être intriguée. Elles lurent sur mon visage mon désir de savoir, et elles ricanèrent :

— Allez, viens avec nous, espèce de dinde ! On parie que tu n'es pas au courant !

Elles m'entraînèrent du côté opposé à ma route habituelle, et je leur emboîtai le pas. Tout en marchant, elles faisaient des commentaires :

— Ma mère répète que la tienne s'est conduite comme une rien-du-tout, et que c'est une honte.

— Ma grand-mère dit que si elle était allée la trouver, elle lui aurait évité les conséquences qui ont suivi. Et toi, espèce de dinde, tu ne serais pas là !

Je ne comprenais pas grand-chose à leurs propos, et je me retenais de les interroger. Je craignais leur méchanceté. Je devinais instinctivement qu'elles déformeraient la vérité pour la rendre laide et, à travers elle, m'humilier et me blesser.

Nous étions arrivées à la sortie du village, et elles empruntèrent un sentier à travers champs que je ne connaissais pas. Je m'inquiétai :

— Mais… où allons-nous ?

— Allons, viens, tu verras. Ta mère l'a souvent fait, ce chemin ! On t'en dira plus quand on sera arrivées.

— Tu ne le regretteras pas. Il est temps que tu sois au courant. Après tout, ça te concerne directement !

Elles s'esclaffèrent, et je ne compris pas davantage, mais je ne protestai plus. Nous marchâmes longtemps. Elles semblaient connaître parfaitement les lieux. Nous prenions un sentier, puis un autre ; à un moment, nous longeâmes une rangée de saules et de peupliers. Puis apparut un petit bois.

— Voilà, c'est là-bas, annonça Ginette.

Elles me conduisirent à l'orée du bosquet, s'arrêtèrent. Autour de nous, c'était la campagne. Des champs, des pâtures, des arbres. L'endroit était agréable et verdoyant, mais aussi totalement désert, loin de toute habitation.

— C'est ici qu'ils venaient, chuchota Ginette sur un ton de conspiratrice.

— Mais… qui donc ? demandai-je stupidement.

Elles se regardèrent en ricanant :

— Quelle dinde, quand même !

— Il va falloir tout lui expliquer.

Ginette se pencha vers moi, le regard luisant d'une joie mauvaise :

— Ta mère avait un amant. C'était un Belge, qui était venu faire la moisson. Il lui donnait rendez-vous dans ce bois, et c'est là qu'elle s'est mal conduite. Tout le monde l'a montrée du doigt, et ton grand-père a cru en mourir de honte.

— Elle attendait un bébé sans être mariée, tu vois ? continua Lucie. C'est ce qu'on appelle mettre la charrue devant les bœufs.

— Et ce bébé, c'était toi, espèce de bâtarde !

Elles s'esclaffèrent de nouveau, d'un rire perçant qui me vrilla les oreilles, puis elles me plantèrent là et s'en allèrent en courant. Soulagée de les voir partir, je demeurai immobile, essayant de comprendre ce qu'elles venaient de me dire. J'allais sur mes onze ans, et je savais, d'après les conversations de Césarine et d'Emilie, qu'une fille était mal jugée si elle avait un enfant sans être mariée. Et ma mère avait été dans ce cas ! Je m'étais toujours demandé ce qu'elle avait fait pour que mon grand-père la chasse de chez lui. Maintenant, je le savais.

Les larmes aux yeux, je regardai autour de moi. Ce décor champêtre et verdoyant me paraissait soudain empli de traîtrise. Malheureuse, je repris mon cartable et me remis en route. Je sentais que Ginette et Lucie n'avaient pas menti. Je revoyais leur expression de satisfaction méchante ; elles avaient été contentes de m'apprendre une vérité qui me ferait du mal.

Ainsi, voilà pourquoi elles me traitaient de bâtarde ! Le rouge de l'humiliation me brûla le visage. Les bâtards étaient montrés du doigt et méprisés, je le savais. C'étaient des enfants qui n'avaient jamais eu de père et dont la mère, disait-on, avait « fauté ». J'étais comme Cosette, l'héroïne des *Misérables*, un livre que l'institutrice m'avait prêté. Je compris soudain pourquoi mon grand-père ne m'aimait pas. Je lui rappelais la faute de sa fille ; j'en étais la preuve vivante.

Perdue dans mes pensées, je marchais la tête basse, sans faire attention au sentier que je suivais. J'arrivai à une croisée de chemins et m'arrêtai, incapable de m'orienter. Je tentai d'apercevoir l'église et les toits du village, mais je ne vis aucune habitation. Essayant de ne pas m'affoler, je pris un chemin au hasard, et me remis à avancer.

Le vent fraîchissait, des nuages s'amoncelaient, et je craignis qu'il se mette à pleuvoir. Je pressai le pas, et tout en marchant je regardai autour de moi, espérant apercevoir un fermier qui pourrait m'indiquer la route à suivre. Mais il n'y avait personne.

Je pensai à Césarine, qui devait m'attendre et s'inquiéter, et à mon grand-père, qui allait rentrer de la brasserie et ne pas me trouver. Il serait sans doute furieux. Je me mis à courir, dépassai une rangée d'arbres, m'arrêtai de nouveau. Le chemin que je suivais se séparait en deux. Quelle direction devais-je prendre ?

Prête à pleurer, je dus m'avouer que j'étais complètement perdue. Je m'efforçai de repousser l'angoisse qui menaçait de m'envahir, et m'obligeai à réfléchir posément. Je ne devais pas être très loin du village, et il était sans doute possible de m'orienter d'une façon ou d'une autre. Ne pouvais-je trouver un point de repère ? Je regardai attentivement de tous côtés, mais je ne vis rien qui fût susceptible de m'aider. Je pris la décision de continuer au hasard, mais comment savoir si je ne tournais pas le dos au village ?...

Ce fut alors que j'entendis un chien aboyer. Puis, en écho, une voix d'homme cria quelques mots que je ne compris pas. Le chien reprit ses aboiements et, extrêmement soulagée, je me dirigeai du côté d'où ils venaient. Enfin, je n'étais plus seule, quelqu'un allait pouvoir m'aider.

Le chemin contournait un bosquet, et j'aperçus ensuite, au milieu d'une prairie bordée par une rangée de peupliers, un troupeau de moutons. Il y en avait environ une vingtaine. Un chien noir courait de l'un à l'autre, et je le regardai avec gratitude. Sans ses aboiements, j'aurais peut-être continué à errer longtemps. Près de lui, un berger vêtu d'un pantalon et d'une longue veste de toile, coiffé d'une casquette, et muni d'une houlette, était occupé à rassembler ses moutons.

Tout d'abord, il ne me vit pas. Mais le bruit de mes pas alerta le chien, qui se mit à gronder.

— Eh bien, Noiraud ? Qu'y a-t-il ? demanda l'homme.

Il se retourna et m'aperçut. Son visage exprima une surprise qui me fit sourire. Il disait clairement : « Mais que fait donc cette petite fille, ici, toute seule, à cette heure-ci ? » Il avait un regard franc, une figure honnête qui me plut. Alors que je m'avançais vers lui, ses yeux m'observèrent avec intérêt et bienveillance, et leur expression me rappela celle d'Achille. Le chien s'approcha et vint renifler mes pieds.

— Bonsoir, monsieur, dis-je poliment.

— Bonsoir, petite. Quel bon vent t'amène par ici ? Je ne t'ai jamais vue.

Je posai mon cartable, tendis une main au chien, qui la lécha en remuant la queue.

— Eh bien, on peut dire que tu as fait la conquête de Noiraud ! Il est plutôt méfiant, d'habitude.

— J'aime bien les animaux, expliquai-je en souriant aux bons yeux du chien.

— Hé là-bas ! cria soudainement le berger. Regarde celui-là ! Noiraud !

Le chien aboya et bondit. L'homme tendit sa houlette et, grâce au crochet qui la terminait, attrapa la patte arrière d'un mouton qui s'éloignait. Noiraud arriva et, toujours en aboyant, repoussa l'animal au milieu du troupeau.

Le berger se retourna vers moi et remonta sa casquette sur son front :

— Qui es-tu ?

Je lui donnai mon nom, ainsi que celui de mon grand-père, et avouai que je m'étais perdue en suivant des compagnes qui ne m'avaient pas attendue. Je ne voulais pas entrer dans les détails, mais le brave homme ne me demanda pas de précisions. Il remarqua simplement :

— Heureusement que tu m'as trouvé, parce que tu marchais dans la direction opposée !

Je m'imaginai errant toute seule, dans la campagne, alors que la nuit tombait. L'image du chien Merlin me fit frissonner.

— Ecoute-moi bien, petite, et ne te perds plus. Tu vas repartir sur tes pas et, au premier croisement, tu vas tourner à gauche. Tu ne peux pas te tromper, il y a un bouquet d'*halots*[1] pas loin, ils te serviront de repère. Et ensuite, tu iras toujours tout droit. Tu as bien compris ?

— Oui, monsieur. Merci, monsieur.

Je lui souris, reconnaissante de son aide, repris mon cartable et saluai poliment le brave homme.

— Au revoir, monsieur.

— Au revoir, petite. J'ai été content de te rencontrer. Ce n'est pas tous les jours que je reçois une aussi charmante visite !

J'aurais bien voulu donner une dernière caresse au chien, mais il était occupé à tourner autour du troupeau afin d'empêcher les moutons de s'en écarter. Je m'en allai et, après quelques mètres, je me retournai. Le berger, appuyé sur sa houlette, me regardait partir. Il leva la main en un signe d'adieu, et je lui répondis. Puis je me remis en route sans m'attarder davantage.

Au premier croisement, je trouvai facilement le bouquet de saules, et je tournai à gauche. Ensuite, je n'eus plus qu'à suivre le chemin. Je marchais rapidement, ayant hâte maintenant d'arriver.

Le sentier tourna sur la droite, et, après avoir dépassé un bosquet, j'aperçus enfin les premières maisons du village. Rassurée, je me mis à courir. De grosses gouttes de pluie commencèrent à tomber, et je courus sans interruption jusqu'à notre rue. En y parvenant, j'aperçus la silhouette de Césarine, debout sur le petit pont qui précédait la maison de

---

1. Saules.

mon grand-père. Elle guettait visiblement mon arrivée, et elle vint au devant de moi, à la fois agitée et soulagée :

— Enfin, te voilà ! Où étais-tu ? Sosthène est furieux, et moi, j'étais morte d'inquiétude !

Essoufflée, je cherchai ma respiration pour répondre. Au même moment, la pluie redoubla et se transforma en averse.

— Ne restons pas là, décréta Césarine. Allons nous mettre à l'abri, tu t'expliqueras ensuite.

A peine étions-nous entrées dans la cuisine que mon grand-père se tourna vers moi, le visage mécontent :

— Eh bien ! C'est à cette heure-ci que tu rentres ? tonna-t-il. Où es-tu allée traîner ?

Interdite, je ne répondis pas tout de suite. Il frappa du poing sur la table :

— Tu vas me répondre, oui ?

Je posai mon cartable, tandis que Césarine m'enlevait ma pèlerine et tentait de calmer mon grand-père :

— Allons, Sosthène, ne crie pas si fort ! Tu lui fais peur.

Mon grand-père respira un grand coup, me fixa avec sévérité et reprit, d'un ton mesuré qui me parut encore plus menaçant que des cris :

— J'attends, Rosa. Où étais-tu pendant tout ce temps ?

D'une voix hésitante et peu assurée, je commençai à expliquer comment, à la sortie de l'école, Ginette et Lucie m'avaient entraînée. Mon grand-père me coupa la parole :

— Encore ces deux filles ! Je t'avais ordonné de ne pas leur parler !

— Mais... ce n'est pas moi, grand-père ! Ce sont elles... elles voulaient me dire quelque chose au sujet de maman... et... elles m'ont emmenée dans la campagne, près d'un bosquet. Là, elles m'ont dit que...

Je m'arrêtai, rouge d'embarras. Mais je n'eus pas besoin de continuer. Mon grand-père comprit ; les veines de son front se gonflèrent, ses yeux lancèrent des éclairs :

— De quoi se mêlent-elles, ces deux là ? Je vais aller trouver leur mère, moi ! Quant à toi, ne les écoute plus jamais, tu m'entends ? Quoi qu'elles puissent te dire !

Je hochai affirmativement la tête :

— Oui, grand-père, acquiesçai-je avec soumission.

— Et pourquoi as-tu mis tant de temps pour revenir ? continua-t-il en fronçant les sourcils.

— C'est que... ensuite, elles sont parties en courant, et elles m'ont laissée là... et je me suis perdue... J'ai marché longtemps, et j'ai fini par rencontrer un berger qui m'a indiqué le bon chemin.

— Un berger ? Qui ça ? Georget ?

— Je ne sais pas, grand-père. Je ne connais pas son nom. Il a un chien qui s'appelle Noiraud.

— Oui, c'est Georget. A lui non plus, il ne faut pas parler, ajouta-t-il avec colère. Tous des *jeteux d'sorts*, ces gens-là !

Je voulus défendre le brave homme qui m'avait aidée, et je protestai :

— Mais, grand-père, il a été gentil. Grâce à lui, j'ai pu retrouver le bon chemin.

De nouveau, il donna un coup de poing sur la table :

— Je te défends de me contredire ! Tu as mal agi, et tu vas être punie. Privée de souper ce soir. Au pain sec et à l'eau. Ensuite au lit. Et que cela ne se reproduise plus, tu entends ? Je serais capable de t'enfermer à double tour et de t'empêcher de sortir.

Apeurée, je promis :

— Je ne le ferai plus, grand-père.

— Eh bien, je l'espère pour toi.

Césarine, pendant notre altercation, était demeurée muette. Elle intervint avec douceur :

— Moi, j'en suis sûre. Ce sont ces deux filles, Lucie et Ginette... Ce sont elles les coupables. Elles ont profité de la naïveté de la petite. Voilà ce qui s'est passé.

— Eh bien, j'irai leur parler, moi ! Mais ça n'empêche pas que Rosa doit être punie pour les avoir écoutées et suivies.

Césarine ne dit plus rien, mais le regard qu'elle posa sur moi contenait une tendresse et une compréhension qui me firent du bien.

— Eh bien, je m'en vais, conclut-elle. A demain, Sosthène. A demain, mon enfant.

Elle m'embrassa et me serra brièvement contre elle. Une subite envie de pleurer me prit, et j'eus envie de m'accrocher à elle qui, au lieu de me punir, était prête à m'apporter amour et réconfort. Seule la pensée de la retrouver le lendemain me permit de la laisser partir.

Après son départ, mon grand-père me donna un verre d'eau, et un croûton de pain que je grignotai.

Il gardait un visage fermé ; son silence me mettait mal à l'aise. Je sentais qu'il m'en voulait, et j'aurais voulu lui faire comprendre que je n'avais pas fait exprès de mal agir. Mais la timidité et la crainte m'en empêchaient, et je demeurai muette.

Lorsque j'eus mangé mon pain et bu mon verre d'eau, il m'envoya me coucher. Alors que je m'approchais de lui pour lui souhaiter le bonsoir, il me repoussa de son bras tendu :

— Au lit, tout de suite. Et que je ne t'entende plus.

Malheureuse, je m'en allai dans ma chambre, luttant contre les larmes qui m'étouffaient. Là, je me déshabillai, passai ma blouse de nuit, me couchai. Je pris ma poupée et la serrai contre moi. Puis je fermai les yeux et tentai de m'endormir.

Mais je n'y parvins pas. Je revoyais Lucie et Ginette, je réentendais leurs paroles. Puis je pensais à mon grand-père, et je me sentais coupable de l'avoir mécontenté. Je me promis de me comporter, à l'avenir, de façon à lui donner toujours satisfaction.

Théo arriva pour sa partie de cartes habituelle. Avant de se mettre à jouer, ils bavardèrent, et soudain je me rendis compte que mon grand-père parlait de moi. Je tendis l'oreille, compris qu'il racontait ma mésaventure. Il termina en élevant la voix :

— Je l'ai punie au pain sec et à l'eau. Et elle n'a pas intérêt à recommencer, crois-moi.

Je guettai la réponse de Théo. C'était un brave homme, et il me semblait qu'il m'aimait bien. Allait-il approuver mon grand-père, ou bien, comme Césarine, tenterait-il de me défendre ?

Il demeura un moment silencieux, puis les mots qu'il prononça me surprirent :

— C'est ta petite-fille, Sosthène, et c'est une bonne petite. Et toi, on dirait que tu ne l'aimes pas. Pourquoi ?

Il y eut un nouveau silence. Tendue dans mon lit, je retenais ma respiration. Je supposai que mon grand-père refuserait de répondre, mais il poussa un long soupir, et son aveu me parvint, étouffé :

— Je ne me laisserai pas prendre une seconde fois, tu comprends ? Après la mort de ma femme, je n'ai vécu que pour ma fille. Je n'avais qu'elle, elle était toute ma vie. Et quand elle s'est comportée comme elle l'a fait... eh bien, elle m'a brisé le cœur. Je ne veux pas connaître ça une deuxième fois, et je refuse de m'attacher à cette enfant.

— Mais... prostesta Théo. Rien ne dit que la même situation se reproduira.

— Non, mais je ne veux plus prendre le risque. Je ne pourrais pas supporter de revivre une épreuve pareille.

Théo n'insista pas. J'entendis mon grand-père battre les cartes, et les propos qui me parvinrent ensuite concernaient leur jeu. Ils ne parlèrent plus de moi, et je demeurai songeuse, immobile dans mon lit. Je connaissais maintenant la raison pour laquelle mon grand-père était toujours si distant avec moi. Cela ne fit qu'augmenter ma tristesse. J'aurais tant voulu qu'il m'aimât, qu'il fût avec moi attentionné et chaleureux, comme l'avait été mon ami Achille, le beau-père de Colette ! Si mon grand-père refusait de m'aimer, pensai-je amèrement, que pouvais-je faire ?... Ce fut sur cette interrogation sans réponse que je m'endormis.

Le lendemain, je l'entendis faire le même genre de réflexion à Césarine. Elle lui avait sans doute reproché sa dureté, et la réponse me parvint alors que, dans ma chambre, je finissais de m'habiller.

— Je l'élèverai sévèrement. Avec Hortense, j'ai été trop bon. Comme elle n'avait plus de mère, j'ai voulu l'aimer doublement. Et tu vois ce que ça m'a apporté... Je ne commettrai pas deux fois la même erreur.

La journée de Pâques fut triste. Mon grand-père m'adressa à peine la parole. Heureusement, les œufs que je découvris cachés dans le jardin de Césarine, comme chaque année, m'apportèrent joie et consolation. Mon grand-père voulut les confisquer, mais Césarine l'en empêcha :

— Ils étaient dans mon jardin, Sosthène, et non dans le tien. C'est un peu comme s'ils m'appartenaient. Et maintenant, ils sont à Rosalinde. Toi, tu n'as rien à y voir, conclut-elle abruptement.

Lorsque je repris l'école, mon grand-père m'ordonna sèchement :

— Pas de retard ce soir, compris ?

— Oui, grand-père, dis-je docilement.

Je passai chez Camille, et je fus heureuse de voir qu'elle allait mieux. Son rhume était en voie de guérison, et sa mère avait décidé qu'elle pouvait retourner en classe.

— Je pensais que tu viendrais m'apporter les devoirs et les leçons samedi soir, constata mon amie. Pourquoi n'es-tu pas venue ?

Je racontai ma mésaventure. Camille fronça les sourcils :

— Je ne te quitterai pas une seconde. Et si ces deux filles s'approchent de toi, elles trouveront à qui parler, c'est moi qui te le dis !

Son air belliqueux me fit rire malgré moi. Mais elle n'avait pas besoin d'intervenir. Lucie et Ginette me laissèrent tranquille, ce jour-là comme les suivants. Elles se contentèrent de m'observer de loin, et de chuchoter en me lançant des regards peu amènes. Mais elles ne m'abordèrent plus, et cessèrent de m'appeler « la dinde ». Je supposai que mon grand-père était intervenu, et je lui fus reconnaissante de m'aider. Même s'il refusait de m'aimer, j'étais rassurée d'être sous sa protection.

Ensuite, les vacances scolaires arrivèrent, et, à la rentrée suivante, je m'aperçus avec soulagement que Lucie et Ginette ne se trouvaient plus dans ma classe. Il m'arriva de les apercevoir dans la cour de l'école, mais je les ignorai toujours. Je ne tenais pas à attirer de nouveau leur attention sur moi.

Avec mon amie Camille, je suivais régulièrement les cours du catéchisme. C'était à Césarine que je récitais les leçons que nous donnait à apprendre monsieur le curé. J'aimais beaucoup Jésus, et j'étais outrée de voir comment les juifs s'étaient comportés avec lui, alors qu'il n'avait fait que les guérir et les aimer. Lorsque je lui fis part de mes réflexions,

Césarine hocha la tête avec une expression sagace et désabusée :

— C'est ainsi que sont la plupart des gens, malheureusement.

— Mais vous, vous n'êtes pas ainsi ! protestai-je. Ni Camille, ni sa mère ! Et grand-père non plus !

Pourtant, en prononçant ces derniers mots, j'eus un instant de doute. Mon grand-père me paraissait si dur, par moments ! Notre relation demeurait toujours la même, froide, distante. Je m'efforçais de ne jamais le mécontenter, et notre vie se déroulait sans heurts, mais également sans aucune tendresse. De plus, il paraissait hostile aux choses de la religion, qu'il appelait des « bondieuseries ». Ainsi, il avait commenté avec ironie la procession des Rogations en disant :

— Ça y est ! Le curé promène ses femmes, comme chaque année !

Césarine tentait de le faire taire et le traitait de mécréant. Elle, par contre, était très croyante, et la religion constituait pour elle un rempart contre les sorcières, qu'elle craignait toujours autant. Elle continuait à jeter du sel sur le seuil de sa maison, et elle gardait, en guise de protection, l'eau bénite que distribuaient chaque année les enfants de chœur.

Lorsque arriva le moment de ma communion solennelle, elle s'occupa de me faire faire une robe par la couturière du village. Plus le moment approchait, et plus elle s'activait. Elle nettoya la maison de mon grand-père de fond en comble, fit reluire les vitres, et cira le dessus du poêle jusqu'à ce qu'il brille comme un miroir. Elle réussit à décider mon grand-père à repeindre les murs à la chaux, et il s'acquitta de cette tâche en grommelant. Puis elle parla de préparer, pour ce jour-là, un repas de fête.

Chez mes compagnes de catéchisme, un repas de communion était prévu, mais elles avaient toutes une nombreuse famille, avec des oncles, des tantes, des cousins et des cousines. Même mon amie Camille était dans ce cas. Contrairement à elles, je n'avais personne. Je n'avais jamais connu mon père ; quant à ma mère, elle était fille unique. De plus, je n'avais ni frère ni sœur. Ma grand-tante Gustine avait été ma marraine, et mon parrain était un neveu de son mari que je n'avais vu qu'une fois et que j'avais perdu de vue. Mon grand-père prit Césarine à partie :

— Pourquoi faire un repas ? La seule famille qui me reste, c'est ma cousine Marguerite. Une petite-cousine du côté de ma femme. Elle habite Orchies. Il y a bien longtemps que je ne l'ai vue.

— Eh bien, c'est l'occasion ou jamais de la revoir, répliqua Césarine avec fermeté. Invite-la au dîner de communion.

Il maugréa de nouveau, mais il s'inclina. Marguerite avait perdu son mari, mais elle promit de venir avec son fils.

Ce fut ainsi que je rencontrai Désiré, sans me douter un seul instant du rôle qu'il allait jouer dans ma vie.

10

C'était un adolescent boutonneux, un peu plus âgé que moi. Il était affligé d'un embonpoint précoce, et j'en compris la raison lorsque je vis la nourriture qu'il engloutit au cours du repas. Il reprit deux fois du lapin aux haricots, et il mangea tant de parts de tarte que je crus qu'il allait avoir une indigestion.

Pourtant, il ne me déplut pas. Il avait de bons yeux noisette, des yeux doux de chien soumis. Et il me regardait, vêtue de ma robe blanche de communiante, avec une admiration qu'il ne cherchait pas à cacher et que je devinai sincère.

Marguerite, par contre, ne me plut pas beaucoup. C'était une petite femme sèche, au visage anguleux et au nez pointu. Ses yeux noirs, vifs et perçants, se promenaient partout dans la maison, et je la soupçonnai de chercher quelque défaut. Mais tout reluisait de propreté, et elle ne put rien dire. Elle passa son temps à critiquer la cérémonie, à l'église, qui, selon elle, avait été trop longue ; de plus elle avait trouvé certaines femmes ridicules, avec leur grand chapeau ; les communiantes, ajouta-t-elle, rivalisaient à celle qui aurait la plus belle robe, et quelques-unes ressemblaient à des mariées, ce qui était tout à fait exagéré ; quant aux hommes, ils n'avaient attendu que le moment de pouvoir enfin sortir pour aller *boire un canon* au Café de la Place ; ils étaient partout pareils, conclut-elle, tous des ivrognes et des bons à rien.

Le seul qui semblait trouver grâce à ses yeux était son fils, qu'elle couvait littéralement. Il se laissait faire avec une indifférence et une apathie qui ne prouvaient pas une nature énergique.

Césarine, qui était présente, lançait à Marguerite des regards désapprobateurs. A un moment, mon grand-père posa une question concernant un garçon qui se prénommait Aimé. Marguerite pinça les lèvres, et son air méchant s'accentua :

— Il est parti l'an dernier, dès qu'il a eu ses vingt et un ans. Et je ne sais pas où il se trouve ! Bon débarras ! conclut-elle d'un ton plein d'animosité.

— Moi, je l'aime bien, protesta mollement Désiré.

Sa mère le foudroya du regard :

— Oh, toi, tu es trop bon ! Tu trouverais des qualités au diable en personne.

Ainsi rabroué, le pauvre garçon n'insista pas, et Marguerite se lança dans une diatribe virulente, d'où il ressortait qu'Aimé était un mauvais sujet qui l'avait fait *indever*[1] pendant toutes les années où elle avait dû s'occuper de lui.

Après les vêpres, lorsque nous eûmes mangé la tarte, au lait *bouli* d'abord, à l'*emplinmure* ensuite, Césarine

1. Enrager.

apporta le café et versa la *goutte* — la liqueur censée terminer tout bon repas. Puis elle s'adressa à Désiré et à moi :

— Il fait beau, les enfants, et le repas a été long. Si vous voulez aller prendre l'air, vous pouvez sortir dans le jardin. Fais bien attention à ta belle robe blanche, Rosa.

Je me levai, tandis que Désiré se tournait vers sa mère et quêtait du regard son approbation. Elle daigna accepter, tout en lui recommandant de ne pas salir son beau costume.

Dès que nous fûmes dehors, j'entraînai mon compagnon vers le fond du jardin. Il remarqua les pommes de terre, les salades, les carottes, et constata :

— Le jardin de ton grand-père est bien tenu. Chez nous, c'est moi qui dois semer, sarcler, désherber, depuis qu'Aimé est parti. Mon père n'est plus là non plus pour le faire. Il n'est pas revenu de la guerre.

— Aimé, demandai-je, c'est ton frère ?

— Oui, mon frère aîné. Il a huit ans de plus que moi.

— Ta mère donne l'impression de ne pas l'aimer. Pourquoi ? Qu'a-t-il fait ?

Désiré s'agita, cueillit une feuille d'arbre qu'il se mit à triturer entre ses doigts.

— Il n'est pas son fils, avoua-t-il. Mon père avait déjà été marié, et il était veuf. Il a épousé ma mère lorsque Aimé avait sept ans.

— Pourquoi l'a-t-elle traité de mauvais sujet ?

Désiré soupira, haussa les épaules :

— Lorsque j'ai été assez grand pour comprendre, je me suis rendu compte qu'elle était trop sévère avec lui. Elle le punissait pour trois fois rien, tandis qu'à moi, elle pardonnait tout. Cela me mettait mal à l'aise. Quelquefois, j'essayais de prendre sa défense. Quant à lui, il se vengeait de mère en cachant des grenouilles dans son lit, ce qui ne servait qu'à le faire punir davantage.

— Et ton père ne disait rien ?

— Non. Elle avait réussi à le persuader qu'Aimé n'était qu'un vilain garnement. Mais moi, je savais bien que ce n'était pas vrai. Avec moi, il a toujours été gentil. Nous nous entendions bien. J'ai été désolé lorsqu'il s'en est allé, l'année dernière.

Tout en marchant, nous étions arrivés au bout du jardin, et nous nous étions arrêtés près des arbres fruitiers. Au-dessus de nous, dans le ciel bleu, des hirondelles tournoyaient. Les yeux noisette de Désiré, dans le soleil, avaient des reflets dorés. Ils se posèrent sur moi, et j'y lus la même admiration naïve.

— Tu es belle, avec ta robe blanche, dit-il en rougissant. Tu ressembles à un ange.

Je souris, flattée malgré moi :

— Merci, Désiré. Tu es gentil.

Nous revînmes à pas lents vers la maison et, dans la douceur de l'après-midi, nous nous sentions bien. Curieusement, j'avais l'impression de connaître Désiré depuis longtemps ; sans l'avoir prévu, je me retrouvai en train de me confier à lui. Je lui parlai de la sévérité de mon grand-père, de son refus de m'aimer. Il posa son regard doré sur moi, avec une expression qui disait : « Comment peut-on refuser de t'aimer ? » Sa compréhension muette fit descendre en moi une onde de douceur, et je sentis que nous étions devenus des amis.

A l'intérieur, les grandes personnes avaient fini de boire leur café et leur *goutte*. En nous voyant revenir, Marguerite se leva, annonçant qu'il était temps de partir. Elle remercia Césarine et mon grand-père pour le repas, et suggéra que, dorénavant, nous nous rencontrions plus souvent.

— Je n'ai pas de famille, moi non plus, ajouta-t-elle. Mon seul frère a été tué à la guerre, et il n'avait ni femme ni enfant. C'est comme pour votre fille. Elle était veuve, n'est-ce pas ? Et maintenant elle n'est plus là.

Mon grand-père émit une sorte de grognement. Césarine se racla la gorge, mais ne fit pas de commentaire.

— Vous viendrez chez moi, insista Marguerite. Pour la ducasse, je ferai un repas. Je vous inviterai, et les enfants iront faire un tour de chevaux de bois.

— Oh oui ! m'écriai-je spontanément, ravie par cette idée.

— Alors, c'est d'accord. N'est-ce pas, Sosthène ?

Mon grand-père émit le même grognement. Je croisai le regard de Désiré, et il me sourit. Je compris que lui aussi était content à l'idée de me revoir bientôt.

Au cours des jours suivants, Césarine, qui pourtant n'était pas médisante, ne cessa de répéter combien Marguerite s'était montrée désagréable en n'émettant que des critiques. J'étais d'accord avec elle, mais je n'y attachai pas d'importance, tout heureuse d'avoir un nouvel ami.

Je parlai de lui à Camille, et elle regretta de ne pas l'avoir rencontré. Nos autres compagnes nous racontèrent que leur repas de communion avait été bruyant et gai, avec de nombreux convives, des chansons et même des danses, pour celles — assez rares, il est vrai — dont les parents possédaient un phonographe.

— Nous aussi, nous étions nombreux, me confia Camille, mais nous n'avons pas chanté. Au contraire, ma mère a pleuré, parce qu'elle a pensé à mon père, qui n'était plus là, et qui ne sera plus jamais là.

Je hochai la tête, compréhensive. Moi aussi, j'avais pensé à ma mère disparue. La guerre avait fait de nous des orphelines, et nous étions assez grandes maintenant pour comprendre l'ampleur de la perte que nous avions subie.

Au début du mois de septembre, Marguerite, fidèle à sa promesse, nous envoya un petit mot pour nous rappeler son invitation le jour de la ducasse. Je me réjouissais à l'idée de cet intermède agréable dans ma vie monotone mais, trois jours avant le dimanche prévu, mon grand-père revint du jardin plié en deux, se massant le bas du dos.

— Je me suis fait un *tour de reins*, annonça-t-il. Ça me fait un mal de chien.

Bientôt, chaque mouvement lui arracha une grimace de souffrance. Césarine lui conseilla de demeurer le plus possible immobile. Le soir, il gagna son lit avec beaucoup de difficultés, et, le lendemain, il pouvait à peine bouger. Il réussit néanmoins à se lever et à aller s'asseoir dans la cuisine, mais il fut incapable de se rendre à son travail. Il m'envoya prévenir monsieur Caron, le directeur de la brasserie. J'obéis, extrêmement contrariée. Car je pensais que, si mon grand-père ne pouvait pas se déplacer, nous ne pourrions pas nous rendre chez Marguerite.

Mes craintes s'avérèrent justes. L'état de mon grand-père ne s'améliora que lentement et, le dimanche, il ne pouvait faire que quelques pas en s'appuyant sur une canne. Il était hors de question d'aller jusqu'à Orchies à pied, et nous dûmes rester chez nous. Je fus privée de ducasse, ainsi que du plaisir de revoir Désiré. La déception me mit les larmes aux yeux. Mais, bien entendu, je ne dis rien. La souffrance rendait mon grand-père irascible, et je n'osai formuler aucune réflexion.

A la rentrée, j'entamai ma dernière année scolaire. Nous étions maintenant, Camille et moi, dans la classe de madame la directrice, qui préparait les élèves au certificat d'études. Nous espérions bien l'obtenir, car un échec eût été humiliant. Ensuite, notre travail était prévu : nous aiderions la mère de Camille, qui était devenue couturière. Lorsqu'elle s'était retrouvée veuve, elle avait acheté, avec les économies de sa mère, une machine à coudre, et elle travaillait pour une entreprise de la région.

Je devrais également apprendre à être une bonne maîtresse de maison et, sous la férule de Césarine, je savais que j'y réussirais parfaitement. Je tiendrais le ménage de mon grand-père et, là aussi, il faudrait que je lui donne satisfaction.

J'allais sur mes treize ans. Même si j'étais encore une enfant, je grandissais, mon corps se transformait. Je surprenais, parfois, le regard de mon grand-père posé sur moi, avec une expression de désapprobation que je ne comprenais pas. Lorsque cela arrivait, je cherchais ce que j'avais pu faire pour lui déplaire, et je ne trouvais rien. De son côté, il ne me faisait jamais aucune remarque.

Un soir, Théo émit à mon sujet un commentaire que j'entendis :

— Ta petite, elle va devenir un beau brin de fille, Sosthène, c'est moi qui te le dis !

La réponse de mon grand-père fut un grommellement confus. Le lendemain, à la désapprobation de son regard se mêlait une sorte d'hostilité. Et je continuai à m'interroger en vain.

Le premier janvier était, cette année-là, un samedi. Le lendemain dimanche, alors que nous venions de finir de dîner, mon grand-père et moi, on frappa à la porte. Je terminais la vaisselle, et mon grand-père, dans son fauteuil, fumait sa pipe. Il cria :

— Entrez !

La porte s'ouvrit, et je vis arriver Marguerite, suivie de Désiré. De surprise et de contentement, je faillis laisser choir les assiettes que je m'en allais ranger dans le buffet. Désiré m'adressa un grand sourire ravi, auquel je répondis.

Nous échangeâmes nos vœux de bonne année, et, en rougissant, Désiré déposa sur ma joue un baiser timide. Puis, sur l'invitation de mon grand-père, ils enlevèrent leur manteau et s'assirent. Je préparai du café, essayant de ne pas me tromper dans le dosage du café et de la chicorée, afin d'éviter des critiques toujours possibles de Marguerite. Césarine, habituellement présente, n'était pas là ; elle était allée *étrenner*[1] des personnes de sa famille, et c'était moi qui devais faire office de maîtresse de maison.

Je sortis du buffet les tasses, le sucre, ainsi que les gaufres qu'avait confectionnées Césarine pour les éventuels *étrenneux*. Marguerite, qui était bavarde, parlait pour tout le monde. Elle expliqua que, maintenant que mon grand-père avait renoué nos liens familiaux en l'invitant à ma communion, elle estimait normal de poursuivre nos relations. C'était pour cette raison qu'elle avait pensé à venir nous présenter ses vœux, et elle espérait bien que nous aurions d'autres occasions de nous rencontrer. Cette année, elle nous inviterait de nouveau pour la ducasse, et elle comptait sur notre présence.

Je servis le café, qu'elle but *à la sucette* — en laissant fondre le sucre dans la bouche, comme c'était la coutume —, lentement ; puis, en posant sa tasse, elle ne put s'empêcher de remarquer :

— Il est bon, ton café, Rosalinde, mais un peu fort. Si je ne dors pas cette nuit, il ne me sera pas difficile d'en trouver la raison.

Je ne répondis pas, m'attendant plus ou moins à une critique de ce genre. Peut-être, effectivement, avais-je mis trop de café ? Ou n'avais-je pas versé

1. Présenter ses vœux à.

assez d'eau au moment de le passer ? Pourtant, j'avais agi exactement comme Césarine. Je fus agréablement surprise d'entendre mon grand-père prendre ma défense :

— Il est juste comme il faut. Tu ne voudrais quand même pas qu'on te serve de la *chirloute*[1], Marguerite ? Du *jus d'cauchette*[2], tu n'en trouveras pas chez moi !

— Moi, je l'ai trouvé très bon, affirma Désiré.

Son ton était sincère, mais je compris qu'il cherchait surtout à me faire plaisir. Marguerite pinça ses lèvres minces et refusa de s'avouer vaincue :

— En tout cas, dit-elle comme je m'approchais avec la cafetière, je n'en boirai pas une deuxième tasse.

Elle posa la paume de sa main sur le dessus de sa tasse, comme si j'allais enfreindre sa décision. Sans répondre à ce que Césarine aurait considéré comme un affront volontaire, je versai le café pour les autres, tandis que mon grand-père proposait :

— Tiens, Marguerite, prends une autre gaufre. C'est Césarine qui les a faites, et elle s'y connaît en pâtisserie. Tu ne diras pas qu'elles ne sont pas bonnes ?

Tout en se servant, elle remarqua :

— Elles sont bonnes, c'est vrai. Mais, personnellement, lorsque je les fourre, je mets moins de cassonade. Je trouve celles-ci trop sucrées.

1. Mauvais café.
2. « Jus de chaussette » : café trop léger.

— Chacun ses goûts, commenta froidement mon grand-père. Moi, elles me plaisent comme elles sont.

Désiré, cette fois, ne donna pas son avis. Lorsqu'elle eut fini de manger sa gaufre, Marguerite émit le désir de se rendre au cimetière, sur la tombe de ma grand-mère, dont elle était la petite-cousine. Mon grand-père décida que nous irions tous ensemble, et nous nous habillâmes chaudement, car le froid de ce début de janvier était vif.

Je savais où se trouvait la tombe de cette grand-mère que je n'avais jamais connue : elle était morte alors que ma mère n'était encore qu'une enfant. Le cimetière, dans l'atmosphère glaciale de ce jour d'hiver, semblait pétrifié par le gel. Lorsque nous fûmes devant la tombe de ma grand-mère, la pierre grise, dépourvue des fleurs que nous apportions, Césarine et moi, à la belle saison, me parut laide et triste. Marguerite fit un grand signe de croix. Mon grand-père, quant à lui, poussa un profond soupir. Je savais par Césarine qu'il ne s'était jamais consolé de la mort de sa femme.

Au retour, je me trouvai côte à côte avec Désiré. Marguerite et mon grand-père marchaient devant, et nous les suivions à quelques mètres. Engoncé dans son pardessus épais, Désiré n'avait rien perdu de son embonpoint, mais son regard, posé sur moi, était approbateur et chaleureux :

— Je suis bien content de t'avoir revue, Rosalinde. J'ai été désolé lorsque vous n'êtes pas venus à la ducasse, l'année dernière.

— Oh, moi aussi ! avouai-je sans détour. Mais grand-père ne pouvait pas marcher.

— J'espère que cette année, vous viendrez.

— Je l'espère aussi.

Je souris à son bon visage que le froid rougissait. Il continua :

— Tu n'es pas comme les autres filles. Tu es gentille. Les autres, elles ricanent, elles se moquent de moi. Et puis, je n'ai pas d'amis. Avant, quand j'allais à l'école, j'avais quelques camarades, mais mère ne voulait jamais que j'aille jouer avec eux, ou que je les invite. Et maintenant, je ne les vois plus. Tu en as, toi, des amis ?

— Oui, j'ai une amie, Camille. Elle a toujours été dans ma classe, à l'école. Nous allons passer le certificat ensemble, cette année. Et même après, je continuerai à la voir.

Il soupira :

— Tu en as, de la chance. Moi, je suis tout seul, surtout depuis qu'Aimé est parti, il y a deux ans. Lorsqu'il a quitté la maison, il a dit à mère qu'il n'y remettrait plus les pieds tant qu'elle serait là.

Il soupira de nouveau, reprit :

— Dès que je serai plus âgé, j'essaierai d'aller lui rendre visite. Mais mère ne me le permettra pas. Il faudra que je le fasse derrière son dos, et ça ne me plaît pas.

Nous arrivions à la maison, et je n'eus pas le loisir de répondre. Mais cette conversation m'avait prouvé que mon grand-père aurait pu se montrer plus autoritaire et m'empêcher, lui aussi, d'aller chez Camille. J'en aurais été fort malheureuse. Du coup, je le regardai avec gratitude, et j'éprouvai pour Désiré une sympathie apitoyée.

Marguerite refusa de s'attarder, déclarant que Désiré et elle allaient repartir avant d'être *pris du soir.* Mon grand-père hocha la tête :

— C'est vrai, la nuit arrive vite. On est encore dans les courts jours.

— Mais bientôt, ça ira mieux. Déjà, ils commencent à rallonger.

Nos visiteurs s'en allèrent, réitérant leurs vœux de bonne année. Désiré pressa ma main et déposa sur ma joue le même baiser timide. Après leur départ, je ramassai les tasses, les lavai, les rangeai. La visite de mon ami m'avait fait plaisir, et je me sentis joyeuse toute la soirée.

Au moment de me coucher, je me rendis compte que Marguerite ne m'avait rien donné pour mes étrennes. J'étais encore assez enfant pour apprécier ce cadeau. Mon grand-père et Césarine m'avaient donné une pièce d'argent, Théo également, ainsi que la mère de Camille, et même Emilie, notre voisine si médisante. Sur le moment, je me sentis désolée. Mais, bientôt, la joie d'avoir revu Désiré effaça cette petite déception.

Camille et moi étions des élèves appliquées ; nous voulions réussir l'examen du certificat. Nous faisions parfaitement nos devoirs, nous nous récitions nos leçons, nous interrogeant mutuellement sur les dates d'histoire ou les règles de grammaire. J'appréhendais un échec toujours possible, non seulement à cause de son côté humiliant, mais aussi — et surtout — parce qu'il décevrait mon grand-père. Et moi, je voulais lui donner entière satisfaction. Je continuais à me persuader qu'ainsi, il finirait par m'apprécier et par m'aimer.

A ma grande joie, je fus reçue, ainsi que Camille. Lorsque je l'annonçai à mon grand-père, il dit froidement :

— C'est bien.

Ce fut tout. Mais ces simples mots d'approbation qui, venant de lui, étaient rarissimes, me parurent le plus beau des compliments. Quant à Césarine, elle fut enthousiaste pour deux :

— Je le savais bien, moi, que tu l'aurais, ma petite Rosa. Je n'en doutais pas un seul instant. Et puis, j'ai prié, et j'ai même brûlé un cierge à l'église.

J'étais contente. Pourtant, ce soir-là, lorsque je fus couchée, je pensai à ma mère, et je regrettai qu'elle ne fût plus là pour partager la joie de mon succès. Mon grand-père ne m'avait jamais menée sur sa tombe, et je ne savais même pas où elle était enterrée. « Il faudrait que je demande à Colette », me dis-je. Mais, depuis sa visite, peu de temps après l'armistice, je ne l'avais pas revue. Je ne pouvais croire qu'elle m'avait oubliée. Lorsque je posais la question à Césarine, elle me répondait :

— Elle n'a peut-être pas le temps de venir te voir, ma Rosa. Souviens-toi, elle nous avait dit que son mari avait été blessé. Elle s'occupe de lui, sans doute. Mais je suis sûre qu'elle pense toujours à toi.

J'aurais bien aimé, aussi, avoir des nouvelles d'Alphonse, son frère. Il avait été fait prisonnier, mais il était maintenant revenu. Lui aussi, m'avait-il oubliée ?...

Un autre événement, bientôt, repoussa ces questions à l'arrière-plan. J'allais avoir treize ans, mais je ne savais pas ce que signifiait l'expression « devenir jeune fille ». Camille, qui connut cette expérience avant moi, au cours de l'été, me l'expliqua. Je tombai des nues. Jamais Césarine ne m'avait parlé de ce genre de choses, et j'ignorais tout. Ainsi, grâce à mon amie, je ne fus ni surprise ni affolée le jour où je découvris, en me levant, des taches de sang sur ma blouse de nuit. Avec un peu de gêne, j'en parlai à Césarine, qui hocha la tête d'un air satisfait :

— Ah, ça y est ! C'est arrivé ! C'est normal, tu vas devenir une jeune fille maintenant.

Elle m'expliqua ce qu'il fallait faire et me donna les bandes de tissu pour me protéger. L'entretien eut lieu hors de la présence de mon grand-père et, à lui, je n'en parlai pas. J'ignore si Césarine le mit au courant. Le sujet ne fut plus jamais abordé.

Débarrassée des obligations scolaires, j'étais assez grande pour exercer les tâches incombant à toute ménagère. Je savais déjà balayer le sol, épousseter les meubles, faire la vaisselle, préparer une soupe. Césarine m'apprit à faire la chasse à la poussière de charbon, qui s'incrustait partout ; à cirer le dessus du feu et à en frotter le pourtour, qui devait toujours briller ; à laver les carreaux sans y laisser la moindre trace ; à veiller à la propreté des rideaux.

— De l'extérieur, c'est aux fenêtres qu'on juge la maison, affirmait-elle. Tu sais ce qu'on dit : « Beaux rideaux, bonne ménagère. »

Elle détestait les toiles d'araignée, qu'elle appelait *arnitoiles*, et ne supportait pas d'en voir, même à la cave. Je me mis à détester l'automne car, à cette saison, chaque année, ces affreuses bestioles rentraient. Elles me faisaient peur, et, si je voulais bien enlever leur toile, j'appréhendais d'avoir à les tuer. Dans ces cas-là, j'appelais Césarine à la rescousse, et je n'étais pas loin de la trouver héroïque lorsque je la voyais se débarrasser de l'araignée d'un coup de chaussure bien placé.

Par contre, je n'osais pas lui parler de la crainte qu'exerçait sur moi la *dépinse* — le petit réduit qui jouxtait la cuisine. Il ressemblait à un placard très profond, dans lequel on pouvait pénétrer, et il était également très sombre. Il me rappelait le *trou à charbon* de mon enfance, chez ma *matante* Gustine, dont j'avais eu si peur, parce que j'imaginais que Merlin le diable s'y dissimulait. Lorsqu'il fallait nettoyer cette *dépinse*, je devais faire un effort sur moi-même pour me raisonner et me persuader que ce n'était qu'un simple réduit sans danger. Même chose si je devais me rendre à la cave, qui n'était éclairée que par un étroit soupirail.

Comme Césarine, je jetais du sel sur le seuil de la maison, pour la protéger des éventuelles sorcières. J'appris aussi à entretenir le feu, à le tisonner pour ne pas le laisser mourir. Je ne manquais jamais d'astiquer les deux vases en étain qui trônaient à chaque extrémité de la cheminée et qui étaient un cadeau de mariage offert à mon grand-père. Et je vérifiais régulièrement le contenu de la boîte à *bulottes* qui, posée sur le coin de la cheminée, contenait les longues baguettes avec lesquelles mon grand-père allumait sa pipe et les lampes à pétrole. C'était à moi maintenant de vérifier qu'elle ne fût jamais vide.

Je fis connaissance avec le dur labeur que représentait la lessive. Après avoir pris de l'eau à la pompe, dans la cour, je devais d'abord faire tremper le linge puis, sans oublier de séparer le blanc des couleurs, le faire bouillir dans une *bouleusse*, une grande lessiveuse en fer-blanc qu'il fallait porter sur le feu ; le battre, le frotter à la brosse de chiendent et au savon noir ; le rincer ensuite plusieurs fois, jusqu'à ce que l'eau de rinçage devienne claire ; le faire sécher pour, ensuite, le repasser, avec les lourds fers de fonte peu pratiques à manier pour mes mains encore malhabiles, sans oublier d'amidonner les vêtements qui devaient « bien se tenir ». Toutes ces opérations représentaient pour mes treize ans une véritable corvée, et je pensais souvent à ma mère qui avait été *bueuse*. J'admirais son courage, car je découvrais que son métier n'avait pas dû être facile.

En plus du ménage et de la lessive, il fallait aussi apprendre à faire la cuisine. Les plats les plus faciles étaient la soupe aux légumes ou la purée de pommes de terre ; j'écrasais les uns et les autres avec un pilon de bois destiné à cet effet. J'appris à confectionner des omelettes savoureuses, ni trop cuites ni pas assez, des pâtés aromatisés à l'ail et au thym, ainsi que le pot-au-feu habituel du dimanche.

Avec l'aide de Césarine, je devins peu à peu une pâtissière accomplie. Elle m'enseigna comment faire les tartes : la pâte, d'abord, qu'il fallait pétrir, et ensuite laisser reposer dans un récipient recouvert d'un linge propre jusqu'à ce qu'elle fût suffisamment gonflée ; la crème, ensuite, au lait *bouli*, qui devait être lisse et sans *maclottes*[1]. La cuisson dans le four, là aussi, était délicate : pas assez cuite, la tarte était pâteuse ; trop cuite, elle était dure. Il fallait trouver le juste milieu, et l'expérience de Césarine me fut bien utile.

Il y avait aussi les crêpes, qu'elle ne faisait pas cuire à la poêle mais sur un *couvep' à crêpes* : elle appelait ainsi une épaisse plaque circulaire en fonte, sur laquelle elle versait une couche de pâte.

— Il faut mesurer la bonne dose, m'expliquait-elle. Les crêpes ne doivent être ni trop fines ni trop épaisses. C'est ma grand-mère qui m'a appris à les faire. Je devais avoir à peu près ton âge. Elle me disait : « Viens, Césarine, on va faire des *verlouses*. »

Lorsqu'elles étaient cuites, recouvertes d'une couche de beurre et de cassonade, et roulées sur elles-mêmes, elles représentaient un véritable délice. J'en raffolais, et je regrettais qu'elles fussent si rares, deux fois par an seulement, à la Chandeleur et au mardi gras.

En temps ordinaire, nos repas étaient simples. Le soir, l'hiver surtout, nous mangions une assiette de soupe, et des pommes de terre au four, ou à *l'étouffoir* — posées à même le feu, sur une plaque circulaire en tôle recouverte d'une cloche en terre, et entourées de

1. Grumeaux.

cendre. Accompagnées de beurre ou d'une tranche de pâté, elles constituaient le repas préféré de mon grand-père.

Dès le printemps, et tout au long de l'été, nous avions en plus les légumes du jardin : radis, laitues, haricots verts, concombres, tomates, avec lesquelles je confectionnais des salades rafraîchissantes lorsqu'il faisait chaud.

Ainsi, petit à petit, je devenais une bonne ménagère et une cuisinière accomplie. Il me fallait encore veiller au bon état du linge et des vêtements. Césarine m'enseigna que tout devait durer le plus longtemps possible. Elle me montra comment faire des torchons dans des draps usés, comment repriser les chaussettes de mon grand-père, consolider les genoux et les fonds de ses pantalons, coudre des pièces aux coudes de ses chemises. Elle me recommanda aussi de toujours veiller à la propreté de mes sous-vêtements et de mes vêtements — *cotrons*[1], *caracos* et *écourcheux*[2], ces derniers soigneusement lavés et amidonnés à chaque lessive.

J'appris aussi à faire les commissions et à acheter en me montrant économe. Pour ce qui concernait la nourriture, j'y parvenais facilement. Mais, de temps en temps, passaient des colporteurs qui nous proposaient de la dentelle, des rubans et des colifichets qui me tentaient. L'un de ces marchands ambulants, qui se nommait Louis mais que tout le monde avait sur-

1. Jupons.
2. Tabliers.

nommé Loulou, nous répétait à toutes la même formule, censée nous convaincre :

— *Acate à mi*[1], Marie, t'iras au paradis.

Malgré cette affirmation, je parvenais à résister, d'autant plus que je craignais les remontrances de mon grand-père, toujours plus enclin à critiquer qu'à féliciter.

Et puis, comme mon amie Camille et sa mère, je devins apiéceuse. Beaucoup de femmes exerçaient ce métier dans la région ; il consistait à confectionner des vêtements masculins. Clarisse, la mère de Camille, travaillait pour l'entreprise d'un village voisin, spécialisée dans la fabrication de pardessus, redingotes, gilets et vestons. Un commis apportait, dans un paquet qu'il appelait *bûche*, les pièces de tissu ainsi que les doublures. Il fallait les coudre et les assembler, afin de former des vêtements complets. Le travail devait être impeccable ; lors du passage suivant, le commis apportait une autre *bûche* et reprenait les vêtements terminés. Il vérifiait tout, attentif au moindre défaut.

Au début, Camille et moi faisions les finitions à la main, comme coudre les doublures et les boutons, puis Clarisse, avec patience, nous initia à la machine à coudre. Ce n'était pas facile. Il fallait l'actionner au pied, en appuyant d'avant en arrière sur un large plateau relié à une courroie de cuir, tout en guidant le tissu, et bien souvent, au début, je faillis me faire prendre les doigts sous l'aiguille. De plus, c'était un tissu épais et peu facile à manier. Mais Camille s'appli-

1. Achète-moi.

quait, et je fis comme elle ; ainsi, peu à peu, à force de travail et de volonté, je devins une bonne apiéceuse.

Par la suite, mon grand-père parvint à se procurer une machine d'occasion, qui marchait moins bien que celle de Clarisse, mais dont je dus me contenter. La plupart de mes moments libres furent occupés à coudre. Cela me paraissait parfois bien fastidieux, mais Camille venait avec ses manteaux à terminer, et elle cousait les boutons pendant que je m'activais sur ma machine. Elle me tenait compagnie, et nous bavardions de tout et de rien. Souvent, Césarine arrivait, nous faisait du café, et nous nous octroyions une petite pause, au cours de laquelle je tentais d'oublier les courbatures dans mon dos et les douleurs dans mes bras et mes jambes.

Et lorsque monsieur Antoine, le commis, me donnait les quelques francs que j'avais gagnés, je me sentais fière de moi. Je me faisais un point d'honneur de les remettre à mon grand-père, ce qui me paraissait normal en échange de l'hospitalité qu'il m'offrait. Camille faisait de même avec sa mère. Mon grand-père prenait l'argent, avec son habituel commentaire laconique :

— C'est bien.

Et je devais me contenter de cette brève approbation. Au cours de toutes ces années, ce furent les seuls mots de félicitations que je reçus de lui.

Deuxième partie

Un amour en Pévèle

1

Notre village se remettait peu à peu des années de guerre et de réquisitions. Les pigeons des *coulonneux* volaient de nouveau, et les cloches de l'église avaient été remplacées. La première fois où nous les entendîmes sonner, nous comprîmes combien elles nous avaient manqué. Un monument aux morts, sur la place, portait le nom de ceux qui avaient été tués au combat. Les maisons détruites par les bombardements étaient en voie de reconstruction. A Orchies, presque toute la ville était dans ce cas, nous expliquait Marguerite, dont l'habitation se trouvait dans l'une des rares rues qui avaient été épargnées.

Le progrès, en même temps, s'installait partout. Il y avait le téléphone, le cinéma, l'électricité. Mon grand-père, obstinément, continuait à s'éclairer avec les lampes à pétrole habituelles. Césarine faisait de même. Mais Clarisse, la mère de mon amie Camille, affirmait que, dès qu'elle aurait l'argent suffisant, elle équiperait sa maison de ce nouvel éclairage dont on disait tant de bien.

De son côté, Désiré se passionnait pour les automobiles. A chacune de nos rencontres, il m'en parlait, me citant les habitants d'Orchies qui en possédaient une, concluant invariablement :

— Moi aussi, plus tard, j'en aurai une !

Je souriais, j'acquiesçais, et mon approbation lui faisait plaisir.

Camille et moi, nous devenions des jeunes filles. Mais nous n'avions pas l'occasion d'être coquettes. Clarisse comme Césarine nous enseignaient qu'il fallait toujours être sobrement vêtues. Seules les femmes légères, affirmaient-elles, s'habillaient de façon voyante et se mettaient de la poudre et du rouge. Il ne fallait surtout pas les imiter, de peur d'attirer les critiques et les médisances.

Nous connaissions les garçons du village et, s'il nous arrivait de répondre à leur bonjour lorsque nous les croisions, nous ne leur adressions jamais la parole. Une jeune fille sérieuse et bien élevée, nous répétait-on, n'aborde jamais un jeune homme. Eux, de leur côté, peut-être rebutés par notre réserve, ne cherchaient pas à nous parler. Pourtant, je les surprenais parfois en train de rire et de plaisanter avec Lucie et Ginette qui, elles, ne se montraient pas farouches.

En travaillant à notre couture, Camille et moi nous amusions à les comparer et à faire des suppositions quant au choix d'un fiancé éventuel. Je demandais :

— Que penses-tu de Philippe, le nouveau commis de la brasserie ?

— Oh, il ne me plaît pas ! Il a des gros yeux qui lui donnent un air continuellement ahuri.

— Et Aurélien ? Il sera cordonnier, comme son père. C'est un beau parti. Je crois qu'il a un faible pour toi, continuais-je pour la taquiner. N'as-tu pas remarqué ? Chaque dimanche, à la messe, c'est toujours toi qu'il regarde.

— Comment peux-tu en être sûre ? protestait-elle. Il *berlousse*[1] ! On ne sait jamais s'il regarde à droite ou à gauche.

Nous riions de bon cœur. A chacun d'eux, nous trouvions davantage de défauts que de qualités.

— Il faudrait quand même bien que l'un d'eux nous plaise, remarquait parfois Camille, reprenant son sérieux. Sinon, avec qui allons-nous nous marier ?

Je faisais un geste d'insouciance. A mes quinze ans, le mariage paraissait encore lointain. Le seul garçon que je fréquentais était Désiré, que je rencontrais plusieurs fois par an, à la Nouvelle Année d'abord, puis à la ducasse de nos villages. Nous nous retrouvions toujours avec le même plaisir. Lui, qui avouait être timide avec les filles, me confiait volontiers ses problèmes. Je faisais la même chose de mon côté. Mais, si nous nous entendions bien, je ne pensais pas à lui comme à un prétendant possible. J'éprouvais à son égard une affection toute fraternelle, et je supposais qu'il en était de même pour lui.

Mon grand-père prit sa retraite. D'un côté, il en fut soulagé, car le *tinet* qui supportait les *rondelles* était

1. Il louche.

bien lourd pour ses épaules qui, elles, n'avaient plus la vigueur et la force de la jeunesse. D'un autre côté, le fait de se retrouver subitement sans travail régulier le laissa, au début, désorienté. Mais il se reprit bien vite. Comme il aimait jardiner, il offrit ses services aux femmes du village dont le mari n'était pas revenu de la guerre et qui ne parvenaient pas à entretenir seules leur jardin. Elles acceptèrent avec reconnaissance, et, en échange, elles lui donnaient un peu des légumes qu'il semait et récoltait pour elles.

De plus, avec son ami Théo, qui était lui aussi retraité, il se rendait au Café de la Place et il passait des heures à jouer aux cartes, aux dés, au *billon*. Un autre cabaretier du village, Amédée, que tout le monde surnommait « *Ch'tiot Médée* » à cause de sa petite taille, avait baptisé son estaminet *A mo ch'tiot Médée*. On y jouait à la *bourle*. Mon grand-père se prit de passion pour ce jeu. Lorsqu'une partie avait eu lieu, il en discutait le soir avec Théo. De ma chambre, je les entendais. Je comprenais, d'après leurs propos, que chaque joueur possédait deux *bourles* — sortes de disques de bois durs et très épais — qu'il devait lancer le plus près possible de l'*étaque*, une rondelle de cuivre fixée dans le sol au bout de la piste. *Faire jo* signifiait marquer un point, et cette expression revenait souvent dans leurs propos. Parfois, j'entendais Théo reprocher à mon grand-père, lorsque celui-ci perdait, de faire partie des *bertonneux*[1].

1. Mécontents, rouspéteurs.

Entre mon grand-père et moi, rien n'avait changé. Nous ne nous voyions pas davantage. Seuls les repas nous réunissaient, et aucune intimité ne se créait entre nous. Je grandissais, je devenais une jeune fille, et j'avais l'impression que mon grand-père observait cette transformation avec une réticence mêlée d'appréhension. Il surveillait mes rares et innocentes sorties — aller à la messe le dimanche, faire les commissions dans le village, me rendre quelquefois au cimetière avec Césarine —, et il exigeait que je sois rentrée le plus rapidement possible. Cela, de toute façon, me convenait ; mon travail d'apiéceuse ne me permettait pas de perdre mon temps. Plus je cousais, et plus la somme que je gagnais à la fin de la semaine était importante.

Avec l'adolescence venait le temps des questions. Mon principal sujet de préoccupation était ma situation d'enfant illégitime. Je n'avais jamais connu mon père, je ne savais même pas qui il était. Ginette et Lucie m'avaient traitée de « sale bâtarde » et, au fond de moi, j'en souffrais toujours.

J'entendais parfois dire que les jeunes gens hésitaient à épouser les filles comme moi, dont la mère était jugée peu sérieuse, puisqu'elle avait fauté avant le mariage, et dont le père était considéré comme un lâche, puisqu'il avait abandonné la jeune fille enceinte de ses œuvres. Cette dernière pensée me faisait mal. Je souffrais à l'idée que mon père s'était conduit en lâche. Je tentais de lui trouver des excuses : peut-être sa situation l'avait-elle empêché d'épouser ma mère, indépendamment de sa volonté ? J'ignorais ce qui s'était passé à l'époque, et, malgré mon désir de savoir, je n'osais pas interroger mon grand-père. Ce fut vers Césarine que je me tournai une fois de plus. Un jour où je me trouvais seule avec elle, je lui demandai de me parler de mon père.

Elle haussa les épaules en un geste désolé :

— Je ne sais pas grand-chose, Rosa. C'était un Belge, qui était venu faire la moisson. Il remplaçait un de ses cousins, et il n'est venu qu'une année. Hortense en est tombée amoureuse. Sans doute a-t-il profité de sa naïveté. Quand elle a découvert son état, il était reparti en Belgique. Je sais qu'elle lui a écrit, plusieurs fois. Il n'a jamais répondu. Et lorsque ça a commencé à se voir et que Sosthène s'en est rendu compte, il l'a chassée. Elle s'est réfugiée chez Gustine, et je ne l'ai jamais revue.

— Si elle lui a écrit, c'est qu'elle possédait son adresse. Comment s'appelait-il ? Le savez-vous ?

— Je me souviens de son prénom : Jan. Et il avait un nom belge, mais je l'ai oublié.

— Ne pouvez-vous vous rappeler ? Essayez, je vous en prie ! suppliai-je.

Elle eut un soupir de regret :

— Je ne sais vraiment plus, ma petite Rosa. Hortense me l'a dit une fois ou deux, au début. Parfois, elle me parlait de lui, et elle citait toujours son prénom. Elle disait : « A la ducasse, Jan m'a acheté des nougats. » Ou bien : « Au bal, Jan n'a dansé qu'avec moi. » Un jour, je lui ai recommandé de le voir moins souvent, et même de se méfier de lui, car après tout on ne le connaissait pas. Elle a considéré mes paroles comme un reproche et ne m'a plus jamais rien dit. Et moi j'ai cru, comme un *béart*[1], qu'elle m'avait écoutée et qu'elle avait cessé de le voir.

Je réfléchis un instant. L'adresse que ma mère avait possédée devait se trouver dans ses papiers. Mais ils avaient tous été brûlés dans l'incendie d'Orchies, et je n'avais plus aucune indication pour retrouver mon père. Pourtant, une idée me vint :

— Si je demandais au fermier pour lequel il a travaillé, à l'époque ? Il a peut-être gardé son adresse.

Césarine hocha la tête avec doute :

— Je ne sais pas pour qui il travaillait. Hortense ne me l'a pas dit. Peut-être ne le savait-elle pas elle-même. Tu ne peux pas commencer à faire le tour de toutes les fermes pour demander l'adresse de ton père...

Ce fut à mon tour de soupirer. Ma nature timide et réservée s'accommodait mal d'une enquête qui susciterait obligatoirement réflexions, bavardages et critiques. Je me sentais si contrariée que, le lendemain, je confiai cette conversation à Camille. Mon amie posa l'aiguille qu'elle tenait et me regarda bien en face :

— Je vais te dire franchement mon point de vue, Rosa. Pourquoi chercherais-tu à retrouver cet homme qui n'a pas voulu de toi ? Il ne mérite aucune attention de ta part. Et puis, à mon avis, cela ne t'apporterait que des désillusions. Peut-être est-il marié, peut-être a-t-il d'autres enfants. Tu

1. Personne naïve.

apporterais la perturbation dans sa vie, et il te repousserait une nouvelle fois. S'il l'avait voulu, depuis tout ce temps, il aurait pu, lui, te retrouver. Il doit bien se souvenir du nom de ta mère et du village où elle habitait. S'il n'a rien fait, c'est qu'il ne le désirait pas.

Je n'avais pas envisagé cet aspect de la situation, et je demeurai muette. Camille reprit :

— Moi, à ta place, je n'y penserais plus... Et c'est ça que tu dois faire. Tu dois le rayer de ton esprit comme il t'a rayée de sa vie.

Ses paroles, énoncées avec détermination, m'apportèrent un certain apaisement. Peu de temps après, j'eus l'occasion de rencontrer Désiré, lors de la ducasse de notre village, et je lui confiai ce problème. Il eut la même réaction que Camille, et, lorsque je lui parlai de ma crainte de ne jamais trouver de mari à cause de ma situation, il oublia son indolence naturelle pour affirmer avec énergie :

— Les gens ont tendance à critiquer, et mère serait certainement de leur avis. Mais un garçon qui ne voudrait pas de toi pour cette raison serait vraiment stupide ! Tu n'es pour rien dans la façon dont ont agi tes parents, et il suffit de te voir pour comprendre que tu es quelqu'un de bien. Moi, en tout cas, je ne verrais aucun obstacle à...

Il s'arrêta subitement, rougit et baissa la tête, embarrassé. J'étais si contente de sa réaction que je ne fis pas attention à sa gêne. Avec reconnaissance, je murmurai :

— Merci, Désiré.

Il se tourna vers moi, et son embarras disparut. Il me sourit, et je retrouvai avec plaisir la compréhension qui nous unissait.

Ma vie continua à s'écouler, laborieuse et monotone. Je remettais toujours à mon grand-père l'argent que je gagnais grâce à mon travail d'apiéceuse, mais il prélevait maintenant une pièce qu'il me donnait pour mes achats personnels. Ainsi, je pouvais de temps en temps m'offrir un petit plaisir et acheter quelques babioles au colporteur. C'était bien innocent, et je ne le faisais qu'avec l'approbation de Césarine.

Désiré, qui avait quelques années de plus que moi, m'annonça un jour qu'il allait partir faire son service militaire. J'en fus consternée. Je pensai que je n'allais plus le voir pendant longtemps, et qu'il allait me manquer. Je le lui dis. Il hocha la tête :

— Toi aussi, tu vas me manquer, Rosalinde. Mais, si tu le veux, je t'écrirai. Et puis, mère dit que ce sera vite passé.

Cet avis n'était pas le mien, mais je ne le contestai pas. Je voyais que Désiré était désolé de partir, et je ne voulais pas ajouter à sa tristesse. Mon grand-père, lui, commenta énergiquement :

— Ça te fera du bien, mon garçon. Le service militaire, ça forme un homme. Et, à mon avis, il est temps que tu sortes un peu des jupes de ta mère.

Il soutint le regard furibond de Marguerite, qui pinça les lèvres et ne répliqua pas. Lorsque Désiré s'en alla, ce jour-là, il déposa sur ma joue son habituel baiser timide, en disant :

— Eh bien, à plus tard, Rosalinde... Je t'écrirai. Et toi, tu me répondras ?

J'acquiesçai d'un signe de tête et, le cœur gros, je le regardai partir, prenant conscience du fait que je l'aimais sincèrement et qu'il était pour moi comme un frère.

Sans nos rencontres, ma vie devint encore plus monotone. Pourtant, alors que Désiré était parti depuis plus d'un an, un événement vint en bouleverser la tranquillité.

C'était au début de l'été. Comme chaque année à cette époque, un carrousel avait été organisé dans notre village. Ces fêtes, très prisées dans la région, attiraient toujours beaucoup de monde. Nous connaissions tous le principe du jeu : à tour de rôle, les candidats, montés sur leur cheval, arrivaient au petit galop et, munis d'une baguette, devaient décrocher des anneaux suspendus à des poteaux. Celui qui avait récolté le plus grand nombre d'anneaux avait gagné.

Dès le matin, une ambiance de fête régnait dans le village. Je sortis ma belle robe des dimanches, ainsi que le costume de mon grand-père, que je dus brosser et aérer pour le débarrasser de l'odeur des « boules à mites ». Cette année, mon grand-père faisait partie du jury chargé de départager les concurrents, et il en était très fier. Après le repas, il se prépara soigneusement, n'oubliant pas son gilet et sa chaîne de montre, se coiffant de son chapeau noir, et me demandant ensuite de vérifier si sa tenue était correcte. Puis il s'en alla sans attendre car, déclara-t-il avec importance, le jury devait arriver à l'avance pour avoir le temps de s'installer.

Lorsqu'il fut parti et que j'eus remis de l'ordre dans la maison, je me préparai à mon tour. Ma jolie robe et mon nouveau chapeau me seyaient parfaitement et, pour la première fois, je pris conscience de mon apparence physique et je me trouvai jolie. J'allais sur mes dix-huit ans, et je commençais à penser au jeune homme que je rencontrerais et que j'épouserais. Je le parais de toutes les qualités : beau, aimable, gentil, et bien sûr amoureux. Qu'il fût riche ou pas m'importait peu. J'étais habituée à une vie modeste, et je souhaitais simplement que mon mari fût un honnête travailleur.

Césarine vint me chercher, approuva ma tenue, et nous nous mîmes en route vers la pâture où, à la sortie du village, était prévu le carrousel. En chemin, Camille et sa mère vinrent nous rejoindre. Mon amie me prit le bras et, laissant sa mère avec Césarine, m'entraîna en avant. Autour de nous, nombreuses étaient les personnes qui, elles aussi, se dirigeaient vers le lieu du concours. Tout le monde semblait aussi excité que les enfants qui couraient, impatients d'arriver plus vite.

Autour de la prairie, une foule de gens se pressait déjà contre les barrières. Nous parvînmes à trouver une place. Je plissai les yeux dans le soleil, regardant la piste circulaire autour de laquelle étaient installés les piquets supportant les anneaux. Entre cette piste et les barrières se trouvaient, d'un côté, les musiciens de notre harmonie municipale, et, de l'autre, une tribune sur laquelle siégeait le jury. J'aperçus mon grand-père, assis à sa place, l'air toujours aussi important. Penché vers lui, son voisin lui parlait avec animation. Je reconnus Gustave, le forgeron, apprécié de tous les fermiers parce qu'il possédait un secret pour guérir les chevaux atteints du *crapaud* — une maladie qui décomposait les tissus du pied.

Bientôt, les musiciens entonnèrent une marche joyeuse. L'un derrière l'autre, les candidats entrèrent dans la pâture et en firent le tour, applaudis par tous les spectateurs. Bien droits sur leur monture brossée et étrillée avec soin, tous caracolaient fièrement. Certains, de leur longue lance en bois, saluaient la foule en souriant. Les œillères des chevaux, qui avaient été frottées et même cirées, brillaient dans le soleil, et certains propriétaires avaient orné de fleurs les harnais. Avec Camille, je regardais les jeunes gens défiler. Je connaissais ceux du village, mais beaucoup d'autres, qui venaient de l'extérieur, m'étaient inconnus. Parmi ces derniers, l'un d'eux attira mon attention : grand, l'air fier et le sourire conquérant, il paraissait sûr de lui et de sa victoire. Je le trouvai très beau. Il évoqua, dans mon esprit, un des chevaliers du Moyen Age dont nous avait parlé l'institutrice, à l'école. Je me surpris à souhaiter qu'il fût le vainqueur.

Après leur tour de piste, les concurrents se retirèrent et attendirent à l'entrée des barrières. Le maire les appela l'un après l'autre. Chacun d'eux arrivait, faisait d'abord un tour d'essai au petit galop, puis, pendant trois autres tours, la lance en avant, essayait de décrocher à chaque piquet le plus grand nombre d'anneaux. S'il y parvenait, les spectateurs applaudissaient ; dans le cas contraire, ils poussaient une exclamation de déception. Ensuite, le joueur allait présenter au jury les anneaux enfilés sur sa lance. Ce dernier les comptait et en notait soigneusement le nombre.

Lorsque le maire appela le jeune homme que j'avais remarqué, je tendis l'oreille pour entendre son nom. Je ne compris que son prénom : Martial. Il arriva, le sourire aux lèvres. Le long des barrières, en face de nous, des jeunes gens qui étaient sans doute ses amis l'encouragèrent en criant :

— Vas-y, Martial ! C'est toi le meilleur !

Au trot rapide, il passa devant chacun des poteaux et, avec une habileté et une dextérité qui arrachèrent à la foule des cris d'admiration, il parvint à décrocher tant d'anneaux que, lorsqu'il eut terminé, les applaudissements crépitèrent. Au moment où il présentait sa lance au jury, ses amis manifestèrent leur approbation :

— Bravo, Martial !

Il leur adressa un sourire amical et, d'une allure victorieuse, il se retira pour laisser la place au suivant.

— Comme il est adroit ! dis-je avec admiration. C'est lui qui va gagner, sûrement !

— Attends, protesta Camille, il y a encore d'autres concurrents.

— Aucun d'eux ne le battra, affirmai-je avec certitude.

Et, voulant faire partager mon enthousiasme, je ne pus m'empêcher de demander :

— Ne trouves-tu pas qu'il est bien ?

Mon amie fit la moue :

— Peut-être. Mais il ne me plaît pas. Il a un air beaucoup trop vaniteux.

Je n'étais pas d'accord avec ce jugement et, surprise et déçue, je ne répliquai pas. Je regardai les autres candidats, satisfaite de voir la maladresse de certains d'entre eux, qui rataient les anneaux et qui, ainsi, laisseraient la victoire à Martial. Lorsqu'ils furent tous passés, les musiciens jouèrent un air entraînant, tandis que le jury comptait les points et faisait le classement.

Mes regards se portaient vers Martial ; de l'autre côté des barrières, au milieu des autres candidats, il souriait, toujours aussi sûr de lui. Je l'admirais secrètement, le trouvant de plus en plus beau. Aucun des jeunes gens que je connaissais n'avait cette allure superbe et virile, ce visage séduisant et ce sourire charmeur. J'étais complètement sous le charme de ce garçon que je ne connaissais pas l'instant précédent.

Le maire se leva et s'éclaircit la gorge. Dans le silence revenu, il annonça les résultats. Le gagnant était, bien entendu, Martial, qui n'en doutait pas. Avec assurance, un sourire triomphant aux lèvres, il s'avança pour recevoir le prix : une plaquette de bois sur laquelle étaient fixées des pièces d'argent, ainsi qu'un bouquet de fleurs. Les applaudissements crépitèrent ; de nouveau les « Bravo, Martial ! » retentirent. Les musiciens se remirent à jouer et le vainqueur, en bombant le torse, remercia et salua la foule.

Tout en applaudissant, je le suivis des yeux. Il se dirigea vers ses amis pour leur montrer son prix, et il fut happé par de nombreuses personnes désirant le féliciter. Il fut bientôt si entouré que je ne le vis plus. Ravie, je me tournai vers Camille :

— Je suis bien contente qu'il ait gagné !

Elle me regarda, légèrement désapprobatrice :

— Qu'est-ce que cela peut te faire ? On ne le connaît même pas.

Je voulus défendre mon point de vue, et j'insistai :

— On n'est pas obligé de le connaître pour voir qu'il est adroit et qu'il méritait de gagner.

Les candidats suivants, à leur tour, vinrent retirer leur prix, mais ils ne m'intéressaient pas. Lorsque tout fut terminé, Camille, tournant la tête de côté et d'autre, remarqua :

— Dans tout ce monde, je ne vois plus mère et Césarine. Où sont-elles ?... Ah, elles sont là-bas. Viens, allons les rejoindre.

Un peu plus loin, elles bavardaient avec d'autres femmes du village. En nous dirigeant vers elles, nous passâmes près de l'entrée des barrières, et il y eut soudain un mouvement de foule. Devant nous, entouré de sa cour d'admirateurs, apparut Martial. Mon cœur se mit à battre plus vite. De près, je le trouvai encore plus beau. Tout en avançant, je ne pus m'empêcher de le fixer et, peut-être attiré par mon regard, il se tourna vers moi. Nos yeux se croisèrent, et il lut dans mes yeux l'admiration que je ne cherchais pas à dissimuler. Son sourire se fit encore plus charmeur et, arrivé à notre hauteur, il s'exclama :

— Avec d'aussi charmantes spectatrices, c'est une obligation de gagner. Je ne pourrais pas supporter de les décevoir. Tenez, mademoiselle, pour vous remercier de m'avoir applaudi.

Il s'inclina et, d'un geste que je trouvai chevaleresque et qui me charma totalement, il me tendit le bouquet de fleurs qu'il avait gagné. Un jeune homme, près de lui, s'écria :

— Sacré Martial ! Il s'arrange toujours pour trouver partout la plus jolie fille !

Je ne retins que les derniers mots, réalisant qu'ils s'adressaient à moi. Abasourdie, je pris machinalement les fleurs, tandis que Martial s'inclinait de nouveau et me disait, dans un sourire :

— Pour le bal, tout à l'heure, je retiens vos trois premières danses.

Puis il s'éloigna avec les autres tandis que, hébétée de surprise, je demeurai là, le bouquet dans les mains. Camille me fit revenir à la réalité :

— Eh bien, vas-tu rester plantée là encore longtemps ?

Je secouai la tête.

— C'est que... je... il m'a...

— Il t'a donné son bouquet de fleurs, et alors ? Il aurait pu aussi bien me le donner.

Je retrouvai un peu de présence d'esprit :

— Serais-tu jalouse, Camille ?

Elle haussa les épaules avec dédain :

— Même pas. Je t'ai dit qu'il ne me plaisait pas.

« Tant mieux », pensai-je égoïstement. Je ne voulais pas de mon amie comme rivale. Je regardai avec regret Martial s'éloigner au milieu de sa bruyante cour d'amis. J'aperçus Ginette et Lucie qui, se tenant par le bras, se rapprochaient d'eux. Un sentiment de jalousie me pinça le cœur. Chercheraient-elles à l'aborder ? Elles en étaient bien capables.

— D'où viennent ces fleurs ?

Césarine, les sourcils froncés, m'interrogeait. J'eus un instant d'hésitation. Camille vint à mon aide :

— C'est le gagnant du carrousel qui nous les a données en passant devant nous.

— Il vous les a données ? Pourquoi donc ?

Mon amie haussa les épaules :

— Apparemment, il ne savait pas quoi en faire.

Césarine me regarda :

— Tu connais ce jeune homme, Rosa ?

— Non, dis-je sincèrement. Je ne l'avais jamais vu avant aujourd'hui.

— Alors, pourquoi t'a-t-il donné ce bouquet ?

De nouveau, mon amie intervint :

— C'est parce que nous nous sommes trouvées là lorsqu'il est passé. Ç'aurait été la même chose avec d'autres jeunes filles.

Je ne répliquai rien, mais une protestation muette, au fond de moi, me chuchota que ce n'était pas vrai.

— En tout cas, trancha Césarine, si tu ne veux pas d'histoires avec Sosthène, tu as intérêt à ne pas garder ces fleurs. Allons plutôt les déposer au cimetière.

Dans mon euphorie, j'avais oublié mon grand-père. Il m'interrogerait, et serait furieux d'apprendre que j'avais accepté des fleurs d'un inconnu. Je ne récolterais que des réprimandes. Je hochai la tête pour approuver la décision de Césarine.

Nous prîmes le chemin du cimetière et, tout en déposant le bouquet sur la tombe de ma grand-mère, j'éprouvai un amer regret de ne pouvoir le conserver. Puis nous revînmes chez nous. Par la porte ouverte des cabarets, des flots de musique et de conversations joyeuses nous parvenaient. Martial était certainement dans l'un d'eux, en train de fêter sa victoire avec ses amis. Je cherchai à l'apercevoir, mais je ne le vis nulle part.

De retour à la maison, je me sentis soudain très triste. Mon grand-père, lui aussi, se trouvait au cabaret ; il rentrerait certainement tard dans la soirée. Avec Césarine, je préparai un repas froid. Elle soupa avec moi, puis me tint compagnie en attendant le retour de mon grand-père. Lorsqu'il revint, accompagné de son ami Théo, elle repartit chez elle. Le soir commençait à tomber. Je dis bonsoir à mon grand-père et me retirai dans ma chambre.

Je pensai que le bal était commencé, réunissant les jeunes gens et les jeunes filles du village et des environs. Martial s'y trouvait. Je n'oubliais pas qu'il avait retenu mes trois premières danses. Me cherchait-il parmi les jeunes filles présentes ? Mon grand-père ne me permettait pas d'aller au bal. Jusqu'alors, cette interdiction m'avait laissée indifférente. Je ne tenais pas particulièrement à cette distraction, d'autant plus que je ne savais pas danser. Mais, ce soir, tout était changé.

Une sensation de révolte et de frustration me prit soudain. Pourquoi ne pouvais-je pas être au bal, et danser avec Martial ? Je l'imaginai avec Lucie ou Ginette, ou n'importe quelle autre fille, et une flambée de jalousie me consuma. Malheureuse, esseulée, incomprise, je laissai des larmes brûlantes me piquer les yeux et, silencieusement pour ne pas attirer l'attention de mon grand-père et de Théo, je me mis à pleurer.

2

Le lendemain, je fis part de mes états d'âme à Camille. Elle me regarda avec reproche :

— Ce garçon t'a tourné la tête, Rosalinde. Je ne te reconnais plus. Comment toi, si raisonnable, peux-tu te laisser séduire par quelqu'un d'aussi superficiel ?

— C'est toi qui le juges ainsi, protestai-je.

— Il l'est, tu peux me croire.

Je haussai les épaules avec impatience. Je n'admettais aucune critique envers ce jeune homme agréable et séduisant qui m'avait plu, qui m'avait souri et qui m'avait offert des fleurs. Camille eut un hochement de tête désolé :

— Mais tu ne me crois pas, je le vois bien. Il me reste à espérer que tu t'en rendras compte par toi-même.

— Comment le pourrais-je ? répliquai-je avec humeur. Je ne le verrai plus, maintenant. Je ne sais même pas où il habite.

— Mais lui, il sait que tu vis ici. Et s'il veut te revoir, il le fera. Dans quinze jours, c'est la ducasse. Il y sera peut-être.

Ces paroles firent naître dans mon cœur un nouvel espoir. Je me mis à décompter les jours jusqu'au dimanche de la ducasse. Je chassais la crainte qui, parfois, s'insinuait dans mon esprit et me disait : Et s'il ne venait pas ?...

Je nettoyai la maison de fond en comble, frottai les vitres jusqu'à ce qu'elles fussent étincelantes, lavai et amidonnai les rideaux. Je préparai, pour le repas, une poule au pot, et, avec l'aide de Césarine, je fis plusieurs tartes à la crème. Mais, au moment de les cuire, je les laissai trop longtemps dans le four, et le dessus fut légèrement brûlé. Césarine me gronda :

— Mais où as-tu la tête, ma fille ? Une pareille étourderie ne te ressemble pas. Garde les pieds sur terre, voyons !

Je ne répondis pas, consciente de la justesse de ses reproches. Je ne pensais qu'à Martial, et mon désir de le revoir était si fort que tout le reste passait à l'arrière-plan.

Le dimanche matin, je fis ma toilette, m'habillai et me coiffai avec soin, et même avec coquetterie. Accompagnée de Césarine, je me rendis à la grand-messe, où je retrouvai Camille et sa mère. De retour chez nous, je mis le couvert. Marguerite allait venir partager notre repas, sans Désiré qui effectuait toujours son service militaire. L'absence de mon ami me désolait, mais, d'un autre côté, il valait mieux qu'il ne soit pas là si je rencontrais de nouveau Martial. Je me rendis compte que je ne pensais plus qu'à lui.

Marguerite se plaignit d'abord de la rareté des lettres de son fils, dont la dernière datait du mois précédent. Puis elle critiqua ma nouvelle robe — trop courte à son goût —, ainsi que ma tarte brûlée. A la première réflexion, Césarine répondit qu'il fallait bien suivre la mode et, à la seconde, mon grand-père répliqua qu'il préférait une crème un peu brûlée à une tarte à gros bords — la spécialité de Marguerite — blanche et pâteuse.

Moi, je ne disais rien. Les remarques de Marguerite ne m'atteignaient pas. Je pensais que Martial était peut-être déjà arrivé sur la place. Chercherait-il à me retrouver ?...

Après le café et la *goutte*, le repas se termina, et nous sortîmes enfin. Autour de nous, beaucoup de monde se dirigeait vers le centre du village. Mon grand-père nous quitta pour se rendre *A mo ch'tiot Médée*, où un concours de *bourle* était organisé. En nous approchant de la place, nous fûmes accueillies par la musique des chevaux de bois, les tirs de carabine et les boniments des forains. Sur cette atmosphère de fête planait une odeur de frites et de gaufres. J'aperçus Camille et sa mère. Je les appelai. Elles vinrent vers nous. Je pris le bras de mon amie, laissant les trois femmes nous devancer. Camille ne fut pas dupe :

— Tu espères le rencontrer, n'est-ce pas ?

Je ne niai pas. Excitée, je regardais de tous les côtés, espérant l'apercevoir aux stands de tir ou parmi les groupes de jeunes gens que, parfois, nous croisions. Mais je ne le vis pas, et, la foule se faisant de plus en plus dense, je commençai à me décourager.

Un remous se fit soudain près de nous. Un gamin passa en courant.

— La course en sac a commencé ! cria-t-il.

— Viens, me dit Camille. Allons voir.

Sur le côté de la place, une dizaine de concurrents, les jambes emprisonnées dans un sac noué autour de leur taille, faisaient la course en procédant par bonds ou par sauts. Certains essayaient de courir quand même, se prenaient les pieds dans la toile de leur sac et tombaient, provoquant l'hilarité et les quolibets des spectateurs. Soudain, une voix murmura à mon oreille :

— Vous êtes encore plus belle lorsque vous riez. Le savez-vous ?

Le cœur me sauta à la gorge. Je me retournai. Martial, penché vers moi, me souriait. Prise de nouveau sous son charme, je ne pus que le regarder sans répondre. Il se pencha davantage, dit sur un ton de reproche :

— Je vous ai attendue au bal, l'autre soir. Pourquoi n'êtes-vous pas venue ?

Je tentai de me reprendre, balbutiai :

— Je... je ne vais jamais au bal.

Il haussa les sourcils, d'une façon qui rendit son visage encore plus séduisant.

— Pourquoi ? demanda-t-il avec surprise. Vous n'aimez pas danser ?

Je ne cherchai pas à déguiser la vérité :

— Mon grand-père ne me permet pas d'y aller, avouai-je.

— Alors, vous n'y serez pas non plus ce soir ?

Avec regret, je hochai négativement la tête. Les sourcils, cette fois, se froncèrent. L'air contrarié, il constata :

— Ah, mais je voulais vous inviter, moi ! Etes-vous sûre que vous ne pourrez pas venir ?

— Oui, affirmai-je. Malheureusement.

Ce commentaire, que j'avais prononcé avec sincérité, l'enhardit. Il demanda :

— Où pourrait-on se voir, alors ?

— Je ne sais pas, murmurai-je, prise au dépourvu.

Des cris, à ce moment, retentirent :

— Martial ! Que fais-tu là-bas ? On se demandait où tu étais passé !

J'aperçus un groupe de jeunes gens, à qui Martial fit un signe avant de se tourner de nouveau vers moi :

— Ecoutez, chuchota-t-il d'une voix pressante. Je veux vous revoir. Je reviendrai dimanche prochain. Je serai dans l'après-midi à la Croix de Pierre, vers quatre heures. Vous pourrez venir ?...

— Je... balbutiai-je, aussitôt interrompue par ses amis qui l'appelaient :

— Viens, Martial ! On a décidé de tirer à la carabine. Tu nous as dit que tu étais le meilleur ! Viens le prouver !

Au même moment, la course en sac se termina, et les spectateurs poussèrent des « Hourrah ! » et des « Bravo ! » pour applaudir le gagnant. Martial fit un geste de la main, m'adressa son sourire charmeur et s'en alla, me laissant éblouie et sans forces.

Camille, tout en applaudissant, se tourna vers moi en riant :

— C'était amusant, n'est-ce pas, Rosa ?

Puis elle vit mon expression, suivit la direction de mon regard, aperçut Martial qui s'éloignait au milieu de ses amis.

— Tiens, il est là ? Il t'a vue ?

— Oui, dis-je comme dans un rêve. Il vient de me parler.

— Je regardais la course, je n'ai rien remarqué. Que t'a-t-il dit ?

— Il m'a... Il m'a attendue l'autre jour au bal, dis-je sur un ton émerveillé. Et il veut me revoir. Il reviendra dimanche prochain. Rien que pour moi.

— Dimanche prochain ?

— Oui. Il m'attendra à la Croix de Pierre.

— Et... tu as l'intention d'y aller ?

Je hochai la tête avec un sourire ravi :

— Bien entendu. Ce qui arrive est trop merveilleux pour que je le refuse.

— Hmm hmm... toussota Camille. Si j'étais toi, je réfléchirais avant d'agir, Rosa. Méfie-toi. Ce garçon ne m'inspire pas confiance.

Je haussai les épaules, imperméable à ses critiques :

— Ne sois pas jalouse, Camille.

— Je ne suis pas jalouse, protesta-t-elle. J'essaie de te mettre en garde.

— Tout ce que tu pourras dire n'y changera rien.

Elle soupira. Tout en marchant, nous avions retrouvé Césarine, Clarisse et Marguerite. Nous fîmes ensemble le tour de la place. Marguerite acheta du pain d'épices et des nougats, afin de les envoyer à Désiré.

— Il se plaint de la mauvaise nourriture, expliqua-t-elle. C'est que mon Désiré, il aime bien manger.

Je ne disais rien. J'avais l'impression de flotter sur un nuage enchanté. Nous revînmes chez nous. Camille et sa mère nous quittèrent, puis Marguerite s'en alla. Mon grand-père revint, sifflotant et satisfait parce que son équipe avait gagné. Théo arriva, et Césarine repartit chez elle. Et moi, je planais toujours dans mon euphorie, en dehors de la réalité.

Lorsque je fus couchée, je fermai les yeux et revécus la scène où Martial m'avait parlé. Je n'étais même plus triste de ne pas aller au bal. Nous y serions entourés de monde, avec ses amis qui m'avaient semblé assez accapareurs. Je préférais le revoir seul et, ainsi, l'avoir tout à moi. Je connaissais l'endroit où il m'avait donné rendez-vous ; tout le monde le connaissait dans la région. Il s'agissait d'un carrefour où se dressait une croix de pierre, situé à l'extérieur du village, dans les champs. Césarine m'avait souvent raconté qu'elle avait été plantée à cet endroit à l'époque où il y avait des sorcières, afin de les empêcher de s'y retrouver pour leur sabbat.

Je n'avais pas besoin de réfléchir, comme me le conseillait Camille, pour savoir ce que j'avais à faire. Je mourais d'envie d'aller rejoindre ce jeune homme qui, dès le premier regard, m'avait attirée, et qui voulait me revoir.

J'évoluai toute la semaine dans le même ravissement. Comprenant que ses exhortations étaient inutiles, Camille avait cessé de me raisonner. Par contre, elle essaya de me décourager par des détails pratiques.

— Comment feras-tu pour te rendre à ce rendez-vous ? Ton grand-père ne te le permettra pas.

— Je le sais bien, dis-je, contrariée. Je n'ai pas l'intention de lui en parler. De toute façon, le dimanche après-midi, il est au Café de la Place avec Théo. Ils jouent aux cartes et aux dés jusqu'au soir. Si je sors, il ne le verra pas.

— Mais Césarine ? Elle est souvent avec toi.

— Je sais. J'y ai pensé. Si je lui parle de Martial, elle m'empêchera certainement d'y aller.

— Alors ?...

— C'est là que j'ai besoin de toi, Camille. Je dirai à Césarine que tu es en retard dans ton travail, et que je me rends chez toi pour t'aider. Elle me croira sans problème, et moi, j'irai rejoindre Martial.

Mon amie posa la doublure qu'elle faufilait et m'observa avec reproche :

— Te rends-tu compte de ce que tu vas faire, Rosa ? Mentir ainsi, et tromper Césarine qui a confiance en toi ! N'as-tu pas honte ?

— Non, je n'ai pas honte, rétorquai-je avec insouciance. C'est le seul moyen de mener à bien mon projet. Si je dis la vérité, je ne le pourrai pas.

Le visage fermé et réprobateur, Camille ne répondit pas. Prise d'une soudaine inquiétude, je demandai :

— Tu es d'accord, n'est-ce pas ? Tu ne refuses pas de m'aider ?

Elle me regarda un instant, puis soupira longuement :

— Non, je ne refuse pas. Mais je le ferai à contrecœur, parce que je ne t'approuve pas.

Sans m'arrêter à cette dernière phrase, je la remerciai avec soulagement :

— Tu es une véritable amie, Camille. Je savais que je pouvais compter sur toi.

— Et moi, je suis désolée de voir que tu peux devenir menteuse et calculatrice, pour un garçon qui...

Elle se mordit les lèvres en secouant la tête et ne dit plus rien. J'ignorai sa remarque. Son approbation m'importait peu. L'essentiel était qu'elle acceptât de m'aider.

Par moments, je m'étonnais pourtant de ne ressentir aucun sentiment de culpabilité car, comme me l'avait fait remarquer Camille, j'allais tromper la confiance de Césarine. Et je gardais suffisamment de lucidité pour reconnaître que c'était mal. Mais j'avais décidé d'aller au rendez-vous de Martial, et rien n'aurait pu m'en empêcher.

Lorsque le dimanche arriva, je me sentais fébrile et tellement impatiente que les aiguilles de l'horloge ne m'avaient jamais semblé aussi lentes. Le repas de midi, que Césarine vint partager avec nous comme d'habitude, parut durer une éternité. Ensuite, mon grand-père partit rejoindre Théo au Café de la Place, et je fis la vaisselle avec Césarine. Ma nervosité croissait de minute en minute. Lorsque nous eûmes tout rangé, je m'efforçai de prendre un air naturel pour annoncer :

— J'ai promis à Camille d'aller l'aider à terminer son dernier paletot. Elle est très en retard.

En disant ces paroles, je n'osai pas regarder la brave femme à qui je mentais pour la première fois de ma vie. Elle me crut immédiatement :

— C'est bien, ma petite Rosa. Moi, pendant ce temps, j'irai voir Emilie. Ne reviens pas trop tard.

Je promis et, soulagée, me préparai pour sortir. A cause de la présence de Césarine, je n'osai pas mettre ma jolie robe, ce qui aurait certainement éveillé ses soupçons. Je sortis de la maison, le cœur battant, le rouge aux joues. Il était encore trop tôt pour me rendre à la Croix de Pierre, et je me dirigeai vers la maison de mon amie. C'était de tout façon plus prudent, au cas où j'aurais croisé l'une ou l'autre de nos voisines. Je marchais vite et j'arrivai chez Camille tout essoufflée.

— Comme tu es rouge ! s'exclama mon amie. Voyons, calme-toi !

Je cherchai des yeux Clarisse. Camille m'apprit qu'elle était allée chez une amie qui l'avait invitée à boire une tasse de café. Soulagée, je m'assis et tentai de me calmer. Mais je sentais mes nerfs vibrer d'excitation sous ma peau, et je ne tenais pas en place. Je me remis debout, demandai à Camille une brosse et un peigne, refis entièrement ma coiffure et m'examinai longuement dans le miroir. Etais-je assez jolie pour Martial ? Je remarquai que les ailes de mon nez brillaient, et je les essuyai avec mon mouchoir.

— N'as-tu pas un peu de poudre ? demandai-je à Camille.

Elle me regarda, offusquée :

— Bien sûr que non ! Mère ne me permet pas de mettre de la poudre ni du rouge. Elle dit que…

— Oui, je sais ce qu'elle dit, coupai-je avec impatience. Césarine dit la même chose. Mais ça n'empêche pas que Ginette et Lucie, avec de la poudre et du rouge, sont plus attirantes que nous.

Mon amie ouvrit des yeux ronds :

— Rosa ! C'est toi qui parles ainsi ? Ce garçon t'a vraiment tourné la tête. Je ne te reconnais pas.

Je haussai les épaules, mécontente :

— Est-ce mal de vouloir être jolie ?

— Tu l'es naturellement, rétorqua Camille. Tu n'as pas besoin d'artifices pour ça.

Ses paroles me rassurèrent, et je m'approchai d'elle pour déposer un baiser sur sa joue :

— Merci, Camille. Tu es gentille.

Puis je jetai un coup d'œil au gros réveil posé sur la cheminée :

— Il est bientôt quatre heures. J'y vais. A plus tard. Je te raconterai.

Je me dirigeai vers la porte, écoutant distraitement les recommandations de Camille :

— Sois prudente, Rosalinde. Ne laisse pas ce jeune homme t'embrasser, ni rien d'autre. Il faut qu'il comprenne que tu es une jeune fille sérieuse. Tu m'entends ?

— Mais oui, mais oui, ne t'inquiète pas. Au revoir, Camille. Et merci pour ton aide.

Je sortis et, dehors, réfléchis rapidement. Je ne voulais pas être vue. Je fis semblant de me rendre au cimetière, pour le cas où je croiserais des personnes de ma connaissance. Mais, au lieu d'y entrer, je pris le chemin qui le longeait et qui se perdait dans les champs. J'étais déjà assez éloignée lorsque j'aperçus, à la grille du cimetière, Lucie et Ginette. Elles me virent, et je me rendis compte qu'elles échangeaient des commentaires à mon sujet. Pendant un instant d'appréhension, je crus qu'elles allaient me suivre. Mais, à mon grand soulagement, elles n'en firent rien et reprirent la direction du village. Tout en avançant, je me retournai à plusieurs reprises. Elles n'étaient plus là. J'étais seule dans les champs, et libre de me rendre à mon premier rendez-vous.

Pourtant, malgré mon impatience, je m'obligeai à marcher et à respirer posément, afin de ne pas arriver devant Martial échevelée et haletante. Le temps était superbe. De légers nuages floconneux paressaient dans le ciel bleu. Dans les champs, le blé commençait à prendre cette teinte blonde que j'aimais tant et qui, disait Camille, rappelait la couleur de mes cheveux. Je souris. Martial me ferait-il des compliments, lui aussi ?

Je l'aperçus de loin, et le battement de mon cœur s'accéléra. Appuyé contre la croix de pierre, il attendait. Il me vit arriver, et il vint au devant de moi. Je retrouvai son sourire charmeur, son regard caressant. Frémissante, je m'arrêtai en face de lui. Toujours en souriant, il me tendit une main :

— Bonjour ! dit-il avec un enthousiasme contagieux. Je suis content de vous voir. Pour vous avouer la vérité, je craignais que vous ne veniez pas. Votre grand-père vous a laissée sortir ?

Il serra longuement ma main dans la sienne, puis la lâcha avec regret. J'avouai ingénument :

— Je ne lui ai rien dit. Il ne sait pas que je suis ici. Il est allé jouer aux cartes au Café de la Place.

Il se mit à rire :

— Bravo ! C'est le meilleur moyen pour ne pas récolter un refus ! Mais, dites-moi... C'est votre grand-père qui décide ? Et vos parents ?

— Je n'ai plus mes parents, dis-je brièvement. Ils sont morts.

— Oh, je suis désolé… Alors, vous vivez seule avec votre grand-père ?

— Oui.

Nous nous étions mis à marcher, et tout en avançant dans le chemin nous bavardions. Ou plutôt, Martial m'interrogeait et je répondais. Je lui parlai de la sévérité de mon grand-père, de Césarine qui m'avait élevée, de mon amie Camille et de mon travail d'apiéceuse. Il hocha la tête avec approbation :

— Ma mère et ma sœur sont apiéceuses, elles aussi.

Timidement, j'osai demander :

— Et vous, que faites-vous ?

— Je suis *carreton*[1]. Je travaille chez un fermier de Mons-en-Pévèle.

— C'est pourquoi vous êtes si adroit, commentai-je avec admiration. Le jour du carrousel, vous avez été le meilleur, loin devant les autres !

Il eut un sourire satisfait :

— Sans me vanter, c'est vrai que je ne suis pas maladroit. Et puis, je participe à tous les concours qui sont organisés. A Mons-en-Pévèle, par exemple, au Pas Roland, et dans les villages des environs. Et j'ai toujours avec moi le cheval de mon patron. Nous travaillons ensemble tous les jours, et nous nous entendons parfaitement. Lorsque je gagne, c'est aussi grâce à lui.

Il se tourna vers moi :

1. Conducteur de chevaux dans une ferme.

— Savez-vous qu'un bon *carreton* ne frappe jamais son cheval ? Il suffit de faire claquer le fouet sur le sol, et c'est ce claquement qui fait avancer l'animal.

Je fis un signe d'assentiment. Mon grand-père le disait souvent : « Un bon *carreton* n'a pas besoin de sa *cachoire*[1] pour se faire obéir. » Je répétai ces paroles, et Martial approuva :

— C'est vrai. C'est tout à fait vrai.

Il continua à me parler de lui, et je l'écoutai avec ravissement. Il se nommait Martial Dubois, habitait Mons-en-Pévèle, avait vingt-cinq ans et était célibataire. En marchant à ses côtés, j'éprouvais par moments un sentiment d'irréalité grisant. Je ne parvenais pas à croire que moi, qui me jugeais si insignifiante, j'avais pu retenir l'attention d'un jeune homme pourvu de tant de séduction.

En sa compagnie, je ne vis pas le temps passer. Nous nous mîmes à l'ombre d'un bouquet d'arbres, dont les feuilles frémissaient dans le vent. Il me sembla que l'air fraîchissait un peu. J'apercevais le clocher du village, et j'entendis, bien qu'assourdis par la distance, sonner six coups. Je redescendis brutalement sur terre :

— Mon Dieu ! Déjà six heures ! Il faut que je m'en aille !

— Vous n'allez pas partir déjà, protesta Martial, contrarié. Restez encore un peu.

— Je ne peux pas, dis-je avec regret. Je suis déjà restée trop longtemps.

---

1. Un fouet.

— Alors, promettez-moi de revenir dimanche prochain. Même endroit, même heure. D'accord ?

Je levai les yeux vers lui et, troublée par l'expression de son regard, incapable de refuser, je soufflai :

— Oui, c'est d'accord.

Il m'adressa son sourire charmeur :

— Merci, Rosalinde. Je vous attendrai. Vous voyez, je suis raisonnable, j'accepte de vous laisser partir. Me donnerez-vous un baiser en récompense ?

Il n'attendit pas ma réponse et se pencha pour m'embrasser. Sans l'avoir prévu, dans un geste instinctif je détournai mon visage. Les lèvres de Martial se posèrent sur ma joue. Il se mit à rire :

— Vous ne voulez pas m'embrasser ? Qu'à cela ne tienne ! Ce sera pour une autre fois. Le jeu n'en sera que plus intéressant. Je n'aime pas les conquêtes faciles.

Ces paroles, dans lesquelles il semblait considérer notre relation comme un jeu, ne me plurent pas. Elles étaient une note discordante dans la symphonie de mon bonheur. Je fronçai les sourcils. Martial vit mon mécontentement et reprit :

— Allons, ne soyez pas vexée. Je ne pensais pas vous déplaire. Je me montre sans doute impatient mais… vous êtes si belle que vous me faites perdre la tête.

Troublée par ce compliment, je le regardai et lui souris. Il poussa une exclamation de soulagement :

— Ah, ça va mieux ! Vous reviendrez dimanche prochain, n'est-ce pas ?

— Oui, promis-je à nouveau. Mais maintenant, je dois partir.

— Eh bien, alors, au revoir, dit-il en serrant une de mes mains dans les siennes. Je vais penser à vous toute la semaine, savez-vous ?

Je retins le « moi aussi » qui me venait aux lèvres.

— Au revoir, dis-je simplement, désolée de devoir le quitter.

Je me détournai et repris le chemin du village, marchant de plus en plus vite à mesure que j'avançais, inquiète à l'idée de devoir affronter les questions de Césarine. J'espérais que mon grand-père ne serait pas rentré, mais il allait bientôt être l'heure du souper, et il faudrait que je prépare le repas. Ces contingences matérielles me paraissaient dures après les moments enchanteurs que j'avais passés avec Martial. Je me retournai pour le voir une dernière fois. Immobile au milieu du chemin, il me regardait partir. Il m'adressa son séduisant sourire et me fit un grand geste du bras, auquel je répondis par un signe de tête. Puis le chemin tourna et je ne le vis plus.

Au fur et à mesure que je m'éloignais de lui, la griserie que m'avait apportée sa présence disparaissait. Je songeai que la semaine me paraitraît bien longue, et je cherchais déjà quelle excuse il me faudrait trouver pour revenir le dimanche suivant. Pourrais-je invoquer le même prétexte ? Il vaudrait mieux en trouver un autre, pensai-je. Oui, mais lequel ?...

J'étais arrivée au sentier qui longeait le cimetière, lorsque j'aperçus la silhouette d'un homme qui venait vers moi. Mon cœur eut un bond d'affolement lorsque je reconnus mon grand-père.

Il marchait rapidement et, plus il se rapprochait, plus je constatais qu'il paraissait furieux. Je ralentis le pas, mais je n'avais aucun moyen de lui échapper. Pourquoi était-il là ? J'eus un instant de panique. Seule Camille connaissait mon secret, et il était impossible qu'elle m'eût trahie.

Il s'arrêta face à moi, et je vis que ses yeux lançaient des éclairs. Avec colère, il gronda :

— D'où viens-tu ?

Dans mon affolement, je donnai la première explication qui me vint à l'esprit, dans un débit précipité, essayant désespérément de le convaincre :

— Je suis allée aider Camille et, après avoir travaillé, j'avais mal à la tête. Alors j'ai voulu prendre l'air, et j'ai fait une petite promenade.

— Ne me mens pas, en plus !

Les mots claquèrent, pleins de fureur et d'indignation. Il leva la main, et je crus qu'il allait me frapper. Mais il se contenta de m'attraper rudement par l'épaule, m'entraînant avec lui vers le village :

— A la maison, *habile* ! Nous allons tirer ça au clair, tous les deux !

Me tenant toujours par l'épaule, il me ramena chez nous. Les personnes que nous croisions nous regardaient avec surprise, curiosité ou effarement. Le visage de mon grand-père les retenait de poser des questions. Seul un fermier du village lança, d'un ton ironique :

— Eh bien, Sosthène, où vas-tu donc, en tenant ta petite comme ça ?

Mon grand-père lui lança un tel regard qu'il se tut et n'insista pas. Il me fit tourner dans notre rue, accélérant son allure au fur et à mesure que nous approchions de la maison. Il ouvrit la porte, me fit entrer, me poussa vers une chaise, sur laquelle je tombai, pleine d'effroi et de crainte. Césarine n'était pas là, et je me trouvais seule face à mon grand-père et à son courroux.

Sous son regard, j'eus l'impression de me recroqueviller. Je baissai la tête, malheureuse, au bord des larmes.

— Alors, où étais-tu ? demanda-t-il à nouveau, d'une voix qui n'augurait rien de bon.

Je n'osai pas répondre, de peur d'augmenter sa colère. Mais mon silence eut le même effet. Mon grand-père devint rouge, les veines de son front se gonflèrent :

— Nous y passerons la nuit s'il le faut, mais je saurai la vérité. Je me suis laissé prendre avec ta mère, ça ne se produira pas une nouvelle fois. Tu ne te conduiras pas comme elle, c'est moi qui te le dis. Je t'en empêcherai, crois-moi.

Il s'approcha de moi, me secoua brutalement :

— Aie le courage de me regarder en face, au moins ! Ah, tu préfères agir derrière mon dos ? Eh bien, ça ne me plaît pas, à moi. Et tu vas me dire où tu te trouvais cet après-midi, tu entends ?

Il me secoua de nouveau, et les larmes emplirent mes yeux. Comment trouver le courage de tout lui avouer ?...

— Et surtout, ne me mens pas. Je sais déjà une partie de la vérité, figure-toi. Lucie et Ginette ont envoyé quelqu'un me prévenir. Elles t'ont vue, alors que tu t'en allais à ton rendez-vous. Bon Dieu ! jura-t-il subitement. Tu ne vaux pas mieux que ta mère !

Il me lâcha, et sa fureur, subitement, laissa la place à un accablement qui le fit soudain paraître très vieux. Avec lassitude, il dit :

— Je ne veux plus vivre ce que j'ai vécu avec Hortense. Réponds-moi, Rosalinde : tu avais un rendez-vous, et tu y es allée ? Que s'est-il passé ?

Il ne criait plus, ne me grondait plus. Il m'interrogeait, plus malheureux que furieux, et l'affolement qui me serrait la gorge et la poitrine s'éloigna un peu. D'une voix mal assurée, je me décidai à avouer la vérité. Je parlai de Martial, du bouquet de fleurs le jour du carrousel, du rendez-vous, et de la promenade que nous avions faite quelques heures auparavant. Mon grand-père me scruta d'un regard perçant :

— C'était la première fois que tu te trouvais seule avec lui ?

— Oui.

— Qu'a-t-il fait ? Dis-moi tout, je l'exige. Est-ce qu'il t'a embrassée ?

— Non, dis-je avec sincérité, passant sous silence le fait qu'il avait essayé au moment de nous quitter.

Mon grand-père parut soulagé. Il croisa les bras et m'observa. Il semblait maintenant mécontent et réprobateur. Sévèrement, il reprit :

— J'espère que tu es consciente d'avoir mal agi. Tu le savais, d'ailleurs, puisque tu as fait tout ça en cachette. Tu as trompé la confiance de Césarine, et, quand elle l'apprendra, elle aura sans doute beaucoup de peine. Quant à moi...

Il ne termina pas, poussa un profond soupir, se planta devant moi, scandant ses mots :

— Ecoute-moi bien. Tu n'as plus l'âge d'être punie au pain sec et à l'eau. Mais tu ne sortiras plus de cette maison sans ma permission. Et ne t'avise pas de recommencer ce que tu as fait aujourd'hui ! De plus, chaque fois que tu sortiras, que ce soit pour aller à la messe, au cimetière ou faire les commissions, Césarine t'accompagnera. Je n'ai plus aucune confiance en toi. Ta conduite d'aujourd'hui me déçoit beaucoup.

Les larmes aux yeux, j'osai demander :

— Je pourrai encore aller travailler avec Camille ?

— Non. Si vous voulez travailler ensemble, ce sera elle qui viendra. Toi, tu ne bougeras pas d'ici.

Vaincue, malheureuse, je baissai la tête. Que pouvais-je dire ? Les larmes coulèrent sur mes joues.

— Regarde-moi, ordonna mon grand-père. Et réponds-moi. Tu m'as bien compris ?

— Oui, grand-père.

Je relevai la tête, cherchai mon mouchoir dans ma poche, essuyai mes joues. En même temps, je pensai à Martial et à notre prochain rendez-vous. Je ne pourrais pas m'y rendre. Camille accepterait-elle d'y aller à ma place, et de le prévenir ?

— Mais j'y pense... reprit mon grand-père. Il t'a certainement donné un autre rendez-vous ?

— Oui, avouai-je. Dimanche prochain.

— Tu n'iras pas. C'est moi qui irai. Et nous nous expliquerons, lui et moi.

Il vit ma surprise, et, sur le ton d'un adulte réprimandant un enfant irresponsable, il expliqua :

— Je veux connaître les intentions de ce jeune homme, et savoir si elles sont honnêtes. Personnellement, je ne le crois pas. Si c'était le cas, il ne chercherait pas à te rencontrer en cachette, ce qui t'oblige à me mentir. Mais s'il le désire, je lui proposerai de te fréquenter sérieusement. C'est ce que tu souhaiterais ?

— Oui, grand-père, balbutiai-je, prise d'un nouvel espoir.

— Bien. *Fais à souper*[1], maintenant. Et n'oublie pas ce que je t'ai dit : jusqu'à nouvel ordre, tu ne sortiras plus seule. C'est bien compris ? insista-t-il.

— Oui, grand-père, répétai-je.

En silence, je préparai le repas, contrariée et malheureuse. Le bonheur que m'avait apporté la présence de Martial au cours des heures précédentes avait totalement disparu.

1. Prépare le souper.

3

Lorsque mon grand-père apprit la vérité à Césarine, la brave femme me regarda d'abord sans prononcer un seul mot. Et, sous ce regard, je me sentis soudain emplie de honte, de culpabilité et de remords. Il exprimait une surprise mêlée d'incrédulité, il semblait dire : « Ce n'est pas possible, tu n'as pas pu faire ça, toi, ma petite Rosa ! » Puis, tout de suite après, il se chargea d'un reproche douloureux.

— Ce n'est pas bien, Rosa. Je te faisais confiance.

Ces paroles, énoncées avec tristesse, augmentèrent mon malaise. Je voulus tenter de me disculper, mais la présence de mon grand-père me retint. Il annonça à Césarine sa décision : me surveiller et m'accompagner dans toutes mes sorties. Elle hocha la tête :

— Compte sur moi, Sosthène.

Ses yeux me fixèrent avec sévérité. Je compris qu'elle était blessée et, dès que je me retrouvai seule avec elle, j'essayai de lui expliquer pourquoi j'avais agi ainsi. Mais elle m'arrêta :

— Tais-toi, Rosalinde. Tout ce que tu pourras dire n'excusera pas ta conduite. Je ne t'aurais jamais crue capable de me mentir de cette façon. A l'avenir, je ne te ferai plus confiance.

Elle tint parole. Au cours des jours suivants, elle me surveilla étroitement et m'accompagna dans toutes mes sorties ; de plus, dès que mon grand-père quittait la maison, elle arrivait. Drapée dans une sorte de dignité outragée, elle m'adressait la parole avec froideur. Même lorsque Camille venait me tenir compagnie, elle ne nous laissait jamais seules. Aussi, nous ne pouvions pas bavarder librement, mon amie et moi.

Un après-midi, pourtant, Césarine s'était rendue chez Emilie, et mon grand-père, qui était présent, décida de profiter du beau temps pour désherber le jardin. Avant de sortir de la cuisine, il se tourna vers moi qui travaillais, penchée sur ma machine à coudre :

— Ne bouge pas d'ici, Rosa. De toute façon, si tu t'avises de sortir, je le verrai du jardin.

Je courbai la tête sans interrompre mon travail. Cette situation commençait à me peser et, par moments, une révolte me saisissait. Même si j'avais mal agi, il m'était pénible d'être punie comme si j'étais une voleuse ou une criminelle. Cette suspicion et cette surveillance de tous les instants me paraissaient exagérées. Pendant la semaine, Martial travaillait, et il ne chercherait pas à me revoir avant le dimanche suivant. Il était donc inutile de m'ôter toute liberté.

Tout en ressassant ces pensées, je continuais à coudre. La porte qui s'ouvrait me fit relever la tête. C'était Camille.

Elle lança un regard surpris autour d'elle :

— Tu es seule, aujourd'hui ?

Mon grand-père l'avait mise au courant de la surveillance dont j'étais l'objet, et elle n'avait fait aucun commentaire. Je cessai un instant de coudre :

— Camille ! Que je suis contente de te voir ! Grand-père est au jardin. Quant à Césarine, elle est allée boire une tasse chez Emilie.

Mon amie s'assit, déplia une veste presque terminée, dont elle se mit à coudre les boutons. Je repris avec véhémence :

— Je commence à étouffer. J'ai parfois l'impression de me trouver dans une prison.

Camille tira posément son aiguille, fit un double nœud, coupa son fil. Puis elle me regarda sans complaisance :

— Ils te punissent, Rosa. Au fond, c'est normal. Ils ne te croyaient pas capable de leur mentir comme tu l'as fait. Moi-même, je ne t'ai pas approuvée, et je ne te l'ai pas caché.

— Je ne pourrai pas aller au rendez-vous de Martial dimanche. Grand-père ira à ma place. Il veut discuter avec lui pour savoir s'il a des intentions sérieuses.

Tout en enfilant son aiguille, mon amie eut un hochement de tête approbateur :

— Il a raison. Au moins, tu sauras à quoi t'en tenir. Aurais-tu donc préféré continuer à agir en cachette ? Ça n'aurait pas été possible indéfiniment.

Malgré moi, je dus admettre que mon amie n'avait pas tort.

— Prends patience jusqu'à dimanche, continua-t-elle. Après une explication, la situation sera plus claire.

Je soupirai sans répondre. J'en voulais à mon grand-père de perturber mon idylle toute neuve, et, en même temps, j'étais inquiète quant à la réaction de Martial.

Le samedi, mon grand-père revint du Café de la Place, le visage sombre, les sourcils froncés. Sans préambule, il m'annonça :

— Lundi, j'ai parlé de Martial Dubois à Théo. Il a un cousin qui habite *Mons-in-Pèfe*[1]. Je lui ai demandé de se renseigner à son sujet. Il a eu la réponse aujourd'hui.

La gorge nouée, j'interrogeai mon grand-père d'un regard anxieux. Il secoua la tête :

— Ce Martial Dubois est un bon *carreton*, et son patron est content de lui. Côté travail, il n'y a rien à dire. Par contre, il est connu dans tout le village comme un amateur de bonnes fortunes. Il aime courir les filles, et il a même eu quelques liaisons avec des femmes mariées. En bref, ce n'est pas un jeune homme recommandable.

Au fur et à mesure que mon grand-père parlait, tout mon corps se raidissait en un violent refus. Refus d'accepter ces paroles, de les laisser me faire du mal. Mon grand-père continua :

— Je me doutais bien de quelque chose de ce genre. De toute façon, rien n'est changé pour

1. Mons-en-Pévèle.

demain. J'irai à ta place à la Croix de Pierre et je discuterai avec lui.

Je ne répondis pas, luttant contre mes larmes. Je ne mangeai pratiquement rien ce soir-là, et, lorsque j'allai me coucher, je me sentais malheureuse et persécutée. Je me persuadai que le cousin de Théo n'avait rapporté que des ragots, et je savais combien ceux-ci pouvaient grossir et déformer la vérité. La contrariété m'empêcha de trouver le sommeil, et je dormis peu. Le lendemain matin, je ne fus pas surprise de découvrir dans le miroir mon visage défait et mes yeux cernés.

Je me rendis à la messe avec Césarine, mais je fus incapable de me concentrer et de prier. A la sortie, sur la place, tandis qu'elle parlait avec quelques voisines, je me trouvai seule un court instant, et Lucie et Ginette en profitèrent pour m'aborder. Depuis notre scolarité, je n'avais plus aucun rapport avec elles, et une appréhension me crispa.

Se tenant par le bras, elles s'approchèrent de moi en ricanant :

— Alors, comment va ton beau soupirant ? commença l'une. Figure-toi que l'autre jour, au bal, il nous a posé des questions à ton sujet. On s'est fait un plaisir de le renseigner. Hein, Ginette ?

— Ça oui, continua l'autre. On lui a parlé de ta mère, on lui a dit qu'elle n'était qu'une Marie-couche-toi-là, et que tu es une bâtarde. Il en a certainement conclu « Telle mère, telle fille ». Et c'est pour ça qu'il s'intéresse à toi, qu'est-ce que tu crois ?

Leurs paroles me blessaient comme un venin, et je sentais mon visage se figer. Incapable de répliquer, je les regardai avec horreur, avec dégoût, avec répulsion. Elles ricanèrent de plus belle. A ce moment, avec un immense soulagement, j'entendis Césarine m'appeler :

— Rosa ! Viens, on rentre.

Je m'empressai d'aller la rejoindre, et, tout en reprenant le chemin de la maison, elle m'interrogea :

— Que faisais-tu avec ces deux filles ? Elles ne sont pas sérieuses. Sosthène ne veut pas que tu leur parles.

— Ce sont elles qui m'ont abordée, protestai-je. Elles m'ont dit des choses méchantes.

— Quoi donc ?

— Que Martial s'intéressait à moi uniquement parce que ma mère était...

Au moment de répéter l'épithète infamante, ma voix s'enroua dans un sanglot. Césarine me lança un coup d'œil, et pour la première fois depuis le dimanche précédent, sa froideur s'atténua. La tendresse qu'avait toujours exprimée son visage réapparut, et elle me regarda avec commisération :

— Ne les écoute pas, Rosa. Ce sont de mauvaises filles.

Elle demeura silencieuse un moment, puis reprit :

— Toi, tu es une bonne petite, mais tu es naïve. Ta mère était comme ça, elle aussi, encore plus que toi. Légère, tête-en-l'air, elle tenait ça de sa propre mère. Elle était trop confiante, aussi. Elle s'est laissé prendre au piège de l'amour, mais elle n'était qu'une victime. Ce que Lucie et Ginette ont dit à son sujet est faux. C'était une brave fille. Sosthène s'est reproché, ensuite, de l'avoir laissée trop libre et, surtout, de lui avoir fait confiance. C'est pour cela qu'il réagit envers toi comme il le fait. Il ne veut pas que la même chose se reproduise, comprends-tu ? C'est son devoir de veiller sur toi.

J'acquiesçai d'un signe de tête, admettant pour la première fois de considérer le point de vue de mon grand-père. En même temps, une subite bouffée de remords me poussa à dire :

— Je suis désolée de vous avoir menti, Césarine. Je vous demande pardon. Je ne le ferai plus, c'est promis.

Un sourire vint éclairer ses yeux, chassant un reste de suspicion :

— C'est bien vrai, mon enfant ? Je peux te croire ?

— Oui, affirmai-je avec force.

— Alors, c'est bien, approuva-t-elle, satisfaite.

Et nous revînmes à la maison, heureuses d'être réconciliées.

Après avoir dîné et bu une tasse de café, mon grand-père se prépara pour se rendre à la Croix de Pierre. Au moment de partir, il se tourna vers Césarine et moi :

— Eh bien, à tout à l'heure. Toi, Rosa, ne bouge pas d'ici. Je vais interroger ce jeune homme pour connaître ses intentions. Compte sur moi.

Il sortit. Pour essayer de chasser l'inquiétude qui m'envahissait et qui me donnait l'impression d'étouffer, je m'installai à ma machine et me mis à coudre avec une sorte de frénésie. Césarine, assise à la table, était occupée à remplacer le dos en satinette du gilet noir de mon grand-père. Penchées sur notre ouvrage, nous travaillions en silence. Et, tout en actionnant ma machine, j'imaginais la scène, la rencontre, et je me demandais quelle serait la réaction de Martial. J'étais de plus en plus tendue, et je faillis à plusieurs reprises me faire pincer le doigt sous le pied de biche de ma machine.

Lorsque la porte s'ouvrit, je sursautai violemment. Mon grand-père entra, et je compris en le voyant seul que j'avais espéré, inconsciemment, qu'il revînt avec Martial. Sans m'occuper du regard angoissé que je levai vers lui, il annonça abruptement :

— Ce n'était pas un garçon pour toi, Rosalinde. Tu n'as rien à regretter.

Ces paroles, qui sonnaient le glas de mon idylle naissante, me glacèrent. Je ne pus que fixer mon grand-père, le suppliant mentalement de se taire, et pourtant avide d'en savoir davantage. Ce fut Césarine qui demanda :

— Que lui as-tu dit ?

— Je lui ai dit que ma petite était une fille sérieuse et qu'il fallait la fréquenter pour le bon motif. Il m'a répondu qu'il était satisfait d'être célibataire et qu'il n'avait aucunement l'intention de se marier. C'est clair, non ? Je lui ai interdit de revoir Rosalinde.

Il se tourna vers moi, qui demeurais silencieuse et figée :

— Cette histoire est finie. Je ne veux plus en entendre parler. Et maintenant, continua-t-il en regardant l'heure, je m'en vais *A mo ch'tiot Médée*. Les *bourleux* vont m'attendre.

Il sortit. Césarine vit les larmes qui emplissaient mes yeux, et tenta de me consoler :

— Ne sois pas triste, mon enfant. Tu te rendras compte plus tard que Sosthène t'a rendu service. Il ne veut pas qu'il t'arrive ce qui est arrivé à ta mère. Que serais-tu devenue si ce garçon t'avait séduite et abandonnée ?

Je baissai la tête, humiliée et malheureuse. Je ne pensai pas à mettre en doute les dires de mon grand-père, et je devais admettre que Martial n'avait vu en moi qu'une conquête de plus. D'ailleurs, il avait dit quelque chose de ce genre, il avait parlé de notre relation comme d'un jeu, et ces paroles ne m'avaient pas plu. J'essuyai mes larmes, serrai les dents, et me remis à ma couture sans dire un mot.

Martial ne chercha plus à me rencontrer. Ma vie monotone reprit, attristée par la déception que je ressentais. Camille, plus raisonnable que moi, me tenait les mêmes propos que Césarine, et approuvait mon grand-père qui, selon elle, m'avait tirée d'un mauvais pas.

Sans que j'en prenne conscience, cette histoire m'avait refroidie. Je n'étais plus prête à accorder ma confiance à un garçon. Je me renfermais sur moi-même, subissant sans révolte la surveillance de Césarine et de mon grand-père ; je constatais simplement, désabusée, que cette surveillance était bien inutile.

Un soir, alors que j'étais couchée, j'entendis quelques bribes d'une conversation entre mon grand-père et son ami Théo. Ce dernier vivait seul depuis la mort de sa femme, et il s'était toujours montré neutre à mon égard. Il m'adressait rarement la parole. Je ne savais pas ce qu'il pensait de ma petite aventure avec Martial, mais je supposais qu'il approuvait lui aussi mon grand-père. Ce soir-là, j'entendis mon nom dans la conversation, et je tendis l'oreille.

— Si tu apprends qu'un garçon s'intéresse à elle, répondait mon grand-père à une question de Théo, préviens-moi sans tarder. Depuis ce Martial Dubois, je me méfie. Il y en a toujours qui seraient prêts à profiter de la situation de Rosa, qui n'a jamais connu son père. Mais moi, je suis là, et je ne veux pas qu'on lui manque de respect.

Théo répliqua quelque chose que je ne compris pas, et mon grand-père reprit :

— Ne t'inquiète pas pour ça. J'ai mon idée là-dessus. Il faut que j'en parle à Marguerite.

Etonnée et incompréhensive, je me demandai ce que Marguerite avait à voir dans ma situation. Je ne trouvai pas de réponse à cette question et, après quelques jours, je n'y pensai plus.

Je répondais toujours fidèlement aux lettres de Désiré, et je les gardais dans ma table de nuit. De temps en temps, je les relisais. Elles constituaient la seule distraction de mon existence routinière. Il me parlait de sa vie militaire, qu'il trouvait pesante, et me disait qu'il *décomptait* les jours qui le séparaient de son retour. Marguerite, quant à elle, continuait à se plaindre de recevoir trop rarement des nouvelles de son fils. Elle nous montra un jour, avec fierté, une photographie qu'il lui avait envoyée et qui le représentait en tenue de soldat, le calot crânement incliné sur le front. Je le trouvai beaucoup plus séduisant que dans mon souvenir, et Marguerite elle-même constata :

— N'est-ce pas qu'il est devenu un beau garçon, mon Désiré ? Je suis sûre qu'il doit faire des tas de conquêtes, là-bas.

Moi qui savais combien il était timide et maladroit avec les filles, je ne dis rien. Mais mon grand-père, tout en rendant la photographie à Marguerite, approuva :

— C'est bien possible. Avec ses camarades, il a dû se dégourdir un peu. A la bonne heure !

— Et puis, continua Marguerite, c'est un brave garçon. Il a bon caractère. Celle qui le mariera ne sera pas malheureuse.

J'imaginai Désiré entouré de jeunes filles jolies et délurées, et cela ne me plut pas. L'idée de le voir marié ne me plut pas davantage. Mais je ne m'attardai pas à chercher pourquoi ces pensées me contrariaient.

Dans ses lettres, il était toujours attentif à mes problèmes. Mais je ne pouvais pas tout lui raconter. Mon grand-père lisait mon courrier et ajoutait quelques mots au bas de la feuille. Alors je parlais de choses banales et sans grand intérêt. Moi aussi j'attendais avec impatience la *quille* à laquelle il aspirait tant. Et, lorsqu'elle arriva enfin, je fus surprise de la joie que j'éprouvai à l'idée de le revoir.

Marguerite avait décidé de nous inviter pour fêter le retour de son fils, et elle nous avait dit :

— Vous viendrez passer la journée avec nous. Vous pourrez assister en même temps à la grande fête de la Renaissance prévue pour ce jour-là. Le Président

Poincaré en personne sera présent. Il visitera la ville et admirera sa reconstruction enfin terminée.

Mon grand-père accepta et, la veille, je brossai et repassai ma belle robe des dimanches. Dans le chaudron, à l'abri du paravent, je pris un bain et me lavai les cheveux avec un nouveau savon parfumé que j'avais acheté au colporteur. Le lendemain, je les brossai longuement afin qu'ils fussent brillants, et je me préparai avec un soin particulier, fixant mon chapeau de la façon la plus seyante. Je voulais être jolie pour Désiré.

Nous nous mîmes en route de bonne heure, afin d'arriver à Orchies vers le milieu de la matinée. Ce n'était pas loin, et nous y fûmes rapidement. Le temps était doux et couvert, et j'étais reconnaissante aux nuages de tamiser le soleil, car je ne voulais pas arriver devant Désiré rouge et en sueur.

En l'honneur de la visite du Président du Conseil, tous les Orchésiens avaient été invités à pavoiser, et les maisons arboraient le drapeau tricolore. Certaines disparaissaient sous les fleurs et les banderoles, sur lesquelles on lisait : « Vive monsieur Poincaré », ou « Vive notre Président ». De nombreuses « fausses portes » avaient été installées, et la maison de Marguerite présentait l'une des plus belles. Faite de branchages, de roses, d'œillets et de marguerites, occupant toute la largeur du trottoir, elle me donna l'impression de passer sous une tonnelle fleurie et parfumée.

Mon grand-père monta les quelques marches, poussa le heurtoir. La porte s'ouvrit et Désiré fut devant nous. Au moment où nos regards se croisèrent, une onde de chaleur et de joie me traversa. Je compris qu'il était content, lui aussi, de me revoir, et je lui souris. Son embonpoint avait disparu ; il avait maintenant des épaules larges et un visage viril qui ne gardait aucune trace de mollesse. Elégant dans son costume des dimanches, il s'effaça en tenant la porte grande ouverte :

— Entrez, entrez ! Nous vous attendions. Mère est dans la cuisine, elle termine la préparation du repas. Comment allez-vous ?

— C'est à toi qu'il faut demander ça ! répliqua mon grand-père. Visiblement, le service militaire t'a fait du bien. Te voilà devenu un homme, maintenant !

Je m'approchai de Désiré pour lui souhaiter le bonjour, soudain intimidée. Lui-même sembla hésiter, puis se pencha et, en rougissant légèrement, déposa sur ma joue un baiser amical.

— Bonjour, Rosalinde.

Puis son regard m'enveloppa, approbateur, admiratif, heureux :

— Tu es bien jolie.

Le compliment me fit plaisir et me troubla. Mon grand-père commenta :

— Bravo, mon garçon ! Je vois que tu t'es dégourdi. Tu sais parler aux filles !

Marguerite, à ce moment, arriva :

— N'est-ce pas qu'il est beau, mon Désiré, et aimable ? Qu'en penses-tu, Rosalinde ?

Ainsi prise à partie, je ne pus qu'acquiescer. Elle continua, volubile :

— Je vous ai demandé de venir assez tôt pour assister à l'arrivée du Président. Elle est prévue pour onze heures, à la gare. Si vous le voulez bien, nous allons nous y rendre tout de suite. Nous serons un peu en avance, mais nous trouverons de meilleures places.

Mon grand-père acquiesça, et nous sortîmes. Tout en passant sous la fausse porte, Marguerite nous prit à témoin :

— Ne la trouvez-vous pas superbe ? C'est Désiré qui l'a faite. C'est la plus belle de la rue.

— C'est vrai, approuvai-je avec sincérité.

— Il sait tout faire, mon Désiré. Il n'a que des qualités.

Désiré eut une mimique qui signifiait que cette déclaration était exagérée, et il me lança un clin d'œil de connivence. Nous échangeâmes un sourire, et je retrouvai la confiance qui avait toujours existé entre nous.

A cause de l'étroitesse des trottoirs et des nombreuses personnes qui, comme nous, se dirigeaient vers la gare, Marguerite et mon grand père nous précédèrent, et je marchai derrière eux avec Désiré.

— Je suis bien content de te revoir, Rosalinde. Sais-tu que tu m'as manqué ?

Je levai les yeux vers lui, ne cherchant pas à dissimuler la vérité ni à jouer les coquettes :

— C'est la même chose pour moi, avouai-je.

Il eut une expression ravie :

— Tu n'as pas changé, Rosalinde, même si tu es devenue plus jolie. Tu n'es pas comme les autres filles, tu es franche et sincère. C'est ce qui m'a toujours plu chez toi.

J'osai demander :

— Tu as connu des jeunes filles, pendant ton service ?

Il répondit sans hésitation :

— Non. J'en ai rencontré quelques-unes, lorsque nous allions au bal, parfois. Mais elles ne m'ont pas plu. Comme je viens de le dire, elles étaient toujours à faire des manières, et à glousser bêtement entre elles. Toi, au moins, tu ne fais pas ça.

— Cela peut m'arriver, protestai-je. Camille et moi, lorsque nous parlons des garçons du village, nous nous moquons d'eux, et nous gloussons, comme tu dis.

— Mais tu ne le fais pas devant eux. Et tu ne le fais jamais vis-à-vis de moi ?

— Non, dis-je avec sérieux, je ne le fais jamais vis-à-vis de toi.

Nos regards se croisèrent, et une onde de compréhension nous unit.

— Merci, Rosalinde.

Marguerite se retourna et nous apostropha :

— Allons là-bas. Nous serons bien placés.

Elle nous conduisit le plus près possible de la gare, tout en expliquant :

— Il y a un passage spécial qui a été aménagé pour le Président. Ainsi, il pourra aller directement du quai à la place de la gare. Mettons-nous ici. Nous le verrons dès qu'il arrivera.

A travers la foule, déjà dense et compacte, elle parvint à se glisser au premier rang. Je la suivis. Mon grand-père et Désiré se placèrent derrière nous. Et nous attendîmes. Les gens se serraient les uns contre les autres ; il y avait des femmes endimanchées, des hommes en costume, et même des enfants au tout premier rang, devant leurs parents. Des gendarmes, ainsi que des soldats, assuraient le service d'ordre.

Une ovation, subitement, éclata. Marguerite, près de moi, s'écria :

— Le voilà !

Entouré de nombreux messieurs, tous en redingote et en chapeau melon, le Président du Conseil apparaissait, tandis que l'harmonie jouait *La Marseillaise*. Après avoir écouté, digne et immobile, notre hymne national, il passa en revue le bataillon du 43e R.I. de Lille qui présentait les armes. Puis il monta dans l'une des automobiles qui attendaient, et elles se mirent en route, roulant lentement dans l'avenue, précédées de gendarmes à cheval. Lorsque la première passa devant nous, je vis plus nettement le Président, assis à l'arrière. C'était un homme affable et souriant, à la barbichette grise, qui, tête nue dans la voiture découverte, assis près du maire de la ville, souriait et saluait sous les applaudissements. Autour de nous, des hommes ôtaient leur chapeau et le brandissaient à bout de bras en criant : « Vive Poincaré ! »

— Il a un air bien brave, constata Marguerite.

Une longue file de voitures suivait, et Marguerite m'expliqua :

— Elles se dirigent vers l'hospice. Monsieur Poincaré va le visiter, puis il déposera un bouquet au monument aux morts, et ensuite il ira admirer le nouvel hôtel de ville. Après, un banquet est prévu à la faïencerie, à la Poterne. Cet après-midi, il y aura le défilé des chars. En attendant, allons manger, nous aussi.

Les gens commençaient à se disperser. Désiré s'approcha de moi :

— Tu as vu toutes ces automobiles, Rosalinde ? Dès que possible, j'en aurai une, moi aussi. Les Peugeot sont bien, mais je préfère les Citroën. Qu'en penses-tu ?

Je fis un sourire d'excuse et avouai mon ignorance. Je ne m'intéressais pas aux voitures. Désiré ne se laissa pas refroidir par mon manque d'enthousiasme. Au contraire, il affirma :

— Je t'emmenerai dans la mienne. Nous ferons des promenades. Tu es d'accord ?

— Heu... oui, Désiré, je veux bien.

Je n'osai pas lui dire que je n'étais jamais montée dans une automobile, et que mon grand-père les craignait et les détestait. Tout le long du chemin, il me parla des marques et des différents modèles. Il s'y connaissait parfaitement, et j'essayai de suivre ses propos. Mais, lorsque nous arrivâmes à la maison, j'avais tout mélangé, et j'aurais été bien incapable de répéter ses explications.

— Entrez, dit Marguerite. Enlevez votre veste et votre chapeau. Asseyez-vous.

Elle nous servit un repas parfaitement cuisiné, un rôti agrémenté de légumes, puis, après le fromage, des tartes à gros bords dont elle avait la spécialité. Elle incitait Désiré à manger et à reprendre de chaque plat. Il se laissait faire avec complaisance. Mon grand-père intervint :

— Ne le bourre pas tant, Marguerite. Sinon, il va se remettre à grossir.

Elle pinça les lèvres :

— Tout le temps qu'il était à l'armée, il a mal mangé. Maintenant qu'il peut se rattraper, je ne vois pas pourquoi il se priverait.

Mon grand-père eut la sagesse de ne pas insister. Il avait déjà remarqué, comme moi, que Marguerite n'acceptait ni conseils ni critiques, et qu'elle s'obstinait dans une décision quand elle pensait avoir raison.

Au moment de servir le café, Marguerite mit en marche son poste de T.S.F. :

— Nous allons écouter les discours. Ils sont retransmis.

Une voix d'homme nous parvint, et Marguerite chuchota :

— C'est monsieur Médard, le maire.

Nous écoutâmes attentivement. En s'adressant à monsieur Poincaré, le maire d'Orchies rappela que la ville, dans le passé, avait déjà été saccagée ou brûlée sept fois, et il évoqua l'incendie du 25 septembre 1914, dans lequel les gens qui n'avaient pu s'enfuir avaient trouvé la mort. Je pensai à ma mère et à ma grand-tante Gustine, et ma gorge se noua. Ensuite, il parla de la reconstruction désormais terminée. Mais ma vie, elle, n'avait pas pu être reconstruite, pensai-je : j'étais demeurée orpheline.

Ensuite, monsieur Poincaré fit un long discours, rappelant lui aussi l'occupation d'Orchies et l'incendie. Il parla de la paix revenue entre les deux pays, refusant le ressentiment et la haine. Il cita un officier allemand qui, fait prisonnier la veille de l'incendie, avait annoncé, les larmes aux yeux, qu'un ordre avait été donné de brûler toute la ville. « Ces larmes-là, ajouta-t-il, valent mieux pour l'oubli du mal et pour le rapprochement de nos nations que l'injure et la calomnie. » Il termina en affirmant que la paix était non seulement chère à la France, mais également nécessaire. Une ovation salua ce discours, et mon grand-père lui-même commenta :

— Il a bien parlé.

Marguerite éteignit le poste, tout en remarquant :

— Quand allez-vous vous décider à en acheter un, Sosthène ?

— Je n'en ai pas besoin, grommela mon grand-père. J'ai mon journal.

— Peut-être, mais avec le journal vous n'avez pas les informations le jour même. Et puis, j'aime bien écouter les chansons. Je suis sûre que ça plairait à Rosalinde ; elle pourrait travailler en musique. Ce serait plus agréable.

Surprise d'entendre Marguerite énoncer quelque chose en ma faveur, j'ouvris de grands yeux. Mais mon grand-père haussa les épaules :

— On n'a pas besoin de ça, ni Rosa ni moi. Au contraire, elle ne travaillerait pas aussi bien en écoutant le poste. On ne peut pas faire correctement deux choses en même temps, mon père le répétait toujours.

Marguerite, qui débarrassait la table, n'insista pas. De toute façon, l'heure du défilé approchait, et nous nous mîmes en route. Nous pûmes trouver une place non loin de l'hôtel de ville, où la foule se faisait de plus en plus compacte.

Le défilé commença lorsque monsieur Poincaré et les autres invités prirent place sur le perron de l'hôtel de ville. Les chars se succédèrent, séparés par différentes harmonies et des groupements de Poilus, ainsi que des Sociétés belges aux costumes colorés. Sur le premier char trônait la Muse de Pévèle, avec ses deux demoiselles d'honneur ; à la hauteur de l'hôtel de ville, il s'arrêta. La Muse descendit et, sur les marches du perron, présenta les hommages de la région au Président. Celui-ci, le chapeau à la main, s'inclina et adressa à la jeune fille quelques paroles en souriant. Je la regardai avec un mélange d'envie et d'admiration. A sa place, je n'aurais jamais osé m'avancer ainsi vers tous ces messieurs importants.

D'autres chars arrivèrent ; celui de la Faïencerie ; de la Céramique ; du Commerce ; de l'Agriculture avec ses moissonneurs ; celui des Cheminots orné d'une cabine et d'un sémaphore ; celui des Fleurs que je trouvai superbe ; celui des Semences et celui des Abeilles, d'autres encore, avec, sur chacun d'eux, sa reine et ses demoiselles d'honneur. Ces jeunes filles se tenaient immobiles sur leur siège, accueillant dignement les applaudissements et les vivats de la foule, comme de véritables princesses.

Au moment du passage du char des Coulonneux, il y eut un lâcher de pigeons. Sur le char de la Brasserie, un géant levait son bock de bière, s'attirant ainsi des exclamations d'approbation des hommes présents.

— C'est Gambrinus, m'expliqua Désiré, qui était amateur de bière.

Quant aux char des *Pourchots*, il m'amusa particulièrement. Les membres de la Société des Pourchots, entièrement vêtus de blanc avec une collerette de

Pierrot, portaient un masque de cochon[1]. Leur reine trônait en haut du char, souriante et épanouie, et je me demandai si elle avait été choisie en fonction de son embonpoint.

— Il paraît qu'elle pèse plus de cent kilos, me glissa Marguerite.

Lorsque le défilé se termina, j'avais la tête qui tournait un peu. Tandis que la foule commençait à se disperser, Désiré se pencha vers moi :

— Ça t'a plu, Rosalinde ?

Je répondis avec conviction :

— Oui. Les chars étaient superbes. Et les reines très jolies.

— C'est vrai. Mais je te trouve bien plus belle.

Je voulus protester, mais son regard, admiratif et sincère, arrêta mes paroles. Je lui adressai un sourire de remerciement.

Marguerite nous proposa de rester encore, pour écouter le concert qui allait avoir lieu sur le kiosque de la grand-place.

— Dimanche dernier, nous avons pu écouter la Garde républicaine, ajouta-t-elle. C'était très bien.

— Mais moi, j'ai promis à Théo de ne pas rentrer trop tard pour notre partie de cartes du dimanche soir, objecta mon grand-père. Nous écouterons le concert une autre fois.

— Alors, acceptez un morceau de tarte avant de partir, avec un verre de vin.

Tout en mangeant, nous commentâmes le défilé et les chars. Même Marguerite, toujours si prompte

1. *Pourchot*, en patois, signifie cochon.

à critiquer, avoua qu'ils étaient très beaux et bien décorés.

— Mais les musiques qui défilaient entretemps étaient quelquefois trop bruyantes, constata-t-elle.

— Oh, toi, Marguerite, reprocha mon grand-père, ça m'aurait étonné que tu ne trouves rien à redire !

Comme elle pinçait les lèvres, selon son habitude, mon grand-père se leva :

— Allons, ne boude pas. Ce serait dommage. Nous avons passé une très bonne journée. Merci également pour le bon repas. Il est temps que nous partions. A la prochaine fois.

J'étais désolée de quitter déjà Désiré, et je lisais dans ses yeux qu'il en était de même pour lui. Il m'embrassa, cette fois sur les deux joues, en chuchotant :

— A bientôt, Rosalinde. Vivement !

J'eus un hochement de tête pour approuver. Moi aussi, j'aimais bien nos rencontres. Elles coupaient la monotonie de ma vie et, maintenant que Désiré était revenu, elles seraient plus fréquentes, ce qui me réjouissait.

Sur la route du retour, mon grand-père m'interrogea :

— Tu es contente, Rosa ?

Il était si rare que mon grand-père s'intéresse à mon avis que la surprise, un instant, me rendit muette. Reprenant mes esprits, j'acquiesçai avec enthousiasme :

— Oui, grand-père.

Il parut satisfait et ajouta :

— Désiré est devenu un beau garçon. Il te plaît ?

De nouveau surprise, je répondis néanmoins la vérité :

— Oui, il est gentil. Nous nous entendons bien tous les deux.

Mon grand-père hocha la tête, et je remarquai qu'il semblait content de ma réponse. Je me demandai si ces questions avaient une raison précise. Je n'allais pas tarder à le savoir.

4

Quelques jours plus tard, nous cousions en silence, Camille et moi, lorsqu'elle releva la tête et demanda subitement :

— Que penses-tu de Lucas ?

— Lucas ? demandai-je, surprise. Le nouveau *carreton-brasseux* ?

— Oui, bien sûr, répliqua-t-elle avec un rien d'impatience. Nous ne connaissons pas d'autre Lucas, que je sache ! Alors, que penses-tu de lui ?

Je ne trouvais rien d'intéressant à ce jeune homme, qui me paraissait même tout à fait quelconque. Comme je ne répondais pas assez vite, Camille insista :

— N'est-ce pas qu'il est bien ?

Mentalement, je le comparai à Martial, que j'avais trouvé si beau, et je faillis répondre non. Mais une expression que je n'avais jamais vue, sur le visage de mon amie, m'en empêcha. Je cherchai à comprendre :

— Pourquoi me poses-tu cette question ? Il t'intéresse ?

Elle devint toute rose :

— Oh oui ! Je le trouve beau et gentil. Et lui aussi s'intéresse à moi. Mère l'a remarqué. Pendant la messe, il passe son temps à me regarder.

— Il t'a adressé la parole ?

— Non, pas encore. Je crois qu'il est timide. Mais, bientôt, ce sera la ducasse. Il y sera sans doute, ainsi qu'au bal. Pour une fois, mère m'a donné la permission d'y aller. Viendras-tu, toi aussi ? Elle nous accompagnera.

— Je ne sais pas, dis-je, indécise. Grand-père ne me le permettra sans doute pas.

Camille soupira :

— J'aimerais bien que tu puisses venir, Rosa. Toutes les filles que je connais vont au bal de la ducasse. Pourquoi pas nous ?

Je n'osai pas expliquer à mon amie la raison de la sévérité de mon grand-père. Ce fut à mon tour de soupirer. Devrais-je payer toute ma vie la faute de ma mère ? Moi aussi, parfois, j'avais envie de m'amuser, de rire et de danser. Je promis à Camille de demander la permission à mon grand-père. Puisque Clarisse nous accompagnerait, peut-être accepterait-il ?...

Je passai les jours suivants à chercher le moment le plus favorable pour lui poser la question. Mais, au dernier moment, la crainte d'un refus retenait mes paroles. Camille s'impatientait :

— Si tu n'oses pas le lui demander, je vais le faire, moi !

— Non, non ! Il vaut mieux que ce soit moi.

— Eh bien, alors, décide-toi !

Je promettais de nouveau. Mais, alors que j'hésitais encore, la situation se dénoua favorablement grâce à une lettre de Marguerite, que nous avions invitée pour le dimanche de la ducasse avec Désiré. Elle précisait qu'ils viendraient pour dîner, et que Désiré nous ferait admirer par la même occasion la bicyclette qu'il venait d'acheter.

— C'est une Scripta, ajoutait-elle. Elle est superbe. Avec elle, il fait n'importe quel trajet beaucoup plus rapidement. Ainsi, il pourra rester plus longtemps et assister au bal de la ducasse. Et y emmener Rosalinde, si elle est d'accord.

Lorsque mon grand-père me fit part de cette proposition, je ne dis rien, m'attendant encore à un refus. Mais, à mon grand étonnement, il me demanda :

— Ça te plairait, Rosa, d'aller au bal avec Désiré ?

Eberluée, je balbutiai :

— Oui, bien sûr… Mais, habituellement, vous ne voulez pas que…

Mon grand-père haussa légèrement les épaules :

— Oh, avec Désiré, c'est différent ! Tu demanderas à Césarine de t'accompagner.

— Camille va y aller aussi, précisai-je. Avec sa mère.

— Alors, c'est parfait. Tu seras bien entourée.

Ravie, j'eus envie de lui sauter au cou et de l'embrasser. Mais, une fois de plus, je ne l'osai pas. Néanmoins, ma joie décupla mon énergie et je me mis à nettoyer la maison avec ardeur. J'annonçai la bonne nouvelle à Camille, qui battit des mains. Et je demandai à Césarine de me servir de chaperon. Elle accepta avec un air entendu auquel, dans mon euphorie, je ne prêtai pas attention.

Je préparai un bon repas, espérant recevoir des compliments de Marguerite, au lieu de ses sempiternelles critiques. Je mis ma jolie robe, et Camille me prêta son fer à friser pour que je fasse boucler mes cheveux. Du bout de l'index, que je mouillai de salive, je lissai mes cils et mes sourcils pour les rendre plus brillants. Et je frictionnai mes joues afin qu'elles parussent fardées.

Un bruit de sonnette nous attira dehors. Désiré arrivait sur sa bicyclette, actionnant l'avertisseur en riant. Marguerite suivait, et son visage habituellement revêche s'éclairait d'un sourire.

— N'est-ce pas qu'elle est belle, ma Scripta ? s'exclama Désiré en mettant pied à terre avec élégance. C'est en attendant l'automobile que j'aurai plus tard !

Il appuya délicatement sa bicyclette contre le mur, ôta ses pinces de vélo, se tourna vers moi :

— Bonjour, Rosalinde. Oh, comme tu es jolie avec tes cheveux bouclés ! On dirait un ange !

Ravie, je l'embrassai et ne taris pas d'éloges sur sa bicyclette, dont il me montra longuement le fonctionnement : pédalier, freins, avertisseur... Puis il la posa de nouveau contre le mur et reprit :

— Ce soir, je t'invite au bal. Acceptes-tu mon invitation ?

— Oui, dis-je sans hésiter. Mais je t'avertis : je ne sais pas danser.

— Excellente occasion pour apprendre, répliqua-t-il, amusé.

Je me sentais heureuse. Le repas se déroula dans une excellente ambiance, et Désiré reprit de chaque plat en me félicitant de mes talents de cuisinière. Ensuite, nous partîmes tous pour la ducasse, où je retrouvai mon amie Camille. Je lui présentai Désiré, et nous fîmes le tour de la place. A l'un des stands de tir, Désiré gagna un fer à cheval en carton orné de plumes, ainsi qu'un cœur rouge orné de roses en papier. Il offrit le premier à Camille, et le second à moi. Je le félicitai pour son adresse, et il prit un air modeste :

— J'ai appris à tirer pendant mon service. Autant que je m'en serve aujourd'hui.

Camille me donna un coup de coude, avec un regard significatif pour le cœur. Mais j'ignorai son sous-entendu. En me quittant, elle rappela :

— On se retrouve au bal tout à l'heure, n'est-ce pas ?

J'acquiesçai, approuvée par Désiré.

Marguerite et Césarine achetèrent des nougats, puis nous revînmes à la maison. Je servis un repas léger, composé de poulet froid et de salade, avec comme dessert de la tarte. Après avoir mangé, Marguerite prit congé, tout en recommandant à Désiré de ne pas rentrer trop tard :

— Tu travailles demain matin, ne l'oublie pas.

Mon grand-père intervint :

— Il ne s'attardera pas, Marguerite. J'ai exigé que Rosa soit rentrée pour minuit.

— Comme Cendrillon, en somme ? observa Désiré.

Aussitôt, mon grand-père se raidit et le fusilla du regard :

— Tu préférerais peut-être qu'elle n'y aille pas du tout ? C'est ça ou rien.

Désiré leva les deux mains en signe d'apaisement :

— C'est très bien comme ça, Sosthène. Ainsi, je ne resterai pas trop longtemps. Mère a raison, demain matin je travaille. Et si je ne dors pas suffisamment, je vais avoir du mal à me réveiller !

Marguerite s'en alla, ainsi que mon grand-père, attendu pour jouer aux cartes. Avec Césarine, je remis de l'ordre dans la maison, puis nous nous mîmes en route tous les trois pour le bal. Nous prîmes en passant Camille et sa mère, et je m'aperçus que mon amie était aussi excitée que moi. Sur la place, une grande tente rectangulaire avait été installée pour servir de *bal volant*. Nous entrâmes. Un orchestre de musiciens jouait une valse, des couples tournoyaient. En dehors de la piste de danse, des bancs avaient été installés. Césarine et Clarisse se dirigèrent vers cet endroit :

— Amusez-vous bien. A tout à l'heure.

Camille me poussa du coude :

— As-tu vu Lucas ? Il est là-bas, près de la buvette, avec ses amis.

Je vis un groupe de jeunes gens ; Lucas, effectivement, était parmi eux et regardait dans notre direction. Au même moment, après une pause, les musiciens commencèrent à jouer une marche. Désiré se tourna vers moi :

— Tu viens danser, Rosalinde ? C'est facile, tu verras. Il suffit de marcher en musique.

J'acceptai dans hésiter. Il m'entraîna, tout en me recommandant de mettre mes pas dans les siens et de suivre le rythme. Au début, je n'y parvins pas tout à fait. Mes pieds cognèrent plusieurs fois ceux de Désiré, je trébuchai et il dut me retenir. Cela nous fit bien rire. Puis, après quelques minutes, je m'habituai et me laissai emporter par le plaisir de la danse. Ravie, je croisai le regard de Désiré, qui me fit un signe d'approbation :

— Tu apprends vite, Rosalinde. Tu es douée.

Je lui souris. Je me sentais heureuse dans ses bras, et j'aurais voulu que cette soirée ne finît jamais. Autour de nous, les danseurs étaient nombreux, et Désiré me guidait habilement parmi eux. Soudain, il remarqua :

— Voilà ton amie. Elle a trouvé un cavalier.

Je suivis la direction de son regard. Camille dansait avec Lucas, et je remarquai son expression radieuse. J'expliquai :

— C'est Lucas. Il est *carreton-brasseux*. Camille le trouve bien.

— J'ai l'impression que c'est réciproque, constata Désiré.

Je ne répondis pas, me concentrant sur la danse. L'orchestre joua ainsi plusieurs marches, puis, à la pause, nous allâmes rejoindre Césarine et Clarisse. Camille arriva un peu après, tout essoufflée :

— Il est venu m'inviter, me chuchota-t-elle avec exaltation. Rosa, comme je suis contente !

Dédaignant les autres jeunes filles présentes, Lucas vint l'inviter à chaque fois. De mon côté, je ne quittai pas Désiré. Il m'apprit aussi la polka, le tango, la valse. Cette dernière danse me parut plus difficile ; en tournant, mes pieds heurtaient souvent ceux de

Désiré, et de nouveau nous nous mîmes à rire. Je me laissais griser par la musique, la foule, le bruit. J'avais l'impression d'être happée par un tourbillon de lumière et de joie. J'aperçus, lors d'une pause, Lucie et Ginette qui chuchotaient en me regardant. J'eus envie de leur faire une grimace, et je leur tournai le dos. Je ne craignais plus leur méchanceté. Auprès de Désiré, je ne craignais plus rien.

Lors d'un tango particulièrement langoureux, il me serra contre lui, et je ne trouvai pas cela désagréable. Je fermai les yeux. A mon oreille, il murmura :

— Rosalinde… J'ai quelque chose à te dire, et c'est pour cela aussi que je suis venu au bal. Je voulais me trouver avec toi dans un endroit qui me permettrait de… Enfin, voilà : pendant mon service, je me suis rendu compte que tu me manquais. Et quand je t'ai revue, eh bien, j'ai compris que… Il faut que je te demande : tu veux bien *fréquenter* avec moi ?

La surprise me fit rouvrir les yeux. *Fréquenter* avec lui ? Je savais ce que signifiait cette expression. Cela équivalait à des fiançailles, qui nous conduiraient au mariage. Je regardai Désiré et, dans mon émotion, manquai un pas. Il me retint et insista :

— Dis, tu veux bien ?

Abasourdie, je balbutiai :

— Je… je ne sais pas, Désiré… Je suis un peu prise de court… Je ne pensais pas que… enfin…

— Ne dis pas non, Rosalinde, s'il te plaît.

— Non, je ne dis pas non… mais je suis surprise et…

— Alors, ne réponds pas tout de suite, conseilla-t-il avec douceur. Tu as le temps de réfléchir. Mais j'espère que tu diras oui. Tu es la seule fille qui m'ait jamais intéressé, et je crois que je t'aime depuis le premier jour où je t'ai vue. Rappelle-toi, c'était lors de ta communion. Tu étais si belle dans ta robe blanche que je t'ai comparée à un ange. Maintenant, mon rêve serait de te voir revêtir une autre robe blanche et, cette fois, ce serait pour notre mariage.

Je manquai le rythme une nouvelle fois, nos pieds s'entrechoquèrent, et je faillis tomber. Je m'accrochai à Désiré, qui se mit à rire :

— Au moins, ma demande ne te laisse pas indifférente. Serais-tu troublée ?

J'acquiesçai d'un signe de tête, et il me serra de nouveau contre lui.

— Je t'aime, Rosalinde, dit-il d'une voix sourde.

La musique s'arrêta. Nous rejoignîmes Clarisse et Césarine. Cette dernière se leva à notre approche :

— Il est bientôt minuit. J'ai promis à Sosthène de ne pas ramener Rosa plus tard, et nous allons partir.

Je retins le « déjà ? » qui me montait aux lèvres, et Désiré le prononça pour moi :

— Déjà minuit ? Comme le temps a passé vite ! Eh bien, allons-y, conclut-il avec un soupir.

J'enviai Camille, qui avait le droit de rester encore. Nous prîmes congé et nous partîmes. Alors que nous arrivions à la porte, l'orchestre se remit à jouer une polka endiablée, et je tournai la tête vers les danseurs. Désiré vit mon regard de regret et se pencha vers moi :

— Lorsque nous serons mariés, je t'emmènerai à tous les bals où tu voudras aller. Je te le promets, Rosalinde. Je ferai tout pour te satisfaire.

Ces paroles me plurent. Elles me firent comprendre que je serais délivrée de la tutelle de mon grand-père, et que je pourrais mener une existence moins sévère, plus libre, plus heureuse. Je commençai à considérer la demande de Désiré avec bienveillance.

Sur le chemin du retour, Césarine fit des commentaires sur telle ou telle personne présente au bal. Désiré lui répondait. Quant à moi, je demeurais silencieuse. A un moment, alors que nous approchions de la maison, comme nous marchions tous les trois de front, il profita de l'obscurité et de l'étroitesse de la rue pour se rapprocher de moi. Je sentis ses doigts saisir les miens et les serrer très fort. Ce geste fit battre mon cœur plus vite. Désiré garda ma main ainsi jusqu'au petit pont, où il me lâcha pour me laisser passer.

Il reprit sa bicyclette, déclarant qu'il ne voulait pas s'attarder :

— Comme je connais mère, elle ne va pas se coucher tant que je ne serai pas rentré. Au revoir, Césarine. Au revoir, Rosalinde. Merci pour cette bonne journée.

Il m'embrassa comme d'habitude sur les deux joues, et en profita pour me souffler dans l'oreille :

— Dis-moi oui, Rosalinde.

Je souris sans répondre. Il s'en alla, agitant le bras en signe d'adieu. J'entrai avec Césarine dans la maison. Alors qu'elle allumait la lampe à pétrole, mon grand-père revint :

— Ah, tu es là, Rosa. C'est parfait. Tout s'est bien passé ?

— Oui, grand-père.

Césarine lui apprit que je n'avais dansé qu'avec Désiré, et que Camille, elle aussi, avait tout le temps gardé le même cavalier.

— C'est Lucas, tu sais, le *carreton-brasseux* ?

Mon grand-père fit un signe affirmatif :

— Oui, je vois de qui il s'agit. Il est bien brave.

— Il se fait tard, ajouta Césarine en étouffant un bâillement. Je m'en vais me coucher. A demain, Sosthène. A demain, Rosa.

Elle m'embrassa et sortit. Demeurée seule avec mon grand-père, je lui souhaitai le bonsoir et me retirai dans ma chambre. Il ne m'interrogea pas davantage, et j'en fus soulagée. Je n'avais pas envie de lui parler déjà de la demande de Désiré. Je voulais d'abord essayer de voir clair dans mes sentiments.

Dans ma chambre, je me déshabillai puis, avant de me coucher, je pris le cœur en papier entouré de roses rouges que m'avait offert Désiré. Je le regardai longuement. Ainsi, il m'aimait, et il désirait m'épouser ! Je savais qu'il m'appréciait, mais je n'avais jamais imaginé qu'il était amoureux de moi. De mon côté, pas une fois je n'avais pensé à lui comme à un mari possible. Je l'avais toujours considéré comme un ami, ou plutôt comme un frère. Et pourtant, sa demande me troublait et me faisait plaisir. Allais-je y répondre favorablement ?...

Je sentais mes paupières, lourdes de fatigue, se fermer d'elles-mêmes. « Le marchand de sable est passé », me disait Césarine lorsque, dans mon enfance, je me frottais les yeux en bâillant. Avec précaution, je plaçai le cœur en papier parmi les objets qui, depuis mon arrivée chez mon grand-père, ne m'avaient jamais quittée : ma poupée et le moulin à vent d'Alphonse. Puis je me couchai et je m'endormis en pensant à Désiré.

Le lendemain, dès que je me retrouvai seule avec Camille, elle se mit à me parler de Lucas :

— Il me plaît follement, tu sais, Rosalinde. Je crois bien que je suis amoureuse de lui. Il n'a dansé qu'avec moi, et mère l'a remarqué. Elle pense qu'il va me demander de *fréquenter*. Je l'espère. Je ne dirai pas non, tu peux me croire.

Je terminai de coudre ma pièce de tissu, relevai mon pied de biche, m'adossai à ma chaise :

— Désiré me l'a demandé hier, avouai-je. Et je ne sais pas quoi répondre.

Elle laissa son aiguille en suspens et me regarda, une étincelle complice au fond des yeux :

— Ah, il t'a demandé ?... Je me disais bien aussi... J'ai déjà remarqué son expression, quand il t'observe... Et hier, à la ducasse, le cœur qu'il t'a offert... Il l'a choisi exprès pour toi, je l'ai bien vu. Tu l'aimes, Rosa ?

— Oui, je l'aime bien. Mais je n'avais jamais pensé à me marier avec lui. Alors je suis un peu désorientée.

— Oh, moi, si Lucas me fait sa demande, je n'hésiterai pas une seconde. Je lui répondrai oui. Je n'ai aucun doute à ce sujet.

J'aurais bien aimé être aussi sûre de moi. Mais je n'éprouvais qu'une grande incertitude.

— Comme tu as de la chance, Rosa ! reprit mon amie. J'aimerais bien être à ta place ! Mère dit que

Lucas et moi, nous ne nous connaissons pas assez, et qu'il faut attendre avant de *fréquenter* sérieusement. Moi, je veux bien, mais j'espère que ce ne sera pas trop long...

Intarissable, elle me parla de Lucas tout l'après-midi, de ses qualités, de sa gentillesse, de son courage. Je pensais que, moi aussi, je pouvais en dire autant de Désiré. Alors, pourquoi hésitais-je à lui répondre oui ?...

Le lendemain, je me confiai à Césarine. Elle m'avait élevée, et j'étais sûre de sa tendresse. J'avais besoin de son expérience et de ses conseils.

Dès que je lui appris la demande de Désiré, elle eut une exclamation de satisfaction :

— Ah, ça y est ! Il t'a parlé ? Je me demandais à quel moment il se déciderait. Ça fait longtemps qu'il t'aime, Rosa. Que lui as-tu répondu ?

— Que j'allais réfléchir. J'ai été surprise. Je ne pensais pas que...

— Oh, je l'ai bien remarqué, moi ! Et Sosthène aussi. D'ailleurs, il est favorable à ce mariage.

— Grand-père ? Il vous l'a dit ?

— Il m'en a parlé une fois ou deux. Et à Marguerite aussi. L'un comme l'autre s'attendent à ce que tu dises oui.

— Justement, je ne sais pas encore... Je n'ai jamais pensé à Désiré comme à mon futur mari, et...

— Eh bien, penses-y. C'est un bon garçon, et il t'aime sincèrement. Tu ne seras pas malheureuse avec lui, Rosa. D'après ce que j'ai pu voir, il n'a pas l'air de te déplaire ?

— C'est vrai. Je m'entends bien avec lui.

— A mon avis, il n'y a aucune raison pour que tu le refuses. D'autant plus qu'il en serait certainement malheureux.

Je hochai la tête, encore incertaine.

— Que dit Sosthène ? reprit Césarine.

— Je ne lui en ai pas encore parlé. Je voulais avoir votre avis avant.

— Parle-lui dès ce soir. Il a le droit de savoir. C'est même à lui que Désiré aurait dû faire sa demande.

— Oui, vous avez raison.

Mon grand-père était allé jardiner chez une vieille femme qui habitait dans notre rue. Lorsqu'il rentra, je servis le souper. Après avoir mangé la *salade à pommes de terre* que j'avais préparée — frisée et pommes de terre mélangées, avec quelques croûtons frottés d'ail —, je me décidai.

— Grand-père… commençai-je. Hier, au bal, Désiré m'a fait une demande.

Mon grand-père eut la même réaction que Césarine :

— Ah, ça y est ? Il s'est décidé ? Marguerite m'avait prévenu qu'il en avait l'intention… Tu as dit oui ?

— Eh bien, justement… je ne sais pas. Il m'a laissé le temps de réfléchir.

Mon grand-père fronça les sourcils :

— Réfléchir ? On réfléchit quand on a une décision difficile à prendre. Mais là, ce n'est pas le cas. Ce garçon t'aime et souhaite se marier avec toi. A ta place, je sauterais sur l'occasion.

Il prit sa pipe, commença à la bourrer de tabac :

— Tu comprends, à cause de la conduite de ta mère, les gens auraient tendance à te regarder de travers. « Telle mère, telle fille », voilà ce qu'ils disent.

Certains garçons te considéreraient comme une fille facile, et ne penseraient qu'à s'amuser avec toi. Regarde ce Martial Dubois, de *Mons-in-Pèfe*. C'était son intention. Et si votre histoire avait continué, en supposant que je l'aie obligé à t'épouser, il aurait couru le guilledou et t'aurait rendue malheureuse comme les pierres... Tandis que Désiré, c'est un brave garçon. Tu peux lui répondre oui les yeux fermés.

Il prit une *bulotte*, alluma sa pipe, déplia *L'Echo populaire* — le journal hebdomadaire de la région d'Orchies auquel il était abonné —, et se mit à lire. Je compris qu'il considérait la conversation terminée et que, dans son esprit, aucun doute ne subsistait : ma réponse à Désiré ne pouvait être qu'affirmative.

Je passai la semaine à m'interroger. Il était vrai que Désiré et moi, nous nous entendions bien. De plus, il m'aimait sincèrement, et cela me flattait. Et puis, ma vie avec lui serait sans doute plus agréable et plus heureuse que l'existence que je menais auprès de mon grand-père. Il m'avait promis de m'emmener au bal et au cinéma, ce qui ne m'arrivait pratiquement jamais.

Pourtant, lorsque le dimanche arriva, j'hésitais encore. Désiré ne m'avait pas fixé de date précise pour lui donner ma réponse, et je pensais avoir encore un peu de temps devant moi. Mais, alors que nous finissions de déjeuner[1], mon grand-père et moi,

1. Dans le Nord, on dit « déjeuner » pour le petit déjeuner.

nous entendîmes la sonnette d'une bicyclette retentir dans le jardin. Un coup d'œil à la fenêtre nous permit d'apercevoir Désiré, qui s'arrêtait et mettait pied à terre. Il appuya sa Scripta contre le mur, ôta ses pinces de vélo, lissa son pantalon, et se dirigea vers la porte d'une allure solennelle. Il frappa, entra, fit deux pas jusqu'à mon grand-père, à qui il s'adressa cérémonieusement :

— Sosthène, j'ai l'honneur de vous demander la main de votre petite-fille Rosalinde. Je l'aime et je désire qu'elle soit ma femme. Si vous acceptez, je vous promets de la rendre heureuse.

Je fus frappée par son ton grave et sérieux, et une émotion subite me noua la gorge. Mon grand-père fit un signe d'assentiment :

— Je te crois volontiers, Désiré, et je te donne mon accord. Maintenant, pose la question à Rosalinde.

Désiré se tourna vers moi. Sourdement, il demanda :

— Rosalinde... veux-tu être ma femme ?

Je vis son regard empli d'amour, et la supplication qu'il contenait. Inattendu, un élan me porta vers lui, et soudain je n'hésitai plus. Je m'entendis répondre d'une voix assurée :

— Oui, Désiré. Je veux bien.

Il poussa un cri de joie, me prit les mains, les serra dans les siennes avec emportement :

— Merci, merci, Rosalinde. Tu ne peux pas savoir comme tu me rends heureux ! Fier et heureux ! Merci, répéta-t-il. Et merci à vous aussi, Sosthène.

Mon grand-père avança une chaise :

— Eh bien, puisque nous sommes d'accord, assieds-toi deux minutes. Tu boiras bien une tasse de café ?

Il accepta, tout en me regardant avec des yeux pleins de gratitude et d'émerveillement. Je lui souris. Ma réponse avait donc tellement d'importance pour lui ?...

Tout en buvant son café, il nous annonça que Marguerite nous invitait le dimanche suivant, à l'occasion du *raccroc*[1] de la ducasse, afin de discuter ensemble des fiançailles et du mariage.

— Elle était sûre de ta réponse, Rosalinde, avoua-t-il. Moi, par contre, je me torturais l'esprit. Ce matin, je n'y tenais plus, et je me suis décidé à venir. Pour me réconforter, mère m'a dit : « Comment cette petite pourrait-elle te refuser ? Tu as toutes les qualités pour satisfaire la jeune fille la plus exigeante. » Je voudrais pouvoir dire qu'elle a raison, mais son affection pour moi la rend partiale, j'en ai bien peur. Néanmoins, je ferai tout pour que tu ne regrettes jamais ta réponse, Rosalinde.

— Je ne crois pas que je la regretterai, Désiré, affirmai-je avec douceur.

J'étais sincère en prononçant cette phrase, et persuadée d'avoir raison. Comment aurais-je pu imaginer que l'avenir la transformerait en mensonge ?...

— Le mariage aura lieu l'année prochaine, décréta Marguerite. Un an de fiançailles, c'est suffisant. Vous vous connaissez depuis longtemps, tous les deux.

1. La ducasse durait une semaine. Le second dimanche était celui du « raccroc ».

Nous étions assis autour de la table et, tandis que nous mangions, elle nous faisait part de ses décisions. Je comprenais qu'elle avait tout prévu, et mon grand-père semblait soulagé qu'elle prenne les choses en main. Désiré, ravi, approuvait chaque parole de sa mère. Quant à moi, j'étais trop habituée à obéir pour élever une objection.

— Au début, vous pourrez habiter ici. La maison est assez grande, et vous occuperez la chambre de Désiré. Après, si vous avez des enfants, on verra... Quant à toi, Rosalinde, si tu le désires, tu pourras continuer ton travail d'apiéceuse. On pourra mettre ta machine à coudre là, dans le coin. Ce que tu gagnes s'ajoutera au salaire de Désiré. Comme vous n'aurez pas de loyer à payer ni de meubles à acheter, vous pourrez faire des économies.

Elle marqua un temps, regarda son fils avec une expression de réprobation attendrie, puis, s'adressant à mon grand-père et à moi, reprit :

— Parce que... Figurez-vous que mon garçon... il veut s'acheter une automobile. Il n'y a pas moyen de lui enlever cette idée de la tête... Il s'est même inscrit pour passer le permis de conduire. Il commence ses leçons la semaine prochaine.

— Vous verrez, ce sera formidable ! s'exclama Désiré avec animation. Avec une voiture, je vous emmenerai partout, mère, et toi, Rosalinde. Et vous aussi, Sosthène, bien entendu.

Mon grand-père leva la main en signe de protestation :

— Alors là, ne compte pas sur moi pour monter dans un engin pareil ! C'est bien trop dangereux.

— Mais pas du tout ! Il suffit de savoir conduire, tout simplement.

Ils se mirent à discuter, chacun restant fixé sur son point de vue. En les écoutant d'une oreille distraite, je rêvais à ma vie future : sorties, bals, cinémas, promenades en voiture… Malgré mon caractère raisonnable, je ne pouvais m'empêcher de trouver ces perspectives bien agréables. Jusqu'alors, j'avais eu si peu l'occasion de m'amuser !

Lorsque je quittai la maison de Marguerite, ce soir-là, il était établi que Désiré et moi *fréquenterions* dorénavant officiellement. Le fait de constater son visible bonheur me procurait une joie identique à la sienne. Moi qui m'étais toujours trouvée insignifiante, je découvrais que le statut de fiancée me donnait une importance que je n'avais jamais eue : Désiré tenait à moi, il m'aimait ; pour lui, j'étais précieuse. Et je devais m'avouer que c'était bien agréable.

5

Dans le village, de nombreuses personnes m'interrogeaient :

— Alors ? Il paraît que tu *fréquentes* ?

Celles qui connaissaient Désiré ajoutaient :

— C'est un bon garçon. Tu as bien choisi.

Mais avais-je réellement choisi ? Je n'en avais pas l'impression.

Désiré venait me voir chaque dimanche. Il arrivait en bicyclette avant la grand-messe, à laquelle nous nous rendions ensemble, accompagnés de Césarine. Je le présentai à monsieur le curé. Celui-ci, qui m'avait appris le catéchisme, me connaissait depuis longtemps. Il accueillit favorablement notre intention de nous marier, et nous recommanda de former un foyer chrétien.

Marguerite, parfois, venait avec son fils. Mais le plus souvent, il arrivait seul. Il partageait notre repas, passait l'après-midi avec moi. Nous discutions de tout et de rien, nous faisions des projets pour notre vie commune. A vrai dire, c'était surtout Désiré qui parlait, et son enthousiasme était contagieux. Lorsque je l'écoutais, j'avais hâte d'être sa femme. Pour lui, il n'y avait aucun doute : notre existence serait agréable et heureuse, et il me faisait partager sa conviction.

A chacune de ses visites, nous n'étions jamais seuls. Il y avait toujours mon grand-père, ou Césarine, ou Marguerite quand elle était présente, pour nous tenir compagnie, comme s'il avait été nécessaire de nous surveiller. Parfois, leur attitude m'agaçait. Mais, comme Désiré ne paraissait pas en prendre ombrage, je me taisais.

— Je travaille chez Leroux, l'entreprise de chicorée, me dit-il un jour. Je suis à l'atelier de torréfaction des cossettes.

Comme je lui demandais ce qu'étaient des « cossettes », il se mit à m'expliquer, en prenant un air savant qui m'amusa :

— Ce sont des racines de chicorée. La chicorée est une plante, au même titre que la scarole ou la frisée que nous mangeons en salade, ou même les *chicons*[1]. Cette plante est cultivée, les racines sont récoltées, lavées, triées afin d'éliminer les mauvaises herbes, débitées en rondelles, que l'on appelle « cossettes vertes », puis séchées. Lorsqu'elles arrivent à l'usine, elles sont stockées dans le hangar à cossettes. Elles sont ensuite tamisées à la bluterie pour en ôter les poussières et les déchets.

— Et toi, que fais-tu ?

— Moi, je charge ensuite ces cossettes dans les boules de torréfaction, qui vont les « cuire à l'étouffée ».

1. Endives.

Ce sont des sortes de grilloirs, et il est important de bien surveiller la chaleur. Cette opération dure deux heures. Il faut surtout éviter le « coup de feu », qui brûlerait les cossettes.

Je m'inquiétai :

— Il n'y a aucun danger pour toi, Désiré ?

— Non, rassure-toi. Mais je travaille continuellement dans le bruit et la chaleur, et ce n'est pas toujours facile. Au dessus de chaque boule, il y a une hotte pour que la vapeur puisse s'évacuer. C'est parfois étouffant. Pourtant, je ne me plains pas. L'atelier de concassage est encore plus bruyant. C'est là que vont les cossettes qui ont été torréfiées, et que l'on appelle « cossettes brunes ». Les concasseurs sont de gros cylindres munis de dents qui écrasent les cossettes et les transforment en grains. Ce sont ces grains de chicorée que tu retrouves dans les paquets que tu achètes à l'épicerie.

— Oh ! m'exclamai-je, ravie. Maintenant, lorsque je mettrai de la chicorée en préparant le café, je penserai à toi. Je me dirai : « Ces grains existent grâce au travail de Désiré. »

Il eut un sourire modeste :

— Oh, si ce n'était pas moi, ce serait un autre. Mais ce que tu dis n'est pas faux, Rosalinde.

Parfois, lorsque nous pouvions faire un aparté, il me confiait certaines choses. Un dimanche, alors que nous revenions du cimetière, profitant du fait que Marguerite et Césarine marchaient devant nous en discutant, il me parla de son demi-frère Aimé.

— Depuis qu'il a quitté la maison, mère refuse de le revoir. Et lui, de son côté, a juré qu'il partait pour ne jamais revenir. Mais moi, je voudrais l'inviter à notre mariage. Qu'en penses-tu, Rosalinde ?

— Je n'y vois pas d'inconvénient, affirmai-je sincèrement.

— Mère ne l'a jamais aimé, continua-t-il. Je t'ai déjà raconté qu'elle se montrait injuste envers lui. Bien sûr, elle ne veut pas que je l'invite, et, même si je le faisais, je crois qu'il refuserait.

Il poussa un soupir désolé :

— J'aurais voulu qu'il soit mon témoin, mais ce n'est même pas la peine d'y penser. A la place, je choisirai mon ami Julien. Il faudra que je te le présente. Il est réprésentant pour la maison Degrise, et il possède une automobile. Il me dit qu'il me la laissera conduire dès que j'aurai mon permis. En attendant que j'en achète une, ce que j'ai bien l'intention de faire.

Il regarda la silhouette de Marguerite, devant nous, et hocha la tête :

— Quant à mère, elle ne changera pas d'avis pour Aimé. J'irai quand même le voir un de ces jours, et je lui demanderai d'assister au moins à notre messe de mariage. Là, mère ne pourra faire aucune objection. L'église est ouverte à tout le monde, non ?

J'acquiesçai. J'aurais bien aimé, moi aussi, que cet Aimé fasse partie de nos invités, mais je ne voulais pas intervenir dans les histoires de famille de Marguerite.

Fière de mes connaissances toutes neuves, j'expliquai la fabrication de la chicorée à Césarine et à Emilie. Cette dernière remarqua :

— Mais avant d'arriver aux cossettes, il y a tout le travail à partir du semis jusqu'à l'arrachage. Anna, ma nièce, qui habite Coutiches, pourrait te l'expliquer mieux que moi. Chaque année, au mois de juin, elle est embauchée pour le *démariage* : elle éclaircit les semis. Et, en juillet, pour le *débraquage* : elle sépare les plants avec une *arbraquette*[1].

J'avais déjà vu, en effet, autour de notre village, dans des champs immenses, des équipes de femmes travaillant à genoux dans la terre, la tête recouverte d'un fichu pour se protéger du soleil.

— Et pour finir il y a l'arrachage. Là, elle se sert d'un *fourquet*[2]. Ils sont nombreux, hommes et femmes, et s'il a plu le travail est pénible à cause de la boue. Il y a même des enfants qui, après l'école, vont ramasser les racines et les porter en bordure du champ. Ensuite, elles sont chargées dans des chariots et conduites à la sécherie. C'est seulement après qu'elles iront chez Leroux, où ton Désiré transformera les cossettes vertes en cossettes brunes.

J'avouai que je ne m'étais jamais intéressée à ces étapes de la fabrication de la chicorée. Mon métier d'apiéceuse en était très éloigné. Mais j'étais fière de savoir que Désiré y jouait un rôle.

— André, le mari d'Anna, travaille lui aussi chez Leroux, continua Emilie. Il est à l'atelier de menuiserie. Ils fabriquent des caisses pour expédier la chicorée. André dit qu'ils en font jusqu'à mille par

1. Binette utilisée pour sarcler.
2. Petite fourche constituée de 2 dents formant un cercle terminé par 2 longues pointes.

jour. Au début, il faisait la route à pied, mais ça lui prenait plus d'une heure. Alors il a acheté une bicyclette ; ça lui fait gagner du temps.

J'approuvai :

— Désiré le dit aussi. Mais, d'après lui, une automobile, c'est beaucoup mieux. D'abord, ça va plus vite, et ensuite, quand il pleut, on est à l'abri.

— Mais c'est aussi plus cher ! objecta Emilie. Il te faudra faire de *rudes* économies pour y arriver !

— Marguerite a promis qu'elle nous donnerait les siennes pour nous aider à l'acheter.

Emilie rétorqua aigrement :

— Eh bien, c'est qu'elles doivent être importantes, alors ! Tant mieux pour elle !

Je savais qu'elle avait une nature médisante, et je n'insistai pas. Césarine, avec habileté, fit dévier la conversation, et je me promis de ne plus parler de la future voiture de Désiré.

Le jour de la nouvelle année, Désiré m'embrassa pour la première fois. Marguerite nous avait invités, et il profita d'un court moment où nous nous trouvions seuls, dans l'entrée, pour m'attirer sous le gui qui ornait le haut de la porte. Il m'embrassa avec douceur, sans passion, et je fus déçue de ne pas trouver agréable ce baiser mouillé et trop bref.

Je n'osai pas en parler à Camille, à qui pourtant je me confiai volontiers. De toute façon, elle ne possédait pas plus d'expérience que moi. Elle attendait toujours que son Lucas se déclare, et devait se contenter de rencontres fortuites dans le village, au cours desquelles ils échangeaient quelques mots. Un jour du mois de février, enfin, elle put m'annoncer la nouvelle :

— Rosa ! Ça y est ! Lucas a parlé à mère, hier !

Avec une animation heureuse, elle me serra contre elle et m'embrassa :

— Quel bonheur ! Il est venu nous livrer les bouteilles de bière[1] que mère avait commandées, et elle lui a offert une tasse de café. Alors il lui a demandé si elle voulait bien qu'on fréquente tous les deux, et mère a dit oui ! Elle l'a invité à dîner[2] avec nous dimanche ; il aura ainsi *l'entrée de la maison*. Nous serons fiancés, comme Désiré et toi. C'est merveilleux !

Je voyais ses yeux scintiller et la joie illuminer son visage, et je pensais que je n'avais pas ressenti, en acceptant la demande de Désiré, un tel enthousiasme et un tel bonheur. Eprouvait-elle pour Lucas plus d'amour que je n'en éprouvais pour Désiré ? Cette question me mit un instant mal à l'aise. Puis je me dis que mon amie réagissait ainsi parce qu'elle avait une nature exubérante, contrairement à moi qui étais beaucoup plus réservée, et cette explication me rassura un peu.

— Nos fiançailles dureront plus longtemps que les tiennes. Il m'emmènera faire la connaissance de ses parents, qui habitent Cysoing. Pourvu que je leur plaise ! Qu'en penses-tu, Rosa ?

Je la rassurai. Je n'avais aucun doute à ce sujet. Mon amie était aimable, jolie, gentille, et capable de

1. Bière de table non alcoolisée, que fabriquait la brasserie de chaque village, et qui constituait la boisson ordinaire.

2. Déjeuner (repas du midi).

plaire aux personnes les plus récalcitrantes. Elle hocha la tête avec un reste de doute :

— J'espère que tu as raison...

Nous nous mîmes à faire des projets. J'affirmai que, dès que nous serions mariées toutes les deux, et que Désiré aurait son automobile, nous ferions de nombreuses sorties à quatre pour assister à toutes les fêtes des environs.

— Quelle bonne idée, Rosalinde ! J'espère que Désiré et Lucas s'entendront bien.

— Oh oui, ne crains rien. Désiré a bon caractère, et il s'entend avec tout le monde. Et pour peu que Lucas s'intéresse aux voitures...

Mon amie se mit à rire :

— Je n'en sais rien encore. Je le lui demanderai. Et puis, continua-t-elle avec volubilité, lorsque j'aurai un enfant, tu en seras la marraine. Tu es d'accord ?

— Oui, bien sûr, dis-je, touchée. Et ce sera la même chose pour toi.

Elle posa une main sur la mienne :

— Nous serons toujours amies, n'est-ce pas, Rosa ?

— Oui, toujours, répétai-je avec conviction.

Plus la date de mon mariage approchait, et plus Marguerite s'activait. Elle avait prévu de refaire entièrement la *tapisserie*[1] et les peintures de chacune des pièces de sa maison. Elle désirait également acheter des nouveaux rideaux, ainsi qu'une ou plu-

1. Le papier peint.

sieurs parures de draps pour le lit de Désiré, qui deviendrait le nôtre.

— Il faut que ma demeure soit accueillante pour une jeune mariée. Et je ne veux que ce qu'il y a de mieux. Pour le linge de maison, j'irai chez Henion, sur la place. Ils ont un beau magasin, et ils ne vendent que des articles de qualité. Je suis bien placée pour le savoir : j'ai travaillé chez eux, avant mon mariage, comme « demoiselle de magasin ». Nous étions plusieurs, car les clients sont nombreux, et viennent de toute la région.

Elle se montrait intarissable, exposait ses projets, certaine de notre approbation. Désiré acquiesçait à tout ce qu'elle disait, et moi j'étais flattée qu'elle embellît sa maison à mon intention. C'était une demeure plus vaste que celle de mon grand-père, et le sol des pièces était recouvert de carrelage. De plus, l'électricité y était installée, alors que mon grand-père et moi — ainsi que Césarine — utilisions toujours les lampes à pétrole pour nous éclairer.

— Pour le costume de Désiré, continua Marguerite, nous irons chez Léon Dumazy. C'est un tailleur très compétent. Il faut que mon Désiré soit élégant le jour de son mariage.

— Ne le commande pas trop longtemps à l'avance, objecta mon grand-père, car alors il sera trop étroit ! Tu ne vois pas que ton garçon grossit, Marguerite ? Il était si bien lorsqu'il est revenu de son service !

Selon son habitude, elle pinça les lèvres :

— Il a besoin de forces pour le travail qu'il fait. Il est normal que je le nourrisse en conséquence.

Elle haussa les épaules avec impatience et reprit, en se tournant vers moi :

— Nous irons ensemble chez Louis Obin pour les alliances. Ils ont du choix. Et pour ta robe de mariée, Rosalinde ?

Césarine, qui était présente, répondit pour moi :

— Nous avons Marie, la couturière du village. Nous lui en avons parlé. Rosa ira choisir le tissu et le modèle la semaine prochaine. Ne craignez rien, Marie fait du bon travail.

— Oh, je n'en doute pas, répliqua Marguerite, froissée que nous ne lui ayons pas demandé son avis.

Elle enchaîna aussitôt :

— Il nous faudra aussi des chaussures. Toi, Rosalinde, tu as besoin de fins escarpins. Je t'emmènerai *Au Soulier d'Or*, rue de l'Eglise. S'il te faut des gants, nous irons chez madame Monnier. C'est chez elle que j'ai prévu d'acheter les miens, ainsi que mon sac et mon chapeau. Et puis, pour Désiré…

Elle continua ainsi longtemps, dans un flot de paroles qui nous submergeaient et que mon grand-père finissait pas ne plus écouter.

A certains moments, je n'arrivais pas à réaliser que ces préparatifs concernaient vraiment mon mariage. Le fait de devenir la femme de Désiré me paraissait lointain et irréel, et je ressentais une sorte d'inquiétude. A d'autres moments, au contraire, une exaltation me prenait à l'idée d'épouser un jeune homme bon et charmant qui m'aimait et qui, je n'en doutais pas, me rendrait heureuse.

Un dimanche, Désiré me présenta son ami Julien, dont il me parlait si souvent. C'était un grand jeune homme d'allure sportive, qui me serra la main d'une poigne énergique.

— Nous irons l'admirer cet après-midi, m'apprit Désiré. Il y a un jeu de balle au ballodrome, et Julien fait partie des joueurs. Tu verras, c'est un *balleux* très adroit. Bien souvent, si son équipe gagne, c'est grâce à lui.

Le jeune homme donna une bourrade amicale à Désiré :

— Allons, n'exagère pas.

— Mais je suis sincère. D'ailleurs, Rosalinde le verra bien par elle-même.

Julien se pencha vers moi :

— Vous vous intéressez au jeu de balle, mademoiselle ?

Avec confusion, je dus répondre négativement. Il parut déçu. Désiré précisa, à mon intention :

— Les deux passions de Julien sont le jeu de balle et les automobiles. La sienne, une Citroën, est superbe. C'est une conduite intérieure quatre places. Depuis que j'ai mon permis, il me la prête de temps en temps. Cet après-midi, nous irons faire une promenade. Qu'en penses-tu, Rosalinde ?

J'acceptai volontiers, ainsi que Marguerite. Quant à mon grand-père, il refusa avec énergie :

— J'ai déjà dit que je ne monterai jamais dans un de ces engins. Je vous attendrai tranquillement ici, en fumant une pipe et en lisant le journal.

Après le repas, nous partîmes vers la Grand-Place, où avait lieu la rencontre des *balleux*. Nous prîmes place devant le beffroi, sur un des bancs installés à cet effet. Les spectateurs étaient nombreux. Désiré, assis près de moi, se mit à m'expliquer les règles du jeu. Les joueurs, munis d'un gant de cuir servant à frapper la balle, portaient une tenue claire, pantalon léger, chemisette blanche serrée par une large ceinture. Parmi eux, j'aperçus Julien, qui nous fit un signe amical.

— C'est lui le *foncier*, m'apprit Désiré. Son rôle est important. Tu vas voir, il joue le plus grand nombre de coups, et c'est lui qui *livre* le premier.

Le jeu commença et, malgré les explications de Désiré, je ne compris pas grand-chose. Un arbitre, que je reconnus à sa tenue plus sombre, sifflait de temps en temps pour des raisons qui m'échappaient. Mais je pus admirer l'adresse de Julien, qui réussissait à attraper des balles que Désiré jugeait « imprenables ». A un moment, il parvint à en saisir une en se mettant à genoux, à demi renversé en arrière. Des cris d'enthousiasme saluèrent sa performance. Je ne pus m'empêcher d'applaudir. Désiré me regarda, ravi :

— C'est un as, n'est-ce pas ?

J'approuvai. L'équipe de Julien remporta la victoire par quinze *jeux* à huit, et Désiré clama haut et fort que son ami y était pour beaucoup. Il me confia en aparté :

— Une solide amitié nous lie, et je suis content de voir que tu le trouves bien.

De nouveau, je compris que mon avis avait de l'importance pour lui, et je me sentis fière.

Après le match, nous fîmes une promenade en automobile. Mon grand-père, ainsi qu'il l'avait dit, refusa d'y participer. Julien nous présenta fièrement sa Citroën-tout-acier :

— Voici ma Princesse ! Regardez comme elle est belle !

Carrosserie et vitres rutilantes, elle était effectivement superbe. Il ouvrit les portières, nous fit monter, Marguerite et moi, à l'arrière, tandis qu'il prenait place derrière le volant, et que Désiré s'installait à côté de lui.

C'était mon premier contact avec une voiture automobile, et je ressentais une excitation mêlée d'un peu d'appréhension. Lorsque Julien démarra, les secousses et le bruit me surprirent désagréablement. Mais, bientôt, je n'y prêtai plus attention. Julien était sorti de la ville et roulait dans la campagne. Il conduisait bien, et la promenade était agréable. Par la vitre, je regardais les champs défiler. Nous tressautions sur les pavés inégaux, et parfois un cahot me projetait vers Marguerite. Celle-ci, contrairement à son habitude, ne disait rien. Lorsque nous revînmes à notre point de départ et que Julien arrêta sa voiture, Désiré tourna vers nous un visage réjoui :

— Alors, ça vous a plu ?

J'acquiesçai d'un sourire et d'un signe de tête, mais Marguerite déclara sèchement :

— Ah non alors ! Je préfère le train. On y est moins secoué !

— Mais avec le train, rétorqua Julien, un peu froissé, vous ne pouvez pas aller où vous voulez quand vous voulez. Moi, ma Princesse, elle est à ma disposition jour et nuit !

Avec une grimace, Marguerite descendit de la voiture, se massa les reins :

— Je crois que je suis d'accord avec Sosthène, finalement : ce genre d'engins, c'est bon pour les jeunes !

— Oh, mère, voyons, vous n'êtes pas si vieille ! protesta Désiré.

— Peut-être, mais en tout cas, dorénavant, vous vous passerez de moi.

Désiré n'insista pas. Comme je sortais de la voiture à mon tour, il me prit la main et me fit un clin d'œil de connivence :

— Toi, tu es d'accord pour d'autres promenades, Rosalinde ?

— Oui, Désiré.

Marguerite, qui avait entendu nos paroles, intervint :

— Sans Sosthène et moi, vous n'irez pas non plus. Vous attendrez d'être mariés.

Désiré haussa légèrement les épaules :

— Oh, il n'y a plus longtemps à attendre !

Notre mariage, en effet, approchait à grands pas. Et je réalisais subitement que je désirais une chose dont, jusque là, je n'avais pas pris conscience : j'aurais voulu que le temps passât moins vite.

J'allais régulièrement essayer ma robe de mariée chez Marie, la couturière du village. Avec Marguerite, j'avais acheté les accessoires, gants et chaussures, et Désiré et moi avions choisi nos alliances. Marguerite avait réservé, pour l'occasion, un photographe qui viendrait « tirer notre portrait » le jour du mariage.

— Je me suis adressée à la maison Dominois, à Saint-Amand, nous annonça-t-elle. Ils sont spécialistes de grands portraits, et je veux que mon Désiré ait une belle photo de son mariage.

Les bans furent publiés dans notre village et, lors de la messe, du haut de sa chaire, monsieur le curé prononça la formule rituelle : « Il y a promesse de mariage... » Mon grand-père, qui devait me conduire à l'autel, se fit faire un nouveau costume. Quelques jours avant le mariage, je commençai un grand nettoyage de toutes les pièces avec Césarine. Je grattai le sol de terre battue avec une lame de fer, je récurai tout à fond, de la cave au grenier, je mis des nouveaux rideaux aux fenêtres. Mon grand-père refit les peintures extérieures, et la vieille maison reprit un air pimpant.

La veille du mariage, je préparai le repas de noces avec Césarine ; nous fîmes des vol-au-vent pour l'entrée, et un gâteau à la crème pour le dessert, orné de dragées. Et ce soir-là, seule dans ma petite chambre, je la regardai une dernière fois. Je me rappelai le jour où j'étais arrivée, alors que je n'avais que six ans, et je me rendis compte que je m'étais attachée à cette petite pièce qui avait été mon domaine personnel.

Dans une vieille valise, j'avais préparé mon linge et le peu de vêtements que je possédais. J'ajoutai ma poupée, mon moulin à vent, le cœur orné de roses que Désiré m'avait offert, ainsi que ses lettres.

Je pris également le porte-monnaie qui contenait mes économies.

Pendue à un cintre, ma robe de mariée brillait faiblement dans l'obscurité. Lors de mon dernier essayage, mon amie Camille m'avait accompagnée. Elle s'était exclamée, admirative :

— Comme tu es belle, Rosa !

Je m'étais regardée dans le grand miroir qui me faisait face et, effectivement, je n'avais pas reconnu la terne Rosalinde aux vêtements ordinaires. Le tissu léger de la robe me donnait une allure aérienne, et je repensai à l'expression de Désiré : « Tu ressembles à un ange. »

Je me couchai dans mon lit étroit en pensant à mon futur mari. « Demain soir, pensai-je, je dormirai avec lui. » Je savais que les gens mariés partageaient le même lit, mais j'étais totalement ignorante sur ce qui pouvait se passer entre eux.

Ce fut Césarine qui essaya de m'éclairer le lendemain matin. Alors que, dans ma chambre, elle m'aidait à m'habiller, elle toussota plusieurs fois avant de se décider à parler :

— Il faut que je te dise, Rosa... au sujet de... eh bien... Voilà, ce soir, quand tu te coucheras avec Désiré... Il te fera certaines choses, mais il ne faudra pas avoir peur. C'est normal, vois-tu. Ce sont des choses que fait un mari avec sa femme. Ça s'appelle le devoir conjugal. C'est comme ça qu'on a des enfants.

J'ouvris des yeux surpris :

— Qu'est-ce que c'est ?

— C'est trop difficile à expliquer. Tu verras bien. Je tiens juste à te prévenir pour que tu ne sois pas affolée.

Je souris :

— Affolée ? Oh non, je ne le serai pas, rassurez-vous. Désiré est gentil, et je l'aime bien.

Il était vrai que je me sentais toujours en accord avec lui. Néanmoins, les paroles de Césarine m'intriguaient. Que voulait-elle dire ? Je n'avais aucune expérience et, pendant nos fiançailles, Désiré et moi n'avions jamais été seuls. Nous n'avions pu échanger que quelques baisers furtifs, à la faveur de brefs instants de solitude. Et ces baisers, comme le tout premier que m'avait donné Désiré le jour de l'An, n'avaient éveillé en moi aucune passion.

Lorsque je sortis de ma chambre en tenue de mariée, mon grand-père, dans la cuisine, m'attendait. Son nouveau costume, très élégant, lui donnait un air solennel. Il me regarda, et sur son visage passa une émotion bien rare chez lui :

— Ma petite Rosa... murmura-t-il. Ce soir tu seras partie, et ça va me faire tout drôle... Tu as été une bonne petite... Pas comme ta mère...

— Allons, Sosthène, coupa sévèrement Césarine, oublie cette pauvre Hortense aujourd'hui. Admire plutôt notre petite. N'est-ce pas qu'elle est belle ?

Mon grand-père, les yeux humides, acquiesça. Dehors, un bruit de pétarade retentit. C'était Julien qui, avec sa Princesse, amenait Désiré et Marguerite. Ils entrèrent, et tout de suite les yeux de Désiré se posèrent sur moi. Je fus touchée par l'admiration et l'émerveillement qu'ils exprimaient. Il vint à moi et chuchota :

— Je retrouve l'ange que j'ai vu lors de notre première rencontre. Mon rêve s'est réalisé. Merci, Rosalinde.

Les autres invités arrivèrent ; Camille avec sa mère et Lucas ; Théo, l'ami de mon grand-père. Nous étions peu nombreux, et je savais que Désiré regrettait d'autant plus l'absence de son demi-frère Aimé.

Nous partîmes vers la place, et dans les rues les curieux étaient sortis pour voir passer notre cortège. Des enfants lancèrent des pétards. Au bras de mon grand-père, j'avançais comme dans un rêve.

A la mairie, je signai le registre, puis ce fut au tour de Désiré. Lorsqu'il se redressa, son regard croisa le mien. « Tu es ma femme, maintenant », affirmait-il. J'y lus tant de fierté, d'amour et de joie que je lui souris tendrement.

Dans notre petite église, de nombreux habitants étaient venus assister à la messe. Au bras de mon grand-père, je remontai lentement l'allée centrale pour aller me placer auprès de Désiré. Je suivis la messe avec ferveur, et l'absence de ma mère, soudain, me fut si douloureuse que je retins difficilement mes larmes. A la fin, lorsque monsieur le curé nous déclara mari et femme « jusqu'à ce que la mort vous sépare », je parvins à sourire. Je me tournai vers Désiré, qui me passa l'alliance au doigt. Là aussi, je signai un registre et puis, soudain, tout fut fini. La musique retentit, et je pris le bras de mon mari pour descendre la nef de l'église.

Ce fut à ce moment-là que je le vis. Il était seul, à l'écart, appuyé contre un pilier, les bras croisés. Nos regards se rencontrèrent, et ma vie bascula.

J'eus une sorte de vertige. En un instant, il n'y eut plus que nous deux. J'éprouvai l'impérieux désir d'aller vers lui, avec la certitude qu'il n'attendait que moi. Je pris conscience que Désiré me tirait doucement par le bras, et je fis un effort pour revenir à la réalité. J'aperçus, autour de nous, des gens qui me souriaient, des gens qui me connaissaient depuis mon enfance et qui, pourtant, me paraissaient étrangers. Avec Désiré, je me dirigeai vers la sortie. Un bref coup d'œil vers le pilier m'apprit que l'inconnu n'était plus là. La déception que je ressentis me brûla la poitrine et j'eus l'impression que tout, subitement, devenait gris.

Pourtant, dehors, le soleil brillait, les cloches de l'église sonnaient joyeusement, des pétards éclataient. Sur le parvis, de nombreuses personnes attendaient notre sortie. Des enfants crièrent : « *Vif'mariache !* » Nous fûmes entourés et félicités. J'entendis Marguerite s'exclamer :

— Ah, voilà le photographe ! Il faut que je lui parle.

Elle se dirigea vers un monsieur bien habillé qui, plus loin sur la place, sortait d'une automobile un appareil à trépied. Au même moment, une silhouette apparut devant nous, et mon cœur cessa de battre.

— Aimé ! s'écria Désiré. Il me semblait bien t'avoir vu dans l'église ! Aimé, tu es venu ! Si tu savais comme ça me fait plaisir !

Il donna de grandes tapes sur l'épaule du jeune homme dont le regard ne quittait pas le mien. Désiré s'aperçut de son silence et de son immobilité, se méprit :

— Ah oui, tiens, je te présente ma Rosalinde. Tu ne la connais pas encore. C'est un ange, tu peux me croire.

— Je n'en doute pas, dit Aimé gravement, ses yeux toujours dans les miens.

— Tu peux l'embrasser, reprit Désiré, jovial. Elle est ta belle-sœur maintenant. Allez, mon vieux, insista-t-il en constatant qu'Aimé ne bougeait pas. Serais-tu devenu timide ?

D'une bourrade, il poussa son frère vers moi. Celui-ci se pencha, effleura ma joue d'un baiser rapide et léger, mais ce simple contact répandit dans tout mon corps une chaleur inconnue que, sur le moment, je ne compris pas. En même temps, je ressentis un désir si puissant que je reculai d'un pas.

— Merci d'être venu, Aimé. Tu resterais avec nous pour le repas, ce serait encore mieux.

— Je ne peux pas, tu le sais bien. D'ailleurs, voici ta mère qui revient. Il faut que je m'en aille. Je ne tiens pas à la voir.

— On se reverra bientôt, alors ?

— Oui, je l'espère. Au revoir.

D'un seul coup il se fondit dans les personnes qui nous entouraient, puis il disparut. Je demeurai immobile, encore brûlante d'un feu intérieur que seule la présence d'Aimé avait allumé. Que m'arrivait-il ?...

Désiré serra mon bras :

— C'est Aimé. Il est venu, tu vois ? Un de ces dimanches, nous irons lui rendre visite. Sans en parler à mère, bien entendu.

Marguerite revenait avec le photographe. Celui-ci installa son appareil, nous fit prendre différentes poses sur les marches de l'église. Cela dura de longues minutes, qui me permirent de revenir sur terre. Mais je continuais à ressentir une impression étrange, comme si, d'un seul coup, il me manquait quelque chose.

6

Cette impression m'accompagna tout au long de la journée. Je touchai à peine au repas, pourtant délicieux : outre les vol-au-vent, Césarine avait préparé un poulet rôti, avec des légumes de notre jardin — pommes de terre, carottes, haricots verts, petits pois —, suivi d'une salade, puis de fromage et enfin du gâteau de noce. Mon manque d'appétit ne passa pas inaperçu, et Théo, égrillard, annonça à la ronde :

— Elle veut rester légère pour être en forme au lit, ce soir.

Césarine le fit taire d'un regard sévère et d'un coup de coude. A côté de moi, Désiré mangeait pour deux. Il buvait beaucoup aussi. Mon grand-père remarqua :

— Mon garçon, si tu veux être capable d'honorer ta femme ce soir, tu devrais te modérer.

Là aussi, Césarine le fit taire. L'ambiance était joyeuse. A chaque plat, Théo levait son verre et s'exclamait :

— A la santé des jeunes mariés !

Les verres s'entrechoquaient, chacun buvait de plus belle. Césarine faisait le service, aidée de Marguerite. J'avais reçu l'ordre de ne pas bouger de ma chaise, en honneur à mon état de mariée. Entre les plats, Théo, Lucas et Julien, l'un après l'autre, se levaient et entonnaient une chanson. Lorsque Théo, en interprétant *Ferme tes jolis yeux*, chanta les paroles du troisième couplet : « Avec le fiancé qu'elle aime, Suzon vient de se marier... », qui faisaient une discrète allusion à la nuit de noces, Désiré me prit la main et m'adressa un sourire à la fois protecteur et conquérant.

Une autre chanson, *L'Hirondelle du faubourg*, qui racontait l'histoire d'une enfant sans père, me fit penser au mien. Sans le dire, j'avais toujours souffert de son absence. Et, en ce jour de mon mariage, je regrettais une fois de plus qu'il ne fût pas là, auprès de moi. C'était lui qui aurait dû me conduire à l'autel ; c'était son rôle, bien plus que celui de mon grand-père.

Celui-ci, assis en face de moi, avait ôté sa veste, enlevé son faux col, déboutonné sa chemise. Je le regardai et, pour la première fois, je ressentis envers lui une gratitude mêlée de tendresse. Il m'avait élevée, il m'avait prise sous sa protection et, même si j'en avais parfois souffert, il s'était efforcé d'agir pour le mieux. Je l'observai plus attentivement. Sous l'effet de la nourriture et de la boisson, son visage avait perdu sa pâleur et sa sévérité habituelles. Je le vis tel qu'il était : un homme bon, qui avait été déçu par la conduite de ma mère et qui avait eu peur de donner à nouveau son amour et sa confiance.

Après le café, les liqueurs et les dernières chansons, arriva le moment de partir. Je me dirigeai vers mon grand-père, les mains tendues :

— Au revoir, grand-père. Merci de m'avoir accueillie dans votre maison et d'avoir pris soin de moi.

Il me regarda avec émotion. Sa moustache trembla :

— Et toi, Rosa, merci d'avoir été une bonne petite. J'ai été très fier de te conduire à l'église, aujourd'hui. Ce bonheur que je n'ai pas connu avec Hortense, toi, tu me l'as donné.

Il se pencha, m'embrassa, et c'était un baiser plein de tendresse, bien différent des baisers secs dont je me souvenais.

— Sois heureuse avec Désiré. C'est un brave garçon ; il fera un bon mari. Et toi, sois une bonne femme pour lui.

— Oui, grand-père.

— La maison va être bien vide sans toi. Si tu le peux, viens me voir de temps en temps, le dimanche.

— Bien sûr, grand-père. Nous viendrons.

Mon amie Camille s'approcha et m'embrassa chaleureusement :

— Je te souhaite tout le bonheur du monde, Rosa. Comme j'ai hâte d'être mariée, moi aussi !

Je serrai la main de Lucas, je laissai Théo déposer sur mes joues deux baisers sonores. Puis je me tournai vers Césarine, la brave femme qui m'avait élevée et grâce à qui, jamais, je n'avais manqué de tendresse.

— Au revoir, murmura-t-elle, la voix enrouée et les yeux humides. Tu me manqueras, *min tiot mioche.*

La gorge nouée, je la serrai contre moi :

— Vous aussi, vous allez me manquer. Mais nous viendrons souvent, Désiré et moi. Je ne vais pas habiter très loin.

Elle hocha la tête, retenant visiblement ses larmes, et son expression disait clairement : « Mais ce ne sera plus pareil… »

— Allez, en route ! cria Julien. Ma Princesse attend ses passagers !

Il ouvrit les portières, me fit monter à l'arrière avec Désiré, tandis que Marguerite prenait place à l'avant. Désiré se rapprocha de moi, regarda ma robe qui, dans l'obscurité, diffusait un halo de blancheur :

— Tu es un ange, Rosalinde. Un ange qui est devenu ma femme…

D'un bras tendre et possessif, il entoura mes épaules, se pencha, me soufflant dans le visage une haleine fortement alcoolisée. Il m'embrassa, et je dus refréner un mouvement de recul. Heureusement, la route devint bientôt si mauvaise, avec des secousses et des cahots, qu'il dut me lâcher. Il se contenta de me garder serrée contre lui, sans un mot, avec une expression béate et comblée.

Devant la maison, Julien réitéra ses vœux de bonheur et ne s'attarda pas :

— Je m'en vais dormir quelques heures. Demain matin je travaille !

Toujours serrée contre Désiré, dont le bras entourait maintenant ma taille, je franchis le seuil derrière

Marguerite. Elle actionna un interrupteur en cuivre, et la lumière jaillit aussitôt. Elle se tourna vers nous :

— J'espère que vous serez heureux dans ma maison, mes enfants. Maintenant, Rosalinde, tu es comme ma fille. Tu peux m'appeler « mère » si tu le veux.

— Oui, Marg… euh… oui, mère.

Pendant que Désiré s'excusait et sortait dans la cour, elle me conduisit jusqu'à notre chambre. Le lit était fait avec des draps brodés ; le papier peint et les rideaux étaient visiblement neufs.

— J'espère que la décoration te plaît, Rosalinde ? Tiens, j'installe ta valise ici. Ta blouse de nuit est à l'intérieur ?

Sur ma réponse affirmative, elle ouvrit la valise, en sortit ma blouse de nuit qu'elle étala sur le lit. Je vis qu'un pyjama était préparé pour Désiré. Au même instant, celui-ci revint en bâillant.

— Eh bien, je vous laisse, dit Marguerite en se retirant. Bonne nuit, mes enfants.

Désiré, en bâillant de plus belle, ôta sa veste et s'assit sur le lit :

— J'ai toujours dormi de ce côté-ci. Ça ne te fait rien de prendre l'autre côté, Rosalinde ?

— Non, cela m'est égal.

J'éprouvai soudain le besoin de me rendre aux « commodités », dans la cour, et Désiré hocha la tête lorsque je lui dis que je devais sortir :

— C'est ça. Pendant ce temps, je mettrai mon pyjama et je me coucherai en t'attendant.

Je connaissais les lieux, me rendis aux cabinets, y demeurai un certain temps. Lorsque je revins dans la maison, tout était silencieux. Marguerite avait dû regagner sa chambre. Je poussai la porte de la nôtre, et j'aperçus Désiré allongé dans le lit, revêtu de son pyjama. Il dormait. Je m'approchai de lui, à la fois surprise et amusée, et chuchotai :

— Tu dors, Désiré ?

Un léger ronflement me répondit. Je haussai les épaules et entrepris de me déshabiller. Sur la table de toilette, un broc contenait de l'eau. J'en versai un peu dans la cuvette et fis une toilette sommaire. Puis j'ôtai ma jolie robe blanche, que j'installai avec précaution sur le dossier d'une chaise. Dès le lendemain, je la rangerais dans un grand carton, enveloppée de papier de soie. Ensuite j'éteignis et, doucement pour ne pas le réveiller, je me couchai auprès de mon mari.

Contrairement à lui, je ne m'endormis pas tout de suite. Je pensai à Césarine, qui m'avait parlé de devoir conjugal. Apparemment, elle s'était trompée. Je fermai les yeux, et derrière l'écran de mes paupières un visage apparut aussitôt : celui d'Aimé. Pendant toute la journée, j'avais repoussé son image. Mais maintenant elle revenait emplir mon esprit — et mon cœur. Je me demandai comment un simple échange de regards pouvait produire une telle impression. Même Martial, que j'avais pourtant trouvé si séduisant, ne m'avait pas attirée à ce point-là. Avec Aimé, c'était différent. J'avais éprouvé pour lui, de façon subite et inattendue, un sentiment très fort que je n'osais pas nommer, et j'avais l'étrange et absurde certitude que ce sentiment était partagé.

Troublée, je soupirai longuement. Et ce fut en pensant à un autre homme que je m'endormis auprès de mon mari.

Le lendemain, lorsque je m'éveillai, j'étais seule dans le grand lit. Désiré était déjà parti au travail. Je me levai et trouvai Marguerite dans la cuisine. Assise à la table, ma belle-mère buvait une tasse de café :

— Bonjour, Rosalinde. Tu as bien dormi ? Viens déjeuner. Ensuite, tu m'aideras à balayer les chambres et à refaire les lits. Et puis nous irons faire les commissions. Je te présenterai aux commerçants. Il faut que j'achète du papier sulfurisé pour envelopper le beurre ; avec la chaleur, il fond. Et aussi du gras de bœuf Rieur. Désiré aime beaucoup les frites, tu t'en rendras vite compte. Il ne verrait pas d'inconvénient à ce que j'en fasse tous les jours !

Tout en l'écoutant bavarder — elle pouvait parfois se montrer intarissable —, je pris mon petit déjeuner. Puis elle lava les tasses, que j'essuyai, et ensuite je l'aidai à faire le ménage. Cela me semblait normal ; chez mon grand-père, je le faisais chaque jour. Elle aéra d'abord largement les lits et, en voyant les draps de celui où j'avais dormi avec Désiré, elle fronça les sourcils, puis m'observa avec suspicion :

— Rosalinde, tu es une honnête fille, n'est ce pas ? Tu n'as pas déjà... Je veux dire... Je ne vois pas de traces de sang sur les draps.

Je la regardai, ahurie :

— Du sang ?

Elle s'aperçut de mon incompréhension, demanda plus posément :

— Césarine ne t'a pas parlé du devoir conjugal ?

— Euh... si.

— Eh bien, la première fois que ça se produit pour une femme, elle saigne. Un peu comme pour les règles, tu vois ? Mais beaucoup moins, rassure-toi.

— Ah ? dis-je, stupide. Je ne savais pas.

— C'est pour ça que je m'étonne de ne rien remarquer. Que s'est-il passé, Rosalinde ?

Je ne vis aucune raison de lui cacher la vérité :

— Hier soir, lorsque je suis revenue de la cour, Désiré était couché, et il s'était endormi en m'attendant. Et moi, je ne l'ai pas réveillé.

Elle hocha la tête, rassurée :

— Ah, c'est donc ça ! C'est vrai qu'il avait beaucoup bu. Il n'a jamais pu supporter l'alcool, mon Désiré. Il y en a que ça rend violents. Lui, ça l'endort.

Elle m'adressa un sourire amusé :

— Ce n'est que partie remise, alors !

Je ne répondis pas. J'avais naïvement pensé que, peut-être, chaque soir, Désiré se contenterait de dormir dès qu'il serait couché.

J'aidai ensuite Marguerite à nettoyer la maison, et je dus reconnaître que, par rapport à celle de mon grand-père, il était plus facile de la rendre propre. D'abord, les peintures venaient d'être refaites, et un simple coup d'éponge suffisait. Et puis, le sol était recouvert d'un carrelage qui pouvait être lavé, et qui était plus joli et plus agréable que de la terre battue.

Je l'aidai aussi à préparer le repas. Elle décida de faire des frites. Lorsque je m'offris à les couper, elle me prévint :

— Pas trop petites, surtout. Désiré les aime plutôt grosses. Regarde, je vais te montrer.

Je mis la table selon ses directives et, lorsque Désiré rentra, tout était prêt. Il embrassa d'abord sa mère, puis moi :

— Alors, mes deux femmes ? Comment allez-vous ? Vous vous entendez bien, ça va ?

— Mais oui, bien sûr, riposta Marguerite. Va te laver les mains et viens t'asseoir. Tout est prêt.

Elle lui servit une grosse part de la saucisse qu'elle avait fait cuire, accompagnée d'une bonne portion de frites, chaudes et croustillantes. Désiré se mit à manger avec une visible satisfaction. Marguerite lui proposa du pain, lui remplit son verre de bière. Puis elle lui servit de nouveau des frites, uniquement attentive à son bien-être. Ainsi, dès le premier jour, l'habitude fut prise. Marguerite continua à s'occuper de son fils comme elle l'avait toujours fait, et mon rôle d'épouse passa au second plan.

Je ne protestai pas. Qu'aurais-je pu dire ? Elle était chez elle, et, avec mon grand-père, j'avais été habituée à obéir dès mon plus jeune âge. De plus, Désiré semblait trouver cette situation tout à fait normale. Alors je l'acceptai, moi aussi.

Ce soir-là, lorsque nous fûmes dans notre chambre, il était beaucoup moins tard que la veille, et Désiré n'avait pas bu. Il me prit dans ses bras avec un air contrit :

— Je n'ai rien dit devant mère, mais je te demande pardon, Rosalinde. Hier soir, je me suis endormi. Je ne t'ai même pas entendue revenir. Mais aujourd'hui, j'ai bien l'intention de faire de toi ma femme. N'aie pas peur. J'irai doucement. Je ne veux pas t'effaroucher ni te faire mal.

Il m'embrassa, et en même temps se mit à me caresser les seins. Je reculai. Il me lâcha :

— Déshabille-toi, Rosalinde, et couche-toi.

En tremblant un peu, j'obéis, après avoir demandé à Désiré d'éteindre la lumière. Il se déshabilla de son côté, tandis que je me glissais dans le lit. Il vint m'y rejoindre et me reprit aussitôt dans ses bras. Il m'embrassa de nouveau, tout en remontant ma chemise de nuit. Ses mains s'emparèrent de mes seins. Je sursautai.

— Allons, n'aie pas peur, souffla-t-il. Laisse-moi faire. C'est normal, Rosalinde, tu es ma femme maintenant.

Je m'obligeai à subir caresses et baisers, mais je sentais mon corps se raidir et se contracter de plus en plus. Je me crispais dans une sorte de refus, luttant contre l'envie de dire à Désiré de s'arrêter. Subitement, il écarta mes genoux et tenta de me pénétrer. Cela me fit si mal que je poussai un cri. Il s'arrêta un instant, hésita, mais reprit ses assauts, me déchirant davantage à chaque fois. La douleur fut si vive que je criai de nouveau, et me mis à sangloter. Désiré continuait à s'agiter, tandis que mes larmes coulaient, de plus en plus abondantes. Enfin, il s'arrêta, se détacha de moi, roula sur le côté :

— Rosalinde... ne pleure pas. Je ne voulais pas te faire mal. Il paraît que c'est douloureux la première fois. Par la suite, ça ira mieux. Viens, mon petit ange, ne pleure pas. Je t'aime, tu sais.

Il me prit dans ses bras avec tendresse, sortit de dessous son oreiller un mouchoir avec lequel il sécha mes larmes. Puis il parsema mon visage de baisers tendres et légers, tout en continuant à me murmurer des paroles de consolation et des mots d'amour.

Blottie contre lui, je retrouvai la sensation de sécurité et de confiance que j'avais toujours éprouvée en sa présence ; je savais qu'il m'aimait et qu'il avait promis de me rendre heureuse. Et ma dernière pensée, avant de m'endormir, fut que Marguerite serait satisfaite, le lendemain, en constatant la présence de sang sur les draps.

Mon grand-père, grâce à la carriole que lui avait prêtée un fermier du village, avait apporté chez Marguerite ma machine à coudre. Je repris mon travail d'apiéceuse. Chaque après-midi, je cousais, en compagnie de Marguerite et de voisines qui venaient parfois boire une tasse de café. Elles parlaient de gens que je ne connaissais pas, et je participais rarement à la conversation. Je me rendis compte que mon amie Camille me manquait. Non seulement nous faisions le même travail, ce qui nous rapprochait, mais en plus nous avions le même âge, et nous nous confiions nos petits secrets. Il m'était impossible de bavarder avec Marguerite comme je le faisais avec Camille.

Je m'aperçus très vite, au cours des jours qui suivirent, que ma belle-mère était une maniaque de l'ordre et de la propreté. Rien ne devait perturber l'état impeccable de sa maison. Ainsi, lorsque je cousais, des fils ou des chutes de tissu jonchaient parfois le sol. Elle saisissait aussitôt un balai pour les enlever :

— Essaie de ne pas *imblayer*[1], Rosalinde. Emilienne va venir boire une tasse. Ça ne fait pas soigné.

J'essayais de protester :

— En cousant, je ne peux pas faire autrement. Je nettoierai après. Ce n'est pas un gros *imblai*, voyons.

Elle serrait les lèvres, mécontente :

— Il n'empêche ! Avant, mon carrelage était toujours impeccable !

Lorsque je faisais le ménage, elle n'était jamais satisfaite. A l'entendre, elle seule était capable de nettoyer parfaitement. J'aimais laver le carrelage au savon noir. Mais, à chaque fois, elle trouvait quelque chose à critiquer : je mettais trop de savon, ou bien je n'en mettais pas assez ; je ne tordais pas ma *wassingue*[2] assez fort, et le sol restait humide trop longtemps. Elle m'accusait aussi de faire du *venez-à-moi* dans les coins, ce qui signifiait que je ne les nettoyais pas correctement. Et elle m'empêchait de jeter quelques pincées de sel après avoir lavé les marches de la maison. Cette habitude, que je tenais de Césarine, m'était devenue indispensable, et j'essayai d'exposer mon point de vue. Marguerite renifla avec dédain :

1. Mettre du désordre.
2. Serpillière.

— Des sorcières ? Pfft !... C'est des superstitions, tout ça. Je n'y crois pas, moi.

Mais je pensais au chien Merlin, au diable et aux histoires qui m'avaient effrayée dans mon enfance, et je demeurais contrariée. En désespoir de cause, un soir dans notre chambre, je soumis le problème à Désiré. Il ne me prit pas au sérieux :

— Mère ne changera pas ses habitudes, Rosalinde, surtout si elle est persuadée d'avoir raison. La meilleure façon d'avoir la paix, avec elle, c'est de la laisser faire ce qu'elle veut. D'autant plus que, si tu veux mon avis, Césarine a eu tort de te mettre de pareilles idées en tête. Je partage le point de vue de mère : tout ça, ce sont des histoires de bonne femme !

Je finis par agir en cachette. Je profitais d'un des rares moments où je me trouvais seule dans la cuisine, et je glissais subrepticement un peu de sel dans le fond de l'une des poches de mon tablier. Et, lorsque je lavais les marches, j'en prenais une minuscule pincée, que je lançais discrètement. Ainsi, je me sentais rassurée.

Je devais néanmoins reconnaître qu'il y avait aussi des avantages à vivre avec Marguerite. Elle m'aidait pour le ménage, et elle préparait les repas — arguant qu'elle connaissait les goûts de Désiré mieux que moi —, ce qui me donnait moins de travail qu'à l'époque où je vivais chez mon grand-père. De plus, sa maison, entièrement remise à neuf en mon honneur, offrait un cadre agréable. J'appréciais particulièrement l'électricité, ainsi que le poste de T.S.F.

Marguerite le faisait marcher pratiquement toute la journée, et, comme elle, je ne pus bientôt plus m'en passer. Elle était satisfaite de voir que je partageais son point de vue.

— Ce poste m'a coûté cher, je l'ai payé bientôt mille francs, m'avoua-t-elle. Mais je ne regrette pas de l'avoir acheté. Il vient de la maison Jean Verloop, tu sais, place de la Gare ? Je trouve que Sosthène devrait s'en offrir un, surtout maintenant qu'il se retrouve seul.

Lorsque nous faisions le ménage ou que je cousais, l'après-midi, nous travaillions en musique. Jusqu'alors, nous connaissions les airs à la mode grâce aux chanteurs des rues, qui vendaient des partitions. Ces dernières ne nous aidaient pas toujours, car nous ne savions pas lire les notes. Tandis que, maintenant, avec le poste de T.S.F., c'était la musique qui venait chez nous. J'entendais, près de moi, la voix de Mistinguett, Maurice Chevalier ou Joséphine Baker, et je me surprenais souvent à fredonner *Les Roses blanches* ou *Les Gars de Ménilmontant.*

Désiré, de son côté, appréciait le « journal parlé ».

— Avec ça, disait-il, on est au courant de tout, tout de suite. Ce n'est plus la peine d'acheter les journaux le lendemain.

Ce n'était pas tout à fait vrai, car *L'Echo populaire*, auquel était abonné mon grand-père, offrait des informations locales que le poste de T.S.F. ne donnait pas. Il y figurait aussi un feuilleton, que je suivais de semaine en semaine, ainsi qu'un poème en patois de Victor Olivier, dans la rubrique *La Muse de la Pévèle*, souvent lié à l'actualité. « *A l'Sainte Cécile, des musiciens ch'est l'fête* », écrivait-il par exemple ;

ou encore, pour la nouvelle année : « *La bonne et heureuse à tertous*[1]. »

Je retrouvais avec plaisir ces lectures lorsque nous allions chez mon grand-père le dimanche. S'il faisait beau, nous faisions le chemin à pied, et, si Julien était libre, il nous y conduisait avec sa Princesse. Césarine nous préparait un bon repas et était toujours ravie de me revoir. Elle m'embrassait, m'interrogeait :

— Alors, *min tiot mioche*, ça va ? Tu es heureuse avec Désiré ?

Puis elle admirait ma tenue :

— Que tu es belle ! Et comme te voilà élégante ! Ce nouveau chapeau est superbe ! Et cette nouvelle veste te va très bien.

— Le chapeau est neuf, c'est vrai, expliquait Marguerite. Nous sommes allés l'acheter rue de l'Eglise, chez Jane Renau. Mais la veste est toujours la même. Elle a simplement changé de couleur. J'ai fait découvrir à Rosalinde « Express Teinture ». Moi-même je l'utilise depuis longtemps. Vous devriez l'essayer, Césarine. Le même paquet teint tout, que ce soit de la laine ou du coton, et en plus le produit ne tache pas les mains ni les autres vêtements.

En aparté, Césarine me soufflait :

— Ça va ? Tu t'entends bien avec ta belle-mère ?

Je souriais :

— Oui, ça va. Désiré m'a donné un conseil : pour avoir la paix, il faut la laisser faire ce qu'elle veut.

1. A tous.

Quant à mon grand-père, paradoxalement, il me montrait maintenant la tendresse qu'il éprouvait pour moi et qu'il m'avait cachée si longtemps. Son visage s'éclairait d'un large sourire lorsqu'il me voyait, et il m'embrassait avec une affection que je n'avais jamais connue. Lorsque nous venions avec l'automobile de Julien, il en profitait pour nous donner des légumes de son jardin, prétextant qu'il en avait trop pour lui seul, et nous repartions avec des pommes de terre, des navets, des carottes, des salades, des haricots verts, des petits pois, des tomates, des poireaux et du persil. Julien profitait lui aussi de ces largesses. Marguerite remerciait mon grand-père avec chaleur :

— Je ferai des bons petits plats à mon Désiré avec tout ça.

Quelquefois, l'après-midi, après le repas, nous allions jusqu'à un village des environs, dont c'était la ducasse annuelle. Avec la Princesse de Julien, nous pouvions aller aussi loin que nous le désirions. Fidèle à sa promesse, Désiré m'emmenait ainsi chaque dimanche à une fête, quelquefois à un bal, quelquefois encore au cinéma. Au Cinéma Palace d'Orchies, je fis la connaissance des films d'aventure, des documentaires, des comédies et des drames sentimentaux. Tout me plaisait. Nous suivions *Les Exploits de Diabolos*, d'épisode en épisode, ainsi que les aventures de Tom Mix et de son cheval Tony. Les films dramatiques m'attristaient, et je pleurais parfois à chaudes larmes, comme le jour où j'assistai à la projection de *Petite Maman*. Marguerite, assise près de moi, me gourmandait tout bas :

— Voyons, Rosalinde, ne pleure pas ainsi ! Ce n'est que du cinéma !

Mais cela me paraissait tellement vrai que je ne pouvais pas m'en empêcher. Désiré me prenait la main, m'attirait à lui, gentiment attendri :

— Comme tu es sensible, ma Rosalinde ! Allons, calme-toi, mère a raison : ce n'est que du cinéma.

Il se montrait toujours envers moi patient et bon. Notre entente ne posait aucun problème, sauf la nuit, lorsque nous nous retrouvions dans notre chambre et qu'il fallait s'acquitter du « devoir conjugal ». J'avais fini par appréhender ces moments. Car, contrairement à la prévision de Désiré, j'avais eu aussi mal la seconde fois, ainsi que la troisième et les suivantes. Raidie, tendue comme un ressort, je me crispais contre la douleur qui finissait par m'arracher des larmes. En désespoir de cause, ne sachant que faire, malheureux et désolé de me faire mal, Désiré avait fini par espacer les nuits où il exerçait ses droits de mari. J'en éprouvais un soulagement mêlé de gratitude. Nous nous endormions côte à côte, comme deux amis unis par une tendresse paisible, et cette situation me convenait tout à fait.

Mon amie Camille, qui venait me voir de temps en temps, me regardait avec envie :

— Comme tu as de la chance, Rosalinde ! J'ai hâte d'être mariée, moi aussi. Nous avons fixé la date, ce sera en juin prochain. Comme cela me semble loin ! Je suis si impatiente ! Tu es heureuse, n'est-ce pas, Rosa ? Désiré t'aime, c'est visible.

J'abondais dans son sens. Et, si l'image d'Aimé n'avait pas été sans cesse au fond de mon cœur, m'apportant un regret lancinant dont je refusais de déterminer la cause, j'aurais pu effectivement me satisfaire de mon sort.

7

Je me liai d'amitié avec la jeune femme qui habitait la maison voisine. Vive et délurée, âgée d'une trentaine d'années, elle avait une petite fille de neuf ans, Rose, qu'elle surnommait affectueusement Rosette. Elle m'invita chez elle, m'emmena dans la pièce de devant, celle qui ne servait qu'en de rares occasions. Elle me montra les beaux meubles cirés, qu'elle avait hérités de sa belle-mère ; sur l'un d'eux était exposée, dans un cadre, la photographie de son mariage :

— Regardez : C'est Fernand Draux qui a tiré ce portrait. Il est photographe, ici à Orchies, et aussi professeur de musique. Avec ses élèves et ses enfants, il va jouer dans les mariages. Il est très demandé. Il est venu pour le nôtre, à Vincent et à moi. Nous avons dansé toute la journée et toute la nuit !

Elle m'expliqua que Vincent, son mari, travaillait à la faïencerie de la ville. Elle me fit admirer son beau service de table et ses assiettes finement décorées, dont elle ne se servait que pour les repas de fête.

— Vincent pourrait vous expliquer comment elles sont fabriquées. Si vous voulez un cours sur les matériaux qui sont utilisés, vous n'avez qu'à le lui demander. Il vous parlera de kaolin, d'argile blanche, du feldspath des Pyrénées et du sable blanc de Nemours... et j'en passe !

Quant à elle, elle était employée chez Leroux et travaillait au conditionnement.

— C'est une tradition dans notre famille, me dit-elle. Nous sommes chez Leroux de mère en fille. Leur maison existe depuis 1858, et ma grand-mère était déjà au conditionnement. Elle racontait toujours qu'elle avait été parmi les premières à utiliser la machine à empaqueter qu'Alphonse Leroux a inventée en 1862, et qui confectionnait dix paquets en trois minutes. Nous, maintenant, nous avons des machines Hesser ; les paquets sont parfaitement réguliers. Notre travail est de les remplir, de tasser la chicorée et de les fermer. Nous sommes assises à des longues tables, vêtues d'une blouse et coiffées d'un grand mouchoir pour nous protéger les cheveux et les oreilles. Car la poudre de chicorée, ça vole et ça tache !

Elle prenait un air mystérieux :

— Oh, après tout, je peux bien vous le dire. Pour donner des reflets roux à ma chevelure, je la rince avec une décoction de chicorée. Si vous voulez, je vous expliquerai comment il faut faire. C'est facile, et le résultat est joli. Qu'en pensez-vous ?

Elle était coquette, rieuse, légère, et cela déplaisait à ma belle-mère, qui multipliait ses recommandations :

— Ne fréquente pas trop cette Valentine, Rosalinde. Elle ne m'a jamais paru fort sérieuse. Rien qu'à voir comment elle se met de la poudre et du rouge, on a tout de suite compris. Et en plus, elle roule à bicyclette !

En effet, notre voisine possédait une bicyclette, ce qui était assez rare pour une femme. Un jour, elle me proposa de m'apprendre, et, ravie, j'acceptai. Lorsque j'en parlai, le soir, au cours du repas, Marguerite eut une sorte de hoquet :

— Quoi ! Rouler à bicyclette, toi, Rosalinde ? Quand je disais que cette Valentine a sur toi une influence déplorable ! Une femme sérieuse ne se sert pas d'un vélo ! Mon père n'a jamais voulu que j'apprenne. J'espère que tu vas vite abandonner cette idée.

Sans oser tenir tête à Marguerite directement, je me tournai vers Désiré. Il comprit mon appel à l'aide :

— Voyons, mère ! protesta-t-il. Ce raisonnement était peut-être valable avant. Mais maintenant, ce n'est plus comme ça. Depuis la guerre, les mentalités ont changé. Rosalinde peut apprendre si elle le désire, je n'y vois pas d'inconvénient. Bien au contraire. Si Valentine accepte de lui prêter sa bicyclette de temps en temps, nous pourrons aller nous promener tous les deux. Qu'en dis-tu, Rosalinde ?

Je lui adressai un signe affirmatif et un sourire reconnaissant, tandis que Marguerite pinçait les lèvres avec réprobation.

Forte de l'appui de Désiré, je suivis les leçons de Valentine et, bientôt, je fus capable de me déplacer à bicyclette. Dans un élan de gratitude, j'embrassai ma charmante voisine. Elle se mit à rire :

— Comme tu es jeune, Rosalinde ! Je suis ravie que nous soyons amies. Ne crois-tu pas qu'il serait temps de nous tutoyer ?

J'acceptai sans hésiter. Notre amitié s'en trouva renforcée, et je continuai à faire la sourde oreille aux reproches de Marguerite, qui affirmait avec obstination que Valentine n'était pas une fréquentation pour moi.

Julien n'était pas toujours disponible pour nous promener dans sa Princesse, et, lorsque Valentine me prêtait sa bicyclette, Désiré et moi nous servions de ce mode de locomotion. La première fois que nous arrivâmes ainsi chez mon grand-père, il eut la même réaction que Marguerite. Mais, là aussi, Désiré tenta de le raisonner, et Césarine prit mon parti :

— Ils sont jeunes, Sosthène. Ils vivent avec leur temps, c'est normal.

Un dimanche où Marguerite ne nous avait pas accompagnés, en quittant la maison de mon grand-père, Désiré me proposa soudain :

— Si nous allions chez Aimé ? Depuis notre mariage, je ne l'ai pas revu. Ça me ferait plaisir. Qu'en penses-tu, Rosalinde ?

Mon cœur fit un grand bond dans ma poitrine, de surprise, d'affolement et de joie mêlés. Je ne trouvai aucune raison valable pour refuser, et même, au fond de moi, j'étais secrètement ravie à l'idée de le revoir. Depuis notre première et unique rencontre, son image ne m'avait pas quittée.

— C'est à quelques kilomètres, reprit Désiré. Il a loué une petite maison et il y vit seul. Le village possède une tannerie, c'est là qu'il travaille. Il va être bien content de nous voir !

Je pédalais avec ardeur, trouvant soudain la lumière du soleil plus éclatante, le chant des oiseaux plus gai. Le village où vivait Aimé me parut charmant, avec sa place ombragée de platanes et ses maisons avenantes. Dans une petite rue, Désiré s'arrêta devant l'une d'elles :

— C'est ici.

Je mis pied à terre et, avec une coquetterie inconsciente, je portai une main à ma chevelure, afin de lisser les mèches dérangées par le vent. Je ne voulais pas me montrer à Aimé décoiffée. Désiré passa le petit pont, entra dans le jardin en actionnant la sonnette de son vélo, tandis que je le suivais, le cœur battant.

— Aimé, où es-tu ? cria-t-il. Nous voilà !

La porte de la maison était ouverte et, dans l'encadrement, Aimé apparut. Nos regards se croisèrent et, en une seconde, je compris que rien n'était changé. L'attirance que je ressentais pour lui était de nouveau là, intacte et irrésistible. Je lus dans ses yeux qu'elle était partagée, et je serrai avec force les poignées de mon vélo, résistant à l'élan fou qui me poussait à aller me jeter dans ses bras.

Désiré, tout en appuyant sa bicyclette contre le mur, expliquait gaiement :

— Comme il fait beau, j'ai dit à Rosalinde : « Si nous allions chez Aimé ? » Il faut bien que je vienne te voir, grand frère, puisque toi tu ne viens jamais.

Il se retourna, me vit immobile, ma bicyclette à la main :

— Eh bien, que fais-tu là, Rosalinde ? Avance, voyons ! Aimé ne va pas te manger ; il est gentil, tu sais ?

Il rit de sa boutade, me prit le vélo, l'appuya contre le sien. Je m'avançai, tandis que Désiré embrassait son frère en lui donnant de grandes tapes dans le dos. Puis il s'écarta, et je me retrouvai en face d'Aimé.

J'osai à peine le regarder. Avec jovialité, Désiré me poussa vers lui :

— Allons, embrassez-vous. C'est comme si vous étiez frère et sœur, maintenant.

Aimé posa un baiser sur ma joue gauche. Elle s'embrasa, le feu se propagea à tout mon corps, éveillant le désir que j'avais déjà ressenti le jour de mon mariage. En évitant le regard d'Aimé, je me rapprochai de mon mari.

Celui-ci, inconscient de ce qui se passait, entrait dans la maison en remarquant :

— Tout est toujours propre et bien rangé, chez toi. Pour un célibataire, tu ne te débrouilles pas mal du tout.

Aimé nous fit asseoir. Je remarquai sur la table *L'Echo Populaire*, le journal auquel était abonné mon grand-père, et, puérilement, ce détail me rassura.

Avec un sans-gêne familier, Désiré constata :

— La route nous a donné soif. As-tu une bonne bière à nous offrir ?

Aimé acquiesça en souriant, et je l'observai tandis qu'il versait de la bière dans nos verres. C'était lui, maintenant, qui évitait mon regard. J'admirais sa haute taille, ses larges épaules, ses bras musclés. Je les imaginai autour de moi, et j'en éprouvai une telle envie qu'elle devint une souffrance. Je respirai profondément et m'obligeai à regarder autour de moi.

Comme l'avait remarqué Désiré, la pièce était propre et bien tenue. Le dessus du poêle brillait, les carreaux qui recouvraient le sol avaient été fraîchement lavés, et il n'y avait aucune trace de poussière sur le buffet. Désiré bavardait, et Aimé lui donnait la réplique. Ils parlaient de rallyes automobiles, et en les écoutant je parvins à me détendre.

Désiré termina sa bière, demanda à Aimé de nous montrer le jardin. Je pris la précaution de ne jamais m'approcher de lui, de ne jamais le regarder tandis qu'il expliquait qu'il avait semé pour la première fois du pourpier et qu'il allait bientôt récolter ses pommes de terre les plus précoces. Mais j'avais une conscience aiguë de sa présence et je sentais que, même s'il m'ignorait, il en était de même pour lui.

Je fus soulagée quand Désiré, enfin, prit congé. Aimé nous raccompagna jusqu'à la rue, et, cette fois, Désiré ne lui dit pas de m'embrasser. Il ne le fit pas mais, au moment de lui dire au revoir, nos regards se croisèrent une nouvelle fois. Et la même sensation revint, nous unissant dans un même désir.

Sur la route du retour, je mis un moment avant de retrouver mon état normal. Je ne comprenais pas. Que m'arrivait-il ? Pourquoi Aimé produisait-il cet effet sur moi ? J'écoutais Désiré rappeler certains souvenirs d'enfance qui lui revenaient en mémoire. Il racontait les brimades que Marguerite faisait subir à Aimé, et mon cœur fondait en pensant à ce petit garçon maltraité.

— Je ne sais pas pourquoi mère ne l'a jamais aimé, remarqua pensivement Désiré. Elle était dure avec lui, et bien souvent injuste. Cette injustice révoltait Aimé. Quelquefois, il se vengeait, à la manière des enfants. Par exemple, il cachait des hannetons dans son lit. Cela, bien sûr, n'améliorait rien. Mère était furieuse, affirmant qu'il avait le diable dans le ventre. Je me souviens d'un Saint-Nicolas où il n'y avait rien pour lui. La veille, nous avions mis, devant la cheminée, la *catoire*[1], dans laquelle nous avions disposé quelques carottes pour l'âne, et, sur le coin de la cheminée, un bol de lait pour le bon Saint. Le lendemain, les carottes et le lait avaient disparu, remplacés par une figurine en pain d'épices à mon intention. Rien d'autre.

— Pauvre Aimé ! dis-je avec un apitoiement sincère. Qu'a-t-il fait ?

— Il n'a rien dit, n'a pas protesté, mais la souffrance que j'ai lue dans ses yeux m'a fait mal. Approuvée par le silence de notre père, mère a expliqué que le bon Saint n'apportait rien aux petits garçons méchants et insupportables. En cachette, j'ai partagé avec lui mon pain d'épices. Parce que moi, je ne le trouvais ni méchant ni insupportable.

Il tourna vers moi un visage interrogateur :

— Tu le trouves comme ça, toi, Rosalinde ?

1. Corbeille à pain.

— Oh non, répondis-je sans réfléchir. Au contraire. Il me paraît être quelqu'un de bien.

Sans prendre garde à mon ton ardent et déterminé, Désiré hocha la tête avec satisfaction :

— C'est vrai. Merci de partager mon avis, Rosalinde.

Ce soir-là, dans notre lit, mon mari voulut exercer ses droits conjugaux. L'image d'Aimé emplissait mon cœur et mes pensées, et j'aurais souhaité que Désiré me laissât tranquille, comme il le faisait depuis de nombreux jours. Je me crispai davantage encore que d'habitude, et il me fit si mal que je ne pus m'empêcher de crier et de pleurer. Désolé, il me demanda de l'excuser, et sa gentillesse fit redoubler mes sanglots. Il ne possédait pas plus d'expérience que moi, et nous n'osions pas en parler autour de nous. C'était un problème trop intime et trop personnel. Même à Valentine, pourtant large d'esprit, je n'osais pas me confier.

En désespoir de cause, Désiré me promit d'espacer le plus possible ces séances de devoir conjugal que j'appréhendais, sans toutefois les supprimer complètement, car il désirait des enfants. Il termina avec un sourire contrit :

— C'est, à ma connaissance, le seul moyen d'en avoir. Et j'aimerais bien avoir une petite fille qui te ressemble, Rosalinde.

Je ne pouvais que m'incliner. Mais, les rares fois où il essaya ensuite, je me mis à prétexter une indisposition, un mal de tête, une fatigue subite. Ou bien, je disais que je devais me rendre aux commodités, et j'y demeurais si longtemps que, à mon retour,

Désiré, dont je connaissais le sommeil profond, s'était endormi. Faute de ne pouvoir résoudre le problème, je devais me contenter de ces faux-fuyants pour essayer de l'atténuer.

Il y eut d'autres occasions où je revis Aimé. En toute innocence, Désiré m'emmenait chez lui, et, partagée entre souffrance et ravissement, je le suivais sans hésiter. A chacune de ces rencontres, le sentiment que nous éprouvions l'un pour l'autre, Aimé et moi, grandissait. Je baissais les yeux pour ne pas croiser son regard, mais je le sentais peser sur moi, s'attacher à chacun de mes gestes, et me brûler la peau. De son côté, Désiré, sans se douter qu'il nous mettait au supplice, cherchait toujours à nous rapprocher. Il poussait Aimé vers moi :

— Embrasse ta belle-sœur, voyons.

Si nous allions au cinéma ensemble, il disait à Aimé :

— Mets-toi à côté de Rosalinde.

Et je me retrouvais assise entre les deux frères. Les fois où cela se produisit, la proximité du corps d'Aimé m'empêcha de comprendre le film que nous regardions.

Un jour, Désiré s'aperçut qu'Aimé, en s'adressant à moi, me vouvoyait. Aussitôt, il protesta :

— Vous vous parlez comme si vous étiez deux étrangers. C'est ridicule. Tutoyez-vous, voyons.

Nous obéîmes à cette injonction, et le fait de nous tutoyer créa entre nous une intimité qui accentua le trouble que je ressentais toujours en sa présence.

Une autre fois, alors que nous étions chez lui, Désiré demanda subitement :

— Tu vis seul, ici. Pourtant, tu es plus âgé que moi. Pourquoi n'es-tu pas encore marié ?

Inattendue, la réponse fusa et me brûla le cœur :

— Parce que je n'ai pas trouvé de femme comme la tienne.

Désiré s'esclaffa, puis admit bien volontiers :

— C'est vrai que Rosalinde est unique. Et si tu en veux une comme elle, tu peux chercher longtemps !

Le regard qu'Aimé me lança me dit, aussi clairement que des paroles, que ce n'était pas une autre qu'il voulait, mais moi seule.

Ainsi, chacune de nos rencontres ravivait mes sentiments. Je me persuadais que, si je ne le revoyais plus, je pourrais, à la longue, l'oublier. Mais je n'en avais pas le courage.

A la fin de l'été, il y eut la ducasse de son village. Désiré m'y emmena dans l'après-midi. Nous fîmes le tour des attractions foraines, et puis, le soir, nous nous rendîmes au bal. Depuis que nous étions mariés, Désiré m'emmenait souvent danser. Mais, jusqu'alors, Aimé n'était pas avec nous.

Ce que je craignais et souhaitais à la fois ne tarda pas à se produire. Désiré dansa une série de javas avec moi, puis l'orchestre attaqua un tango. Tout en s'épongeant le front, Désiré regarda son frère :

— Si tu invitais ta belle-sœur à danser ?

Aimé s'inclina devant moi. Je le suivis jusqu'à la piste, et je me retrouvai dans ses bras.

Ce fut une révélation. Tout de suite, je compris, avec une certitude inébranlable, que là était ma place. Sans réfléchir, instinctivement, je me blottis contre lui, et il referma ses bras sur moi. J'eus un léger soupir, heureux et comblé.

Nous dansâmes quelques instants sans parler. Puis, très doucement, Aimé posa une simple question :

— Que va-t-on faire ?

Je compris ce qu'il voulait dire, et je ne cherchai pas à biaiser.

— Je ne sais pas, avouai-je avec sincérité.

— Tu es la femme de mon frère, et je ne devrais pas... reprit-il d'une voix rauque. Mais, Rosalinde, je ne pense qu'à toi. C'est une situation impossible.

Tout contre son épaule, je fis un signe d'assentiment. C'était vrai, j'en étais consciente. Mais que faire ?

Aimé se tut, et je fermai les yeux. Le tango, langoureux, m'emportait loin de tout, et j'oubliais le monde extérieur. Mais la voix d'Aimé, tout contre mon oreille, reprit :

— Ah, si seulement je t'avais rencontrée plus tôt !... Rosalinde, pourquoi as-tu épousé mon frère ?

Par ces paroles, il n'exprimait qu'un regret, mais je les pris comme un reproche. Je me sentis soudain très malheureuse. Au même instant, le tango se termina. Je me redressai :

— Ce qui est fait est fait, dis-je avec un sombre fatalisme.

Tandis que je me dirigeais vers Désiré, les lumières, les conversations et les rires me devinrent insupportables. Je m'approchai de mon mari, portai une main à mon front :

— Désiré… soufflai-je. Je voudrais partir. J'ai mal à la tête.

Il me regarda avec attention :

— C'est vrai que tu n'as pas l'air bien. Dans ce cas, il vaut mieux ne pas rester.

Il se tourna vers Aimé, lui expliqua que nous partions. Celui-ci n'émit aucune protestation. Il me regarda sans un mot, et je crus de nouveau lire un reproche dans ses yeux. Malheureuse, je me détournai.

Jusqu'alors, quand je quittais Aimé, mon cœur me criait de rester avec lui. Mais, ce soir-là, je fus soulagée de m'éloigner et de ne plus le voir. Pour la première fois, j'avais pris conscience de notre situation, et je me rendais compte qu'elle était sans issue.

Lorsque nous fûmes rentrés, Désiré se coucha et s'endormit aussitôt. Allongée près de lui, je demeurai éveillée, et je réfléchis longuement. Il était un bon mari, et je n'avais pas le droit de le faire souffrir, ni d'aimer un autre que lui — surtout son propre frère. Le jour de notre mariage, je lui avais promis amour et fidélité. Et je n'avais pas l'intention de renier ma promesse.

Je pris une résolution qui me parut sage : celle de ne plus revoir Aimé. Loin de lui, de sa présence, de ses regards, je parviendrais à retrouver équilibre et tranquillité. Du moins voulais-je m'en persuader. Ce serait dur, pensai-je, mais j'y arriverais.

Pour m'occuper, pour me changer les idées, je me rapprochai de Rosette, la petite fille de Valentine.

C'était la rentrée scolaire, et je les accompagnai toutes les deux à la librairie Legrand, sur la place, afin d'acheter un cartable, une trousse, des cahiers, des crayons. A neuf ans, Rosette était une bonne élève, appliquée et studieuse. Elle était en avance, m'apprit sa mère, car elle avait « sauté une classe ».

— Elle aime bien l'école, mais il y a un petit problème. Comme je travaille, elle va chez Augusta jusqu'à ce que je revienne. Tu vois qui ? La vieille dame qui habite au bout de notre rue.

Je hochai la tête. C'était une femme âgée et sévère, au menton orné de poils, qui semblait ne jamais sourire. Je ne fus pas surprise lorsque Valentine me confia qu'elle ne plaisait pas à Rosette. Et elle me demanda si l'enfant pouvait venir chez moi.

Lorsque je posai la question à Marguerite, celle-ci poussa les hauts cris :

— Rien à faire ! Voilà maintenant qu'elle veut nous imposer sa fille ! Je ne veux pas d'elle ici. Elle va mettre de l'*imblai* et tout salir. Et puis, mon avis n'a pas changé : tu sais ce que je pense de cette femme, Rosalinde.

Je fis part de son refus — auquel je m'attendais — à Valentine. Elle eut une moue de déception :

— Tant pis. Ma Rosette continuera à aller chez Augusta.

Puis, subitement, son visage s'éclaira, et elle s'exclama :

— J'ai une idée ! Accepterais-tu, Rosalinde, de venir garder Rosette ici ? Tu prendrais de la couture à faire, pour ne pas perdre de temps dans ton travail, et tu la surveillerais pendant qu'elle fait ses devoirs et apprend ses leçons.

Je trouvai la solution excellente et, à la grande joie de l'enfant, j'acceptai. Le soir même, lorsque j'annonçai cette décision, je me heurtai à la désapprobation de Marguerite. Désiré essaya de tempérer le mécontentement de sa mère :

— Puisque vous ne voulez pas que cette petite vienne ici, Rosalinde a trouvé une solution qui ne vous apportera aucun désagrément. Je ne vois pas pourquoi vous protestez.

Elle tenta d'exposer son point de vue — toujours le même : je ne devais pas fréquenter Valentine —, mais il était l'heure du journal parlé, et Désiré ne l'écouta plus. Elle se tut, mais je vis bien qu'elle demeurait butée et persuadée d'avoir raison.

Ainsi, chaque après-midi, dès la sortie de l'école, je laissais ma belle-mère avec l'une ou l'autre de nos voisines, et je rejoignais la petite Rosette. J'y gagnais au change : sa compagnie était plus agréable que celle de Marguerite qui, avec ses amies, passait son temps à cancaner et à dire du mal des autres. Tandis que j'étais occupée aux finitions du paletot que je cousais, Rosette faisait son travail scolaire. Si cela s'avérait nécessaire, je l'aidais à conjuguer un verbe ou à résoudre un problème. Elle me racontait les petits événements qui avaient jalonné sa journée, et nous devînmes très vite d'excellentes amies.

Elle me montrait les appréciations de la maîtresse et les bons points qu'elle avait obtenus. Je la félicitais. Elle me faisait admirer les protège-cahiers et les buvards qu'elle possédait, offerts par la chicorée Leroux, et ornés de feuilles de lierre.

— Avec maman, m'expliqua-t-elle, je découpe et je collectionne les vignettes. Nous avons déjà eu des torchons, des serviettes de table, des taies d'oreiller. Mais on peut gagner beaucoup d'autres choses. Une montre, par exemple. J'aimerais bien en avoir une. Mais il faut beaucoup de vignettes ! Trois cents, m'a dit maman. Elle l'a vu dans le catalogue des primes, chez l'épicier.

Je promis de lui donner les miennes, et elle m'embrassa avec une gratitude sincère.

Si elle avait terminé ses devoirs avant le retour de sa mère, nous lisions ensemble les livres d'images qu'elle possédait. Elle me posait des questions :

— Pourquoi les parents du Petit Poucet voulaient-ils abandonner leurs enfants dans la forêt ? Là aussi, ils auraient pu mourir de faim !

— Si, à minuit, tout ce que possède Cendrillon disparaît, pourquoi sa chaussure de vair ne disparaît pas, elle aussi ?

Je lui répondais de mon mieux. Cette enfant mettait de l'animation dans ma vie et, en m'intéressant à ses petits problèmes, je tentais de repousser les miens à l'arrière-plan. Et surtout, j'essayais de ne plus penser à Aimé.

8

Les contes que je lisais à Rosette me rappelaient ma propre enfance, à l'époque où je vivais avec ma mère. Alors, c'était Colette qui me les racontait. Je pensais à elle de plus en plus souvent, et je me disais que j'aimerais la revoir.

Un dimanche où le temps se montrait doux et ensoleillé, Désiré me proposa d'aller chez Aimé. Fidèle à ma résolution, je refusai en suggérant l'idée qui m'était venue :

— Je préférerais que nous allions voir Colette. Tu sais bien, je t'ai déjà parlé d'elle. Depuis la fin de la guerre, je n'ai plus de ses nouvelles. Je me demande ce qu'elle est devenue.

— Tu sais où elle habite ?

Elle demeurait chez son beau-père, à Pont-à-Marcq. Je n'avais que six ans lorsque j'y suis allée, mais je crois que je saurais retrouver la maison. Essayons toujours. Tu veux bien ?

Toujours prêt à céder à mes souhaits, il me sourit :

— Bien sûr. Cela nous fera une promenade.

Nous partîmes à bicyclette. Autour de nous, dans la lumière dorée de l'automne, la campagne semblait se reposer après la moisson. C'était la période d'arrachage de la chicorée, et les champs où elle avait été cultivée attendaient les labours d'hiver qui permettraient les prochains semis d'avril et de mai. En arrivant à Pont-à-Marcq, je demeurai un instant désorientée. Par où fallait-il me diriger ? Devant l'église, je m'arrêtai et hésitai longuement. Mes souvenirs étaient flous, et je n'avais jamais su le nom de la rue où habitait Achille. Je savais simplement que sa maison se situait à la sortie du village, pas loin des champs.

Nous sillonnâmes les rues, dans un sens, puis dans l'autre, et, dans l'une d'elles, subitement ma mémoire se réveilla. Je reconnaissais les maisons, surtout l'une d'elles, avec sa petite grille et la haie qui séparait le jardin du fossé. Je me revis, tenant la main d'Achille et partant avec lui chercher de l'herbe pour ses lapins.

— C'est là ! m'écriai-je.

Nous nous approchâmes. Désiré appuya nos bicyclettes contre la haie, et j'allai jusqu'à la maison. Une émotion montait en moi, me nouait la gorge. Malgré les circonstances dramatiques de l'époque, je gardais un bon souvenir des quelques jours où j'avais été choyée par Achille et Colette. Heureuse à l'idée de les revoir, je frappai à la porte.

Elle s'ouvrit, et une jeune femme apparut. Je ne la connaissais pas, et il y eut un instant de flottement. Dans la pièce, derrière elle, un bébé se mit à pleurer.

— Bonjour, me dit-elle. Que désirez-vous ?

— Je... euh... Je voudrais voir Achille. Et Colette.

Le sourire de la jeune femme disparut. Elle demanda :

— Vous n'êtes pas au courant ?

— Au courant de quoi ? dis-je stupidement.

— Eh bien... au sujet d'Achille.

— Non, balbutiai-je, saisie d'une crainte soudaine. Qu'y a-t-il ?

Elle ouvrit tout grand la porte :

— Ne restez pas là. Entrez.

La pièce n'avait pas changé. Je revis la table où je m'asseyais pour manger, la cuisinière sur laquelle Colette préparait les repas. Mais, outre la jeune femme et son bébé, il n'y avait personne.

— Asseyez-vous, nous dit-elle. Vous boirez bien une tasse ?

Tout en préparant le café, elle expliqua :

— Nous habitons cette maison depuis que nous sommes mariés. Elle était à louer, parce que Colette...

Elle s'interrompit, nous regarda l'un après l'autre :

— Vous ne savez rien de ce qui s'est passé ?

— Non, répétai-je. Rien du tout.

Elle soupira :

— Eh bien, voilà... Ce n'est pas facile à raconter. J'aimais bien Achille, je le connaissais depuis toujours. Lorsque la guerre est arrivée, sa belle-fille est venue vivre avec lui. Et puis, après l'armistice, son fils, Pierre, est revenu. Il avait été blessé, mais ce n'était pas ça le plus grave. Il avait aussi été gazé. Il a fini par mourir en crachant du sang et en souffrant terriblement. Et le pauvre Achille... eh bien...

il ne lui a pas survécu longtemps. Il s'est laissé dépérir, miné par le chagrin.

— Mon Dieu ! soufflai-je, les larmes aux yeux. Je ne m'attendais pas à ça...

Je déglutis péniblement, me rappelant le brave homme, ses yeux malicieux, son sourire chaleureux. Désiré, comprenant ma peine, posa une main sur les miennes, et ce geste me réconforta.

— Et Colette ? demandai-je. Où est-elle ?

— Elle n'habite plus ici. Elle s'est remariée avec un habitant de Camphin, et elle est partie vivre là-bas.

Elle eut un soupir triste :

— La guerre a perturbé bien des existences. Pour beaucoup de personnes, cela n'a pas été facile.

Elle servit le café, qui était fort et qui me revigora un peu. Je pensai soudain à Alphonse.

— Colette avait un frère. Qu'est-il devenu ? Il avait été prisonnier pendant la guerre.

— C'est ça. Il a été libéré après l'armistice. J'ai entendu dire qu'il a épousé, par la suite, une fermière de Marchiennes, une veuve de guerre.

Le bébé se remit à pleurer, et la jeune femme le sortit de son berceau.

— C'est l'heure de la tétée, constata-t-elle. Il a faim.

Je me levai, imitée par Désiré :

— Nous allons vous laisser. Merci de votre gentillesse.

Elle eut un geste désolé :

— J'aurais préféré vous annoncer de meilleures nouvelles.

— Je n'ai vécu chez Achille que quelques jours, au début de la guerre. Mais je ne l'ai jamais oublié.

— C'était un brave homme.

Nous sortîmes, nous reprîmes nos bicyclettes et, avant de nous éloigner, je me retournai. Debout sur le seuil de la maison, son bébé dans les bras, la jeune femme nous regardait partir. Je lui fis un geste d'adieu, auquel elle répondit par un signe de tête.

— Tu es triste, ma Rosalinde ?

Désiré, le visage tourné vers moi, m'observait avec une tendre sollicitude. Je soupirai :

— Oui. J'aurais bien aimé revoir Achille et Colette. Je comprends maintenant pourquoi elle n'a plus donné de ses nouvelles.

— Elle a choisi de tourner le dos au passé et de regarder vers l'avenir. La vie continue, de toute façon. Une nouvelle famille habite dans la maison d'Achille et va la faire revivre.

— Oui, tu as raison.

Malgré tout, je demeurai triste pendant plusieurs jours. Ce fut la compagnie de Rosette qui m'aida à chasser la mélancolie qui m'assombrissait.

De son côté, Désiré chercha à me divertir. Il m'emmena au cinéma, ainsi qu'au théâtre, voir l'opérette *Bécassine nouvelle riche* avec Line Dariel, la célèbre Bécassine lilloise dont j'avais déjà entendu parler mais que je n'avais jamais vue sur scène. La diversion me fut salutaire, et je revins totalement enchantée.

Le jour de la Toussaint, pour la première fois depuis sa mort je pus aller fleurir la tombe de ma mère. Mon grand-père continuait à la bannir de toute conversation et à refuser toute allusion à son égard. En disposant le bouquet de fleurs, j'eus un soupir plein de regrets. Comme elle me manquait ! A elle, sans doute aurais-je pu confier mes problèmes...

Invité par Marguerite, mon grand-père vint dîner avec nous le 11 novembre. Elle prépara un excellent repas et, à son habitude, incita Désiré à reprendre de chaque plat. Ce qu'il fit sans se faire prier. Après le dessert, lorsqu'il eut mangé deux parts de la tarte à gros bords, il dut desserrer son pantalon.

— Tu ne devrais pas gaver ton garçon autant, Marguerite, constata mon grand-père. Regarde-moi le ventre qu'il attrape ! Il grossit trop, si tu veux mon avis. Je te l'ai déjà dit. Quand il est revenu de son service, il était bien.

Marguerite pinça les lèvres, mécontente :

— Vous pouvez garder votre avis pour vous. Mon Désiré a bon appétit, c'est tout.

Mon grand-père remarqua le visage fermé de ma belle-mère et se fit conciliant :

— Allons, *ne rassaque pas tin nez*[1], Marguerite. Ce que je dis là, c'est pour lui. Désiré, tu peux comprendre, toi. Regarde, tu as dû desserrer ta ceinture.

---

1. *Rassaquer sin nez* : faire la tête, bouder.

Désiré eut un hochement de tête dubitatif et ne répondit pas. Ce fut ma belle-mère qui, une fois de plus, défendit son fils :

— Et alors ? Vous savez ce qu'on dit : « Plus le pantalon est large, plus l'homme est fort. » On ne peut pas en dire autant de vous.

Mon grand-père, qui était effectivement grand et maigre, ne répliqua plus. Désiré, conciliant, se tourna vers moi :

— Je mangerai moins si Rosalinde me le demande. Qu'en penses-tu, Rosalinde ?

Je secouai la tête en souriant :

— Tu peux manger tout ce que tu veux, voyons.

J'étais sincère. Que Désiré fût plus ou moins gros n'avait pour moi aucune importance. Je l'aimais pour ses qualités et sa gentillesse, et non pour son apparence physique. Et puis, j'avais remarqué que, les soirs où il faisait un abondant repas, il s'endormait à peine couché. Et cela me convenait tout à fait.

Quant à Aimé, je ne le voyais plus. Si Désiré me proposait d'aller chez lui, je trouvais autre chose : assister à un jeu de balle, ou aller au cinéma voir Tom Mix et son cheval Tony, dont j'aimais bien les aventures, en matinée — à trois heures et demie — plutôt qu'en soirée à huit heures et demie. Désiré, dans sa candeur, ne devinait rien et cherchait toujours à me faire plaisir. Pourtant, même si je ne voyais plus Aimé, je pensais toujours à lui. Lorsque son image venait s'imposer à moi, je la chassais impitoyablement. Je me disais qu'à la longue je parviendrais à l'oublier totalement.

Mais il y eut les vœux de nouvelle année.

« La bonne et heureuse à *tertouss* » disait Victor Olivier dans *L'Echo populaire.* C'était une tradition que tout le monde respectait : on « étrennait » les parents proches d'abord, puis les plus éloignés, et enfin les amis. Notre première visite fut pour mon grand-père et Césarine, qui nous régala d'un excellent repas. Désiré mangea et but beaucoup, et cette fois mon grand-père ne fit pas de réflexion.

Ma petite amie Rosette vint me présenter ses vœux, et je prélevai deux francs sur mon salaire d'apiéceuse pour ses étrennes. Elle m'embrassa et, sagement, remarqua :

— Je vais les mettre dans ma tirelire. Merci, Rosalinde.

Quant à mon amie Camille, elle me serra dans ses bras avec enthousiasme :

— Bonne année à toi aussi, Rosa. Pour moi, elle sera sans aucun doute magnifique : en juin, je serai la femme de Lucas !

Elle me regarda avec un sourire complice :

— Quant à toi, je te souhaite un beau bébé dans l'année. J'en serai la marraine, ne l'oublie pas.

— Oui, je sais, dis-je sans commentaire.

Et je parlai d'autre chose. Ce sujet me gênait. Un bébé ? Chaque mois, ma belle-mère m'observait lorsque je prenais, dans l'armoire, les bandes de coton qui servaient à me protéger. Quelquefois, elle faisait une remarque :

— Ce n'est pas encore pour cette fois-ci, on dirait.

Je savais ce qu'elle attendait : que je lui annonce la prochaine venue d'un enfant. Mais, toujours à cause du même problème, Désiré exerçait ses droits de mari de loin en loin. Pourtant, une de ces fois pouvait suffire, je le savais. Et, sincèrement, je le souhaitais.

Le deuxième dimanche de janvier, Désiré me dit :

— Nous devons *étrenner* Aimé. Je suis le plus jeune, c'est à moi de le faire. Allons-y cet après-midi.

J'eus un instant d'affolement et ne sus que répondre. J'eus envie de prétexter un mal de tête ou un rhume qui couvait, mais, en même temps, un soudain et impérieux désir de revoir Aimé arrêta mes paroles. Je me rendis compte que, loin de lui, mon cœur s'étiolait, et je me préparai avec fébrilité.

Nous partîmes à pied. Le temps était très froid, l'air immobile et glacé. Je tenais le bras de Désiré, et nous marchions vite, parlant de tout et de rien, unis par l'entente paisible qui existait toujours entre nous.

En revoyant la petite maison d'Aimé, mon cœur se mit à battre. Désiré frappa à la porte ; il n'y eut pas de réponse. Il ouvrit. Elle n'était pas fermée à clef, mais dans la maison il n'y avait personne. Il alla jusqu'à la chambre, revint, cria à la cantonade :

— Aimé ! Où es-tu ? Aimé !

Il sortit dans le jardin, cria de nouveau, en vain. Avec un mélange de soulagement et de déception, je constatai :

— Il n'est pas là. Partons.

Désiré insista, lança encore plusieurs appels, haussa les épaules :

— Je me demande où il est. Il ne doit pas être parti bien loin, puisqu'il n'a pas fermé sa porte.

— Tant pis, dis-je. Nous reviendrons.

A peine avions-nous fait quelques pas dans la rue que je vis une silhouette venir vers nous. Mon cœur, qui l'avait reconnue, bondit dans ma poitrine.

— Le voilà ! s'exclama Désiré. Je savais bien qu'il ne pouvait pas être parti très loin !

Alors qu'il avançait vers nous, je croisai son regard. Ce que j'y lus mit en moi une étrange faiblesse. Désiré lui tapa sur l'épaule :

— Bonne année bonne santé, grand frère ! Nous étions chez toi il y a deux minutes, mais comme il n'y avait personne, nous allions repartir.

— J'étais allé *étrenner* des amis. Ne restons pas là dans le froid. Venez boire quelque chose pour vous réchauffer.

— Ça, ce n'est pas de refus ! approuva Désiré.

Nous repartîmes tous les trois. Désiré parlait, Aimé répondait, et moi je ne disais rien. Dans la cuisine, Aimé nous avança des chaises. Il y régnait une chaleur agréable ; j'enlevai mon chapeau, entrouvris mon manteau. Aimé prépara du café, sortit un paquet de gaufres du buffet, ainsi qu'une bouteille de genièvre.

— Vous prendrez bien une « petite goutte » ?

— Avec plaisir ! s'exclama Désiré.

Je refusai, d'une voix qui se voulait assurée. Le fait de revoir Aimé éveillait en moi un trouble que je croyais oublié. Je n'osais pas le regarder. Je demeurais sur ma chaise, muette, les écoutant bavarder sans participer à leur conversation.

Je mangeai ma gaufre, bus ma tasse de café. Je sentais, de temps à autre, les yeux d'Aimé se poser sur moi, et je gardais les miens baissés. Mais je devinais leur expression, et je brûlais d'envie d'y répondre.

Au bout d'une heure, au cours de laquelle je ne dis pas un seul mot, Désiré se leva :

— Il nous faut repartir maintenant, pour ne pas être *pris du soir*. Mais avant, je vais jusqu'aux *commodités*.

Il sortit, nous laissant seuls, Aimé et moi. Je repoussai ma chaise, boutonnai mon manteau. Aimé s'approcha de moi :

— Rosalinde... Je ne t'ai pas souhaité la bonne année.

Je levai la tête vers lui. Nos regards se nouèrent, et toute parole devint inutile. Il se pencha, avec l'intention de déposer un baiser sur ma joue. Mais, d'elles-mêmes, mes mains se levèrent, se nouèrent derrière sa nuque, et mes lèvres se tendirent vers les siennes. Avec un gémissement étouffé, il prit mon visage entre ses mains et m'embrassa.

Ce fut un baiser fou, passionné. Pendant un instant, j'oubliai tout. Je fermai les yeux, emportée par un tourbillon de désir. Lorsque Aimé me lâcha, je titubai. Il enfouit sa tête dans mes cheveux :

— Rosalinde...

Haletante, je tentai de reprendre mes esprits. Je n'avais jamais éprouvé pareille sensation, et j'essayais de revenir sur terre. Des pas retentirent dans la cour, et, dans un état second, j'entendis Désiré se racler les pieds sur le paillasson en fer qui se trouvait dehors. Je réussis à reculer d'un pas. Je balbutiai :

— Il ne faut pas… Je suis mariée… Je…

La porte s'ouvrit, la voix de Désiré tonitrua à mes oreilles :

— Il fait plus froid que tout à l'heure. Partons vite, Rosalinde. Le vent se met à souffler.

Afin qu'il ne vît pas mon visage, je lui tournai le dos et me dirigeai vers une glace accrochée au mur. Les mains tremblantes, je remis mon chapeau. Je parvins à retrouver un semblant de calme, mais, à l'intérieur, tout mon corps frémissait.

Nous fîmes nos adieux. Je m'appliquai à ne pas croiser le regard d'Aimé. Il déposa un simple baiser sur ma joue, et je me détournai aussitôt. Subrepticement, il me serra le bras. Ce geste était un appel, je le compris, mais je l'ignorai.

Sur la route du retour, je m'accrochai à Désiré comme à une bouée de sauvetage. Le vent glacial qui soufflait me brûlait les yeux et me coupait la respiration. L'esprit et le cœur en déroute, je ne disais rien. Désiré finit par s'apercevoir de mon mutisme :

— Qu'y a-t-il, Rosalinde ? Tu n'es pas bien ? Tu as froid ?

— J'ai attrapé mal à la tête. Ce ne sera rien. Demain, ça ira mieux.

Lorsque nous fûmes rentrés, je prétextai la même migraine pour aller me coucher. Je laissai Marguerite et Désiré souper seuls, et je me retirai dans notre chambre. Ma belle-mère essaya de me retenir :

— Mange quand même un morceau, Rosalinde.

— Merci. Je n'ai pas faim.

Elle me scruta, le visage plein d'espoir :

— Alors, va te reposer. Il y a peut-être du nouveau, qui sait ?

Je n'eus pas le courage de la détromper. Dans la chambre, je me déshabillai et me couchai. Tout mon corps frémissait encore du baiser que nous avions échangé, Aimé et moi. Je fermai les yeux, revivant cet instant de passion. Lorsque Désiré vint me rejoindre, je fis semblant de dormir.

— Rosalinde… chuchota-t-il. Tu vas bien ?

Je m'appliquai à respirer régulièrement. Il n'insista pas. Je l'entendis se déshabiller, se coucher, et quelques minutes après il se mit à ronfler doucement. Alors, un mélange de culpabilité, de honte et de remords m'envahit. Il était un mari bon et aimant, et moi, je m'étais mal conduite. Je ne devais pas recommencer. La seule façon d'y parvenir, c'était de ne plus revoir Aimé, ainsi que je l'avais décidé précédemment. Ce qui s'était passé dans l'après-midi me montrait que je n'étais pas assez forte pour lui résister. Il fallait donc que j'évite toute nouvelle rencontre.

Désiré s'intéressait toujours autant aux automobiles. Avec son ami Julien, il pouvait en discuter pendant des heures. Ensuite, il me faisait part de ses souhaits :

— J'aimerais bien une Citroën. Au garage Boulinguez, il y a les nouvelles C4 et C6. La C4 a une cinquième porte arrière ouvrante, et trois vitesses. Quant à la C6, il paraît qu'elle peut atteindre cent kilomètres à l'heure. Il y a aussi, chez Peugeot, la 5 CV et la 9 CV. Je n'arrive pas à me décider.

Je tâchais d'être raisonnable :

— Nous n'avons probablement pas assez d'argent, Désiré.

— Mère m'a promis de m'aider avec ses économies. Et nous pourrons peut-être l'acheter à crédit.

— Je ne sais pas, Désiré.

Il eut une expression de petit garçon déçu, et je me repris :

— Moi aussi, je vais t'aider. Je vais demander au commis davantage de travail, et je te donnerai l'argent que je gagnerai. Même si c'est pour rembourser le prêt, il sera utile.

— Merci, Rosalinde. Merci, répéta-t-il, touché.

J'eus donc plus de vêtements à confectionner, et je passai mes journées à coudre. J'en profitai pour retirer un avantage de cette situation : le soir, après le souper, lorsque Désiré s'en allait se coucher, il me disait :

— Tu viens, Rosalinde ?

Je secouais la tête, m'installais à ma machine et, du pied, actionnais la pédale pour la mettre en route :

— Pas tout de suite. J'ai encore ce paletot à terminer. Mais ce ne sera pas long. Je te rejoindrai bientôt.

Je m'arrangeais pour coudre jusqu'à ce que mes yeux brûlent de fatigue, et seulement alors je regagnais notre chambre. A chaque fois, comme je le supposais, Désiré s'était endormi. Je me déshabillais sans bruit et me glissais doucement près de lui pour ne pas le réveiller.

Un autre avantage était que, grâce à la fatigue, moi aussi je sombrais immédiatement dans le sommeil. Ainsi, je n'avais pas de temps pour penser à Aimé, et cela me convenait. Fidèle à ma résolution, j'évitais de le revoir. En prenant prétexte du mauvais temps, je demandais à Désiré de m'emmener au cinéma le dimanche, ou bien, les jours où il faisait beau, nous allions chez mon grand-père.

Dans la semaine, chaque après-midi, j'allais toujours tenir compagnie à Rosette. Elle continuait à collectionner les vignettes qu'elle découpait sur les paquets de chicorée. Elle remarquait :

— Celui-ci, c'est peut-être maman qui l'a rempli et fermé ?

Et elle le tournait dans tous les sens comme s'il avait pu répondre à sa question.

Un après-midi, elle m'annonça :

— La maîtresse va nous expliquer comment on fabrique la chicorée. Elle nous a dit qu'avec tous les paquets que l'entreprise Leroux a vendus jusqu'à maintenant, si on les met bout à bout, on peut faire deux fois le tour de la terre. Ça fait beaucoup, hein, Rosalinde ? conclut-elle d'un air impressionné.

J'acquiesçai. Le soir, je répétai ses paroles à Désiré. Il proposa aussitôt :

— Je lui rapporterai des cossettes brunes. Et aussi des vertes. J'irai jusqu'au hangar à cossettes lui en prendre une poignée.

Lorsqu'il les lui remit, Rosette lui sauta au cou :

— Quelle bonne idée, Désiré ! Je les montrerai à la maîtresse. Elle me donnera peut-être un bon point ou une image.

Elle revint de l'école très fière : elle avait eu un protège-cahier et un buvard à l'effigie de la chicorée Leroux.

Ainsi les semaines passaient, et je partageais ma vie entre mon travail et Rosette. Pour le mardi gras, elle me demanda de lui confectionner un accoutrement de romanichelle dans une vieille robe de sa mère. Ce que je fis avec plaisir. Le jour venu, elle se brunit les mains et le visage avec une décoction de chicorée, revêtit sa tenue, et se prépara à partir dans les rues avec ses compagnes. Mais auparavant, avec un air de grand sérieux qui m'amusa, elle prit ma main et en scruta la paume :

— Je sais dire l'avenir, assura-t-elle en parlant avec une grosse voix. Si vous voulez savoir, il faut me donner un franc.

Toujours en riant, je le lui promis. Elle fronça les sourcils, fit semblant de se concentrer :

— Je vois que vous aurez bientôt un bébé, annonça-t-elle avec sérieux. Voilà, ce sera un franc.

Elle me tendit une petite main brunie, dans laquelle je mis une pièce. En me remerciant, elle fit une pirouette et s'en alla rejoindre ses amies qui l'attendaient à la porte.

Lorsque Valentine revint, je lui rapportai les propos de sa fille. Elle se mit à rire :

— Oh, je crois qu'elle dit ça à toutes les jeunes femmes. Elle m'a prédit la même chose. Cela fait un bout de temps qu'elle réclame un petit frère ou une petite sœur !

Malgré tout, la prédiction de Rosette m'avait troublée. Ce n'était qu'un jeu, bien sûr, mais je me rendis compte que je serais heureuse de la voir devenir réalité. Je me mis à y penser souvent, sans me douter que j'obtiendrais satisfaction d'une manière que je ne prévoyais pas.

9

Le printemps arriva, les soirées se firent plus longues, les jours plus doux. Dans le petit jardin de Marguerite, je regardais les jonquilles fleurir. J'aurais bien aimé en couper quelques-unes afin d'en mettre un vase dans la maison, mais elle m'en empêchait :

— A l'intérieur, elles se faneront en trois jours. Tandis qu'ici, dans le jardin, elles dureront beaucoup plus longtemps.

Lorsque nous lavions le linge, elle exigeait que nous utilisions la lessive Jeanne d'Arc. Si le beau temps nous permettait de pendre le linge dehors, elle surveillait mon travail et me réprimandait :

— Ne mets pas les chaussettes dans ce sens là, voyons. Il va y avoir un bec. Accroche-les dans l'autre sens. Regarde, comme ceci.

Elle me montrait comment faire, et je devais m'incliner. C'était le conseil de Désiré pour avoir la paix. Mais, au fil des mois, ma patience s'émoussait. Ma belle-mère voulait sans cesse avoir raison, et parvenait à me persuader que, bien sûr, c'était moi qui avais tort. Quelquefois, j'essayais de protester :

— J'ai toujours fait de cette façon. C'est Césarine qui m'a appris.

— Eh bien, moi, je continuerai *à m'mote*[1]. Ma méthode vaut bien celle de Césarine, après tout.

Dès que je le pouvais, je me plongeais dans ma couture — mais il fallait faire attention à ne pas éparpiller sur le carrelage bouts de fil ou chutes de tissu — ou bien je m'en allais rejoindre Rosette. Lorsque Valentine rentrait de son travail, je passais quelques instants avec elle. Sa gaieté me faisait du bien. Elle était légère, frivole. Elle me faisait admirer sa nouvelle coiffure, sa nouvelle robe, son nouveau chapeau. Elle en achetait à chaque changement de saison, et, moi qui mettais les mêmes depuis des années, je m'étonnais :

— Vincent ne dit pas que tu dépenses trop ?

Elle haussait les épaules avec insouciance :

— Je travaille. Il s'agit de mon argent. Je peux bien m'offrir un petit plaisir de temps en temps, non ?

Elle me regardait avec un air entendu :

— Toi aussi, Rosalinde, tu travailles. Tu devrais faire la même chose. Tu es trop raisonnable, tu ne t'achètes jamais rien.

Je secouais la tête :

— Ce que je gagne est pour Désiré. Nous économisons sou à sou pour acheter une voiture. Je ne

1. A ma mode, à ma façon.

sais pas combien de temps nous mettrons, mais nous y arriverons. C'est son rêve, tu le sais.

Il était vrai que mon mari se passionnait de plus en plus pour les automobiles. Avec son ami Julien, il se tenait au courant des dernières nouveautés, comparait les prix, discutait pendant des heures sur les qualités de chacun des modèles. Ils s'intéressaient aux Vingt-Quatre Heures du Mans, où depuis plusieurs années la victoire revenait à Bentley, une marque anglaise. Lorsque Désiré parlait avec enthousiasme de voitures à mon grand-père, celui-ci se faisait réprobateur :

— Comment peut-on s'emballer pour des engins pareils ? Garde ton argent pour acheter des choses plus utiles, mon garçon.

Marguerite, toujours prête à défendre son fils, répliquait, mécontente :

— Il est préférable de s'intéresser aux voitures qu'aux femmes. Et faire des économies pour en acheter une est toujours mieux que d'aller dépenser tous ses sous au cabaret, comme certains que je connais. Dans notre rue, il y en a un qui fait ça. C'est une misère, croyez-moi. Sa femme a bien du mal à joindre les deux bouts.

Moi, je ne disais rien. Cette passion de Désiré ne me gênait pas. Au contraire, j'étais heureuse de penser qu'un jour nous posséderions une voiture, qui pourrait nous emmener partout.

Le mois de mai apporta des journées chaudes et ensoleillées. Le dimanche, nous allions moins souvent au cinéma. Julien nous emmenait dans les environs, assister à des jeux de balle ou à des carrousels. Au cours de l'un d'eux, je revis Martial parmi les concurrents. Cette fois-là aussi, il remporta la victoire. Il ne m'aperçut pas, et j'eus tout le loisir de l'observer. Il était toujours aussi beau, mais je me demandai comment il avait pu m'attirer. Ce que j'avais éprouvé pour lui n'était pas de l'amour, je le savais maintenant. Depuis ma rencontre avec Aimé, je connaissais la signification de ce mot.

Les fois où nous ne sortions pas avec Julien, nous allions chez mon grand-père. Et je parvenais à éviter toute rencontre avec Aimé.

Un jour, Désiré me dit :

— Dimanche prochain, Julien voudrait m'emmener voir une exposition automobile à Lille. Il a invité également d'autres amis à lui. Ce sera une sortie entre hommes, et il n'y aura pas de place pour toi dans la voiture. Est-ce que je pourrai y aller, Rosalinde ?

L'expression qu'il avait — celle d'un petit garçon qui demande une permission — me fit sourire :

— Bien sûr, Désiré.

— Ça ne te gêne pas que je te laisse toute seule ? Que feras-tu ?

— Ne t'inquiète pas pour moi. J'irai voir grand-père et Césarine. Ils sont toujours contents de ma visite.

— Merci, Rosalinde. Tu es gentille.

Pendant les jours qui suivirent, nous eûmes, Marguerite et moi, les oreilles rebattues par les marques des voitures nouvellement sorties ainsi que leur prix de vente. Lorsque Julien venait, c'étaient des discussions à n'en plus finir. Marguerite et moi échangions un sourire, pour une fois complices, et nous n'essayions pas de participer à la conversation. Comme elle le disait, c'était « une affaire d'hommes ».

Le dimanche, Julien vint le chercher tout de suite après la grand-messe — afin d'être dans les premiers et d'éviter la bousculade, affirma Désiré qui ressemblait à un enfant surexcité. Il nous embrassa, sa mère et moi, et rejoignit son ami qui, dehors, s'était contenté de donner plusieurs coups d'avertisseur :

— A ce soir !

Nous le suivîmes jusqu'à la porte, saluâmes Julien qui, au volant de sa voiture, nous adressa un grand geste et un sourire. Dès que Désiré fut monté, il démarra et nous les regardâmes s'éloigner. Puis nous revînmes dans la maison.

Ma belle-mère avait projeté d'inviter Emilienne, une de ses amies qui habitait Le Veuvé. C'était une grande maison blanche qui, comme son nom l'indiquait, logeait des femmes veuves. Marguerite et Emilienne se connaissaient depuis longtemps, elles avaient fréquenté ensemble la même école et avaient fait leur communion solennelle le même jour. Quand elles se retrouvaient, elles passaient leur temps à se rappeler des souvenirs d'enfance et à discuter de ce qu'étaient devenues leurs autres compagnes. Je n'avais aucune envie de me retrouver avec elles, car leur conversation ne m'intéressait pas. J'avais donc prévenu Marguerite que je me rendrais chez mon grand-père.

Je la laissai attendre son amie et je me mis en route. Il faisait un temps splendide ; une brise légère et agréable soufflait, le soleil inondait la campagne de sa lumière blonde, les hirondelles se poursuivaient dans le ciel bleu en traçant de gracieuses arabesques. Je pris les *piedsentes* et marchai d'un bon pas. En arrivant dans le village, je passai d'abord chez mon amie Camille.

Elle fut heureuse de me voir. Avec sa mère, elle préparait un repas de fête parce que Lucas, son fiancé, allait venir dîner avec ses parents. Je ne voulus pas les retarder et ne prolongeai pas ma visite. Camille me reconduisit jusqu'au petit pont qui surplombait le fossé et me serra dans ses bras, heureuse :

— Le mois prochain, je serai mariée ! N'oublie pas que tu es invitée au repas avec Désiré !

Je souris à son visible bonheur, avec au cœur un pincement de regret. Je comprenais, maintenant, pourquoi je n'avais pas éprouvé une joie semblable lorsque j'avais épousé Désiré. Je n'étais pas amoureuse de lui. Et celui que j'aimais m'était interdit.

J'arrivai chez mon grand-père. Il n'y avait personne, et je supposai qu'il était *à mo ch'tiot Médée*. Je me rendis chez Césarine, qui m'accueillit à bras ouverts :

— Quelle bonne surprise, Rosa ! Mais… tu es toute seule, aujourd'hui ?

Je lui expliquai pourquoi Désiré ne m'avait pas accompagnée, et elle hocha la tête avec satisfaction :

— Eh bien, nous allons nous retrouver tous les trois, comme avant. Je vais mettre la table et nous mangerons ici. Sosthène va bientôt revenir. J'ai préparé un bon pot-au-feu, avec les premières carottes du jardin. Et il y aura aussi de la salade, toute nouvelle et toute tendre !

Mon grand-père fut heureux lui aussi de me voir, et je fis honneur au repas. Ensuite, j'aidai Césarine à faire la vaisselle et à tout ranger, pendant que mon grand-père fumait sa pipe, dehors, sur le banc. Profitant de notre tête-à-tête, Césarine m'interrogea :

— Ça va toujours bien, Rosalinde ? Tu es heureuse avec Désiré ?

— Oui, bien sûr, dis-je un peu trop vite. C'est un bon mari.

Je ne mentais pas, et pourtant je ne disais pas la vérité. Mais comment aurais-je pu exposer ma situation ? C'était impossible. Je soupirai en rangeant les assiettes dans l'armoire. Lorsque tout fut en ordre, nous nous rendîmes au cimetière. Puis mon grand-père me montra les semis de son jardin, et me donna quelques radis ainsi que de la salade. De son côté, Césarine empaqueta le reste de la tarte à *l'emplinmure*[1] pour que je l'emmène. Et, comme l'après-midi s'avançait, je les embrassai tous les deux et je repartis.

Je pris le même chemin, à travers la campagne, mais je marchais plus lentement qu'à l'aller. Je pensais au bonheur que j'avais lu dans les yeux de Camille, et je me sentais mélancolique.

A un carrefour des *piedsentes* se dressait un vieil arbre majestueux. Je ne vis pas tout de suite qu'un homme était appuyé contre le tronc et me regardait avancer. Je l'aperçus lorsqu'il se détacha de l'arbre et vint à ma rencontre. Avec un coup au cœur, je le

1. A la compote.

reconnus. Un grand frisson de crainte et de joie me traversa, et je m'immobilisai.

Il s'arrêta en face de moi, et nos regards se nouèrent. Je m'efforçai de me reprendre, de résister à l'élan qui me poussait vers lui. Sur un ton que je voulais désinvolte, je dis :

— Bonjour, Aimé.

Il ne fut pas dupe. Il tendit une main, me prit le bras :

— Je t'attendais. J'espérais bien que tu passerais par ici. Viens, Rosalinde, il faut que je te parle.

Fermement, il m'entraîna. Je me laissai faire, tout en essayant de comprendre :

— Mais… comment savais-tu… ?

— Désiré est passé chez moi ce matin avec ses amis, expliqua-t-il tout en marchant à grands pas. L'un d'eux avait eu un empêchement, et ils sont venus me demander si je ne voulais pas prendre sa place pour aller à cette exposition. Ça ne m'intéressait pas, et j'ai refusé, d'autant plus que Désiré m'a dit que tu te rendrais chez ton grand-père. J'ai pensé que c'était une excellente occasion de te voir seule… et voilà.

Il me tenait toujours le bras, et je m'essoufflais à le suivre. Sur la gauche, un bouquet de saules formait une petite clairière. Au-delà, la Marque coulait paresseusement et miroitait sous le soleil. Aimé m'emmena à l'abri des arbres :

— Ici, nous serons tranquilles. Il faut que nous ayons une conversation sérieuse, Rosalinde. Cette situation ne peut plus durer.

Il semblait si déterminé que je ne sus que répondre. Debout en face de lui, je le regardai, éperdue. Il s'approcha de moi, dit d'une voix sourde :

— Rosalinde…

Puis il se pencha et m'embrassa. Le sortilège, que j'avais déjà connu le jour de la nouvelle année, revint et m'emporta. Je laissai tomber mon sac et le paquet que je tenais. Je nouai mes mains autour de sa nuque et mon corps, m'échappant totalement, se pressa contre le sien. A partir de ce moment, je ne fus plus moi-même. Je devins une autre femme, avide d'aimer et d'être aimée. Je me laissai emporter par un tourbillon qui allait crescendo et auquel je ne tentai pas de résister.

Je ne pris pas conscience de m'être allongée, mais je me retrouvai couchée dans l'herbe, gémissant de bonheur et de désir sous les baisers et les caresses d'Aimé. Il m'emportait vers un paroxysme que je n'avais jamais connu et que, de toutes mes forces, je souhaitais atteindre. L'autre femme qui était en moi et dont je ne soupçonnais même pas l'existence se donna avec ardeur, avec passion, dans l'aboutissement d'un amour partagé. Ce fut une apothéose, un tel éblouissement que, ensuite, je demeurai étourdie un long moment, les yeux fermés, flottant en dehors de la réalité.

Ce fut la voix d'Aimé qui me ramena sur terre :

— Rosalinde… Mon amour…

Il parsemait mon visage de baisers légers, et je rouvris les yeux. Je regardai, hébétée, autour de moi. Je me rendis compte du tableau que nous formions, lui et moi, et, subitement, sans transition, je redevins Rosalinde la raisonnable. Je m'assis brusquement :

— Mon Dieu !... Que s'est-il passé ? Qu'avons-nous fait ?... C'est... Oh, mon Dieu !

En un instant, je me relevai, remis de l'ordre dans mes vêtements, ramassai mon sac et mon paquet, tandis qu'une interrogation tournait sans cesse dans mon esprit affolé : « Comment ai-je pu agir ainsi ? »...

— Mais... que fais-tu, Rosalinde ? Attends, ne pars pas comme ça ! Il faut que... Attends !

Je tournai le dos à Aimé pour m'enfuir loin de lui, horrifiée par l'ampleur de ma faute. Je me mis à marcher sur le chemin, mais il me suivit, suppliant et incompréhensif :

— Mais enfin, Rosalinde ! Ne te sauve pas comme ça !

Je m'arrêtai et le regardai bien en face. Je tremblais, mais je parvins à dire d'une voix ferme :

— Laisse-moi, Aimé. Ne cherche plus à me revoir. Ce qui s'est passé aujourd'hui ne doit plus se reproduire, tu entends ? Et surtout, que Désiré ne l'apprenne jamais ! J'en mourrais de honte... Car, au cas où tu l'aurais oublié, je suis sa femme, et il est ton frère !

Je jetai cette dernière phrase avec tant de violence qu'il se figea, désemparé. Secouée de sanglots, je me retournai et me mis à courir, fuyant le plus loin possible de lui — et de ma faute.

Lorsque je rentrai, Marguerite fut frappée par mon air hagard. Je prétextai un mal de tête et, pour expliquer mes vêtements tachés et froissés par l'herbe, je dis que j'avais fait une chute. Désiré n'était pas encore revenu, et j'en fus soulagée. Je me sentais incapable de me retrouver en face de son visage bon et plein de candeur, après la façon dont je venais de me conduire. Je n'avais qu'une idée : demeurer seule. Je demandai à Marguerite de m'excuser et me retirai dans ma chambre.

Là, je me déshabillai et, avant de me coucher, me tamponnai longuement le visage à l'eau fraîche. Dans ma tête enfiévrée, les images revivaient, intenses et passionnées. Mais j'avais retrouvé ma lucidité et je me jugeais sévèrement. La honte m'incendiait le cœur. Je me promis fermement de ne jamais recommencer, et même de ne plus sortir seule, au cas où Aimé tenterait encore de me rencontrer. Je ne voulais pas être une de ces femmes infidèles, dont les gens disaient, avec un mélange de réprobation et de mépris : « Vous savez, une telle, elle “se dérange” » !

Et, dans mon cas, ils ajouteraient, scandalisés : « En plus, c'est avec son beau-frère ! »

Il me serait insupportable d'être une source de commérages. Et je ne voulais pas non plus infliger à Désiré une souffrance qu'il ne méritait pas. Si Aimé ne disait rien, cet instant d'égarement ne resterait connu que de nous deux, et il faudrait nous efforcer de l'oublier.

Je soupirai longuement. Ce ne serait pas facile. L'éblouissement que j'avais ressenti avait été tel que mon corps était encore engourdi de plaisir. L'acte d'amour que je venais de connaître n'avait rien de commun avec le devoir conjugal que je finissais par appréhender et par haïr, et au cours duquel je me crispais malgré moi. Maintenant, pensai-je, il me paraîtrait encore plus désagréable, et je l'éviterais le plus possible.

J'entendis Désiré rentrer. Il vint jusqu'à la chambre, entrouvrit la porte. Je feignis de dormir, et il n'insista pas. Marguerite lui servit à souper, et des bribes de conversation me parvinrent. La voix de Désiré dominait, avec des exclamations enthousiastes. Je devinai qu'il était heureux de son escapade, et une bouffée de remords me submergea. Il m'était cher, et je ne voulais pas détruire son insouciance et son bonheur. Ce fut sur cette pensée que, finalement, je m'endormis.

Le lendemain et les jours suivants, Désiré ne parla que des nouvelles automobiles. Il me montra les prospectus qu'il avait rapportés, comparant les qualités et les défauts des différentes marques et me demandant mon avis. Je répondais invariablement :

— Je ne sais pas, Désiré. Je n'y connais rien.

Mais il recommençait, intarissable. Je le laissais parler, l'écoutant d'une oreille distraite. Il était tellement passionné qu'il ne s'apercevait pas de ma gêne, de ma réticence à croiser son regard, de mon attitude coupable. Je passais mes journées penchée sur ma machine, travaillant jusqu'à avoir des étourdissements. Marguerite, plus perspicace, décelait en moi un changement, sans pourtant en déterminer la cause. Son regard s'arrêtait sur moi, scrutateur :

— Qu'as-tu, Rosalinde ? Tu n'es pas comme d'habitude.

Je baissais les yeux, passais une main sur mon front :

— J'ai mal à la tête.

— Tu travailles trop, aussi, protestait-elle. Le bruit de cette machine va me rendre folle. Arrête un peu, voyons.

Dès la sortie des classes, je m'en allais retrouver Rosette. Sa fraîcheur et sa naïveté me faisaient du bien, apaisaient le remords qui ne me quittait plus. Je vivais avec un continuel sentiment de culpabilité, qui me minait lentement. Je me demandais comment j'avais pu agir ainsi, et je n'étais pas loin de me faire horreur. Même mon amie Valentine, que Marguerite jugeait légère et peu sérieuse, ne se comportait pas aussi mal et n'avait jamais trompé son mari. Je ne me trouvais qu'une excuse : j'avais péché par amour. Car j'étais désespérément amoureuse d'Aimé.

Je cherchai un refuge dans la religion. Je pris le chapelet que Césarine m'avait offert le jour de ma communion et, comme je l'avais vu faire à ma *matante* Gustine dans mon enfance, je me mis à en réciter les prières. J'allai, avec Marguerite, assister à la procession des Rogations lors des trois jours précédant l'Ascension. Avec monsieur le curé et d'autres femmes, nous suivîmes un itinéraire précis, nous arrêtant aux reposoirs pour chanter des cantiques. Le troisième jour, nous quittâmes la ville pour aller jusqu'au hameau de Manneuville et, en sortant de la maison, à sept heures du matin, je fus surprise par la fraîcheur de l'air. Je pris froid. Le lendemain, je me mis à tousser. J'eus de la fièvre. Je ne pouvais plus rien avaler. Marguerite me badigeonna la gorge avec du bleu de méthylène, et me prépara du sirop avec du miel. Le soir, alors que j'étais alitée, Désiré m'apporta un grog brûlant. Je remarquai qu'il me regardait avec tendresse, et mon sentiment de culpabilité redoubla. Après avoir bu, je me recouchai, en sueur. Désiré me caressa les cheveux :

— Demain, tu iras mieux, Rosalinde.

Je le regardai sortir de la chambre, et je souhaitai une fois de plus qu'il ne connût jamais mon indignité. J'avais un mari bon et attentionné, et je l'avais odieusement bafoué.

Dès que je fus guérie, je me remis à mon travail. Il fallait que je m'occupe pour ne penser à rien. J'eus l'idée d'aller me confesser à monsieur le curé mais, lorsque je me retrouvai dans l'obscurité du confessionnal, j'en fus incapable. Au moment de parler, la honte qui m'étouffait incendia mon visage, et il me fut impossible de dévoiler à notre bon curé la façon dont je m'étais conduite. Et je repartis avec mon douloureux secret enfoui au fond de moi.

J'avais les traits tirés, je manquais d'appétit, je maigrissais. En même temps, je devenais nerveuse, irritable. Le lundi de la Pentecôte eut lieu, sur la grand-place, comme chaque année, le marché aux fleurs. J'achetai un bouquet que je portai sur la tombe de ma mère. Là, je m'interrogeai : étions-nous destinées à connaître un amour sans avenir, l'une comme l'autre ? Je pensai qu'elle avait dû être bien malheureuse, elle aussi, alors qu'elle était enceinte et abandonnée de celui qu'elle aimait. Et, bien que ma situation fût différente, je ne trouvais pas mon sort beaucoup plus enviable.

Je ne me déridais qu'en compagnie de ma petite amie Rosette. Un grand projet nous occupait toutes les deux : je cousais pour elle une robe blanche, qu'elle porterait lors de la procession de la Fête-Dieu. Elle ferait, ce jour-là, partie des « fleuristes » ; ainsi appelait-on les petites filles qui lançaient des pétales de roses devant le saint-sacrement. Rosette, très fière du rôle qu'elle aurait à jouer, suivait avec intérêt la confection de sa robe et se prêtait volontiers aux essayages que je lui imposais. Le jour où tout fut terminé, la petite fille demeura immobile d'admiration :

— Qu'elle est belle ! Merci, Rosalinde. Elle est très belle. Et elle me va très bien.

— Je vais la laver et la repasser, dit Valentine. Et nous t'achèterons des gants blancs, et aussi des chaussures blanches.

Lorsque arriva le jour de la procession, je courus chez mon amie. Ravissante, Rosette osait à peine bouger de peur de froisser sa jolie robe. Sa mère avait bouclé ses cheveux et avait ceint son front d'une couronne de roses.

— Que tu es belle ! dis-je avec sincérité. Tu ressembles à un ange.

Aussitôt, je me mordis les lèvres. Cette phrase me rappelait les paroles de Désiré, le jour de ma communion, et le remords de nouveau m'envahit. J'essayais de repousser ma faute, de faire comme si elle n'avait jamais existé, mais il suffisait d'un mot, d'un geste, d'une chanson entendue au poste de T.S.F., pour me la rappeler.

Rosette partit pour l'église, où mademoiselle Marie, responsable des fleuristes, attendait les fillettes afin de les intégrer dans l'ordre de la procession. Je lui avais promis de la regarder passer, et bien avant l'arrivée du cortège nous étions dehors.

Il faisait beau, et dans le soleil les cloches de l'église sonnaient. Nous vîmes arriver le Suisse en grande tenue qui, l'air sérieux, ouvrait la procession. Vinrent ensuite les enfants de chœur, vêtus d'une soutane rouge et d'un surplis blanc ; l'un d'eux, les épaules recouvertes d'une cape, portait l'ostensoir. Puis ce fut au tour de l'ange gardien, le doigt dressé, tenant par la main une petite fille en robe blanche, suivi des communiants de l'année, et de saint Jean-Baptiste vêtu d'un habit en peau de mouton.

Un jeune garçon arriva, en tunique blanche, présentant une grande hostie. De cette hostie partaient des rubans blancs dont plusieurs garçons tenaient l'extrémité. Dans les processions de notre village, je n'avais jamais vu ce personnage. Je m'étonnai :

— Qui est cet enfant en tunique romaine ?

— C'est saint Tarcissius, m'apprit Marguerite. Il a été martyrisé alors qu'il portait la communion. C'est pour cela qu'on le représente avec une hostie. Regarde, souffla-t-elle. Voici maintenant la Reine des Anges.

Vêtue d'une robe blanche et d'une grande cape bleu ciel parsemée d'étoiles d'or, une jeune fille s'avançait. Des enfants de la maternelle tenaient la cape, tout en blanc elles aussi, avec des ailes de tulle accrochées dans le dos. Valentine, près de nous, me confia :

— L'année de ses cinq ans, Rosette jouait ce rôle. Il aurait fallu que tu vois comme elle était fière !

Je pensai à la fois où j'avais participé à une procession, a peu près au même âge. Je n'avais fait que pleurer, affolée d'être séparée de ma mère qui, ensuite, m'avait grondée. Avais-je donc été une enfant trop craintive ?

Vint ensuite Jeanne d'Arc, habillée d'une robe et d'une longue redingote de velours bleu. Près d'elle, un page vêtu de velours bleu lui aussi tenait le casque de la sainte guerrière, posé sur un coussin. Il y eut encore les statues du Sacré-Cœur et de la Vierge, portées par des jeunes filles, puis Valentine me donna un coup de coude :

— Ça y est ! Voilà les fleuristes !

Nous tendîmes le cou. Deux par deux, les fillettes marchaient gravement, soutenant de leurs mains une corbeille retenue autour de leur cou par un ruban de satin. Au moment où elles passaient devant nous, obéissant à la claquette de mademoiselle Marie, Rosette et sa compagne s'avancèrent devant le saint-sacrement, prirent dans leur panier des pétales de rose qu'elles portèrent aux lèvres et qu'elles jetèrent ensuite sur le sol, à trois reprises. Puis elles regagnèrent le dernier rang, où elles remplirent de pétales leur corbeille, prenant ceux-ci dans un grand panier que tenaient deux autres fillettes.

En reprenant sa place, Rosette regarda autour d'elle et nous aperçut. Elle nous adressa un sourire heureux, et sa mère lui envoya un baiser.

— Elle est bien, ma petite fille, n'est-ce-pas ? me demanda-t-elle tandis que, sous un dais, passait notre curé, portant le saint-sacrement, entouré de plusieurs hommes tenant des lanternes.

— Oui, dis-je avec sincérité. Très bien.

Il y eut, pour terminer, la chorale, qui chantait le cantique dont je me souvenais, le jour où j'avais retrouvé ma mère dans la procession : « Loué soit à tout instant / Jésus au saint-sacrement », puis les mères chrétiennes avec leur bannière, et enfin les fidèles qui fermaient la marche.

— C'est ce qu'on appelle une belle procession, commenta Marguerite.

J'approuvai. Lorsque tout fut terminé, je rentrai avec elle dans la maison pour l'aider à préparer le repas et à mettre le couvert. Désiré nous suivit, s'épongeant le front, se plaignant du soleil et de la chaleur.

— Je préférerais assister à un rallye automobile, déclara-t-il franchement.

Marguerite se récria. Je souris à mon mari, et il me rendit mon sourire. Notre entente était toujours là, et j'étais décidée à être dorénavant, pour lui, une bonne épouse.

Mais, le lendemain, j'eus mes premiers malaises.

10

C'était l'après-midi. Penchée sur ma machine, je cousais avec application la manche d'un paletot lorsque, soudain, j'eus une sorte de vertige. En même temps, une sueur froide m'inonda le visage et le corps, et un bourdonnement soudain emplit mes oreilles, couvrant la voix de Joséphine Baker qui, à la T.S.F., chantait *J'ai deux amours*. J'arrêtai mon travail, luttant contre l'évanouissement. Je respirai profondément, plusieurs fois de suite, et le malaise s'estompa lentement, mais il fut remplacé par une nausée qui me souleva l'estomac.

Marguerite, qui revenait du jardin avec quelques branches de thym, s'aperçut de mon immobilité et de mon visage en sueur :

— Que se passe-t-il, Rosalinde ? Tu n'es pas bien ?

J'avalai ma salive, obligeant les soubresauts de mon estomac à se calmer. Je dis faiblement :

— Je ne sais pas… Je me sens toute barbouillée…

La date de mes règles était passée depuis plusieurs jours, et ma belle-mère n'avait pas été sans remarquer que je n'avais pas utilisé les serviettes en coton rangées dans l'armoire. Elle me regarda avec intérêt, et ses yeux se mirent à briller :

— Rosalinde… Tu n'aurais pas « commandé », des fois ?

Je fis un signe de dénégation qui se voulait convaincant :

— Non. C'est un simple retard. Cela m'est déjà arrivé.

— Mais ton malaise… Tu n'en as jamais eu, jusqu'ici.

Je m'obstinai dans ma version :

— Cela ressemble à une indigestion. Quelque chose n'est pas bien passé ce midi.

Elle hocha la tête avec doute, mais n'insista plus. Pour échapper à son regard inquisiteur, je m'en allai retrouver Rosette qui allait bientôt rentrer de l'école. Et l'incident fut clos.

Mais, au cours des jours suivants, le même vertige revint, accompagné de sueurs et de nausées. Marguerite, sûre d'elle, affirma que j'attendais un enfant. Contre toute évidence, je soutins le contraire. Je me mis à lui cacher les malaises que j'éprouvais en sa présence. Je sortais dans le jardin dès que je reconnaissais les premiers symptômes, afin de me trouver hors de sa vue. J'appréhendais ses remarques, mais elle ne disait plus rien, se contentant de me suivre d'un regard entendu.

Le mois suivant, elle vit bien que les serviettes restaient encore dans l'armoire. D'un ton catégorique, elle déclara :

— Il faut en avoir le cœur net, Rosalinde. A mon avis, il y a un petit en route. Je vais aller prévenir

Ursule, qui est sage-femme et que je connais bien. Nous habitions le même village, autrefois. C'est elle qui a mis Désiré au monde.

Je ne protestai plus. Il me paraissait évident, à moi aussi, que j'attendais un enfant. Je demandai néanmoins :

— S'il vous plaît, n'en parlez pas à Désiré tant qu'il n'y a rien de certain.

Elle me regarda, surprise par mon souhait :

— Si tu veux. Il ne faut pas contrarier une femme enceinte, ma mère me l'a toujours dit. Dans cet état, on a quelquefois des exigences bizarres.

Deux jours plus tard, Ursule arriva. C'était une grosse femme au visage réjoui et à l'allure paisible. Elle m'emmena dans ma chambre, me fit allonger, me palpa longuement le ventre et m'ausculta, tandis que je serrais les dents. Ensuite, elle se releva et m'adressa un large sourire :

— Vous pourrez annoncer une bonne nouvelle à votre mari ce soir. Vous êtes enceinte de deux mois. En février prochain, vous lui donnerez une fille ou un garçon.

Mon manque de réaction dut la surprendre, mais elle fit comme s'il était normal. Nous revînmes dans la cuisine, où Marguerite nous attendait. Ses yeux nous interrogèrent, impatients.

— Tu seras grand-mère en février, lui dit Ursule avec le même sourire ravi.

Marguerite poussa une exclamation de joie, et, dans un élan d'affection rare chez elle, vint à moi et m'embrassa :

— Ça c'est bien, Rosalinde. C'est une bonne nouvelle. Désiré sera content.

Elle proposa à Ursule de s'asseoir et versa du café. J'écoutai la sage-femme me donner des conseils pour avoir une bonne grossesse, et j'acquiesçai docilement.

— N'hésitez pas à manger pour deux si vous avez faim. Et à satisfaire toutes vos envies. Par contre, essayez d'éviter les frayeurs. Je connais une femme qui a eu peur d'une souris. Elle a crié en portant la main à sa gorge, et quand le bébé est né, il avait sur son cou une plaque de poils gris, comme des poils de souris.

Marguerite cita un cas du même genre, dont elle avait entendu parler. Je voyais bien qu'elle était heureuse, et j'aurais dû éprouver la même joie. Mais je ne le pouvais pas. Car j'avais fait un rapide calcul. Depuis mes dernières règles, il ne s'était rien passé entre Désiré et moi. J'avais évité le détestable devoir conjugal, et la seule relation que j'avais eue était le moment de folie et de passion qui m'avait unie à Aimé. Il n'y avait aucun doute : l'enfant que j'attendais était le sien.

Après le départ d'Ursule, je prétextai une fatigue subite et priai Marguerite de m'excuser :

— Je vais aller m'allonger un peu. Je ne me sens pas bien.

Prête à toutes les indulgences, elle approuva :

— C'est vrai, tu es toute pâle. Maintenant, il va falloir penser à ton bébé, Rosalinde. Tu ne dois plus travailler autant.

Je ne répondis pas et me retirai dans ma chambre. Là, sur le lit où, chaque nuit, je dormais près de mon mari, je réfléchis à la situation dans laquelle je me trouvais.

Malgré moi, une grande joie m'éblouissait d'une clarté lumineuse : le bébé que j'attendais était celui d'Aimé. Il était le fruit de notre amour, et mon instinct me pressait d'aller rejoindre celui que j'aimais et de vivre avec lui sans m'occuper du reste. Après tout, il était le père et il avait le droit de savoir.

Une autre voix pourtant, celle de la raison, me retenait de me lancer dans une action aussi folle, qui m'exposerait aux critiques et qui ferait dire à mon grand-père : « Telle mère, telle fille ». De plus, il me faudrait quitter Désiré, et cela le rendrait sans aucun doute malheureux. Césarine disait souvent :

— On ne peut pas bâtir son bonheur sur le malheur des autres.

Mais, d'un autre côté, si je faisais croire à mon mari que l'enfant que j'attendais était le sien — et cela ne poserait aucune difficulté, car Désiré ne connaissait rien aux cycles menstruels —, je me disais que je commettrais un péché encore plus grand que l'adultère dont je m'étais rendue coupable.

Je tournais et retournais ces pensées dans ma tête sans parvenir à trouver la bonne solution. Finalement, ce fut la réaction de Désiré qui emporta ma décision. Dès qu'il rentra de son travail, Marguerite lui annonça sans tarder la nouvelle, les yeux brillants de joie :

— Ecoute, Désiré : Rosalinde a *commandé*. Tu seras papa en février prochain.

Surpris, ému, heureux, mon mari se tourna vers moi :

— Un enfant ? C'est vrai ? Comme je suis heureux, Rosalinde ! J'espère que ce sera une petite fille qui te ressemblera.

Il vint à moi en souriant, m'embrassa avec tendresse et reconnaissance. Devant son visage émerveillé, je compris que je serais incapable de lui dévoiler la vérité. Ce fut à ce moment-là que je pris la décision de garder le secret de ma faute et de vivre avec mon remords, en disant adieu à tout jamais à mon impossible amour. Ce serait ma punition.

J'eus des cauchemars. Je rêvais qu'Aimé s'approchait de moi. Je le repoussais et je criais : « Non ! Laisse-moi ! »

Je me réveillais, haletante, en sueur. Désiré se penchait sur moi avec inquiétude :

— Qu'y a-t-il, Rosalinde ? Tu as fait un mauvais rêve ? Tu criais, tu te débattais…

Je m'essuyais le front, égarée :

— Oui, c'est ça, un mauvais rêve… Ce n'est rien, Désiré. Ce n'est pas grave.

Il me tendait les bras :

— Viens contre moi. Essaie de te rendormir.

Blottie contre son corps solide et rassurant, je fermais les yeux et tentais de me calmer. Et je demeurais ainsi longtemps, torturée, malheureuse, en proie à l'insomnie, tandis que Désiré retrouvait son sommeil paisible un instant interrompu.

Il fallut annoncer à tout le monde que j'attendais un enfant. Ma belle-mère se chargea de le faire, avec une fierté qui m'emplissait d'une honte secrète. Elle en parla même à Valentine, malgré la prévention qu'elle éprouvait à son égard. La réaction fut unanime : je fus félicitée, et la joie que je lus dans tous les regards me mit mal à l'aise. S'ils savaient ! me disais-je avec culpabilité. Césarine m'abreuva de conseils. Mon grand-père, ému, me remercia de lui donner ce bonheur. Et mon amie Camille me serra dans ses bras avec son enthousiasme habituel :

— C'est bien, Rosalinde. Tu n'as pas oublié notre promesse, n'est-ce-pas ? C'est moi qui serai la marraine !

J'acquiesçai, la gorge serrée. Elle dont la vie était si limpide, elle était loin de se douter que je cachais un tel secret… Son mariage avait eu lieu, par une journée de juin éclatante de soleil et de chants d'oiseaux. Et, lorsque je l'avais vue sortir de l'église au bras de son mari, radieuse, lumineuse, heureuse, je l'avais enviée : elle avait le droit de vivre auprès de celui qu'elle aimait jusqu'à la fin de ses jours. Moi, j'étais amoureuse d'Aimé, mais il n'était pas mon mari et le bonheur de vivre ensemble nous était interdit.

Parfois, des vélléités de révolte me saisissaient. Lorsque je pensais à Aimé, au moment de passion que j'avais vécu dans ses bras, le désir intolérable de le revoir me saisissait. La voix qui me conseillait d'aller le rejoindre, de lui avouer la vérité et de rester toujours auprès de lui se faisait pressante, et je brûlais d'envie de l'écouter. Mais, aussitôt, la voix de la raison — toujours elle — reprenait le dessus, et ma situation demeurait la même.

Je n'étais pas malheureuse, pourtant. Désiré était aux petits soins pour moi, et notre entente, notre complicité, n'avaient pas changé. Marguerite, en fonction de mon état, s'appliquait à ne pas me contrarier, me préparait les plats que j'aimais, m'encourageant à manger pour deux. Elle m'obligeait à travailler moins, en accord avec Désiré, et avait même annoncé au commis qui m'apportait les *bûches* que j'attendais un enfant et que je ne coudrais plus autant de paletots. Le brave homme avait semblé comprendre et n'avait pas protesté.

Une fois de plus, c'était Rosette qui m'apportait un peu de distraction. Je continuais à aller chez elle chaque après-midi. Avec excitation, elle me parlait de la grande kermesse qui aurait lieu, comme chaque année, rue de Tournai. Un concours de voitures d'enfant, d'une part, et de voitures de poupées, d'autre part, était prévu. Rosette avait l'intention d'y participer, et je l'aidais à imaginer comment orner et fleurir sa voiture de poupée. Nous fabriquions ensemble des fleurs de papier, d'autres en tissu, des rubans et des banderoles, et nous avions l'intention, au dernier moment, le matin de la fête, de compléter le tout par de vraies roses du jardin. Ma petite amie, ravie, me répétait :

— Comme ce sera beau ! Je gagnerai certainement un lot. Et il y aura aussi un concours de ballons rouges ! Et les clowns Chocolat et Papillon. Papa dit qu'ils viennent de Landas et qu'ils sont si comiques qu'on rit aux larmes. On ira ensemble, hein, Rosalinde ? On aura bien du plaisir[1] !

— Oui, bien sûr. Et je veux être là pour t'applaudir lorsque ta voiture remportera un prix.

Pourtant, bien malgré moi, je ne pus tenir cette promesse.

Au cours des jours suivants, j'eus des contractions qui m'inquiétèrent. Elles étaient accompagnées d'une douleur sourde, avec parfois des élancements qui m'obligeaient à rester sans bouger jusqu'à ce qu'ils s'estompent. Je finis par en parler à Marguerite, qui refusa de traiter ce problème avec légèreté :

— Il faut faire venir Ursule et le lui signaler. Et d'abord, arrêter de coudre sur cette machine. Le fait d'être penchée et d'actionner la pédale ne vaut rien pour ton état, à mon avis.

Ursule vint le lendemain, me posa de nombreuses questions, m'ausculta et me palpa longuement le ventre. De retour dans la cuisine, elle hocha la tête et avoua :

— Il va falloir être prudente, ma fille, si vous ne voulez pas faire une fausse couche. Je ne dis pas qu'il faut toujours rester allongée, mais bouger le moins possible. Ne jamais marcher longtemps, éviter les stations debout. Pas de bicyclette, et encore moins d'automobile. Les cahots et les secousses sont fortement déconseillés. En bref, une vie calme, au ralenti.

1. Expression nordiste qui signifie : on s'amusera.

Vous reprendrez une existence normale après la naissance de votre enfant.

— Et son travail, sur la machine à coudre ? intervint Marguerite. Moi, je dis qu'il n'est pas bon pour elle en ce moment.

— C'est possible, convint Ursule. Il vaut mieux l'arrêter, lui aussi.

— Mais... protestai-je. Que vais-je faire toute la journée ?

— Demandez à votre commis qu'il vous donne du travail à la main. En cousant bien droite, sans vous pencher, il n'y a aucun danger. Je viendrai vous voir régulièrement, et, de votre côté, si vous constatez quoi que ce soit d'anormal, n'hésitez pas à m'envoyer chercher.

Elle but une tasse de café puis s'en alla en répétant ses conseils de prudence. Après son départ, je demeurai anéantie. Marguerite me secoua :

— Allons, Rosalinde, ne fais pas cette tête-là ! Il n'y a rien de grave. Il faut simplement faire attention, pour ne pas perdre ton bébé. Et, crois-moi, je vais te surveiller.

Avec l'accord de Désiré, qu'elle mit au courant le soir même, elle décida que je ne ferais plus le ménage, ni la cuisine, ni les courses. Tout juste aurais-je le droit d'éplucher les légumes pour la soupe en demeurant assise à la table. Je les laissais discuter de moi comme s'il s'agissait d'une autre personne, sans même protester. Désiré s'aperçut de mon mutisme et me sourit en posant une main sur la mienne :

— C'est pour ton bien, Rosalinde. Personne ne tient à ce que tu perdes notre petit, tu comprends ?

Notre petit... L'expression me fit rougir et je me détournai, les larmes aux yeux. Je ne dis rien, et je me pliai aux exigences que l'on attendait de moi.

Je n'assistai pas à la grande kermesse, ni à la fête annuelle des *Pourchots*, ni aux attractions du 14 juillet — dont le carrousel organisé par l'Union des Poilus — et encore moins au bal qui eut lieu le soir. Comme il m'était interdit de marcher longtemps, de faire de la bicyclette ou de rouler en voiture, je ne bougeais pratiquement plus de la maison. Le dimanche, c'était mon grand-père qui venait me voir, et, plus rarement, mon amie Camille avec son mari Lucas.

Pour me consoler, Désiré m'emmenait chaque semaine au cinéma. En marchant lentement et en m'appuyant à son bras, je pouvais aller jusqu'au Cinéma Palace, situé près de la Grand-Place. Néanmoins, j'encourageais mon mari à continuer de sortir avec son ami Julien, et ensemble ils allaient assister aux carrousels et aux jeux de balle qui avaient lieu dans les environs.

Je menais ainsi une vie presque végétative. Je me refusais de penser à Aimé. Dès qu'il avait su que j'attendais un enfant, Désiré m'avait dit :

— Nous irons voir Aimé un de ces jours, pour lui annoncer la bonne nouvelle.

Je n'avais pas protesté, mais j'étais bien déterminée, alors, à trouver une excuse pour ne pas y aller. Maintenant, je n'avais plus besoin d'excuse. J'étais assurée de ne pas le revoir, et au soulagement que je ressentais se mêlait un regret que je refusais de m'avouer. Si Désiré voulait lui annoncer la nouvelle, il irait seul. Et Aimé, qui ne connaissait pas la vérité, supposerait logiquement que mon bébé était celui de mon mari. Ainsi, il ferait une croix sur notre relation, pensant que tout était définitivement terminé entre nous. C'était ce que je voulais. Alors, d'où venaient cette insatisfaction et cette envie de pleurer qui me prenaient parfois et qui me rendaient si malheureuse ?...

De temps à autre, j'avais encore des cauchemars, dans lesquels je repoussais Aimé en lui criant de me laisser tranquille. D'autres fois, je rêvais qu'il s'enfuyait en emportant mon enfant ; j'essayais de le poursuivre, mais mes pieds semblaient englués et je ne pouvais pas faire un pas ; je voulais crier, mais ma voix ne m'obéissait plus et je ne parvenais pas à émettre le moindre son.

Je me réveillais, affolée, le cœur battant. Désiré, avec bonté et patience, me calmait ; ensuite, blottie contre lui, je demeurais longtemps ainsi, déchirée, incapable de retrouver le sommeil.

Il y eut les vacances scolaires, et elles m'apportèrent un dérivatif agréable. Au lieu de passer mes journées avec Marguerite, j'allais dorénavant tenir compagnie à Rosette pendant que ses parents étaient tous les deux à leur travail. Je m'asseyais à l'ombre, au bord de son jardin, avec un ouvrage de couture. Nous lisions ensemble l'*Almanach des vacances*, qu'elle avait acheté à la librairie Legrand. Ou bien l'une ou l'autre de ses amies venait lui tenir compagnie, et je les surveillais tandis qu'elles jouaient à la poupée, à cache-cache, à colin-maillard, au *Paradis*[1]. Elles me rappelaient mon enfance et les jeux que j'avais partagés, alors, avec Camille.

Le soir, lorsque Valentine rentrait, nous bavardions quelques instants. Elle me montrait ses mains tachées par la chicorée :

— La poudre s'infiltre partout, et avec cette chaleur, elle colle. J'ai l'impression d'en être couverte !

J'approuvais :

— C'est vrai. Désiré aussi se plaint de la chaleur. Il répète que c'est dur de travailler devant des boules en tôle qui cuisent les cossettes à 150 degrés. Il paraît que des nouveaux torréfacteurs vont arriver prochainement. Au lieu de tourner sur un feu de charbon, ils fonctionneront au gaz. Désiré dit que la chaleur sera mieux répartie, et que ce sera moins pénible en été. Lorsqu'il rentre, il est en sueur. Il se lave et se change entièrement. Dimanche dernier, il en a parlé à mon grand-père. Sais-tu ce que celui-ci lui a répondu ? « Ça te fera du bien de fondre un peu, mon garçon. Tu es trop gros. »

Avec sa franchise habituelle, Valentine remarqua :

— Il n'a pas tort, Rosalinde. C'est aussi mon avis. Ça ne te dérange pas, toi ?

— Non, dis-je avec sincérité, ça ne me dérange absolument pas. D'autant plus que, bientôt, ajoutai-je en tapotant mon ventre, moi aussi je serai grosse. Et même plus grosse que lui.

— Oh, mais ça, c'est différent, protesta Valentine. On ne peut pas comparer.

---

1. A la marelle.

Dès le retour de son mari, je m'en allais retrouver Marguerite. Et mes journées se déroulaient ainsi, toujours semblables. Je me laissais vivre, je me laissais dorloter par ma belle-mère, qui continuait à me préparer de bons petits plats.

— Il faut prier sainte Marguerite, me répétait-elle. Pour avoir une bonne grossesse. Pour que l'accouchement se passe bien. Et aussi pour avoir un bel enfant.

Ursule venait régulièrement m'ausculter. Je n'avais plus de contractions, et elle se montrait satisfaite. Les jours, les semaines, les mois passaient. Au fur et à mesure que la naissance approchait, Marguerite se mit à tricoter. Elle rapporta du marché de la laine — bleue, car, selon son avis et celui d'Ursule, le bébé que j'attendais était un garçon, à la façon dont je le portais —, et elle confectionna brassières et chaussons. De mon côté, je cousais des petites chemises, des mouchoirs de cou, et cela me changeait agréablement du lourd tissu de mes paletots.

Ma belle-mère avait décrété qu'elle nous offrirait la voiture d'enfant, et elle se renseignait sur les différentes marques.

— Je crois que la meilleure, c'est « la Reine », affirma-t-elle après plusieurs comparaisons. Je désire pour mon petit-fils ce qu'il y a de mieux.

Ce genre d'expression — *mon* petit-fils — me mettait toujours mal à l'aise. Et je m'habituais à vivre avec un sentiment de culpabilité permanent, auquel s'ajoutait le regret d'avoir perdu Aimé à jamais.

Au début du mois de février, je mis au monde un fils. Il naquit au petit matin, alors que les dernières étoiles s'éteignaient dans un ciel blanc de givre.

— C'est un garçon ! cria victorieusement Ursule. Un beau gros garçon !

Dès qu'il poussa son premier cri, j'oubliai les heures de souffrance que je venais de vivre. Marguerite me l'apporta, nettoyé et langé, et je le contemplai avec amour et émerveillement. Mais elle me le reprit aussitôt et le coucha dans le berceau près du lit :

— Il n'est pas bon de trop dorloter un bébé. Il ne faut le tenir qu'au moment de le nourrir.

Mon enfant exprima son mécontentement d'être séparé de moi en se mettant à crier. Je protestai :

— Donnez-le moi, mère. Vous voyez bien qu'il pleure.

— Justement, il ne faut pas l'écouter. Il deviendrait capricieux. Laisse-le crier, cela lui fera de bons poumons.

Désiré entra dans la chambre et vint à moi, ému et souriant :

— Tu vas bien, Rosalinde ?

Je lui rendis son sourire en faisant un signe affirmatif. Il se pencha sur le berceau :

— Eh bien, il a un sacré caractère, on dirait ! Il ne semble pas très content !

— Il suffit de le bercer un peu, dit Marguerite, toujours présente. Il finira par s'endormir.

Elle impliqua un mouvement de va-et-vient au berceau et, après quelques minutes, effectivement, mon bébé se calma. Je voulus protester de nouveau et demander qu'on me l'apporte, mais, soudain, une grande lassitude me submergea. En même temps, en voyant le sourire heureux de Désiré, je ressentis une honte brûlante. Je venais de lui donner un enfant qui n'était pas le sien, avec l'intention de garder ce secret toute ma vie. Comment pouvais-je agir avec tant de duplicité ? Je fermai les yeux. Ils se méprirent :

— Laissons-la reposer, dit Marguerite.

Je sentis la caresse d'une main sur mes cheveux. Je rouvris les yeux. Désiré déposa un baiser sur mon front :

— Dors bien, Rosalinde. Tu en as besoin. Je m'en vais travailler. Je vais annoncer à tout le monde que j'ai un garçon !

Le bonheur et la fierté éclataient sur son visage. Derrière Marguerite, il sortit de la chambre ; avant de refermer la porte, il me fit un joyeux signe de la main. Je lui adressai un sourire tremblant et, demeurée seule avec mon enfant, je me mis à pleurer.

Désiré alla prévenir mon grand-père, Césarine, mon amie Camille et, le dimanche suivant, Aimé. Ils vinrent me voir — sauf Aimé, évidemment.

— Appelons-le Christophe, décréta Désiré. Je me suis toujours promis, si j'avais un fils un jour, de lui donner ce prénom. De plus, saint Christophe est le patron des automobilistes.

Camille me félicita et admira longuement mon bébé, affirmant que le comble du bonheur, pour elle, serait d'avoir bientôt un enfant. Je compris qu'elle m'enviait, et je lui cachai combien j'étais malheureuse. Mon amie Rosette, en le voyant si petit, parut déçue :

— Quand est-ce que je pourrai jouer avec lui ? demanda-t-elle.

— Aie un peu de patience, conseilla sa mère. Bientôt, il te reconnaîtra. En attendant, tu pourras aller le promener dans sa voiture, dès qu'il fera plus doux.

Quant à mon grand-père, il se pencha sur le berceau puis tourna vers moi des yeux brillants de larmes :

— Merci, Rosalinde, de me donner ce grand bonheur... J'espère vivre encore plusieurs années pour le regarder grandir. Sa présence illuminera mes vieux jours. Tu viendras me voir souvent, avec lui ?

— Oui, grand-père, promis-je en souriant.

Comme les autres, il était loin de se douter que ce bonheur apparent reposait sur une trahison. J'imaginais sa stupeur, sa colère, et la façon dont il se détournerait de moi s'il apprenait la vérité. Et cela suffisait à me convaincre qu'il ne devait jamais savoir.

11

Marguerite éprouvait pour mon enfant un amour exclusif et passionné. Après sa naissance, pendant les neuf jours où je demeurai couchée, selon la coutume — « Il faut laisser à la matrice le temps de se remettre », disait Ursule —, ce fut elle qui prit soin de lui. Elle le lavait, le langeait, le berçait. Elle ne me l'apportait qu'aux heures où il fallait le nourrir, et elle me le reprenait aussitôt. Dès qu'il pleurait, elle se précipitait, le calmait en fredonnant une chanson, comme si je n'avais pas été là.

Pendant ces neuf jours, elle me dorlota également, m'apportant mes repas et me confectionnant, chaque matin, un *chaudeau* — un bol de café sucré dans lequel elle délayait un jaune d'œuf.

— Rien de tel pour reprendre des forces, affirmait-elle.

Lorsque je pus enfin me lever, je voulus m'occuper moi-même de mon enfant. Mais l'habitude était prise, et Marguerite entendait bien continuer ainsi. Si j'insistais pour le langer, elle critiquait ma maladresse et me repoussait :

— Allons, laisse-moi faire. Tu ne mets pas le *pichou*[1] assez serré. Il faut bien entourer les jambes, afin qu'elles soient droites. Sinon, elles vont être arquées. Et le mouchoir de cou, il faut le croiser sur la poitrine et le nouer dans le dos, pour maintenir la tête et l'empêcher de ballotter.

Frustrée, j'étais réduite à l'état de spectatrice. Ma belle-mère plaçait ensuite mon bébé dans son berceau et se penchait vers lui, souriante :

— T'es là bien *bénache*[2], hein, *min tiot gin* ?

Elle l'appelait toujours *min tiot gin* — mon petit bonhomme. C'était elle qui le sortait dans son landau, bien couvert, et qui le faisait admirer aux voisines. Elle m'empêchait de l'accompagner, prétextant que je n'avais pas encore recouvré mes forces. Je ne pouvais cajoler mon bébé qu'aux moments où je le nourrissais.

Elle tricota le châle de baptême, dans une laine blanche, épaisse et moelleuse, et acheta elle-même la robe et le bonnet, qu'elle nous fit admirer ensuite. Avec indifférence, Désiré approuva. Pour ma part, j'émis une protestation, selon laquelle j'aurais aimé choisir moi-même. Ma belle-mère pinça les lèvres et prit l'expression que je connaissais bien :

— Tu n'aurais pas mieux choisi. J'ai pris la plus belle et la plus chère.

Et elle ajouta ce qu'elle répétait de plus en plus souvent :

— Pour *min tiot gin*, je veux ce qu'il y a de mieux.

---

1. Lange.
2. A l'aise, content.

Le baptême eut lieu par une froide journée de mars. Selon notre promesse mutuelle, mon amie Camille était la marraine. Pour le parrain, Désiré m'avait confié qu'il aurait voulu Aimé. Mais, comme Marguerite aurait refusé, il avait demandé à son ami Julien de remplir ce rôle. Je trouvai la cérémonie émouvante, et je versai une larme d'attendrissement. Mon grand-père lui-même renifla plusieurs fois, et Césarine s'essuya les yeux. Lorsque nous sortîmes de l'église, des enfants nous attendaient et crièrent, selon la coutume :

— *Parrain et marraine, poches troées, i n'ont pus d'sous à ruer*[1] !

Avec un sourire, Camille distribua des dragées, tandis que Julien lançait de nombreuses pièces de monnaie, de un ou deux centimes, dont il avait rempli ses poches pour l'occasion. Les enfants se précipitèrent pour en ramasser le plus grand nombre, tout en criant, en guise de remerciement, à l'intention du bébé :

— *I vivra, i vivra !*

A la maison, le repas préparé par Marguerite nous attendait. Il fut joyeux. Césarine tint à casser une assiette, affirmant qu'ainsi le petit ne serait pas sourd. Désiré mangea et but beaucoup, devenant de plus en plus rouge à mesure que l'après-midi s'avançait. Vers le soir, son élocution devint difficile. Au moment où il prit congé, mon grand-père lui tapa sur l'épaule :

1. Poches trouées, ils n'ont plus de sous à jeter.

— Eh bien, toi, heureusement que tu ne baptises pas ton garçon tous les jours ! Tu m'as l'air d'en tenir une bonne !

Julien se mit à rire, Lucas également. Lorsqu'ils furent tous partis, j'aidai Marguerite à faire la vaisselle et à remettre de l'ordre. Je me sentais lasse. Ensuite, je m'en allai rejoindre Désiré dans notre chambre. Il dormait déjà et ronflait bruyamment. Il exhalait une forte odeur d'alcool, et je me couchai en lui tournant le dos. Dans son berceau, près du lit, mon bébé sommeillait. Dans la nuit, il se réveillerait, et je le nourrirais. C'étaient les seuls moments où je pouvais le faire hors de la présence de ma bellemère, et j'en profitais pour le câliner longuement.

Les semaines passèrent, et la situation devint de plus en plus difficile. Marguerite continua à accaparer mon bébé, répliquant à mes protestations qu'elle savait mieux que moi comment s'occuper d'un enfant, puisqu'elle avait élevé Désiré. Je savais que, si j'en parlais à mon mari, il me donnerait une fois de plus le même conseil : la laisser faire pour avoir la paix. Mais, cette fois, il ne s'agissait plus de petites querelles ménagères sans importance ; il s'agissait de mon enfant, et tout était différent.

Un soir, dans notre chambre, je me résolus à rapporter la situation à Désiré, lui affirmant que je me sentais frustrée et malheureuse. Il haussa les épaules :

— Bah ! Ce n'est pas bien grave. C'est son petit-fils, elle en est folle, c'est normal.

— Mais elle me le prend, Désiré. Je ne le tiens jamais dans mes bras, sauf pour le nourrir.

— Que veux-tu que je te dise, Rosalinde ? Instaurez un tour de rôle pour vous occuper de lui, pourquoi pas ? On dirait deux petites filles qui se disputent une poupée !

Je le regardai, ulcérée :

— Mais ce n'est pas une poupée ! C'est mon bébé !

Il m'adressa un sourire ironique :

— Eh bien, nous n'avons qu'à en faire un autre ! Ainsi, chacune aura le sien. Qu'en penses-tu ?

Ce fut à mon tour de hausser les épaules, et je me détournai avec humeur. Depuis la naissance de mon enfant, j'échappais au devoir conjugal, et j'avais bien l'intention de continuer le plus longtemps possible. Je me couchai en tournant le dos à Désiré, et la conversation en resta là.

Néanmoins, elle m'avait fait prendre conscience d'un fait précis : Désiré avait changé. Il était devenu plus indifférent, et la complicité qui avait toujours existé entre nous semblait avoir disparu. De plus, chaque jour, au lieu de rentrer directement de son travail comme il le faisait auparavant, il allait maintenant boire une ou plusieurs bières avec des collègues, *A l'Ancre*, le café situé près du beffroi, sur la grand-place. Je lui en fis le reproche, une fois. Il me répondit que la chaleur des boules de torréfaction lui donnait soif, et qu'il ne faisait rien de mal en allant se désaltérer avec une bonne bière. Marguerite l'approuva, et je ne dis plus rien.

Vis-à-vis de Christophe, je remarquais que Désiré ne se montrait pas très empressé. Il le regardait de loin, acquiesçait machinalement lorsque nous lui parlions de ses progrès, et s'intéressait davantage au journal parlé ou aux nouveaux modèles d'automobiles qu'à la présence du bébé. Marguerite elle-même, pour qui mon enfant était devenu le centre du monde, le remarqua. Mais, comme d'habitude, elle trouva des excuses à son fils :

— Certains hommes sont désorientés par leur paternité, surtout au début. Ça s'arrangera après, lorsque le petit marchera et parlera.

Je ne pouvais pas comprendre ce point de vue. Pour moi, Christophe était irrésistible. Il commençait à gazouiller, observait le monde de ses yeux clairs et graves. Marguerite lui chatouillait le menton, guettant son premier sourire :

— Allez, *min tiot gin* ! Fais risette à ta mémère Marguerite !

Elle se montrait avec lui si possessive, me repoussant sans cesse à l'arrière-plan, que j'avais parfois l'impression d'étouffer.

J'en parlai un jour à mon amie Valentine, qui me conseilla une attitude plus énergique :

— Ne te laisse pas faire, Rosalinde. C'est ton bébé, quand même, et non le sien. Il faut le lui faire comprendre une fois pour toutes.

Mais je n'étais pas faite pour une lutte de tous les instants, et, comme me le conseillait Désiré, je préférais céder pour avoir la paix. Malgré tout, mon instinct de mère se révoltait : si la situation demeurait la même, ce serait Marguerite qui élèverait mon enfant, et je ne le voulais pas. La nuit, après l'avoir nourri, je le dévorais de baisers, et j'avais l'impression d'agir en cachette, comme si je déversais sur lui un trop-plein d'amour. Car, dans la journée, il était la propriété exclusive de Marguerite, hors de ma portée.

Le dimanche, s'il faisait beau, nous allions chez mon grand-père, toujours ravi de voir Christophe. Césarine fondait de tendresse devant lui, mais Marguerite la tenait à distance, elle aussi. Nous faisions la route à pied, en prenant les sentiers à travers champs, et c'était Marguerite qui, d'autorité, poussait le landau. J'avais tenté de protester, mais Désiré m'avait fait un signe d'apaisement :

— Laisse-la, si ça peut lui faire plaisir…

Et je devais me contenter de marcher sur le côté, et de regarder ma belle-mère parler et faire des sourires à mon bébé tout en avançant, occupant une fois de plus toute son attention.

Un dimanche d'avril, nous revenions ainsi, tous les trois. Marguerite nous précédait, poussant le landau, et je suivais avec Désiré. Soudain, à une croisée de chemins, loin devant nous, une silhouette attira mon regard. C'était un homme qui marchait rapidement, seul. Il s'éloignait vers la droite, et bientôt un bouquet d'arbres le dissimula à ma vue. Contre toute raison, mon cœur se mit à battre follement. Avec certitude, je sus qu'il s'agissait d'Aimé. Lui ne nous avait pas aperçus, et le fait qu'il se trouvât à cet endroit n'était sans doute qu'une simple coïncidence.

Mais je me sentis bouleversée. Bien après qu'il eut disparu, les battements de mon cœur résonnaient encore dans mes oreilles. Je parvins à dissimuler mon trouble. Marguerite et Désiré, apparemment, n'avaient pas vu Aimé, ou ne l'avaient pas reconnu.

Le fait de l'avoir aperçu ainsi, même de loin, réveilla les sentiments que j'étouffais au fond de moi. Pendant la nuit qui suivit, je rêvai de nouveau d'Aimé. Mais, cette fois-ci, je ne cherchais pas à le fuir, ni à le repousser. Au contraire, je me trouvais dans ses bras, et une étreinte passionnée nous unissait. Sous ses caresses et ses baisers, je gémissais de plaisir. Une fulgurance soudaine m'arracha un cri, et je me réveillai.

Le contraste entre mon rêve et la réalité fut brutal. Je me retrouvai auprès de Désiré qui ronflait, selon son habitude. J'eus un aperçu de ce que serait mon existence, et un sursaut de révolte me traversa. Pour la première fois, je me demandai si la décision que j'avais prise était la bonne. Le fait d'avoir revécu en rêve la passion qui m'avait — une fois, une seule — jetée dans les bras d'Aimé me faisait prendre conscience de la frustration que je subissais. Je comprenais subitement que cette passion, si je le voulais, je pouvais la connaître encore, chaque jour de ma vie. Il suffisait d'avoir le courage de quitter Désiré et d'aller rejoindre Aimé, en lui avouant la vérité.

Au cours des jours qui suivirent, l'attitude de Marguerite envers mon bébé m'influença dans ce sens. Dès qu'il pleurait, elle se précipitait vers lui, ne me laissant même pas le loisir d'intervenir. C'était elle qui le levait, le couchait, me l'apportait pour le nourrir, le langeait, le berçait. Si je protestais, elle m'écartait d'un ton qui n'admettait pas de réplique. Cette situation me devenait insupportable. J'étais doublement frustrée : dans mon rôle de mère, et dans mon désir de vivre auprès d'Aimé.

Pour me justifier, je me disais que mon enfant avait besoin d'un foyer équilibré, entre son père et sa mère, au lieu d'être élevé par une grand-mère abusive. Mais une réticence, toujours la même, me retenait : je me sentais coupable à l'idée de faire de la peine à Désiré. D'un autre côté, je me persuadais qu'il se consolerait vite de mon départ. Il s'éloignait de moi, se montrait indifférent, et ne s'intéressait pas à Christophe. Il passait de plus en plus de temps avec ses camarades de travail ou, le dimanche, avec Julien, qui lui permettait de conduire sa Princesse. Ils sortaient ensemble, comme deux célibataires, et je me sentais délaissée. De plus, lorsqu'il rentrait, il était souvent éméché, et je devinais qu'il avait bu.

Un après-midi où mon bébé, pris de coliques, se mit à hurler, et où Marguerite m'empêcha de le calmer, le tenant dans ses bras comme une louve serrant contre elle son petit, je me décidai à tout avouer à Désiré dès que j'en aurais l'occasion.

Mais le destin me prit de vitesse.

C'était un dimanche après-midi. Désiré et Julien étaient allés assister, à Saint-Amand, à un jeu de balle. Marguerite et moi, nous avions rendu visite à mon grand-père, et nous venions de rentrer. Exceptionnellement, je me trouvais seule avec mon enfant.

Ma belle-mère était allée porter à son amie Emilienne, qui habitait le Veuvé, quelques radis du jardin. Comme c'était l'heure de la têtée, elle n'avait pas emmené mon bébé, et j'avais pu le nourrir en profitant de notre tête-à-tête. Ensuite, je le tins longuement dans mes bras, le berçant et lui chantant les comptines de mon enfance : *Sur le pont d'Avignon, Il pleut bergère* ou *Nous n'irons plus au bois*.

Lorsque ses yeux se fermèrent, je le replaçai dans son berceau. C'était un beau bébé potelé de quatre mois, au caractère agréable. Penchée sur lui, je le contemplais avec amour lorsqu'un bruit de voix, accompagné de plusieurs coups à la porte d'entrée, m'attira dans le couloir.

J'avançai et m'immobilisai aussitôt, effarée. Désiré, soutenu par deux hommes, titubait. L'un était Julien, l'autre un médecin que je connaissais de vue. Le visage de mon mari, habituellement coloré, était livide. Il n'avait plus sa veste, et ses vêtements étaient en désordre. Julien portait un pansement au front, qui se tachait de sang. Je poussai un cri :

— Mon Dieu ! Que s'est-il passé ?

— Il faut l'allonger, répondit brièvement le médecin. Où est la chambre ?

Je les précédai, ouvris la porte, ôtai la courtepointe. Avec précaution, ils étendirent Désiré sur le lit.

— Il faut le laisser reposer, dit le médecin. Il n'a que quelques contusions, mais il est en état de choc. S'il y a une aggravation quelconque, n'hésitez pas à venir me chercher. Mais il devrait aller mieux dans quelques heures.

Nous repartîmes dans la cuisine. Le médecin ne s'attarda pas et prit congé. Julien se laissa tomber sur une chaise et porta une main à son front.

— Que s'est-il passé ? demandai-je à nouveau.

Il fit une grimace :

— Un accident. C'est arrivé à la Carrière Dorée. Désiré conduisait, et il a pris un virage trop rapidement. Ma Princesse s'est déportée sur la gauche, et une autre voiture arrivait en face.

Je connaissais la Carrière Dorée, qui devait son nom aux champs de blé d'or, très beaux, qui s'y trouvaient.

— Ma Princesse et l'autre automobile se sont tamponnées, continua Julien. Il n'y a pas de blessés graves, heureusement. Mais ma Princesse sera inutilisable pendant quelque temps.

— Ce ne sont que des dégâts matériels, dis-je, un peu rassurée. Elle sera réparée. Voulez-vous une petite « goutte » ? proposai-je. Vous me paraissez en avoir besoin, après un choc pareil.

— Ce n'est pas de refus, acquiesça-t-il.

Je lui versai un verre de cognac, qu'il avala d'un trait. Un peu de couleurs revint à ses joues. En hésitant, je demandai :

— Désiré conduisait, m'avez-vous dit. Il était… euh… je veux dire… il n'avait pas bu ?

Julien fit une moue :

— Pas plus que d'habitude. Quelques bières, simplement.

Je ne l'interrogeai pas sur le nombre de ces bières. J'avais bien remarqué que Désiré buvait de plus en plus, mais, si je le lui reprochais, il haussait les épaules, et Marguerite s'empressait de prendre sa défense.

Julien se leva péniblement :

— Je m'en vais m'occuper de ma Princesse. On ne peut pas la laisser où elle est.

Je pensai soudain à Marguerite.

— Il faut aller prévenir ma belle-mère. Elle est chez son amie Emilienne, au Veuvé.

— Je vais passer par là, décida Julien.

Il sortit et, le cœur serré d'appréhension, je me dirigeai vers notre chambre. J'entrouvris la porte, m'approchai du lit. Désiré, toujours aussi pâle, était immobile, les yeux clos. Il respirait lourdement, mais semblait sommeiller. Je le regardai un long moment, puis je retournai dans la cuisine. Au même instant, Marguerite arriva en trombe :

— Julien vient de me prévenir, s'écria-t-elle, hystérique. Mon garçon ! Je veux le voir !

Je lui fis signe de se calmer :

— Pas si fort, mère. Vous allez le réveiller. Pour le moment, il dort.

— Je veux le voir, répéta-t-elle avec obstination.

Elle se dirigea vers la chambre, revint après quelques minutes :

— Mon pauvre garçon ! Qu'a dit le docteur ? Ce n'est pas grave, n'est-ce pas ?

Je lui rapportai les paroles du médecin. Elle hocha la tête :

— Je vais rester près de lui jusqu'à ce qu'il se réveille.

Habituée à ne pas discuter ses décisions, je la laissai faire. Mon amie Valentine vint demander ce qui se passait, le visage inquiet :

— J'ai vu Désiré revenir tout à l'heure, soutenu par Julien et le docteur. Qu'y a-t-il ?

Je racontai l'accident et répétai une nouvelle fois les paroles du médecin. D'autres voisines arrivèrent, et à elles aussi je dus tout expliquer. Puis, l'une après l'autre, elles s'en allèrent, et je me retrouvai seule. Désorientée, je me penchai sur le berceau où dormait mon enfant et le contemplai longuement. La décision que j'avais prise d'aller rejoindre Aimé vint effleurer mon esprit. Mais je la repoussai. Ce n'était pas le moment d'y penser.

Comme Marguerite ne revenait pas, je me dirigeai vers la chambre. Au même moment, ma belle-mère en sortit, très agitée :

— Il s'est réveillé... Il dit qu'il a mal... Va auprès de lui, Rosalinde, il te demande... Moi, je m'en vais chercher le docteur.

Désiré, adossé à son oreiller, était encore plus pâle. Il avait revêtu son pyjama et, d'une main, il comprimait son côté droit :

— J'ai mal, là... souffla-t-il, le visage crispé.

Je m'approchai :

— Mère est allée prévenir le docteur. Il va arriver. Veux-tu que je te mette une compresse ? Ça te soulagera en attendant.

— Ce n'est pas la peine. J'ai mal et, en même temps, je sens mes forces qui s'échappent. Je crois que je vais mourir, Rosalinde.

J'eus un violent sursaut :

— Voyons, Désiré ! Bien sûr que non ! Nous allons te soigner. Tu vas te remettre.

Il fit un geste pour me faire taire et, avec une grimace de douleur, reprit :

— Ecoute-moi, Rosalinde, et laisse-moi parler... Si je meurs, promets-moi une chose : va trouver Aimé, dis-lui la vérité pour votre enfant, et... soyez heureux tous les deux.

La stupéfaction m'ôta toute réaction. Je ne pus que le regarder, incapable de prononcer une seule parole. Malgré la souffrance qui tirait ses traits, il posait sur moi des yeux emplis de bonté et d'amour. Je réussis à balbutier, d'une voix étranglée :

— Tu... tu sais ?

— Oui, je sais. J'ai tout deviné. Au début, j'ai commencé à avoir des soupçons... Tu ne voulais plus voir Aimé, et, une fois, tu as parlé en dormant. Tu criais : « Non, Aimé ! Laisse-moi ! »... Mais je n'ai vraiment compris qu'après la naissance de Christophe. Il a des yeux bleu-vert, et ce sont les yeux d'Aimé... Et lui, il les tenait de sa mère... A partir de là, la conclusion n'était pas difficile...

Il s'arrêta quelques instants, comme s'il était épuisé. Malheureuse, je ne trouvai aucun mot pour me disculper.

— Je me suis rappelé la façon dont il te regardait, et j'ai compris... Tu l'aimes, Rosalinde ?

Il posait la question sans animosité, comme s'il s'agissait d'une évidence. Je me sentis soudain si coupable que les larmes me vinrent aux yeux.

— Pardonne-moi, Désiré... Je t'en prie, pardonne-moi... Je ne voulais pas te tromper... Je ne l'ai fait qu'une fois, et si tu savais comme j'ai eu honte !

Ses bons yeux noisette me dirent qu'il m'avait déjà pardonné, tandis qu'il avouait :

— Sans cet accident, aujourd'hui, je ne t'aurais jamais rien dit… J'avais trop peur de te perdre… Le jour où j'ai tout compris, j'ai bien pensé à te rendre ta liberté… Mais je n'en ai pas eu le courage…

Je me mis à sangloter. Il tendit une main vers moi :

— Ne pleure pas, Rosalinde. Si je meurs, ce sera aussi bien… Je ne serai plus un obstacle à votre union…

Incapable de parler, je secouai la tête en guise de réponse.

— Rosalinde… Promets-moi d'aller le rejoindre… Ainsi, je pourrai mourir en paix… Et, là où je serai, je vous regarderai, et je serai bien *bénache* de vous voir heureux.

Mes sanglots redoublèrent. Avec douceur, il reprit :

— Je me sens de plus en plus faible… Rosalinde, je veux te remercier pour tout ce que tu m'as apporté… Le jour de notre mariage a été le plus heureux de ma vie… Comme tu étais belle, dans ta robe blanche…

Il ferma les yeux, et un sourire vint éclairer son visage crispé de douleur. La porte d'entrée claqua, annonçant le retour de Marguerite. Désiré rouvrit les yeux :

— C'est mère… Je dois lui parler, à elle aussi, pendant que j'en ai encore la force… Laisse-moi seul avec elle, Rosalinde.

Aveuglée par les larmes, je heurtai Marguerite à la porte de la chambre.

— Le docteur arrive, annonça-t-elle. Alors, comment va mon Désiré ?

Je ne répondis pas. Tandis qu'elle se dirigeait vers lui, je retournai dans la cuisine. Là, mes larmes continuèrent à couler, abondantes et ininterrompues. Mon esprit demeurait fixé sur une seule pensée : Désiré était en train de mourir. Je revoyais le jeune garçon qui m'avait comparée à un ange, je me rappelais sa gentillesse et sa bonté. Plus que jamais, je me sentais coupable de m'être mal conduite envers lui. Je l'avais trompé et, au seuil de la mort, il venait de m'accorder son pardon, et aussi sa bénédiction pour un bonheur dont il serait exclu. Je compris alors qu'il m'aimait vraiment, et je m'effondrai, désespérée.

12

En voyant mes larmes, le médecin s'inquiéta :

— Va-t-il plus mal ?

— Oh, docteur ! Il dit qu'il est faible, qu'il va mourir... Faites quelque chose, je vous prie...

Il fronça les sourcils :

— Je vais voir.

Sa trousse à la main, il se dirigea vers la chambre. Marguerite apparut, affolée :

— C'est vous, docteur ? Venez vite ! Il a cessé de parler, et... il ne bouge plus !

Ils entrèrent dans la chambre, et j'allai jusqu'à la porte demeurée ouverte. Je vis le corps de Désiré, immobile, le menton sur la poitrine. Le médecin le palpa longuement, lui prit le pouls, secoua la tête :

— Probablement une hémorragie interne... murmura-t-il.

Refusant de comprendre, Marguerite supplia :

— Faites quelque chose, docteur.

Il la regarda avec pitié :

— Il n'y a plus rien à faire. Je suis désolé.

Marguerite eut un cri. Elle bégaya :

— Vous voulez dire qu'il est… qu'il est… ?

Incapable de prononcer le mot atroce, elle se tut. En guise de réponse, le médecin se pencha sur Désiré, lui ferma les yeux. Comprenant enfin, ma belle-mère se jeta sur le corps de son fils et se mit à sangloter et à crier, hystérique, en pleine crise de nerfs :

— Non ! Non ! Mon garçon ! Mon Désiré !

Le médecin lui posa une main sur l'épaule, mais elle l'ignora. Renonçant à la calmer, il sortit de la chambre et revint dans la cuisine. En larmes, je le suivis. Il s'aperçut de mon chagrin silencieux, répéta, avec un geste d'impuissance :

— Je suis désolé…

Je ne pus répondre. Les sanglots et les cris de Marguerite nous parvenaient, aigus, déchirants. Le médecin signa l'acte de décès et s'en alla. Comme si j'évoluais dans un cauchemar, je me dirigeai vers la chambre. Marguerite en sortit, le visage déformé par le chagrin. Son chignon s'était défait. Echevelée, hagarde, elle me fixa avec un mélange d'horreur et de répulsion :

— Désiré m'a tout dit… Comment as-tu pu le tromper ainsi ?… Lui qui a toujours été si bon pour toi… Tu n'es qu'une… qu'une…

Elle s'arrêta, suffoquée d'indignation. Je reculai devant la haine qu'exprimait son regard.

— Je ne veux pas de toi auprès de lui, cracha-t-elle avec hargne. Je m'occuperai moi-même de mon fils. Va chercher Joséphine et Mélanie. Et Emilienne. Elles m'aideront.

— Je vais aussi prévenir monsieur le curé, dis-je d'une voix tremblante.

— Je le ferai moi-même. Tout cela ne te concerne pas. Après la façon dont tu t'es conduite, je ne te considère plus comme la femme de Désiré.

Implacable et glacée, elle me fixa de haut en bas :

— Tu l'as trompé, reprit-elle avec animosité. Et avec Aimé, en plus ! Il ne m'a apporté que des ennuis, celui-là. Que cela soit bien clair entre nous : quand tout sera terminé, tu t'en iras. Et tu emmèneras avec toi ton enfant. Je ne veux plus le voir. Quand je pense qu'il est le fils de cet Aimé que j'ai toujours détesté...

Elle repoussa une mèche qui lui tombait sur le front, et son ton se fit tranchant :

— Entends-moi bien : ce que m'a dit Désiré restera entre nous. Je n'en parlerai jamais. Je ne veux pas qu'on salisse sa mémoire. Je ne veux pas que les gens se moquent de lui en disant : « Il a porté des cornes. » Mon pauvre garçon, il était si bon ! Et toi, tu l'as bafoué. Tu n'as pas honte, mauvaise fille ?

Elle marcha sur moi, le regard empli de colère, et leva la main comme si elle allait me frapper. Je reculai jusqu'à la cuisine, mais elle fit subitement demi-tour et repartit dans la chambre. Bouleversée, je pris mon enfant endormi, n'osant pas le laisser seul avec ma belle-mère, et je courus jusqu'à la maison voisine.

Assis à la table, Valentine, son mari et sa fille finissaient de souper. Haletante, je dis :

— C'est Désiré... Il a eu une hémorragie interne... Pouvez-vous garder Christophe ? Il faut que je prévienne tout le monde...

Malgré mes propos décousus, ils comprirent. Ils me regardèrent, consternés. Valentine vint à moi et, sans un mot, m'embrassa. Elle me prit mon bébé des bras et affirma doucement :

— Ne crains rien. Rosette et moi, on va bien s'occuper de lui.

Son mari, toujours assis, répétait, comme s'il ne pouvait y croire :

— Ah ben, ça alors ! Si je m'attendais à une chose pareille !

— On a de la peine, dit Valentine, les yeux pleins de larmes. Désiré, on l'aimait bien. Si tu veux, demain, chez Leroux, je préviendrai ses camarades de travail.

Je fis un signe affirmatif et lui demandai de me prêter sa bicyclette. J'allai prévenir Joséphine et Mélanie, qui habitaient dans notre rue, ainsi qu'Emilienne. Puis je pédalai rapidement, en prenant les sentiers à travers champs, jusqu'à la maison de mon grand-père. Il fallait que je le prévienne, lui aussi.

Dans le soir qui tombait, j'arrivai à la petite maison que j'avais quittée quelques heures auparavant. Mon grand-père, qui jouait aux cartes avec son ami Théo, fut surpris de me revoir. A mots entrecoupés, je lui appris la douloureuse nouvelle, et il eut du mal à l'admettre. Lorsqu'il eut enfin compris, il se leva :

— Je prends une lampe et je te raccompagne. Marguerite aura peut-être besoin de moi. Je veillerai Désiré.

Il n'eut pas un mot de compassion, mais ses traits tirés et son visage pâli témoignaient du choc qu'il avait subi.

— Va prévenir Césarine, me dit-il. Elle aimait bien Désiré. Il faut qu'elle sache.

Je courus chez ma vieille amie et là, je m'effondrai. Je racontai l'accident et le décès de Désiré. Elle me prit dans ses bras, maternelle, tandis que je pleurais :

— *Min pauv'tiot mioche !* répétait-elle, les larmes aux yeux. C'est trop injuste ! Si jeune !...

Sa compréhension me fit du bien, et je dus m'obliger à la quitter. Je serais bien restée près d'elle, au lieu de retourner chez Marguerite. Mais il fallait respecter les convenances et, pour tout le monde, ma place était auprès de mon mari.

Nous partîmes tous les deux, mon grand-père et moi. Je tenais la bicyclette de Valentine à la main et, tout en marchant, je donnais à mon grand-père les détails qu'il demandait. Mais j'omis de parler des derniers mots de Désiré et de l'altercation qui m'avait opposée, ensuite, à ma belle-mère.

La maison de Marguerite avait pris une allure de deuil. Un crêpe était noué sur les volets clos de la chambre où gisait Désiré. Une croix, près de la porte d'entrée, annonçait elle aussi que la mort avait frappé. A l'intérieur, Marguerite et ses amies avaient arrêté les pendules et recouvert d'un voile noir les glaces de la maison. Elles avaient fait la toilette de Désiré. Rigide, le visage blanc, les mains jointes, revêtu de son beau costume noir des dimanches, il me parut étranger. La mort l'avait changé. Je ne retrouvai rien du jeune homme toujours aimable, toujours conciliant, qui m'avait aimée. Mon grand-père s'approcha du lit, prit la branche de buis, bénit le corps. Sa moustache trembla, et il se détourna pour me cacher les larmes qui emplissaient ses yeux.

Dans la cuisine, Marguerite, avec ses amies, avait préparé du café. Glacée, enfermée dans sa douleur, elle ne parlait pas et semblait être ailleurs. Elle s'était recoiffée, et son maintien digne contrastait avec l'hystérie dont elle avait fait preuve auparavant. Elle m'ignora complètement, faisant comme si je n'existais pas. Je ne me hasardai pas à lui parler, et je copiai mon attitude sur la sienne.

Mon grand-père s'approcha d'elle :

— Je suis venu, Marguerite... Je veillerai Désiré, cette nuit.

De la tête, elle fit un signe d'assentiment, sans un mot. Ce fut Emilienne qui proposa et servit à mon grand-père une tasse de café.

Il était l'heure de nourrir mon bébé, et j'allai le rechercher chez Valentine. Ensuite, je le recouchai dans son berceau. Il s'endormit et je demeurai assise près de lui, comme une étrangère dans la maison où, depuis mon mariage, j'avais vécu avec Désiré.

Julien arriva ; devant la cruelle réalité, il pleura comme un enfant. Il était depuis de longues années l'ami de Désiré, il l'aimait comme un frère. Il ne cessait de répéter, malheureux :

— Si j'avais su... C'est ma faute, aussi... Je n'aurais pas dû le laisser conduire... Si j'avais su... Il serait encore vivant...

Il se proposa pour tenir compagnie à mon grand-père pendant la veille. Les amies de Marguerite repartirent chez elles, et la nuit s'écoula, lente et sinistre. Près de mon bébé, je somnolais sur une chaise. Mon grand-père et Julien, assis à la table, fumaient et buvaient du café pour se tenir éveillés. Quant à Marguerite, elle demeura un long moment près de son fils et finit par aller s'enfermer dans sa propre chambre. Elle en ressortit à l'aube, et la vue de son visage aux traits creusés me fut douloureuse. J'eus un élan de compassion vers elle, vite réprimé. Elle salua Julien et mon grand-père, et m'ignora de nouveau.

Les jours suivants furent pénibles, englués de chagrin. Il fallut recevoir les personnes qui connaissaient Désiré et qui venaient bénir son corps. Ses collègues de travail arrivèrent un soir, sincèrement attristés. Ils furent unanimes à dire que Désiré était apprécié de tous, et que son caractère aimable en faisait un bon camarade. Les larmes aux yeux, j'approuvais silencieusement leurs propos. En même temps, une partie de moi se dédoublait et pensait : s'ils avaient su la vérité… Sans doute me regarderaient-ils alors avec la même répulsion que Marguerite.

Ce ne fut que le second jour, en fin d'après-midi, que je réalisai qu'il fallait prévenir Aimé. Hors de la présence de Marguerite, j'en parlai à Julien, qui s'offrit à aller jusque chez lui.

— Je sais où il habite. J'y suis allé, une fois, avec Désiré. Il m'avait parlé des problèmes qui existaient entre sa mère et son frère. Mais je suis d'accord avec vous : il faut qu'il soit mis au courant.

Comme je m'y attendais, Aimé ne vint pas bénir le corps. Par contre, lors de l'enterrement, alors que nous sortions de l'église derrière le cercueil dans lequel reposait à jamais Désiré, je l'aperçus, à moitié dissimulé derrière les personnes présentes. Je vis le chagrin qu'exprimait son visage, et je sus qu'il était malheureux. Pensait-il, lui aussi, à la façon dont nous nous étions comportés, et éprouvait-il des regrets ?... A cause de l'épais voile de deuil qui dissimulait mes traits, je pus lui cacher mon trouble. Et, en passant près de lui, je baissai les yeux lorsque je sentis son regard peser sur moi.

En suivant le corbillard jusqu'au cimetière, je marchais auprès de Marguerite, qui conservait la même attitude figée, raidie dans sa douleur. Au moment où le cercueil de Désiré fut descendu dans la tombe, le ciel jusque-là gris et plombé s'obscurcit, et il se mit à tomber une pluie fine et pénétrante. Après avoir aspergé le cercueil d'eau bénite et murmuré les prières, monsieur le curé se retira.

Nous attendîmes un moment, puis nous sortîmes du cimetière, nous aussi. Césarine, qui était présente, s'approcha de moi et me prit le bras. Mon amie Camille vint se placer de l'autre côté. Ainsi soutenue, je me sentis réconfortée.

Marguerite, entourée de ses amies, marchait devant nous. Mon grand-père nous suivait avec Julien. Nous revînmes jusqu'à la maison, sous la pluie qui ne cessait pas. J'ôtai avec soulagement le lourd voile de deuil, complètement trempé. Je remerciai Clarisse, qui était demeurée auprès de mon bébé pour le surveiller pendant notre absence.

— Il a été sage, me dit-elle. Il a dormi tout le temps.

Marguerite avait préparé, avec l'aide d'Emilienne, un pot-au-feu, et, après avoir nourri mon bébé, j'allai m'asseoir entre Césarine et Camille. Le repas se déroula tristement. Mon grand-père affirma plusieurs fois que mourir aussi jeune ne devrait pas être permis, et il en profita pour ajouter qu'il avait raison en disant que les automobiles étaient des engins dangereux. Julien détourna la conversation, raconta quelques anecdotes concernant Désiré. Marguerite ne parlait pas. Elle se contentait de faire le service, mécaniquement, ne regardant personne. Elle ignorait ma présence, mais je savais qu'elle n'attendait que mon départ.

J'avais préparé du linge de rechange ainsi que les *pichous* de Christophe et, lorsque tout le monde eut bu le café et la *goutte*, je quittai la table et allai vêtir mon bébé. Je le couchai ensuite dans le landau que Marguerite avait offert avec tant d'amour, puis je m'habillai à mon tour. Camille vint me rejoindre dans le couloir, et ne cacha pas sa surprise de me voir prête à partir :

— Mais... où va-tu, Rosalinde ?

Mon grand-père arriva, ainsi que Césarine et Clarisse. Ils s'étonnèrent et me posèrent la même question.

— Je vous expliquerai, dis-je brièvement.

Ils firent leurs adieux à Marguerite, lui renouvelant leurs condoléances. Ne voulant pas être impolie, j'avançai vers ma belle-mère, mais le regard qu'elle me lança me cloua sur place. Sans insister, je me détournai et m'en allai.

La pluie avait cessé. Alors que nous sortions de la ville, je me résolus à dire une partie de la vérité :

— Pouvez-vous me reprendre chez vous, grand-père ? Marguerite et moi, nous nous sommes disputées, et elle ne veut plus de moi auprès d'elle. Demain ou un autre jour, il faudra que vous alliez rechercher mes vêtements et ma machine à coudre.

— Bien sûr, approuva-t-il. Il n'y a aucun problème. Mais... que s'est-il passé pour qu'elle te mette dehors ?

Je baissai les yeux, embarrassée :

— Je ne peux pas vous le dire. Nous avons décidé de ne pas en parler. C'est le seul point sur lequel nous sommes d'accord. Cela ferait du tort à Désiré. Elle ne le veut pas, et moi non plus.

Mon grand-père me lança un regard inquisiteur :

— Désiré ?... Qu'a-t-il fait ?

— Il n'a rien fait, grand-père. Ce n'est pas lui. C'est simplement que... il y a quelque chose qui nous a opposées, Marguerite et moi.

Césarine vint à mon secours :

— Si c'est quelque chose qu'il ne faut pas dire, ne le dis pas, Rosa. Marguerite n'est pas une femme facile à vivre, ça c'est sûr. Et tu seras bien mieux chez Sosthène. Personnellement, je suis bien contente que tu reviennes chez lui.

— Moi aussi, approuva Camille avec un sourire. Ainsi, nous aurons l'occasion de nous voir plus souvent.

— Et surtout, conclut Césarine, il y aura avec nous ce petit *quinquin*[1]. Il mettra de l'animation dans notre vie de vieilles personnes inutiles, hein, Sosthène ?

Mon grand-père acquiesça, et son visage s'éclaira de tendresse tandis qu'il regardait mon bébé endormi.

Je me réinstallai chez mon grand-père, et ma vie fut identique à celle que j'avais menée avant mon mariage. Je repris mon travail d'apiéceuse, et je m'occupai de nouveau du ménage et de la cuisine. La seule différence était la présence de Christophe. Comme l'avait prédit Césarine, ses sourires et ses gazouillis ensoleillaient la vieille maison, et mon grand-père lui-même devenait gâteux. Je ne le reconnaissais pas. Il avait perdu sa sévérité, se penchait sur mon bébé qui, après quelques jours, s'habitua à lui et se mit à l'accueillir en lui tendant les bras. Mon grand-père lui chatouillait le menton, ravi de le faire rire. Il le prenait sur ses genoux, et laissait volontiers les petites mains explorer son visage et tirer les poils de sa moustache. Je les regardais, et j'étais reconnaissante à mon enfant de réaliser ce miracle : abattre la barrière derrière laquelle mon grand-père s'était toujours retranché, se refusant à donner la tendresse qui, je le découvrais maintenant, était présente dans son cœur.

Hors de la présence étouffante de Marguerite, je pouvais m'occuper librement de mon petit garçon,

1. Enfant.

et c'était un véritable bonheur. Un grand amour nous unissait. La nuit, il dormait près de mon lit, dans le berceau qui avait été celui de ma mère. Je demeurais parfois éveillée, écoutant sa respiration ténue et les adorables petits bruits qu'il faisait en dormant.

Je pensais souvent à Désiré et à ses dernières paroles. Le chagrin que m'avait causé sa mort était toujours présent. Autour de moi, dans le village, tout le monde me plaignait d'être veuve si jeune. Le fait que je sois revenue vivre chez mon grand-père avait éveillé les curiosités, et Emilie, la voisine de Césarine, qui se mêlait de tout et voulait tout savoir, me posa la question. Je lui donnai une explication brève, qu'elle répéta sans doute ensuite autour d'elle :

— Je ne m'entendais pas bien avec ma belle-mère. Je ne tenais pas à rester chez elle.

Mon amie Camille, à plusieurs reprises, chercha elle aussi à me faire parler :

— Pourquoi vous êtes-vous disputées, Marguerite et toi ? Ce doit être grave, puisqu'elle ne vient même pas voir son petit-fils, alors qu'elle en était folle.

— Je ne peux rien te dire, Camille.

Elle me regardait avec reproche, froissée de ce qu'elle considérait comme un manque de confiance. Et puis, bientôt, elle ne m'interrogea plus, car une grande nouvelle occupa toutes ses pensées : elle attendait un enfant dont, bien entendu, je serais la marraine.

Ainsi les semaines, les mois passaient. Mon enfant découvrait le monde de ses yeux clairs, et Césarine s'extasiait devant ses progrès. A l'automne, il commença à se tenir sur ses petites jambes, et mon grand-père jugea qu'il était assez grand pour apprendre à marcher. Il installa l'*alloir*, le parc en bois qui avait servi pour ma mère, et dans lequel mon petit garçon, en avançant d'un bout à l'autre, fit ses premiers pas.

Durant tout ce temps, je pensais à Aimé, et j'attendais. Le sentiment de culpabilité causé par le souvenir de ma faute s'estompait lentement. Je me sentais absoute, puisque Désiré m'avait pardonné. Il m'avait fait promettre aussi d'aller rejoindre Aimé et de lui avouer la vérité. J'avais l'intention de le faire lorsque mon deuil aurait pris fin. L'épreuve m'avait rendue plus sage et plus mûre et, par respect pour Désiré, je préférais attendre.

Je me disais parfois qu'Aimé viendrait peut-être de lui-même. Mais je pressentais que lui aussi voulait éviter toute précipitation. Et puis, il imaginait peut-être que je l'avais écarté de ma vie : le jour où nous avions succombé à notre passion, je l'avais ensuite repoussé avec violence, lui ordonnant de ne jamais chercher à me revoir.

Maintenant, tout était différent. Il avait le droit de savoir, et moi je ne laisserais pas passer mon bonheur une seconde fois. Avec la bénédiction de Désiré, je l'épouserais, et je savais que, près de lui, je serais heureuse à chaque instant de ma vie.

Epilogue

Maintenant, je suis de nouveau Aimé le bien-aimé. Depuis mon mariage avec Rosalinde, le bonheur s'est installé dans ma vie. Notre enfant vient d'avoir six ans ; c'est un petit garçon gai et heureux de vivre. Ma triste maison de célibataire est devenue un foyer chaleureux, où l'amour tient la première place.

Lorsque Rosalinde est venue m'apprendre la vérité, j'ai été incrédule, abasourdi, ébloui. Les yeux du petit ont achevé de me convaincre. Ce sont les yeux pers de ma mère — qui sont aussi les miens. J'ai éprouvé une telle émotion que je n'ai pas pu parler. J'ai simplement ouvert les bras, et elle est venue s'y réfugier, en tenant contre elle notre enfant. J'ai refermé mes bras sur eux, avec l'intention de les garder ainsi, pour toujours.

Par la suite, elle m'a raconté les dernières paroles de Désiré, et elles ne m'ont pas étonné.

— C'était un être bon, ai-je dit. Contrairement à Marguerite qui m'a immédiatement détesté, lui a toujours eu pour moi beaucoup d'affection. J'étais le grand frère à admirer et à imiter, ce qui rendait

Marguerite furieuse. Il voyait bien qu'elle se montrait injuste envers moi, et il essayait de me défendre.

Nous ne l'oublions pas, et nous parlons souvent de lui. Rosalinde m'a avoué l'appréhension qu'elle avait éprouvée pour le « devoir conjugal ». Comme, avec moi, elle se montre enthousiaste et passionnée, j'ai été surpris. Mais cela n'est pas pour me déplaire. J'aime être le seul amant de ma femme.

Il y a quelques semaines, un jeune homme est venu nous voir. Il était d'abord allé chez Sosthène, qui lui a donné notre adresse. Un peu embarrassé, il s'est présenté :

— Je suis belge. Je m'appelle Paul Debecker. J'habite Marquain, près de Tournai. Je suis venu vous voir parce que... hum... j'ai promis à mon père... eh bien... ce n'est pas facile à expliquer...

Nous l'avons fait asseoir, nous lui avons offert une tasse de café. Notre petit garçon est venu lui montrer son jeu de cubes, ce qui a réussi à le détendre. Il a souri :

— Vous avez un bel enfant. Si mon père l'avait su, il aurait regretté encore davantage...

Comme nous ne comprenions pas, il a précisé :

— Mon père s'appelait Jan Debecker. Ce nom ne vous dit rien ?

Rosalinde et moi, nous nous sommes regardés. Elle a secoué la tête :

— Non. Je ne l'ai jamais entendu.

Le jeune homme a poussé un long soupir :

— Ce que je vais vous raconter va vous éclairer, et vous allez comprendre. Mon père a épousé, en 1908, une amie d'enfance avec laquelle il était fiancé. Je suis né deux ans plus tard. Puis il y a eu la guerre. Il a été mobilisé, il a été blessé et amputé du pied gauche. Après son retour, il n'a plus jamais été pareil. Il s'est replié sur lui-même, et s'il prononçait dix paroles dans une journée, c'était beau. Aux reproches que lui faisait parfois ma mère, il répondait qu'on ne peut pas revenir intact de l'enfer, et qu'on en reste marqué à jamais. Mais il y avait autre chose qui le rongeait, dont nous ne pouvions pas nous douter.

Nous l'écoutions, attentifs à ses paroles, cherchant à comprendre. Il a regardé Rosalinde en reprenant son récit :

— Il est mort d'une pleurésie le mois dernier. Lorsqu'il a compris qu'il allait mourir, il m'a appelé auprès de lui, et, seul avec moi, il m'a tout avoué. J'ai ainsi appris qu'il était venu en France, un été, pour faire la moisson, en remplacement d'un ami qui avait eu un empêchement de dernière minute. Dans le village où il travaillait, il a connu une jeune fille nommée Hortense.

Rosalinde a poussé un cri :

— Mon Dieu !... C'était ma mère ! Vous voulez dire que... ?

Notre visiteur a incliné la tête :

— Ils se sont aimés, mais, lorsqu'il est rentré chez lui, il s'est rendu compte que cette histoire n'avait été pour lui qu'une agréable aventure. C'était ma mère qu'il avait l'intention d'épouser. Et la lettre qu'il a reçue, dans laquelle Hortense lui apprenait qu'elle attendait un enfant, ne l'a pas fait changer d'avis.

Il toussota avec gêne :

— Il a décidé d'ignorer cette nouvelle. Il a brûlé la lettre, bien déterminé à oublier ce qu'il considérait comme une erreur de jeunesse. Il s'est marié, je suis né, et il ne pensait plus à la jeune fille qu'il avait séduite.

— Ma pauvre maman... a dit Rosalinde, les larmes aux yeux. Elle, elle l'avait aimé... Elle lui avait fait confiance...

Le jeune homme a soupiré :

— Mon père ne l'a compris que bien tardivement. Pendant sa maladie, il a été pris de remords. C'est pourquoi il m'a tout avoué, en me faisant promettre de rechercher son enfant. Il m'a donné le nom du village où il avait travaillé, et le nom de votre mère. Il m'a chargé de vous demander pardon d'avoir été lâche. D'abord en abandonnant votre mère, ensuite en ne cherchant pas à retrouver son enfant.

Rosalinde pleurait en silence. Emu, le jeune homme a repris :

— Il regrettait sincèrement, et je lui ai fait la promesse qu'il me demandait. Il n'a confié son secret qu'à moi. Il ne voulait pas faire de la peine à ma mère. Elle vit toujours, et elle ne sait rien de cette situation.

Son regard, posé sur Rosalinde, s'est fait chaleureux :

— Pardonnez-lui, si vous le pouvez. Oubliez que vous n'avez pas eu de père, et pensez que, en échange, vous avez maintenant un frère qui ne demande qu'à vous aimer.

A travers les larmes de ma femme, un sourire tremblant est apparu :

— Merci... a-t-elle murmuré. Merci d'être venu. Je m'étais posé tant de questions au sujet de mon père... Je me demandais pourquoi il nous avait abandonnées, ma mère et moi, et je ne comprenais pas... Je suis heureuse de savoir qu'il a pensé à moi et que, au dernier moment, il a voulu réparer.

Elle a attiré à elle notre petit garçon qui, près de nous, jouait avec ses cubes, et elle l'a poussé doucement vers notre visiteur :

— Va l'embrasser, a-t-elle dit. C'est ton *mononc'* Paul.

Depuis cette visite, Paul est revenu plusieurs fois. Il vient à bicyclette, affirmant qu'il a l'habitude de faire de longues randonnées. Il apporte une friandise à Christophe, qui l'accueille avec des exclamations de joie. Rosalinde et lui apprennent à se connaître. Et, surtout, elle l'interroge sur leur père, reconstituant à travers les réponses de son frère la personnalité de celui qui lui a tant manqué dans son enfance.

— Ce n'est pas un hasard si votre mère vous a appelée Rosalinde, lui a dit Paul. C'était le prénom de ma grand-mère.

Ma femme est devenue plus sereine. La blessure qu'elle cachait au fond d'elle-même, causée par l'idée que son père l'avait repoussée, s'est enfin refermée.

Le fait de savoir qu'il a regretté son attitude et qu'il a pensé à elle avant de mourir l'a apaisée.

Ainsi, notre vie est heureuse. Chaque jour, avant que je parte au travail, nous nous retrouvons tous les trois pour le petit déjeuner, autour de la table. C'est notre bonheur du matin, le premier de la journée. J'aime observer Rosalinde tandis qu'elle s'active autour du poêle. Elle fait bouillir de l'eau, prend dans l'armoire la boîte métallique qui contient la chicorée, et, d'un geste précis, jette dans l'eau une poignée de grains ; puis elle retire la casserole après quelques bouillons. Elle ajoute une partie de cette chicorée à notre café, et l'autre partie au bol de lait de Christophe, qui apprécie ce qu'il appelle son « lait au caramel ». Les jours de grand froid, Rosalinde me prépare une *bistouille* en versant dans ma tasse quelques gouttes de genièvre.

Chaque journée nous apporte d'autres bonheurs, le midi, et ensuite le soir, lorsque je reviens de la tannerie où je suis *écharneur*. Mon métier consiste à ôter, à l'aide d'un grand sabre emmanché à chaque bout, les chairs qui sont restées sur le cuir, sans le couper ni l'abîmer. Rosalinde, de son côté, continue son travail d'apiéceuse. Nous ne sommes pas riches, mais nous ne sommes pas pauvres non plus. Pour moi, mon immense richesse, c'est le bonheur que m'apportent ma femme et mon fils. Grâce à leur présence, je suis habité d'une douce certitude : toute ma vie, je resterai Aimé le bien-aimé.

Remerciements

Je tiens à exprimer ici ma gratitude à toutes les personnes qui m'ont apporté leur aide dans mes recherches de documentation, et notamment :

— Madame Malpel, bibliothécaire, ainsi que monsieur Arthur Wauquier, qui m'a confié son ouvrage sur les artisans, commerçants, fermiers et estaminets de son village depuis 1900.

— Mademoiselle Edith Draux, secrétaire, et monsieur Alain Payelle, président de la Fondation de Pévèle. Un grand merci pour les nombreuses photographies d'Orchies qu'ils ont bien voulu me prêter — fêtes, jeux de balle, processions… à l'époque où se situe mon roman — ainsi que les revues *Pévèle* et particulièrement le numéro spécial consacré à la chicorée.

— Madame Monique Heddebaut, présidente de la Société Historique du Pays de Pévèle, pour les revues *Pays de Pévèle*, ainsi que les documents et photographies concernant le village de Flines-lez Raches pendant la Première Guerre mondiale.

— Monsieur Michel Taeckens, directeur de la Maison de la Chicorée, à Orchies, qui a facilité ma visite de l'entreprise Leroux, ainsi que madame Catherine Detève-Maes, attachée à la valorisation culturelle, qui a recherché pour moi et selectionné dans les archives de la Société Leroux des documents datant des années 1928-1930.

— Monsieur Guy Dubois, spécialiste du patois nordiste, qui, à chacun de mes romans, me donne des explications concernant des mots sur lesquels je désire des précisions. Son dictionnaire *2 000 Mots du patois de chez nous* et son ouvrage *Le b.a.ba du patois de chez nous* me sont bien utiles !

Je voudrais également remercier mon éditrice Jeannine Balland qui, en faisant confiance à mon premier roman et en le publiant, m'a permis de réaliser mon rêve de toujours : écrire. Ses avis, ses conseils et son soutien me sont toujours précieux. Qu'elle soit assurée de ma gratitude et de ma sincère amitié. Merci aussi à toute l'équipe qui travaille avec elle, à partir de mon manuscrit jusqu'au livre présenté en librairie ou en club.

Et merci à vous tous, chers lecteurs, qui me suivez de roman en roman. Merci à votre fidélité, qui pour un auteur constitue à la fois un encouragement et une récompense.

J'ai consulté dans les bibliothèques et les Archives la presse de l'époque ainsi que de nombreux ouvrages, et je voudrais citer plus particulièrement trois d'entre eux :

— *Nouvelle histoire d'Orchies* par Emile Draux

— *Le Pays de Pévèle en ce temps-là* sous la direction de Paul Delsalle

— *En Pévèle* de Gustave Lhomme.

PRODUCTION JEANNINE BALLAND

Romans « Terres de France »

Jean Anglade
Un parrain de cendre
Le Jardin de Mercure
Y a pas d'bon Dieu
La Soupe à la fourchette
Un lit d'aubépine
La Maîtresse au piquet
Le Saintier
Le Grillon vert
La Fille aux orages
Un souper de neige
Les Puysatiers
Dans le secret des roseaux
La Rose et le Lilas
Sylvie Anne
Mélie de Sept-Vents
Le Secret des chênes
La Couze
Ciel d'orage sur Donzenac
Jean-Jacques Antier
Autant en apporte la mer
Marie-Paul Armand
La Poussière des corons
La Courée
tome I *La Courée*
tome II *Louise*
tome III *Benoît*
La Maîtresse d'école
La Cense aux alouettes
Nouvelles du Nord
L'Enfance perdue
Un bouquet de dentelle
Victor Bastien
Retour au Letsing
Françoise Bourdon
La Forge au Loup
La Cour aux paons
Le Bois de lune
Annie Bruel
La Colline des contrebandiers
Le Mas des oliviers
Les Géants de pierre
Marie-Marseille
Jean du Casteloun
Michel Caffier
Le Hameau des mirabelliers
La Péniche Saint-Nicolas
Les Enfants du Flot
Jean-Pierre Chabrol
La Banquise
Alice Collignon
Un parfum de cuir
Didier Cornaille
Les Labours d'hiver
Les Terres abandonnées
La Croix de Fourche
Etrangers à la terre
L'Héritage de Ludovic Grollier
L'Alambic
Georges Coulonges
Les Terres gelées
La Fête des écoles
La Madelon de l'an 40
L'Enfant sous les étoiles
Les Flammes de la Liberté
Ma communale avait raison
Les blés deviennent paille
L'Eté du grand bonheur
Des amants de porcelaine
Le Pays des tomates plates
La Terre et le Moulin
Les Sabots de Paris
Yves Courrière
Les Aubarède
Anne Courtillé
Les Dames de Clermont
Florine
Dieu le veult
Les Messieurs de Clermont
L'Arbre des dames
Le Secret du chat-huant

Annie Degroote
La Kermesse du diable
Le Cœur en Flandre
L'Oubliée de Salperwick
Les Filles du Houtland
Le Moulin de la Dérobade
Les Silences du maître drapier
Alain Dubos
Les Seigneurs de la haute lande
La Palombe noire
La Sève et la Cendre
Le Secret du docteur Lescat
Marie-Bernadette Dupuy
L'Orpheline du bois des Loups
Elise Fischer
Trois Reines pour une couronne
Les Alliances de cristal
Laurence Fritsch
La Faïencière de Saint-Jean
Alain Gandy
Adieu capitaine
Un sombre été à Chaluzac
L'Enigme de Ravejouls
Les Frères Delgayroux
Les Corneilles de Toulonjac
L'Affaire Combes
Les Polonaises de Cransac
Le Nœud d'anguilles
Gérard Georges
La Promesse d'un jour d'été
Michel Hérubel
La Maison Gelder
La Falaise bleue
Tempête sur Ouessant
Le Démon des brumes
Denis Humbert
La Malvialle
Un si joli village
La Rouvraie
La Dent du loup
L'Arbre à poules
Les Demi-Frères
La Dernière Vague
Yves Jacob
Marie sans terre
Hervé Jaouen
Que ma terre demeure
Jean-Pierre Leclerc
Les Années de pierre
La Rouge Batelière
Louis-Jacques Liandier
Les Gens de Bois-sur-Lyre
Les Racines de l'espérance
Jean-Paul Malaval
Le Domaine de Rocheveyre
Les Vignerons de Chantegrêle
Jours de colère à Malpertuis
Quai des Chartrons
Les Compagnons de Maletaverne
Dominique Marny
A l'ombre des amandiers
La Rose des Vents
Louis Muron
Le Chant des canuts
Henry Noullet
La Falourde
La Destalounade
Bonencontre
Le Destin de Bérengère Fayol
Le Mensonge d'Adeline
L'Evadé de Salvetat
Michel Peyramaure
Un château rose en Corrèze
Frédéric Pons
Les Troupeaux du diable
Les Soleils de l'Adour
Jean Siccardi
Le Bois des Malines
Les Roses rouges de décembre
Le Bâtisseur de chapelles
Le Moulin de Siagne
Jean-Michel Thibaux
La Bastide blanche
Le Secret de Magali
La Fille de la garrigue
Le Roman de Cléopâtre
La Colère du mistral
L'Homme qui habillait les mariées
La Gasparine
L'Or des collines

Jean-Max Tixier
Le Crime des Hautes Terres
La Fiancée du santonnier
Brigitte Varel
Un village pourtant si tranquille
Les Yeux de Manon
Emma
L'Enfant traqué
Le Chemin de Jean
L'Enfant du Trièves
Le Déshonneur d'un père
Colette Vlérick
La Fille du goémonier
Le Brodeur de Pont-l'Abbé
La Marée du soir
Le Blé noir

Collection « Sud Lointain »

Jean-Jacques Antier
Le Rendez-vous de Marie-Galante
Marie-Galante, La Liberté ou la Mort
Erwan Bergot
Sud lointain
tome I *Le Courrier de Saïgon*
tome II *La Rivière des parfums*
tome III *Le Maître de Bao-Tan*
Jean Bertolino
Chaman
Paul Couturiau
Le Paravent de soie rouge
Le Paravent déchiré
Alain Dubos
Acadie, terre promise
Retour en Acadie
Hervé Jaouen
L'Adieu au Connemara
Dominique Marny
Du côté de Pondichéry
Les Nuits du Caire
Juliette Morillot
Les Orchidées rouges de Shangai
Bernard Simonay
Les Tigres de Tasmanie
Jean-Michel Thibaux
La Fille de Panamá
Tempête sur Panamá

Romans

Erwan Bergot
Les Marches vers la gloire
Rendez-vous à Veracruz
Mourir au Laos
Alain Gandy
Quand la Légion écrivait sa légende
Hubert Huertas
Nous jouerons quand même ensemble
La Passagère de la « Struma »
Michel Peyramaure
Le Roman de Catherine de Médicis
Les Tambours sauvages
Pacifique Sud
Louisiana

Impression réalisée sur CAMERON par

BUSSIÈRE CAMEDAN IMPRIMERIES

GROUPE CPI

à Saint-Amand-Montrond (Cher)
en juillet 2003

Composition : Nord Compo

N° d'édition : 7100. — N° d'impression : 033231/1.
Dépôt légal : août 2003.

Imprimé en France